Andreas Götz, geboren 1965, hat Germanistik studiert und lebt als freier Autor in der Nähe von München. Er hat zeitweise auch als Journalist und Übersetzer gearbeitet sowie Hörspiele für mehrere Rundfunkanstalten geschrieben. »Stirb leise, mein Engel« ist sein erster Roman für junge Erwachsene.

Andreas Götz

STIRB LEISE, MEIN ENGEL

Oetinger Taschenbuch

Das für dieses Buch verwendete FSC®-zertifizierte
Papier Danube liefert Salzer Papier, St. Pölten, Austria.
Der FSC® ist eine nicht staatliche, gemeinnützige Organisation,
die sich für eine ökologische und sozialverantwortliche
Nutzung unserer Wälder einsetzt.

1. Auflage 2016
Oetinger Taschenbuch GmbH, Hamburg
April 2016
Alle Rechte dieser Ausgabe vorbehalten
© Originalausgabe: Verlag Friedrich Oetinger GmbH, Hamburg 2014
Covergestaltung: bürosüd
Druck: GGP Media GmbH, Pößneck
ISBN 978-3-8415-0408-1

www.oetinger-taschenbuch.de

»Ich hab Angst, Tristan.«

Bitte nicht! Du killst mich, Mädchen. Mach jetzt bloß keinen Rückzieher!

»Tristan?«

Ich muss was sagen. Ihr gut zureden. Aber ich kann nicht. Ich will auch nicht mehr. Wieso bin ich plötzlich so müde? So matt? Das Einzige, wozu ich imstande bin, ist, sie stumpf anzusehen. Aber eigentlich sehe ich sie gar nicht. Was ist nur mit mir los? Alles kommt mir auf einmal so sinnlos vor. Was mache ich hier eigentlich?

»Du musst nicht«, höre ich mich sagen, »dann geh ich eben allein ...«

Und es ist mir tatsächlich egal. Alles.

Doch da legt sie ihre verschwitzte Hand auf meine, und wie ein Stromschlag durchfährt es mich: diese Hand! Diese ekelhafte Hand, die ihn angefasst hat! Und damit kommt die Kraft zurück. Die Energie. Nein, ich will es! Je schneller ich es zu Ende bringe, desto besser.

Ich überwinde mich, drücke ihre Hand und sage: »Lass uns gehen, mein Engel ...«

Sie sieht mich an, aus feuchten Rehaugen.

Wenn sie wirklich kneift, erwürge ich sie mit diesen meinen Händen. Sogar das könnte ich jetzt, wenn ich müsste.

Ich ziehe meine Hand aus ihrer, steige aus dem Bett und gehe zum Schreibtisch. Unsere Abschiedsbriefe liegen wie aufgebahrt nebeneinander, und diagonal darüber eine schwarze Rose. Sarah ist so schrecklich kitschig. Gott sei Dank konnte ich ihr ausreden, dass wir einen gemeinsamen Brief schreiben. Ich überfliege die dürren Abschiedsworte an ihre Eltern, ihren kleinen Bruder, ihre Freunde. Am Schluss die Sätze: *Niemand ist schuld an meinem Tod. Ich sterbe aus freiem Entschluss.*

Ich beuge mich über den Stuhl, greife in die Innentasche meiner Jacke und hole das Tütchen mit dem Zyankali heraus. Hoffentlich wirkt es bei Sarah genauso schnell wie bei dem Köter. Es können keine zwei Minuten gewesen sein, bis der hinüber war.

Wow. Mein Puls jagt auf einmal wie wild. Ich spüre meinen Herzschlag bis unter die Kopfhaut.

Wird schon gut gehen.

Ich stelle mich vor die beiden Cola-Gläser, damit Sarah vom Bett aus nicht sehen kann, dass ich das Gift nur in eines mische. Sie vertraut mir bedingungslos. Wieso auch nicht? Ich liebe sie mehr als mein Leben. Ha, ha! Mit den beiden Gläsern gehe ich zum Bett und reiche Sarah das eine. Meines halte ich fest umschlossen in der Hand. Während sich in ihrer Cola aus Kaliumzyanid und Kohlensäure tödlich giftige Blausäure bildet, sieht Sarah mich ergeben an.

»Geht es auch wirklich schnell?«

Ich nicke.

»Tut es weh?«

Ich zucke mit den Achseln. »Denk nicht drüber nach.«

Statt endlich zu trinken, lässt sie ihr Glas sinken, stellt es auf ihrem Oberschenkel ab und starrt hinein. Etwas bedrückt sie noch, und ich weiß genau, was es ist. Nicht zu fassen. Sie ist so eine dreckige Schlampe! Sogar im Angesicht des Todes denkt sie noch an so was. Am liebsten würde ich ihr ins Gesicht schlagen.

»Komm, mein Engel«, sage ich mit honigsüßer Stimme, »lass es uns jetzt tun.«

»Küssen wir uns vorher gar nicht?«

Es muss wohl sein. Ich neige mich zu ihr, drücke meine Lippen auf ihren leicht geöffneten Mund. Sofort drängt sich ihre Zunge in meine Mundhöhle, glitschig und beweglich wie ein Aal. Ihre Hand packt mich an der Schulter, so fest, dass es wehtut. Nein, sie wird nicht trinken, wenn ich jetzt nichts unternehme. Am liebsten würde ich ihr das Zeug mit Gewalt einflößen, aber ich reiße mich zusammen, ein letztes Mal. Ich löse mich und nehme ihre Hand, die das Glas hält, hebe sie bis auf halbe Höhe zu ihrem Mund. Ich hauche ihr Dinge ins Ohr, die sie jetzt hören will.

»Mein Engel, gleich sind wir für immer vereint. Ist unsere Liebe diesen Schmerz nicht wert?«

Sie nickt und sieht mich mit diesem dummen Hundeblick an. Ein langer Moment vergeht. Noch einer. Sie will noch etwas sagen, aber ich verschließe ihren Mund mit zwei Fingern.

»Keine Worte«, flüstere ich. »Stirb leise, mein Engel.«

Endlich setzt sie das Glas an die Lippen.

»Wir sehen uns auf der anderen Seite«, sage ich und winke dabei sogar. Tränen rinnen aus ihren Augenwinkeln, während die Cola ihre Kehle hinabläuft. Soll ich gnädig sein und auch trinken, damit sie in ihren letzten Minuten Trost darin findet, dass wir wirklich gemeinsam gehen? Alles in mir widerspricht. Ich stelle mein Glas auf den Nachttisch, verschränke die Arme vor der Brust und warte, bis es endlich, endlich losgeht.

WIE LANGE BEWEGT sie sich schon nicht mehr? Atmet sie noch? Diese blicklosen Augen sind mir unheimlich. Sie ist tot. Ich glaube, sie ist tot. Mit zwei Fingern ziehe ich ihre Hand am Ärmel hoch und lasse sie los. Sie fällt, schwer wie ein Stein. Was unterscheidet sie jetzt eigentlich von einem Stein? Und wo ist das hin, was sie eben noch war? Irgendwas ist hier passiert, aber so richtig kapier ich nicht, was. Wird mir gleich schlecht?

Nein.

Ich muss aufhören, sie anzustarren. Vielleicht bringt das Unglück. Vielleicht bin ich jetzt verflucht. Unsinn! So was gibt es nicht. Ich muss mich konzentrieren. Fokussieren. Ich brauche jetzt alle meine Sinne und meinen ganzen Verstand. Das ist die Phase, in der Fehler gemacht werden. Dumme Fehler. Ich darf keine Fehler machen.

Ich reiße mich also los und bringe mein Glas in die Küche, spüle und trockne es und stelle es in diesen superhässlichen Hängeschrank. Dann kehre ich in Sarahs Zimmer zurück, gehe schnurstracks auf den Schreibtisch zu, ohne zum Bett zu sehen. Meine Hand zittert nur ein kleines bisschen, als ich meinen Abschiedsbrief unter der schwarzen Rose herausziehe und einstecke. Ich schlüpfe in Schuhe und Jacke und setze meine Baseballmütze und die Sonnenbrille auf.

Letzter Check: Liegt noch etwas von mir herum? Nein. Meine Fingerabdrücke auf Sarahs Glas und meine DNA überall sind egal. Nach einem Selbstmord schickt die Polizei keine Spurensicherung. Und selbst wenn: Ich bin nicht vorbestraft, nie mit der Polizei in Kontakt gekommen. Sie könnten mit meinen Abdrücken und meiner DNA nichts anfangen. Ein kalkulierbares Risiko also.

Es ist kurz nach zwei. Ich liege gut in der Zeit. Vor vier kommt niemand nach Hause, hat Sarah gesagt. Ehe ich das Zimmer verlasse, sehe ich mich ein letztes Mal um.

Nichts erinnert an mich.

Es REGNET. ICH behalte die Sonnenbrille trotzdem auf und will den Jackenkragen hochschlagen, lasse es dann aber bleiben. Ich bin durchgeschwitzt, und die kühlen Tropfen auf meinen Wangen tun gut. Die Straße sieht noch so aus wie zuvor und ist doch ganz anders. Als ich sie heruntergekommen bin, glaubte ich noch, Sarah sei die Einzige, die heute sterben würde. Aber jetzt, da ich sie wieder hinaufgehe, weiß ich: Das stimmt nicht. Auch ich bin gestorben. Das, was hier langläuft, ist ein Geist. Ein Phantom. Ziemlich strange, dieses Gefühl, aber auch cool.

Bin ich wirklich hier auf der Straße? Oder immer noch bei Sarah und sehe zu, wie sie krepiert? Keine Ahnung, alles ist irgendwie eins. Ich sehe, wie ihre krampfende Hand sich ins Kissen krallt, höre das hohle Keuchen, sehe den irren Blick und die Verzweiflung darin. War es nur die Angst vor dem nahenden Tod, oder war sie auch meinetwegen verzweifelt, weil ich sie derart verraten und betrogen habe? Ich hoffe, es war so. Und ich wünschte, das Ganze hätte länger gedauert. Nie war ich so sehr bei mir wie in diesen Minuten. Kein einziger Gedanke in meinem Kopf, nur pures Sein. Ich hab nicht einmal mehr daran gedacht, warum ich das alles mache. Es war in dem Moment einfach nicht wichtig.

Ein Stoß gegen meine Schulter reißt mich aus meinem Film. »Pass doch auf, Alter!«, bellt es mich an. »Bist du besoffen, oder warum eierst du so durch die Gegend?«

Ich bleibe stehen. Ein Typ im Kapuzenshirt stiert mich an, als hätte ich Aussatz im Gesicht. Kann man es mir etwa ansehen? Ohne was zu sagen, mache ich mich davon. Schaut er mir nach? Folgt er mir? Holt er die Polizei?

Ich wage es nicht, mich umzudrehen.

ICH BIN DOCH zu hastig aufgebrochen. Jetzt, da ich allmählich klarer werde, bereue ich meine Eile. Ich hatte noch Zeit. Zeit, mir den Anblick des Todes auf Sarahs Gesicht einzuprägen und das Glücksgefühl meiner gelungenen Rache zu genießen. Warum habe ich sie nicht genutzt? Schon verliere ich die ersten Details. Die Nuancen. Die Blässe ihrer Haut etwa. War sie mehr grau oder gelb oder wie Elfenbein? Die blicklosen Augen – haben sie wirklich wie verschleiert ausgesehen, oder bilde ich mir das nur ein?

Beim nächsten Mal muss ich mir alles genauer einprägen ...

1

Sascha lehnte am Fenster, als ein Laster zwischen den beiden Halteverbotsschildern hielt, die seit ein paar Tagen den Bürgersteig schmückten. *Umzüge Keferloher München Stuttgart Hamburg Berlin*, stand außen auf dem Lkw zu lesen. Das waren wohl die neuen Nachbarn. Hoffentlich sind die besser als die alten, dachte Sascha. Sein Bedarf an lauter Heavy-Metal-Musik zu nachtschlafender Zeit war bis ans Lebensende gedeckt.

Er sah zu, wie drei kräftig gebaute Männer – offensichtlich die Möbelpacker – aus dem Führerhaus des Lasters stiegen, sich daneben aufstellten und beinahe gleichzeitig nach ihren Zigarettenschachteln griffen. Sie hatten sich ihre Glimmstängel gerade angezündet, als ein weinroter Golf heranbrauste, abrupt bremste und rückwärts vor dem Laster einparkte. Eine Frau stieg aus, ging auf die Männer zu und fing ein Gespräch mit ihnen an. Sascha schätzte sie ungefähr auf das Alter seiner Mutter. Auch den Kleidungsstil schienen sie zu teilen: Jeans, T-Shirt, Sneakers.

Die Männer nickten viel, sagten wenig, rauchten ihre Zigaretten. Da öffnete sich die Beifahrertür. Es dauerte aber noch eine ganze Weile, bis zwei schlanke Beine in Cargohosen zum Vorschein kamen; und dann noch einmal ein paar Sekunden, bis auch der Rest folgte. Ein Mädchen. Oder eher eine junge Frau. Hübsch. Dunkelhäutig. Ungefähr in seinem Alter.

Sie stemmte die Arme in die Seiten und streckte den Rücken durch, so als hätte sie eine lange Fahrt hinter sich, obwohl das Auto ein Münchner Kennzeichen hatte. Dann legte sie den Kopf in den Nacken, und ihr Blick ging nach oben, genau in seine Richtung.

Sascha machte einen Satz nach hinten, weg vom Fenster. Fast wäre er dabei auf seine Playstation getreten. Hatte sie ihn bemerkt? Hatte er so auffällig hinuntergestarrt? Quatsch, beruhigte er sich, bestimmt hatte sie gar nicht zu ihm hochgeschaut, sondern zu den Fenstern nebenan, den Fenstern ihrer neuen Wohnung.

SASCHA LEGTE DAS Comicheft weg. Er hatte keine Lust auf einen weiteren Wutausbruch des gewaltigen Hulk. Durch die offenen Balkontüren nebenan schwappten immer wieder kurze Wortwechsel zu ihm herüber. Welche Möbel wo stehen sollten, welche Umzugskiste in welches Zimmer, welches Regal an welche Wand gehörte. Den Namen des dunkelhäutigen Mädchens hatte er auch aufgeschnappt: Joy.

Schön, fand er. Ob das ihr richtiger Name war? Oder nur ein Spitzname? Die Amis hatten ja oft Namen, die was bedeuteten: Joy – Freude; Hope – Hoffnung; Grace … Das bedeutete auch irgend so was, er kam nur gerade nicht drauf, was. War sie also Amerikanerin? Die beiden redeten allerdings in perfektem Deutsch miteinander.

»Die Aussicht ist nicht so toll«, hörte er sie plötzlich so laut, als stünde sie neben ihm. Und das tat sie ja auch beinahe, nur eine dünne Sichtschutzwand trennte sie voneinander. Die Stimme dieser Joy klang nicht besonders mädchenhaft, ein bisschen dunkel und irgendwie sandig. Vielleicht ist sie ja die Tochter eines Bluessängers aus New Orleans, dachte er scherzhaft.

Nach ein paar Sekunden kam lautes, metallisches Klappern von drüben, anscheinend kramte sie in einer Werkzeugkiste.

»Wo ist denn der Kreuzschlitzschraubenzieher? Mama, hast du den?«
»Ich?«, hallte es aus der Wohnung zurück. »Na sicher, in der linken Hosentasche.«
»Scheiße. Haben wir den etwa liegen lassen?«
»Keine Ahnung. Ich weiß nicht mal, wie das Ding aussieht.«
»Na toll!«

Sascha schmunzelte, fasste nebenbei in seine Hosentasche und erschrak. Shit, dachte er. Er hatte sein Handy nicht eingesteckt. Falls seine Mutter angerufen oder eine SMS geschickt hatte, machte sie sich bestimmt Sorgen. Er verschwand nach drinnen, fand das Handy auf dem Garderobentisch und kontrollierte, ob entgangene Anrufe oder Nachrichten angezeigt wurden. Aber da war nichts.

Vielleicht hatte sie noch keine Zeit gehabt, sich zu melden. Und wenn ihr was passiert war? Das flaue Gefühl, das er nur zu gut kannte, breitete sich in seinem Bauch aus. Es würde nicht mehr weggehen, bis sie endlich anrief. Oder er sie. Er suchte ihre Handynummer im Adressbuch heraus und starrte sie auf dem Display an. Seine Mutter mochte es nicht, wenn er sie ohne Grund bei der Arbeit störte.

Ich frage sie einfach, was sie zu Abend essen will, dachte er, dagegen kann sie nichts einwenden, und – Da schrillte die Türglocke. Der Ton bohrte sich in ihn hinein, er glaubte jeden einzelnen Nervenstrang vibrieren zu spüren. Herzrasen. Enge in der Brust. Schweißausbruch. Wenn er öffnete ... Zwei Männer, sie kommen auf ihn zu, mit betretenen Gesichtern. *Deine Mutter ... Es tut uns leid ...* Nein! Nicht an die Tür gehen, warnte etwas in ihm. Ja nicht an die Tür gehen!

»Mist, keiner zu Hause«, hörte er nach einer Weile eine dunkle, sandige Mädchenstimme draußen sagen.

Die neue Nachbarin!

Nur die neue Nachbarin.

Wieso ging diese verdammte Angst nicht weg?

Erst als er endlich den Schlüssel im Schloss der Wohnungstür hörte, löste sich die Anspannung. Wieder ein Tag, an dem sie wohlbehalten nach Hause kam. Wenn auch eine halbe Stunde später als angekündigt. Aber er würde ihr keine Vorwürfe machen. So cool und locker wie möglich trat er in die Küchentür.

»Hallo, Mama, da bist du ja endlich. Dann kann ich die Pizza in den Ofen schieben.«

»Unbedingt! Ich sterbe vor Hunger.«

Sascha ging zur Anrichte, schob das Blech mit der selbst gemachten Pizza ins Rohr und stellte die Zeitschaltuhr. »Fünfundzwanzig Minuten«, sagte er. Seine Mutter sank stöhnend auf einen Stuhl und streifte die Schuhe ab.

»Wie war dein Tag? Gibt's wieder einen interessanten Fall?«

Sie hatte sich inzwischen ein Stück Weißbrot genommen, etwas davon abgerissen und in den Mund geschoben.

»Ein Mädchen hat sich umgebracht«, sagte sie kauend. »Mit Zyankali. Was irgendwie komisch ist. Wie kommt eine Sechzehnjährige an Zyankali?«

Sascha fand das nicht besonders ungewöhnlich. »Heutzutage kriegst du übers Internet doch alles.«

»Wahrscheinlich.«

»Und du musst jetzt rausfinden, wer ihr das Gift vertickt hat?«

»Wird schwer, aber wir versuchen es.«

Ihr Handy klingelte. Hoffentlich muss sie nicht gleich wieder weg, dachte Sascha sofort. Seine Mutter nestelte ihr Smartphone aus der Hosentasche und meldete sich. »Ilona Schmidt. – Ja. – Mach ich morgen gleich als Erstes. – Ihnen auch einen schönen Feierabend.« Sie schaltete das Handy aus und legte es weg.

Sascha hatte inzwischen die Flasche Chianti von der Anrichte geholt. Von seinem Vater hatte er gelernt, dass der Geschmack sich erst richtig entfaltete, wenn der Wein atmen konnte. Deshalb hatte er die Flasche schon vor einer halben Stunde entkorkt. Nun füllte er das Glas seiner Mutter bis zur Hälfte.

»Und wie sind die neuen Nachbarn so?«, fragte sie. »Schon was mitgekriegt von ihnen? Außer den Umzugskisten im Flur, meine ich.«

»Keine Ahnung. Ziemlich laut.«

Seine Mutter ließ sich mit einem Seufzer gegen die Stuhllehne sinken. Sascha wusste sofort, was jetzt kam. »Oh, Sascha-Liebling, wäre es eine arge Zumutung für dich, deiner alten Mutter den Nacken zu massieren, bis die Pizza fertig ist? Ich bin wieder so verspannt.«

»Kein Problem.«

Früher hatte sein Vater das immer gemacht.

Sascha trat hinter sie und begann, ihre Schultern und ihren Nacken zu massieren. Die Muskeln waren bretthart.

»Das ist echt toll«, sagte sie nach einer Weile. »Du rettest mir das Leben!«

Sascha lächelte.

Mehr und mehr erfüllte der Duft von geschmolzenem Käse, Oregano und Basilikum die Küche. Schließlich schnarrte die Uhr am Herd. Sascha ließ von den Schultern seiner Mutter ab und ging zum Ofen, um die dampfende Pizza aus dem Rohr zu holen. »Perfekt.« Beim Anblick von Tomaten, Zwiebeln, Oliven, Schinken und Peperoni lief ihm das Wasser im Mund zusammen. Er lud ein großes Stück auf jeden Teller, und sie stürzten sich gierig darauf.

»Hast du inzwischen über meinen Vorschlag nachgedacht?«, fragte seine Mutter nach einer Weile.

Sascha senkte den Blick und gab ein unbestimmtes Brummen von sich. Die ganze letzte Woche hatte sie kein Wort mehr darüber verloren, deshalb hatte er schon gehofft, sie hätte die Sache vergessen. Aber war ja klar: *So was* vergaß sie nie.

»Hast du?«

Nebenan erklang lautes Hämmern. Fünf, sechs, sieben Schläge, dann war es wieder ruhig.

»Was soll denn das bringen?«

»Ich weiß nicht, was du hast, Sascha. Es ist keine Schande, sich helfen zu lassen. Ich war gleich nach Papas Tod doch auch beim Psychologen. Denkst du deshalb schlecht von mir?«

Unwillig schüttelte er den Kopf. »Nein.«

»Vielleicht reichen ja schon ein paar Gespräche. Dr. Androsch ist ein anerkannter Spezialist für Jugendliche. Wenn bei Jugendstrafsachen ein Gutachten gebraucht wird, ist er fürs Gericht die erste Adresse.«

»Ich bin aber keine Jugendstrafsache.« Das kam schärfer raus, als er es gewollt hatte, aber seine Mutter ließ sich nicht aus dem Konzept bringen.

»Hauptsächlich ist er Therapeut, nicht Gutachter. Wir fragen ihn nur um Rat, wenn Jugendliche im Spiel sind. Normalerweise kriegst du bei dem Mann gar keinen Termin, schon gar nicht so kurzfristig. Das hat er nur mir zuliebe gemacht. Er ist wirklich total nett. Du wirst ihn mögen.«

Während der Dr.-Androsch-Werbeblock an ihm vorüberplätscherte, zerstreute Sascha sich, indem er mit der Gabel eine Olive auf dem leer gegessenen Teller hin und her schubste.

»Na, was sagst du?«

Sascha blähte die Backen und stieß einen Schwall Luft aus. Er war doch kein Psycho. Und überhaupt, was sollte es bringen, alles wieder und wieder durchzukauen? Passiert war passiert, und irgendwie musste man eben damit klarkommen. Alles andere war total uncool. Sein Vater jedenfalls wäre bestimmt nicht zu so jemandem gegangen, egal, wegen was.

»Gib der Sache doch wenigstens eine...«

Es klingelte an der Tür. Sascha zuckte zusammen, und ehe er mitbekam, was passierte, war die Olive schon quer über den Tisch geschossen und unter dem Tellerrand seiner Mutter gelandet. »Scheiße.« Er setzte ein ungelenkes Grinsen auf. »Knapp vorbei ist auch daneben.«

Seine Mutter sah ihn mit hochgezogenen Brauen an. Anscheinend fand sie das gar nicht witzig. Eher besorgniserregend. Dann stand sie auf und verließ die Küche.

Kaum war sie durch die Tür, sackte Sascha in sich zusammen. Was sie gleich wieder dachte. Er war wirklich bloß erschrocken. Panik kriegte er nur, wenn es klingelte und sie nicht da war und auch nicht angerufen hatte. War doch auch ganz normal, nach allem. Und auf Psychogelaber hatte er absolut keinen Bock. Auf die wichtigsten Fragen hatte dieser Dr. Androsch doch sowieso keine Antworten. Warum zum Beispiel überhaupt so was passieren musste. Warum ein Tag, der ganz normal anfing, im totalen Horror enden konnte.

So wie jener vor elf Monaten. Seine Mutter hatte freigehabt und nach dem Mittagessen noch endlos lange mit Sascha geredet, was damals nicht gerade oft vorkam. Und dann dieses schreckliche Klingeln. Zwei Polizeikollegen, unangemeldet. Seiner Mutter genügte wahrscheinlich schon der Anblick der beiden fahlen Gesichter, um zu wissen, was los war. Sie gingen ins Wohnzimmer, redeten gedämpft hinter verschlossener Tür. Sascha wusste sofort, dass etwas passiert war, und er erinnerte sich noch genau an das Gefühl, mit dem er aus der Küche in den Flur geschlichen war und daran, wie er dann dort stand und in diese zementierte Stille lauschte, aus der nichts zu ihm drang. Nach kurzer Zeit gingen die beiden Männer wieder, beide sahen ihn an wie jemanden, der einem nur leidtun konnte, einer klopfte ihm sogar im Vorbeigehen auf die Schulter. Und dann seine Mutter, die zu ihm kam, ihn fest umarmte, aus geröteten Augen ansah und sagte: »Wir müssen jetzt ganz stark sein.« Das waren der Tag, die Stunde und die Minute, als für ihn die Zeiger auf null gestellt wurden. Und dort standen sie noch immer.

Seine Mutter kehrte zurück. »Die neue Nachbarin«, teilte sie ihm mit. »Wollte wissen, wo hier in der Nähe eine Tankstelle ist. Sie wirkt nett.«

Sie setzte sich wieder, pulte die Olive unter ihrem Tellerrand hervor und steckte sie in den Mund.

»Ich habe für dich einen Termin bei Dr. Androsch gemacht«, sagte sie in diesem Kriminalhauptkommissarinnenton, den er absolut nicht leiden konnte. »Nächsten Donnerstag, fünfzehn Uhr. Wenn du willst, komme ich mit. Wenn du allein hingehen willst, auch gut. Aber hingehen wirst du.«

2

NACH ALLEM, WAS seine Mutter über Dr. Androsch erzählt hatte, hatte Sascha ihn sich ganz anders vorgestellt. Wie genau, wusste er gar nicht, aber auf jeden Fall nicht so: mittelgroß, schmächtig und nichtssagend wie ein leeres Blatt Papier. Nur seine Augen sind echt der Hammer, dachte Sascha. Meeresblau. Der Kontrast zu den schwarzen Haaren machte sie noch intensiver. Wie ein Magnet zogen sie den Blick an und ließen ihn nicht mehr los.

»Setz dich, Sascha. Willst du was trinken? Cola, Wasser, Kaffee?« Dr. Androschs Stimme war weder laut noch leise, weder hoch noch tief und passte perfekt zu seinem Aussehen.

Sascha schüttelte den Kopf. Er wollte nur eines: überhaupt nicht hier sein. Da er aber nun einmal hier sein musste, wollte er die Sache wenigstens möglichst reibungslos hinter sich bringen.

Er hatte erwartet, in eine Art Arztpraxis zu kommen. Das goldene Schild mit der Aufschrift DR. JOACHIM ANDROSCH – PSYCHOTHERAPEUT – TERMINE NUR NACH VEREINBARUNG, das unten neben der Haustür und oben am Eingang hing, sah ja auch sehr arztmäßig aus. Aber es gab hier nicht mal eine Sprechstundenhilfe oder so was. Nachdem er sich in den dritten Stock hochgeschleppt und geklingelt hatte, hatte Androsch selbst die Tür aufgemacht. Über knarzendes Parkett hatte er ihn dann in diesen Raum geführt, wo sie jetzt in einer erdbraunen Sitzgruppe saßen – Androsch im Sessel, Sascha auf der Couch –, unter Schwarz-Weiß-Fotos von Dünen, die liegenden Frauenkörpern ähnelten.

»Ist das Du überhaupt in Ordnung?«, fragte Androsch, während er sich Kaffee eingoss. »Oder soll ich lieber Sie sagen?«

»Mir egal.«

»Okay. Du kannst mich natürlich auch duzen, wenn du willst. Ich bin Joachim.«

Kein Bedarf, dachte Sascha und schaute verstohlen auf seine Uhr. Erst vier Minuten rum.

Androsch nahm einen Schluck Kaffee, dann lehnte er sich zurück, schlug die Beine übereinander und stützte den Ellbogen auf die Lehne des Sessels. Er trug ein langärmliges, weißes Hemd, an dem nur der oberste Knopf offen war, dazu eine schwarze Bundfaltenhose. Der breite Siegelring wirkte viel zu schwer für die schmale Hand. Ziemlich uncool, der ganze Typ, fand Sascha. Und das gab ihm irgendwie Sicherheit.

»Hab keine Angst«, sagte Androsch, »hier geschieht nichts, was du nicht willst. Du allein bestimmst, wo's langgeht. Du bist der Fahrer, ich bloß der Beifahrer.«

Das wäre ja mal was ganz Neues, dachte Sascha.

»Natürlich erfährt niemand, was in diesen vier Wänden passiert, auch deine Mutter nicht. – Ein paar Dinge gibt es allerdings noch, um die ich dich bitten möchte. Du solltest immer pünktlich sein. Wenn du mal nicht kommen kannst, ruf vorher an und sag Bescheid. Es sollte auch nur ganz selten vorkommen. Versprichst du mir das?«

Sascha zuckte mit der Schulter. »Klar.«

»Die ersten fünf Sitzungen sind Probestunden. Wenn du das Gefühl hast, das hier funktioniert für dich nicht, sagst du es mir einfach und das war's dann. So weit okay?«

Sascha nickte.

Als Androsch einen Block und einen Bleistift von einem Tischchen neben dem Sessel nahm und auf seinem Bein platzierte, wurde Sascha flau in der Magengegend. Jetzt ging es also los. Und er hatte keine Ahnung, was er diesem fremden Mann eigentlich erzählen sollte.

»Okay, Sascha, warum bist du hier?«

»Das wissen Sie doch bestimmt schon von meiner Mutter.«

»Ich will es aber von dir hören.«

»Meine-Mutter-meint,-ich-komme-nicht-damit-klar,-dass-mein-Vater-erschossen-wurde.« Den Blick auf seinen Oberschenkel geheftet, leierte Sascha den Satz runter, so wie er ihn sich zurechtgelegt hatte.

»Ist doch völlig normal, finde ich. Wie soll man mit so was auch klarkommen?«

Sascha sah erstaunt hoch. Hatte ihn seine Mutter nicht genau deshalb hergeschickt? War es nicht in den letzten elf Monaten ausschließlich darum gegangen, *mit der Sache klarzukommen?* Und nun tat ausgerechnet der Typ, der ihm dabei helfen sollte, so, als sei Klarkommen gar nicht das Thema! Das war so, als würde die Klausur, auf die man seit Ewigkeiten büffelte, einfach abgesagt.

»Was könnte das denn bedeuten«, fragte Androsch, »mit so einer Sache klarzukommen?«

Sascha zuckte die Schultern. »Keine Ahnung. Dass man nicht mehr dauernd dran denkt.«

»Denkst du denn dauernd daran?«

»Keine Ahnung. Irgendwie schon.«

»Und woran denkst du da so?«

»Keine –« Sascha unterbrach sich, weil er merkte, dass er dauernd mit *keine Ahnung* anfing und ihm das ziemlich dämlich vorkam. Obwohl es ja stimmte. Er hatte keine Ahnung, was für Gedanken das waren. Waren es überhaupt Gedanken? Nach einer ganzen Weile, die ihm selbst endlos erschien, sagte er: »Eigentlich ist es mehr ein Gefühl.«

»Kannst du dieses Gefühl beschreiben?«

»Es ist irgendwie so … Ich weiß nicht …«

»Spürst du es jetzt? In diesem Moment?«

Sascha horchte in sich hinein. Er spürte – gar nichts! Keine Trauer, keinen Schmerz. Nada. Und war das wirklich nur jetzt so? Oder nicht schon die ganze Zeit? Ihm wurde plötzlich heiß, so als wäre er gerade ohne Hausaufgaben erwischt worden. Am liebsten wäre er weggelaufen. Doch er blieb sitzen und sagte mit belegter Stimme: »Keine Ahnung …«

»Es ist immer schwer, Gefühle in Worte zu fassen.«

Vor allem, wenn man gar keine hat, dachte Sascha, und sofort rollte eine neue Hitzewelle an.

Nach einer Weile klammem Schweigen meinte Androsch: »Vielleicht fällt es dir ja leichter, etwas Schönes von deinem Vater zu erzählen. Etwas, woran du dich gerne erinnerst. Gibt es da was?«

Sascha atmete auf. Er wusste nicht, was passiert wäre, wenn Androsch in diese Gefühlerichtung weitergebohrt hätte. Ich an seiner Stelle hätte nicht lockergelassen, dachte er. Anscheinend ist er doch nicht so gut, wie Mama glaubt. Schon etwas entspannter, lehnte Sascha sich zurück. Einfach irgendwas zu erzählen, war total leicht. Und ihm fiel auch sofort was ein.

»Ist ziemlich lange her«, begann er, »ich war vier oder höchstens fünf, da hat mich mein Vater mal überrascht. Einfach so, ohne besonderen Anlass. Ich weiß noch genau, das Wetter war super und alles, und plötzlich klingelte es an der Tür und meine Mutter rief: ›Geh du, Sascha, ich glaub, es ist für dich.‹ Sie wusste natürlich Bescheid. Ich machte also auf, und da stand er vor mir, mein Vater, und er sagte: ›Mitkommen, junger Mann, Sie sind verhaftet! Geht das nicht ein bisschen schneller?‹ Und dann –«

Sascha sah plötzlich das helle Licht jenes Tages, und den Streifenwagen sah er auch und Papas lächelnden Kollegen am Steuer und Papa, der genauso lächelt und ihm die Tür aufhält und sagt: ›Einsteigen, aber ein bisschen plötzlich!‹ Und dann hebt sein Papa ihn auch schon auf den Sitz und sagt: ›Ohne Kindersitz, ausnahmsweise, die Polizei wird uns schon nicht erwischen‹, und dann schlägt die Tür zu … Und Sascha erinnerte sich noch, wie das Leder und der Stoff der Sitze rochen – nicht so toll, irgendwie nach kaltem Schweiß – und wie sich alles anfühlte, und das Funkgerät rauscht und knistert immer wieder, und dann steigt sein Vater ein, und sie fahren los und …

In diesem Augenblick, während er sich noch erinnerte, spürte er, dass etwas auf ihn zurollte. Er wusste erst nicht, was es war, und als er es erkannte, war es schon zu spät, um es noch aufzuhalten, also ließ er es einfach kommen. Mit voller Wucht ging es über ihn hinweg, dieses tosende

Gefühl aus Trauer und Schmerz und Wut und Sehnsucht, wie eine gigantische Welle, ein Tsunami, es packte und schüttelte ihn durch und ließ ihn seine Umgebung völlig vergessen.

Und dabei hatte er noch so gut wie nichts von jenem Tag erzählt: nichts von dem Blaulicht, nichts von der Pistole, die er hatte berühren dürfen, nichts von dem riesigen Eisbecher auf der Heimfahrt. Er konnte es nicht, weil die Tränen einfach nicht aufhören wollten zu fließen und das Schluchzen einfach herauswollte und herausmusste und kein Ende finden wollte …

OKAY, JETZT IST es raus, dachte Sascha auf dem Weg nach unten. Ich bin ein Weichei. Wie hatte er nur derart die Fassung verlieren können? Das war noch nicht mal eine richtige Therapiestunde gewesen, bloß ein erstes Kennenlernen. Aber Androsch hatte ihn auch übel ausgetrickst mit seiner netten Art und der scheinbar harmlosen Frage. Es war sein Job, Leute zum Flennen zu bringen – Scheißjob, übrigens –, insofern musste man zugeben, dass er ziemlich gut war. Aber was brachte es? Sascha fühlte sich nicht erleichtert, sondern einfach nur leer. Oder besser: Er fühlte sich wie durchgekaut und ausgespuckt. Und das sollte er von jetzt an jede Woche mit sich machen lassen? Na, vielen Dank!

Als er mit einem heftigen Ruck die Haustür aufriss, fiel sein Blick auf den Rücken eines Mädchens, das vor dem Gebäude auf den Stufen saß. Sie drehte sich zu ihm um. Große, glänzende Augen sahen ihn an, so ähnlich wie die Mädchen in japanischen Mangas sie hatten. Und dazu ein kleiner Mund mit aufgeworfenen Lippen, der Sascha an eine Kirsche denken ließ. Sie sagte nichts, sondern drehte sich nach ein paar Sekunden wieder weg, um weiter an einem schon ziemlich zerfledderten Papiertaschentuch zu rupfen. Sascha stieg an ihr vorbei zum Bürgersteig hinab. An der Straßenecke wandte er sich noch mal um. Sie war weg.

Ich sag Mama einfach, dass ich mit dem Typen nicht kann, dachte er später im Bus. Aber dann suchte sie ihm wahrscheinlich sofort einen anderen Therapeuten. Nein, so leicht kam er aus der Nummer nicht raus. Es gab eigentlich nur einen Ausweg: Er musste sie davon überzeugen, dass er keine Therapie brauchte. Dass er über die Sache so gut wie hinweg war. Bloß, wie sollte er das anstellen?

SASCHA STIEG EINE Haltestelle zu früh aus. Er wollte das letzte Stück gehen. Noch ein bisschen Luft schnappen, bevor er ankam. Als das Unbehagen wieder hochdrängte, dachte er: Was ist schon dabei? Es sind nur zwei Quadratmeter Erde.

Und warum hast du dann geschlagene elf Monate gebraucht, bist du endlich mal hier auftauchst?

Vielleicht wäre es anders – besser – gewesen, wenn seine Mutter ihm erlaubt hätte, seinen Vater ein letztes Mal zu sehen. So, wie Sascha es verlangt hatte. Er hätte das schon verkraftet. Schließlich war er auch vor elf Monaten kein kleiner Junge mehr gewesen. Aber sie hatte nur gesagt: »Behalte deinen Vater so in Erinnerung, wie er war, als er noch gelebt hat.« Das hatte ihm erst recht Angst gemacht. Wieso durfte er ihn nicht sehen? Was war mit ihm passiert?

Seine Finger glitten über die Backsteinmauer. In dem Maße, wie er seine Schritte verlangsamte, beschleunigte sich sein Herzschlag. Schon tauchte das Tor auf. Dann stand er vor dem schmiedeeisernen Gatter, das einen Spaltbreit offen stand. Dahinter: Gräber. Eines am anderen.

Jetzt bloß nicht kneifen, dachte er.

Er musste wissen, ob er cool war oder ein Opfer. Normal oder ein Psycho. Dieser Seelenklempner sollte einsehen, dass sein Gequatsche überflüssig war und dass es rein gar nichts bedeutete, dass er vorhin so geflennt hatte. Und seine Mutter sollte endlich begreifen, dass sie nicht immer recht hatte und dass er ganz genau wusste, was er brauchte und was nicht.

Das Gatter quietschte in den Angeln, als er es aufschob. Kies, der unter seinen Fußsohlen knirschte. Ein steinerner Engel sah ihn an, der Zeigefinger auf den Lippen mahnte zur Stille. Sascha erinnerte sich genau an ihn. Den breiten Weg hinab, dann die dritte Abzweigung auf der rechten

Seite. Auch daran erinnerte er sich. Die Trauerhalle unter der hohen Kuppel. Der hellbraune Sarg, die Blumen und Kerzen. Er erinnerte sich.

An alles erinnerte er sich, als wäre es gestern gewesen. Seine Mutter, die dasteht, im schwarzen Kostüm. *Mein Beileid. Mein Beileid. Der arme Junge.* Polizisten in Uniform, die den Sarg aufheben und tragen, den ganzen Weg. Die Polizeikapelle spielt einen leiernden Trauermarsch. Er selbst an Mamas Arm. Nicht ganz klar, wer wen stützt. Die rechteckige Grube. Der Erdhaufen unter einer grünen Plane. *Von der Erde bist du genommen, zur Erde kehrst du zurück. Asche zu Asche, Staub zu Staub.*

Er erinnerte sich.

Wie sollte er das auch je vergessen!

Irgendwo hinter all den Grabsteinen musste sein Vater liegen. Sascha umrundete einen besonders wuchtigen und blieb schlagartig stehen, denn er fand sich unvermittelt vor einem von welken Kränzen und Blumengestecken bedeckten Erdhügel wieder. Ein noch junges Grab. Am Kopfende erhob sich ein schlichtes Holzkreuz, an dem ein schwarzer Schleier und das Foto eines Mädchens befestigt waren. Der Anblick traf Sascha wie ein Faustschlag. Sein Herz raste auf Hochtouren. Der Schweiß brach ihm aus. Er wollte weitergehen. Konnte nicht. Nachdem er ein paarmal auf der Stelle getreten hatte, drehte er sich um. Nach ersten zaghaften und noch unschlüssigen Schritten fing er an zu laufen und rannte schließlich den Weg, den er gekommen war, zurück. Wieder auf der Straße, blieb er stehen und atmete tief durch.

Scheiße, dachte er. Ich bin doch ein Opfer, ein Psycho. Klar, Mann, sagte es in ihm, was hast du denn geglaubt? Du kriegst schon einen Herzschlag, wenn es nur an der Tür läutet.

Im Bus musste er wieder an das Mädchen auf dem Foto denken. Das Mädchen in dem Grab. Sie hatte so jung ausgesehen, höchstens so alt wie er. Während ihm das bewusst wurde, kroch eine Gänsehaut über seine Unterarme. Was mochte der Grund sein für ihren frühen Tod? Obwohl er nichts über sie wusste, konnte er nicht aufhören, an sie zu denken.

Als Sascha zu Hause ankam, stand Joy auf dem Bürgersteig und bastelte an einem Fahrrad herum. Mist, dachte er, ausgerechnet jetzt. Obwohl sie und ihre Mutter schon über eine Woche hier wohnten, hatte er noch so gut wie kein Wort mit ihr gewechselt. Dabei hätte er sie gerne kennengelernt. Sie sah nett aus. Leider hatte sich bisher keine Gelegenheit ergeben. Heute allerdings, nach allem, was er hinter sich hatte, war er nicht zu Small Talk aufgelegt. Und dass sie ihm womöglich ansah, dass er geflennt hatte, wollte er schon gar nicht riskieren.

Er war ungefähr auf fünf Meter heran, als Joy aufblickte. »Hi«, grüßte sie.

»Hi.«

Sofort wandte sie sich wieder ihrem Rad zu. Er wollte schon an ihr vorbeigehen, als sie ihn, ohne aufzuschauen, bat: »Kannst du mal kurz halten?«

»Äh …«, machte er.

»Dauert höchstens 'ne Minute.«

Zögernd nahm er den Lenker und sah zu, wie sie an der Bremse herumschraubte. Ihre Handgriffe wirkten ziemlich professionell, obwohl er das eigentlich nicht beurteilen konnte, denn in praktischen Dingen war er eine totale Niete. Dann betrachtete er ihre unordentlich hochgesteckten Haare, ihr ovales Gesicht mit den großen, dunklen Augen, die schlanke Figur. Von Nahem war sie noch hübscher als aus der Ferne. Und für ein paar Momente ließ ihn ihre Nähe sogar vergessen, was das bisher für ein Scheißtag gewesen war.

»Du heißt Sascha, oder?«, sagte sie irgendwann.

»Mhm«, machte er.

»Schöner Name. Ich bin übrigens Joy.« Während sie redete, schraubte sie weiter an ihrem Fahrrad herum. »Bist du immer so schweigsam?«

Er räusperte sich, überlegte, worüber er mit ihr reden könnte, doch sein Kopf war wie vernagelt. »Cooles Rad«, sagte er schließlich, obwohl er von Fahrrädern null Ahnung hatte.

»Eigentlich nicht. Gibt viel bessere.«

»Klar. Gibt es immer.«

Sie richtete sich auf, steckte das Werkzeug in die Seitentasche ihrer Cargohose und übernahm den Lenker. Ihre Hände lagen so dicht neben seinen, dass sie sich fast berührten.

»Du kannst jetzt loslassen, Sascha. Ich muss 'ne Probefahrt machen.«

Widerwillig löste er seine Hände vom Lenker. Sein Leben kam ihm neben ihrer Unbeschwertheit plötzlich so abgestanden vor. Nur zu gerne hätte er die bleierne Schwere, die ihm in den Knochen saß, abgeschüttelt, wenigstens für ein paar Stunden oder auch nur Minuten.

Joy stieg auf ihr Rad und fuhr los. »Wir sehen uns«, rief sie, und es klang in seinen Ohren wie ein Versprechen.

3

So ein Mist, dachte Sascha. Da brauchte man mal einen vollen Mülleimer, und was war? Gähnende Leere. Er riss den Brotkasten auf. Ein paar trockene Scheiben, immerhin. Die Äpfel in der Obstschale sahen auch schon ein bisschen verschrumpelt aus. Weg damit. Waren die beiden Bananen nicht überreif? Rein in den Abfall. Schon hörte er nebenan die Tür erst aufgehen und dann mit einem lauten Knall zuschlagen. Er schnappte sich den Eimer und verließ die Wohnung. Unter ihm, irgendwo auf der Treppe, klatschten Flip-Flops. Und in der Luft hing noch der Duft von Pfirsichshampoo.

Ich lade sie einfach ein, dachte er, während das Herz ihm bis in den Hals pochte, ganz beiläufig, so als würde es mir gerade eben erst einfallen.

Als er in den Hof kam, kämpfte Joy gerade mit dem Deckel des Müllcontainers, der wie immer klemmte. Sie trug knallenge Leggins und ein locker sitzendes Träger-Shirt, und sie sah verdammt gut darin aus. Er nahm sich einen Moment, um sie zu betrachten.

»Warte«, rief er dann, »ich helf dir.«

Joy wandte den Kopf. »So ein Glück«, sagte sie.

Glück – von wegen! Durch die offenen Balkontüren hatte Sascha gehört, wie Joys Mutter ihr befahl, den Müll runterzubringen. Seit Tagen lauerte er auf so eine Gelegenheit. Tage und Nächte, in denen er viel zu viel an Joy gedacht hatte. Jener eigentlich belanglose Moment, in dem er ihr Rad gehalten hatte, kam ihm immer mehr vor wie der vergoldete Anfang von irgendwas. Er wusste nur noch nicht, von was.

»Wegen dem bisschen Müll rennst du extra runter?«, fragte sie, als sie den kümmerlichen Inhalt seines Eimers sah.

»Biomüll fängt bei der Hitze doch so schnell an zu stinken«, erklärte er rasch, »außerdem zieht er diese kleinen Fliegen an, und die hasse ich.«

Sascha stemmte den Deckel des Müllcontainers hoch. Joy warf ihre zum Platzen volle Tüte hinein, Sascha leerte seinen Eimer. Hatten ihre nackten Arme sich wirklich berührt, oder bildete er sich das nur ein?

»Muss Biomüll nicht da rein?« Sie deutete auf die braune Tonne.

Er grinste. »Zu spät.«

Gemeinsam gingen sie zurück ins Haus. Es war höchste Zeit, etwas zu sagen. Doch er hatte alle Gesprächsthemen, die er sich zurechtgelegt hatte, vergessen. Zum Glück brauchte er sie auch nicht, denn Joy sagte: »Ist deine Mutter wirklich bei der Kripo?«

»Woher weißt du das?«

»Meine Mutter hat es irgendwo aufgeschnappt.«

Ob sie das von seinem Vater auch schon wusste? Wahrscheinlich. Er hoffte nur, dass sie es nicht ansprach. »Das ist gar nicht so aufregend, wie man denkt«, sagte er. »Was macht denn deine Mutter?«

»Total öde. Sie ist Lehrerin. In der Schule ist sie angeblich richtig cool. Als Mutter kann sie dafür ziemlich nerven. Na ja, nicht mehr lange. Ende Dezember werde ich achtzehn, dann ziehe ich aus.«

BUMM! Das saß. Achtzehn – also über ein Jahr älter als er! Wie sollte ein praktisch total unerfahrener Junge das wettmachen? Das war ungefähr so aussichtsreich, wie barfuß auf den Mount Everest zu steigen.

»Und wo willst du hinziehen?« Sascha versuchte, so beiläufig wie möglich zu klingen.

Sie zuckte mit den Achseln. »Weiß nicht. Möglichst weit weg. Nicht wegen meiner Mutter, so schlimm ist sie auch wieder nicht. Aber man muss doch mal was Neues kennenlernen, oder?«

»Klar.«

»Und du? Was hast du später vor?«

»Keine Ahnung.« Dann fiel ihm doch etwas ein. Etwas, das sie vielleicht beeindrucken würde. »Ich wäre gerne Künstler.«

Ihre schönen, großen Augen wurden noch ein bisschen größer und schöner. »Echt? Das ist ja abgefahren. Malst du, oder was machst du?«

»So was in der Art. Ich zeichne. Comics, hauptsächlich.«

»Wirklich? Ich liebe Comics! Darf ich mal was von dir sehen?«
»Klar.«
»Wenn du nichts dagegen hast, komm ich gleich zu dir rüber.«
»Kein Problem.«

Bingo! Saschas Herz schwappte fast über vor Glück. Das war ja besser gelaufen als erwartet. Joy in seinem Zimmer – nicht auszudenken!

Sie waren auf ihrem Stockwerk angekommen. Joy steckte den Schlüssel, den sie die ganze Zeit in der Hand gehalten hatte, ins Schloss. »Gib mir fünf Minuten«, sagte sie.

»Ich lass die Tür angelehnt. Brauchst nicht zu klingeln. Komm einfach rein.«

Künstler, dachte er nervös, als er wenig später in seinem Zimmer hektisch die schmutzigen T-Shirts, Socken und Shorts beseitigte. Eigentlich war das ganz schön übertrieben. Zeichnen war immer bloß ein Hobby gewesen. Aber es gab nun mal nicht so viele Dinge, mit denen er ein Mädchen, noch dazu ein so tolles und mehr als ein Jahr älteres, beeindrucken konnte.

UND JOY WAR beeindruckt. Wie sie seine Zeichnungen Blatt für Blatt betrachtete, manche davon richtig lange, nährte Saschas Hoffnungen. Obwohl er von keinem Fall wusste, in dem ein Mädchen sich wegen dessen künstlerischer Fähigkeiten in einen Jungen verliebt hatte, schon gar nicht, wenn es dabei um Superhelden-Comics ging. Aber Joy, das hatte er schon jetzt verstanden, war nicht wie die anderen Mädchen, die er kannte. Vielleicht funktionierte es bei ihr ja. Vielleicht war es ihr auch völlig egal, wie alt ein Junge war. Oder wie erfahren. Er schluckte schwer.

»Die sind toll«, sagte Joy schließlich. »Du hast echt was drauf.«

Sascha lächelte verlegen und zuckte die Schultern.

»He, was ist das denn?« Sie sprang auf und lief zum Schrank. »Sag bloß, du bist auch noch musikalisch!«

Sie zog die Gitarre aus der Lücke zwischen Schrankwand und Mauer hervor, in der sie seit vielen Monaten verstaubte.

»Nur ein bisschen«, sagte er, »und ich hab schon lange nicht mehr gespielt.«

»Keine Ausreden! Spiel was!« Joy hielt ihm die Gitarre hin.

Er setzte sich damit auf die Bettkante und fing an, die Saiten zu stimmen. Seit dem Tod seines Vaters hatte er die Gitarre nicht mehr angefasst. Joy platzierte sich vor ihm auf den Boden und schaute ihn erwartungsvoll an. Er musste nicht lange überlegen, was er spielen könnte: *Father and Son* von Cat Stevens. Das hatte ihm sein Vater beigebracht, und das konnte er am besten. Er fing an, und es fühlte sich fremd und vertraut zugleich an, diese Worte nach so langer Zeit wieder zu singen. In der zweiten Strophe deutete Joy auf ihren Unterarm. Er wusste erst nicht, was das bedeuten sollte, aber dann sah er, dass sie eine Gänsehaut hatte. Und sofort kriegte er auch eine. Aber nicht so sehr wegen des Song.

In diesem Moment wurde die nur angelehnte Tür aufgeschoben, und mit einem Mal stand seine Mutter vor ihm. Als sie Joy erblickte, verschwand ihr Lächeln sofort. Sie sah zwar nicht schockiert aus, aber auch nicht wirklich erfreut. Zweifellos fragte sie sich, was hier abging. Dennoch war sie taktvoll genug, gleich wieder den Rückzug anzutreten und die Tür hinter sich zuzuziehen.

»Ups«, sagte Joy.

Sie mussten beide lachen.

Sascha spielte noch ein paar Takte, dann stellte er die Gitarre weg. Dass seine Mutter in der Wohnung war, machte ihn nervös.

»Ich geh dann mal«, sagte Joy sofort. »Darf ich mir ein paar von deinen Geschichten mitnehmen? Ich finde die echt cool.«

Sascha fühlte die Hitze in seinen Wangen, zuckte aber lässig die Schultern. »Kein Problem.«

Er holte eine leere Mappe und ging vor ihr in die Hocke. »Welche willst du?« Sie ließ ihren Blick über die Blätter, die um sie herumlagen, schweifen und griff ein paar heraus. Als sie auch eine von den uralten nahm, die eher versehentlich unter ihre Augen gekommen waren, fiel er ein und zog sie ihr sanft aus der Hand. »Die nicht!«

»Warum nicht? Die fand ich besonders schön.«

»Die sind doch total kindisch.«

»Quatsch. Ich find sie witzig. Aber gut, du bist der Künstler.«

Sie klappte die Mappe zu, und er brachte sie an die Tür.

»Am Wochenende soll's heiß werden«, sagte Joy. »Vielleicht können wir schwimmen gehen.«

»Wär super.«

»Okay. Bis dann.«

»Bis dann.«

Die Tür ging auf und wieder zu, und weg war sie. Zurück blieb ein süßer Schmerz in Saschas Brust. Joy und er beim Baden. Ihm wurde ganz flau in der Magengegend. Vor Glück und Aufregung. War das schon ein richtiges Date?

»Find ich gut, dass du wieder Gitarre spielst«, sagte da seine Mutter hinter ihm.

Sascha zuckte kurz zusammen, drehte sich um und ging kommentarlos an ihr vorbei in die Küche. Irgendwas musste mit ihm passiert sein, er kam sich plötzlich größer und breiter vor.

»Mädchen stehen übrigens voll auf Gitarrenspieler«, sagte seine Mutter, mit einem leichten Grinsen in den Mundwinkeln.

»Mama!« Er rollte mit den Augen.

»Das war schon immer so. Was glaubst du, wie mich dein –« Sie beendete den Satz nicht.

Sascha ging an den Kühlschrank. »Ich mach uns schnell was.«

»Das musst du nicht. Ich bin die Mama.« Sie schob ihn weg, machte die Tür auf und schaute hinein. »Okay«, sagte sie und trat wieder zur Seite, »in diesem Haushalt schafft es nur einer, aus nichts was zu zaubern.«

Sascha lächelte.

»Und während du kochst, reden wir. Über Mädchen. Und was in deinem Alter geht und was nicht.«

»Oh Mann, Mama, du bist echt peinlich!«

Irgendwie hatte Sascha das Gefühl, dass Joys Anwesenheit sein Zimmer verändert hatte. Deshalb ließ er alles, wo es war: die Zeichnungen auf dem Boden, die am Schrank lehnende Gitarre, das leere Glas auf dem Schreibtisch. Er setzte sich auf die Bettkante und fixierte die Stelle im Raum, die sie eben noch ausgefüllt hatte. Es war, als sei dort etwas von ihr in der Luft zurückgeblieben. Etwas, das er durch bloßes Starren wiederbeleben konnte.

Nach einer Ewigkeit holte er Zeichenblock, Bleistift und Radiergummi und setzte sich wieder hin. Dann schaute er wie zuvor auf den Platz, den sie eingenommen hatte, und tatsächlich, er sah sie, sie war wieder da – oder noch immer –, und so begann er, ein Porträt von ihr zu zeichnen, mit behutsam tastenden Strichen, als fürchte er, eine allzu forsche Vorgehensweise könne das Bild aus seiner Erinnerung vertreiben, ehe er es ganz aufs Papier gebannt hatte.

»Es freut mich, dich wiederzusehen.« So wie Dr. Androsch lächelte, glaubte Sascha es ihm fast. Er selbst war nicht gerade froh, wieder hier zu sein, aber da er keine andere Wahl hatte, hatte er sich entschlossen, der Therapie eine Chance zu geben. »Wie ist es dir nach der letzten Stunde ergangen?«

»War schon komisch«, antwortete Sascha betont lässig. »Keine Ahnung, warum ich letzte Woche so geflennt hab. Ich bin eigentlich nicht der Typ, der sofort losheult.«

»Du trägst eine Wunde in dir, Sascha, einen Schmerz. Und wenn uns was wehtut, weinen wir eben. Das ist ganz natürlich und muss dir nicht peinlich sein.«

»Wenn Sie das sagen«, murmelte er.

»Ich würde heute gerne mit einer kleinen Übung beginnen. Sie heißt: die innere Zuflucht. Sie soll dir einen Ort schenken, an den du dich jederzeit zurückziehen kannst. Einen Ort der Geborgenheit in dir.«

»Okay«, sagte Sascha und dachte: Jetzt geht also das Psychogedöns richtig los. »Muss ich die Augen schließen?«

»Kannst du, musst du aber nicht. – Bereit?«

Er nickte und schloss die Augen.

Androsch bat ihn nun, sich einen Ort der Ruhe vorzustellen und zu beschreiben. Vielleicht sein Zimmer oder einen Strand, an dem er sich im Urlaub wohlgefühlt hatte, oder irgendeinen erfundenen Platz. Sascha kam sich bescheuert vor, und weil ihm nichts Besseres einfiel, dachte er eben an eine Blumenwiese. »Es gibt alle möglichen Blumen, Schmetterlinge und Bienen und alles«, beschrieb er sie. »Die Sonne scheint, ein paar Wolken ziehen über den Himmel. Alles ist total entspannt.«

»Warum fühlst du dich ausgerechnet hier geborgen?« Androsch war nur noch eine Stimme.

»Ich glaube, wegen der Weite. Hier gibt es keine bösen Überraschungen.«

»Schau dich um. Je mehr Details du findest, desto besser.«

»Vor mir ist ein kleiner Hügel.«

»Wie sieht er aus?«

»Total zugewachsen mit Blumen. Rote Blumen. Mohn. Und diese blauen, die auf Feldern wachsen. Wie heißen die noch mal?«

»Kornblumen?«

»Ja, die meine ich.« Sascha stockte. Das innere Bild hatte sich verändert. Die eben noch frischen Blumen lagen welk auf der Erde. Was war mit ihnen passiert? Und da war noch etwas aufgetaucht. Ein Zettel an einem verkrüppelten Stock. Er zoomte den Zettel heran, um zu sehen, was darauf stand. In dem Moment, in dem er nah genug war, erschrak er und riss, nach Luft schnappend, die Augen auf.

»Was ist?«, fragte Androsch.

»Nichts.« Sascha schüttelte den Schrecken so gut wie möglich ab. »Gar nichts.«

Ein Grab. Der kleine Hügel war ein Grab gewesen. Das Grab eines toten Mädchens. Auf dem Zettel hatte ihr Name gestanden, in dicken, schwarzen Buchstaben: *Sarah*.

Das rote Cabrio schoss mit hochdrehendem Motor an Sascha vorbei. Dann flammten die Bremslichter auf, und das Auto kam genau vor seinem Haus zum Stehen. Erst auf den zweiten Blick bemerkte er, wer die junge Frau auf dem Beifahrersitz war. Er erkannte sie an den dunklen Schultern unter dem Trägertop und der unnachahmlichen Art, wie das Haar hochgesteckt war. Doch wer war der Typ am Steuer? Raspelkurze, schwarze Haare, markantes Profil – mehr konnte Sascha aus der Entfernung nicht sehen. Und mehr brauchte er auch nicht zu sehen. Das war definitiv ein Mann und kein kleiner Junge. Wie beiläufig er den Ellbogen auf die Lehne des Beifahrersitzes stützte und dabei mit der Hand scheinbar zufällig Joys Schulter berührte. Worüber quatschten die beiden bloß? Anscheinend fiel es ihm nicht schwer, Joy zu unterhalten, denn sie wirkte total locker, lachte oft und laut. Nach einer Weile holte sie eine große Tasche vom Rücksitz, küsste den Typen auf den Mund und stieg aus. »Wow«, entfuhr es Sascha, als er sie in dem Minirock und dem bauchfreien Top sah. Von der Haustür aus warf sie dem Cabrio-Fahrer noch eine Kusshand zu, dann war sie weg.

Sascha wartete, bis das Auto an der nächsten Einfahrt gewendet hatte und die Straße herunterkam. Kacke, dachte er, als er den Kerl am Steuer aus der Nähe sah, so wie der Typ aussieht, würde er in jeden Werbespot für Rasierwasser passen. Wenn ich ein Mädchen wäre, würde ich auch auf ihn abfahren.

Unruhig tigerte Sascha durch die Wohnung. Dreizehn Monate, dachte er. Wenn Joy im Dezember achtzehn wird, bin ich viereinhalb Wochen lang sogar zwei Jahre jünger als sie. Aber selbst ohne die dreizehn Monate hätte er gegen Mr. Rasierwasser keine Chance gehabt. Man musste der Realität ins Auge sehen: Künstler hin oder her, Joy war eine Frau – und was für eine! – und er bloß ein unerfahrener Junge. Er lief außer Konkurrenz. Sonst hätte sie ihm doch wohl gleich gesagt, dass sie einen Freund hatte.

Es klingelte. »Mach du auf, Sascha«, rief seine Mutter aus dem Bad. Er ging zur Tür und öffnete. Es war Joy. Sie hatte sich umgezogen. Sweatshirt und Cargohose. Anscheinend gut genug für ihn. »Was willst du?«, fragte er schroff.

»Hä? Was ist denn mit dir los?« Er ignorierte ihren schiefen Blick und die Frage. Nach ein paar Sekunden fuhr sie fort: »Ich mach Spaghetti bolognese, aber Parmesan ist alle. Habt ihr zufällig noch welchen?«

Wortlos ging er voraus in die Küche, wo er ein Stück Parmesan aus dem Kühlschrank holte und ihr reichte.

»Super. Danke. Wenn du willst, kannst du mitessen.«

»Nee, hab keinen Hunger.«

Sie legte den Kopf schräg und sah ihn aus ihren großen, dunklen Augen an. »Is' was mit dir? Du bist so ... komisch.«

Er schüttelte den Kopf. »Alles bestens.« Was sollte er auch sonst sagen? Er hatte keine Lust, sich lächerlich zu machen. Es reichte, wenn er selbst wusste, was für ein Vollidiot er war.

»Ach ja, Sascha, da fällt mir ein ... Sonntag, Baden, das klappt.«

»Sonntag? Sorry, da hab ich schon eine andere Verabredung. War ja nicht fest ausgemacht, oder?«

»Nee, war's nicht. Aber schade. Ich hab mich schon gefreut.« Sie sah wirklich enttäuscht aus.

»Kannst ja mit jemand anders gehen.« Oder hat dein Stecher am Sonntag etwa keine Zeit für dich?, ergänzte er in Gedanken und kniff die Lippen aufeinander.

»Ist echt alles okay?«

»Klar.«

Er wusste selbst, dass das Lächeln, das er aufsetzte, nur wie eine Grimasse aussehen konnte.

»Na dann.«

Die Hände in den Hosentaschen, ging er hinter ihr her zur Tür. In ihm war ein Verlangen, gemein zu ihr zu sein, aber er wusste nicht, wie.

»Ach, übrigens«, sagte er schließlich, »meine Zeichnungen, die du hast ...«

»Was ist damit?«

»Wenn du sie nicht mehr brauchst, dann …«

»Eigentlich würde ich sie gerne noch ein wenig behalten. Ich schau sie mir jeden Tag an.«

»Ha, ha.«

»Nee, wirklich. Aber wenn du sie unbedingt wiederhaben willst. Sind ja deine.«

Jetzt tat es ihm wieder leid. Was sollte der Quatsch? Er benahm sich echt wie ein kleiner Junge. »Nee, nee, schon okay«, ruderte er zurück, »ich dachte nur …«

Sie schüttelte den Kopf. »Also, du bist heute wirklich schräg drauf, Sascha.«

»Man sieht sich.«

Er blieb hinter der geschlossenen Tür stehen. Und so, dachte er, endet die kurze Geschichte zwischen Sascha und Joy, noch ehe sie begonnen hat.

»Und was haben sie dir angetan, Tristan?« Ihre Worte hallen in dem leeren Raum unangenehm nach.

Ich winke ab. »Das willst du nicht wissen.«

»Doch. Drum frag ich ja.«

»Nee, willst du nicht!«

Sie blinzelt erst, guckt dann auf ihre Knie. Wahrscheinlich war ihr meine Abfuhr zu schroff. Obwohl ich nur einen Hauch lauter war als normal. Aber sie ist ja *so* verletzlich.

Sie zieht etwas aus der Hosentasche und legt es von einer Hand in die andere und wieder zurück ... Fängt an zu nerven.

»Was hast du da?«

»Das hier?« Sie hält es hoch. Ein glitzerndes Herz in einer Plastikkugel, die an einem Kettchen hängt. »Nur ein Schlüsselanhänger.«

»Ist aber kein Schlüssel dran.«

»Das hat mir meine beste Freundin geschenkt. Ist aber schon ewig her.«

»Schmeiß es weg.«

»Warum?«

»Du sollst es wegschmeißen!«

Sie sieht mich an, als hätte ich von ihr verlangt, ihr liebstes Haustier zu ertränken.

»Du brauchst keine Freundinnen mehr. Du hast mich. Ich bin der einzige Mensch, den du noch brauchst.«

Traurig sieht sie das Herz an der Kette an.

»Gib es mir. Ich schmeiß es für dich weg.«

»Nein! Ich werfe es zu Hause weg.« Das ist natürlich gelogen. Aber ich belasse es dabei. Sie steckt das blöde Ding zurück in die Hosentasche.

»Echt coole Location, übrigens«, sagt sie, um davon abzulenken. »Dass einer anfängt, ein Haus zu bauen, und dann mittendrin einfach aufhört und alles so stehen lässt. Ist doch komisch, oder?«

Ich zucke die Schultern. »Dem ist wohl die Kohle ausgegangen. Vielleicht ist ihm auch seine Frau weggelaufen. So was kommt vor. Oder es ist jemand gestorben.«

Sie steht auf und klopft sich den staubigen Po ab. Dann wandert sie im Raum umher, in dem es außer Beton und nackten Ziegeln nichts gibt. Sie lässt die Blicke schweifen. »Echt cool«, sagt sie. »Schau mal, unsere Couch. Weißes Leder, superweich. Und ein Sessel. Da sitzt du immer, das ist dein absoluter Lieblingsplatz. Da drüben an der Wand hängt unser Flachbildfernseher. Ein Riesenteil mit tausend Funktionen. Da kannst du Actionfilme gucken und Sport.«

»Ich mag keine Actionfilme und keinen Sport. Ich mag nur dich anschauen. Den ganzen Tag. Du bist so schön, mein süßer Engel. Hab ich dir das schon gesagt?«

»Andauernd. Trotzdem: Nicht aufhören.«

Ich ziehe sie an mich und küsse sie. Spürt sie gar nicht, dass ich innerlich kalt bin? Oder macht sie gerade das so heiß? Mit Alina ist es zum Glück anders als mit Sarah. Sie muss nicht dauernd diese ekligen Zungenküsse haben. Sex ist für sie kein Thema. Sie hat eine große Scheu vor allem, was damit zu tun hat. Zumindest tut sie so. Auch jetzt macht sie sich rasch wieder los.

»Hörst du das? Das sind unsere Kinder. Unten im Garten, sie spielen. Björn und Anselm. Wie findest du die Namen? Oder hättest du lieber Mädchen? Fiona und Franziska? Wie wäre das?« Sie geht auf den Balkon, ruft: »Fiona! Anselm! Nicht streiten! Kommt rein! Essen ist gleich fertig!«

Sie da draußen stehen zu sehen, erzeugt ein Kribbeln in meinem Bauch. Ich richte mich auf.

»Komm du lieber rein, bevor du noch abstürzt.«

Sie kommt sofort. Daran hat sie nicht gedacht: dass etwas gefährlich sein könnte. Sie ist so dumm. So naiv. Ein Lächeln strahlt mich an aus ihrem Madonnengesicht. Es erreicht mich nicht. Nichts von dem, was sie sagt oder tut, erreicht mich. Dazu müsste ich schon vergessen, wer oder was sie ist, und bevor das passiert, friert eher die Hölle zu.

Trotzdem möchte ich etwas darauf sagen, etwas, das sie hören will, aber ich finde in mir nur Worte, die sie verschrecken würden. Deshalb schweige ich und sehe bloß zu, wie sie an das Fenster auf der anderen Seite geht.

»Boah!«, ruft sie dort. »Das ist so geil! Ein Pool. Komm, mein Schatz, wir gehen schwimmen.«

Bevor ich sie aufhalten kann, ist sie schon hinaus, und ich höre nur noch ihre Schritte auf der Treppe. In ihren depressiven Phasen ist sie mir wesentlich lieber, so ist sie ganz schön anstrengend mit ihrem Geplapper und Getue. Ich hebe meinen Rucksack auf, hänge ihn mir über die Schulter und folge ihr.

Das, was sie einen Pool nennt, ist nur ein betoniertes Loch. Sie sitzt am brüchigen Rand, lässt die Beine baumeln und strahlt mich an. Kaum bin ich bei ihr, rutscht sie in die Grube hinab, läuft darin hin und her und macht dabei mit ihren Armen weit ausholende Schwimmbewegungen. »Komm rein, Tristan!«, ruft sie. »Das Wasser ist herrlich. Total erfrischend! Flüssiger Himmel!«

Sie sieht hübsch aus, das muss ich zugeben, mit ihren blonden Locken und den großen blauen Augen. Aber das ist alles nur schöner Schein. Sie ist genauso eine Schlampe wie all die anderen. Ich muss an Sarah denken, wie sie dalag – regungslos, tot. Ich stelle mir vor, wie Alina aussehen wird. Ja, erst wenn ich sie so vor mir habe, wird sie mir wirklich gefallen.

»Jetzt komm schon, Tristan!«

»Bin gleich bei dir, mein Engel.«

Ich lasse mich auf den Rand der Grube nieder. Alina kommt zu mir. Sie stützt ihr Kinn auf meine Knie und sieht mich von unten an. Dann nimmt sie meine Hände und zieht an ihnen. Langsam rutsche ich über die Kante.

»Lassen wir uns ein bisschen treiben.«

Sie legt sich hin, und ich lege mich neben sie. Wir schauen in die Wolken, die über den Himmel wandern, und schweigen. Irgendwann nimmt sie meine Hand.

»Ist das nicht schön so, Tristan?«

»Total schön.« Ich halte die Luft an. »Jetzt sterben, zusammen mit dir – das wäre für mich das perfekte Glück.«

Sie lässt meine Hand los, stützt sich auf einen Ellbogen und sieht mich an. »Sterben? Wie kommst du denn jetzt darauf?«

»Was du dir vorhin ausgemalt hast … Couch und Fernseher und Kinder und so – das ist bloß in der Vorstellung schön. In Wirklichkeit … Schau dich doch um, wie die Leute leben. Total öde. Deine Eltern, zum Beispiel. Du sagst doch selbst, dass du nie so leben willst.«

»Aber du kannst die doch nicht mit uns vergleichen, Tristan!«

»Warum nicht? Glaubst du, die haben sich nicht geliebt, am Anfang? Und was ist daraus geworden?«

»So muss es bei uns doch nicht sein. Unsere Liebe ist doch … ganz anders.«

»Woher willst du das wissen? Wie kannst du dir sicher sein, dass wir uns nicht eines Tages genauso hassen wie alle anderen? Oder, noch schlimmer, dass einer dem anderen egal ist?«

Mit offenem Mund sieht sie mich an. Ich schenke ihr nicht den Anflug eines Lächelns, keinen Hauch von Freundlichkeit. Mein Gesicht soll ein Abbild der Kälte und Härte und Lieblosigkeit des Lebens sein.

»Ich werde dich immer lieben«, sagt sie schließlich.

»Wirst du nicht.«

»Doch! Bestimmt! Ich schwöre!«

Unglaublich! Sogar schwören will sie, die Schlampe. Hat sie bei ihm auch geschworen? Und bei wie vielen noch? Wenn auch nur einer dieser Schwüre gestimmt hat, wie kannst du dann hier bei mir sein?

»Da hilft kein Schwur.«

»Und was hilft dann?«, fragt sie bang.

Schweigend sieht sie mich an. Kaut an ihrer Unterlippe. Ihre goldblonden Locken sehen jetzt aus wie Schwefel. Dann legt sie ihren Kopf an meine Schulter. Obwohl sie eigentlich kaum was wiegt, kommt es mir vor, als wäre ich unter einem toten Pferd begraben. Trotzdem nehme ich auch noch ihre Hand und lege sie auf meinen Bauch.

»Irgendwo hab ich mal einen klugen Spruch gelesen«, sage ich. »Manchmal muss man etwas loslassen, wenn man es festhalten will.«

»Versteh ich nicht. Was soll das heißen?«

Wie sie mich wieder ansieht. Hat sie *ihn* so rumgekriegt? Ich zwinge mich, ruhig zu bleiben, und erkläre: »Dass es Dinge gibt, die man nicht gleichzeitig haben kann, zumindest nicht auf Dauer. Die echte Liebe zum Beispiel und das Leben.«

»Du machst mich traurig, Tristan.«

»Nein. Ich mach dich glücklich. Bis in alle Ewigkeit. Vertrau mir.«

4

DAS ROTE CABRIO holperte über das mit Teerflicken ausgebesserte Kopfsteinpflaster. Sonntäglicher Friede überall; pulsierendes Leben, aber ohne Hektik. Die Geschäfte waren geschlossen, dafür herrschte in den Cafés, Eisdielen und Biergärten Hochbetrieb. Die Leute in leichten, kurzen Klamotten, mit Eiswaffeln und -bechern in der Hand, endlich mal nicht von A nach B hetzend. Sommer in der Stadt. Joy liebte das. Diese sinnenfrohe Atmosphäre. Den süßen Duft, wenn man vom See kam, eine Mischung aus Sonnenmilch, Wasser, Gras und Erde. Sie streckte ihre Arme hoch, ließ den Fahrtwind durch die gespreizten Finger streichen. Er schien nach ihr zu greifen, als wolle er sie zum Tanzen auffordern.

»War doch schön, unser kleines Picknick am See, oder?«

Joy sah in zwei schwarze Sonnenbrillengläser, in denen sie ihr eigenes Spiegelbild erblickte. »Echt super.«

Alfi setzte den Blinker und zog auf die Linksabbiegerspur. Die Ampel schaltete auf Gelb, dann auf Rot, er hielt an. Kaum standen die Räder still, schob er schon seine Sonnenbrille ins Haar und neigte sich zu ihr. »Liebe ist, sich bei Rot zu küssen«, sagte er und spitzte die Lippen. Sie näherte sich ihm, doch dann lenkte ein Schmetterling sie ab, der sich flatternd auf dem Rahmen der Frontscheibe niederließ.

»Schau mal!«, rief sie.

Alfi wandte den Kopf. »Cool. Das ist ein Pfauenauge. Wo kommt der denn her?«

Er streckte ihm den Zeigefinger entgegen. Unglaublich, aber der Schmetterling nahm die Einladung an und ließ sich auf dem Finger nieder.

»Alle lieben Alfi«, sagte Alfi scherzhaft und zwinkerte Joy zu.

Aber keiner liebt Alfi so sehr wie Alfi sich selbst, dachte sie spontan.

Hinter ihnen plärrte eine Hupe. Grün. Alfi ließ das Pfauenauge fliegen, legte den Gang ein und fuhr los. Joys Blick folgte dem Falter, bis er sich in der blauen Luft verlor.

Nachdenklich schlenderte Joy zur Haltestelle. Sie schämte sich dafür, dass sie einfach so davongeschlichen war, aber sie hatte es nicht mehr ausgehalten. In diesem engen Bett, gefangen in seiner Umarmung. Wie immer war er gleich danach eingeschlafen, während sie, hellwach und mit wachsendem Unbehagen, die Schattenlinien der Jalousien an der Wand betrachtete. Warum konnte es nicht immer so bleiben wie am Anfang? Warum musste sich alles verändern? Jetzt, an der Bushaltestelle, war ihr Körper immer noch satt; und doch fühlte sie sich irgendwie leer. Würde es irgendwann mal einfach nur schön bleiben, ohne diesen bitteren Nachgeschmack?

Joy schaute auf dem Fahrplan nach dem nächsten Bus. Zehn Minuten noch. Sie stellte die Tasche mit ihren Badesachen ab. Alfi war süß. Und total verliebt in sie. Okay, seine Eitelkeit nervte manchmal, aber hatte nicht jeder seine kleinen Fehler? Daran lag es sicher nicht, dass ihre Gefühle für ihn mehr und mehr verblassten. Dabei hatte sie gehofft, geglaubt, diesmal würde es reichen. Suche ich etwas, das es gar nicht gibt?, fragte sie sich.

»Dein Vater hat angerufen. Er fragt, ob du diesen Sommer kommst.«

Joy legte ihre Badesachen ab. Ihre Mutter stand in der Wohnzimmertür, in ihrem luftigen Sommerkleid, mit diesem Blick, der sagte: Es wäre mal wieder Zeit …

»Ich hab keine Lust auf Lattimar, Alabama.« Joy brachte die beiden Wörter nie ohne gleichzeitiges Augenrollen über die Lippen. »Wieso kann er nicht in New York leben? In San Francisco? Oder wenigstens in einer Stadt wie Boston?«

»Das musst du ihn schon selbst fragen. Und dass du dieses Jahr wieder nicht kommst, sagst du ihm auch selbst, klar?«

Sie verschwand in die Küche, und Joy folgte ihr. Wieso musste ihre

Mutter ihr immer ein schlechtes Gewissen machen? Das hatte sie auch so schon.

»Das ist doch ohnehin alles nur Krampf. Seien wir doch mal ehrlich. Er ist ein Fremder für mich. Von seiner Familie ganz zu schweigen. Und ich bin für ihn auch eine Fremde.« Sie nahm einen Apfel aus dem Obstkorb, biss hinein und sagte mit vollem Mund: »Bloß weil ihr beide euch nicht beherrschen ... Also, ich meine ...« Sie erntete einen finsteren Blick. »Ist ja schon gut, Mama, aber was verbindet mich schon mit ihm?«

Ihre Mutter trat auf sie zu. Sie zwickte Joy in die Wange. »Das hier.«

Joy entwand sich ihrem Griff. »Schönen Dank auch. Du weißt genau, was ich mir deswegen schon alles anhören musste.«

Sie hatte keine Lust mehr auf diese Diskussion und verließ die Küche, ehe ihre Mutter etwas sagen konnte. Als sie in ihrem Zimmer gerade eine CD einlegen wollte, hörte sie sie vom Flur aus rufen: »Deine Badesachen hängen sich nicht von selbst auf!«

»Oh nee«, entfuhr es ihr, »hat man denn hier nie seine Ruhe!« Sie stampfte mit dem Fuß auf und lief in den Flur. Da hörte sie Gitarrenmusik, die von draußen hereindrang. Das konnte eigentlich nur Sascha sein. Was spielte er da? Die Nummer kannte sie gar nicht, aber sie hörte sich richtig gut an.

Plötzlich konnte sie dem Befehl ihrer Mutter nicht schnell genug nachkommen. Sie zerrte die nassen Badetücher aus ihrer Tasche, trug sie leichten Schrittes auf den Balkon und warf eines nach dem anderen über die Leine. Danach streckte sie den Kopf über die Trennwand. Sascha saß auf einem Hocker und zupfte an seiner Gitarre. Mit seinen wuscheligen Haaren, dem alten T-Shirt und der abgewetzten Jeans sah er aus wie einer dieser Folksänger aus den Sechzigern oder Siebzigern. Total lässig, irgendwie. Sie mochte ihn echt gern. Und dass er anscheinend manchmal seine Launen hatte, so wie vor Kurzem, als er ohne Grund plötzlich total muffig und abweisend gewesen war, musste man eben hinnehmen. Wahrscheinlich hing es mit dem schrecklichen Tod seines Vaters zusammen. Sie hatte nicht nachgebohrt und ihn einfach in Ruhe gelassen, und er hatte sich dann ja auch wieder eingekriegt. Seither war nichts mehr gewesen.

»Hey!«, rief sie auf die andere Seite. »Geiler Song. Von wem ist der?«

»Von mir«, sagte er mit einem verhaltenen Lächeln und hörte auf zu spielen.

»Von dir? Mann, du wirst mir echt unheimlich. Du zeichnest und schreibst eigene Songs?!«

»Einen Song komponieren, ist nicht so schwer, wenn man mal die grundsätzlichen Sachen kann.«

»Sorry, ich kann nur MP3-Player.« Sie grinste. »Darf ich rüberkommen, oder stör ich?«

»Überhaupt nicht. Ich mach dir auf.«

»Nicht nötig. Spiel lieber weiter.«

Joy stieg über das Geländer, hangelte sich an der Mauer vorbei und kletterte auf der anderen Seite auf den Balkon. Er sollte auch was zu staunen haben. Aber das funktionierte anscheinend nicht so richtig. Sascha sah sie bloß mit einem Kopfschütteln an.

»Du bist bekloppt.«

»Nee, bloß sportlich. Du sollst weiterspielen, hab ich gesagt.«

Sie lehnte sich ans Geländer, lauschte und betrachtete Sascha dabei: seine dunklen Locken, die ihm bis über die Brauen hingen, das fein geschnittene Gesicht mit den großen, immer etwas traurigen braunen Augen, die schönen Hände und Finger, die den Gitarrensaiten so wunderbare Melodien entlockten.

»Was ist?«, fragte er, ohne sein Spiel zu unterbrechen. »Was guckst du so?«

»Nur so.«

Nachdem sie sich kurz in die Augen gesehen hatten, senkte er den Blick, während sie ihn weiter ansah.

Nein, er war noch lange kein Mann, aber er war definitiv ein Junge mit Potenzial.

5

SASCHA WUSSTE SOFORT, dass er das Mädchen mit der zerschlissenen Handtasche, das eben in den Bus gestiegen war, schon mal gesehen hatte. Große, dunkle Augen, spitze Nase und ebenso spitzes Kinn, kirschförmiger Mund. Woher kannte er sie nur? Vielleicht aus der Schule? Dann fiel es ihm ein. Sie hatte auf den Stufen vor Dr. Androschs Praxis gesessen, nach seinem ersten Termin bei ihm. Ohne ihn anzusehen, ging sie an Sascha vorbei und setzte sich ein paar Sitze hinter ihn. Irgendwie hatte er das Gefühl, dass sie permanent seinen Nacken anstarrte. Aber wahrscheinlich bildete er sich das nur ein.

Drei Haltestellen später stieg er aus. Jetzt lagen noch zehn Minuten Fußweg vor ihm. Nachdem der Bus weggefahren war, schaute er kurz über die Schulter. Das Mädchen war auch ausgestiegen. Folgte sie ihm? Quatsch, dachte er. Wieso sollte sie? Wahrscheinlich wohnt sie hier irgendwo. Vor Androschs Praxis angekommen, stapfte er die Stufen hinauf und drückte die Klingel. Sekunden später surrte der Türöffner. Sascha drückte die Haustür auf.

»Warte mal!«

Er drehte sich um. Das Mädchen stand auf der untersten Stufe und sah schüchtern zu ihm herauf.

»Was ist?«

»Du gehst doch zu Dr. Androsch, oder?«

»Äh ... Ja. Und?«

Sie griff in die Handtasche, die über ihrer Schulter hing. Ein mehrfach zusammengefalteter Zettel kam zum Vorschein. »Kannst du ihm das geben?«

»Was ist das?«

»Nichts Schlimmes. Nur eine ... Nachricht.«

»Und warum gibst du ihm die nicht selbst? Oder schmeißt sie in den Briefkasten?«

»Weil ... Das ist nicht so leicht zu erklären ... Mach's doch einfach, und frag nicht so viel! Bitte!« Sie legte den Kopf schräg und sah ihn aus großen Augen an. Wie sollte er da Nein sagen?

Ihr Gesicht hellte sich sofort auf, als er den Zettel aus ihrer Hand nahm.

»Super! Ich warte hier.«

Zum ersten Mal stand Androsch nicht an der offenen Tür. Erst als das Parkett unter Saschas Schuhen knarzte, kam er in die Diele. »Du bist heute ziemlich spät dran«, sagte er. »War was?«

»Irgendwie schon.«

»Und was?«

»Das hier.« Sascha reichte ihm den Zettel. »Hat mir vor dem Haus ein Mädchen für Sie mitgegeben.«

»Ich kann mir schon denken, wer das ist.« Androsch steckte den Zettel ungelesen in die Hosentasche. »Komm, fangen wir an.«

»Und? Was hat er gesagt?«

Sie hatte wirklich gewartet. Eine geschlagene Stunde. Sascha fand das mehr als seltsam. Auch wie sie jetzt hibbelig von einem Bein auf das andere trat. Was lief da ab zwischen ihr und Androsch? Oder eher bei ihr.

»Wie heißt du eigentlich?«, fragte er.

»Natalie. Jetzt sag schon.«

»Ich bin Sascha.«

»Hübscher Name.« Sie lächelte freundlich, aber er wusste genau, dass sie etwas ganz anderes interessierte.

»Okay, das hier hat er mir für dich gegeben.«

Sie griff sofort nach dem Umschlag, den er ihr hinhielt, riss ihn auf und las die Zeilen mit einer Anspannung, als hinge ihr Leben davon ab. Was im krassen Gegensatz zu der Beiläufigkeit stand, mit der Androsch die Sache behandelt hatte. Für die Antwort hatte er, so viel hatte Sascha mitgekriegt, einfach die Rückseite ihres Zettels benutzt.

»Bist du in ihn verknallt?«

»Ich? In wen?«

»Na, in Dr. Androsch.«

Bingo! Sie versuchte seine Frage zwar wegzulächeln, aber das gelang ihr nicht, denn ihr Gesicht nahm mehr und mehr die Farbe eines Feuerlöschers an.

»Sorry«, sagte Sascha in ihr verlegenes Schweigen hinein, »geht mich ja auch nichts an.«

Sie stopfte Zettel und Umschlag in ihre Handtasche. »Es ist echt nicht so«, schob sie ein wenig hilflos nach.

Ihre Verlegenheit weckte etwas in Sascha, er wusste selbst nicht genau, was. Mitgefühl? Beschützerinstinkt? Ohne groß zu überlegen, fragte er: »Lust auf 'n Kaffee?«

Sie zuckte mit den Schultern. »Weiß nicht.«

»Ach, komm. Ich stell auch keine unverschämten Fragen. Ehrenwort.«

»Na dann.« Ihr Kirschmund lächelte, während ihr Gesicht allmählich wieder eine normale Farbe annahm. »Warum nicht?«

Zwei Straßen weiter fanden sie ein kleines Oma-Café, das zu einer Konditorei gehörte und in dem kaum Leute saßen. Sascha wollte in so einem spießigen Laden eigentlich nicht gesehen werden, aber Natalie fand es okay, sie war anscheinend nicht wählerisch. Nachdem sie sich in die plüschigen Sessel hatten sinken lassen, kam sofort die Bedienung an den Tisch gerauscht, eine blondierte ältliche Dame mit weißer Schürze. Sie bestellten beide Cappuccinos.

»Wie lange bist du schon bei Dr. Androsch?«, fragte Natalie.

»Ein paar Wochen.«

»Und wie findest du's bei ihm?«

»Ganz okay.«

»Also, hör mal, er ist sehr viel mehr als nur okay!«

Sascha zuckte mit den Schultern. Dr. Androsch war nicht das Thema, das ihn interessierte. »Wieso erzählst du mir nicht mal was über dich? Was machst du so? Wenn du nicht gerade vor Androschs Praxis rumstehst und fremden Jungs Zettel in die Hand drückst, meine ich.« Den hatte er sich einfach nicht verkneifen können.

»Ha, ha«, machte sie und verzog den Mund. Ihre Miene entspannte sich aber gleich wieder, sie schaute sich nach allen Seiten um. »Hast du zufällig gesehen, wo hier die Klos sind? – Ah, da.«

Sascha sah ihr nach, beobachtete, wie sie sich zwischen den eng platzierten Tischen durchschlängelte. Hübsch war sie ja, wenn man von ihren zurückgekauten Nägeln mal absah. Irgendwie süß. Und eher deine Liga, hörte er eine Stimme in seinem Kopf sagen. Joys Stimme, wie ihm nach ein paar Sekunden klar wurde.

EINE STUNDE SPÄTER verließen sie das Café in gelöster Stimmung. Wie sich herausgestellt hatte, besuchten sie dasselbe Gymnasium, Natalie zwei Klassen unter ihm. Natalie redete nicht gerne über die Schule. Oder über sich. Dafür konnte sie stundenlang über Musik quatschen.

»Finde ich ja echt toll, dass du Rihanna magst«, fing sie auf dem Weg zur Bushaltestelle wieder an. »Ich dachte immer, Jungs stehen da eher nicht so drauf.«

»Sie hat ein paar richtig geile Songs«, gab Sascha zu. »*Love the Way You Lie*, zum Beispiel. Oder *Umbrella*.«

»Du weißt schon, dass *Love the Way You Lie* eigentlich von Eminem ist, oder? Eminem featuring Rihanna, heißt es. Supergeil ist es aber trotzdem. Ich hab übrigens eine CD mit allen meinen Lieblingssongs von ihr. Kann ich dir brennen, wenn du willst.«

»Klar. Und wie sieht's mit Filmen aus? Worauf stehst du da so?«

»Alles Mögliche.« Sie überlegte kurz, dann sagte sie: »Wir können ja mal ins Kino gehen. Aber ich such den Film aus.«

»Klar, gerne.«

Läuft ja super, dachte Sascha. Auf jeden Fall war es kein Fehler gewesen, mit ihr einen Kaffee zu trinken. Sie konnte nicht nur richtig nett sein, sondern auch witzig.

Sie erreichten die Haltestelle genau in dem Moment, in dem der Bus einfuhr. Zischend glitten die Türen auseinander. Ein paar Leute stiegen aus, ein paar ein. Sascha half einer jungen Mutter mit dem Kinderwagen, während Natalie schon nach hinten ging, um Sitzplätze zu suchen.

»Alina!«, hörte er sie rufen. »Das ist ja mal eine Überraschung.«

Als er sich umschaute, saß sie schon neben einem blonden Mädchen und redete heftig auf sie ein. Sieht aus, als wäre ich abgemeldet, dachte er enttäuscht. Warum musste diese Freundin ausgerechnet jetzt auftauchen! Einfach das Feld räumen wollte er aber auch nicht. Er ging zu den beiden, und da ringsum kein Platz frei war, stellte er sich neben sie. Natalie aber kümmerte sich weiter nur um ihre Freundin.

»Wo steckst du denn die ganze Zeit?«, redete sie auf diese Alina ein. »Ich hab mir echt Sorgen gemacht. Meldest dich nicht, rufst nicht mal zurück.«

»Hab halt gerade … wenig Zeit …«

So, wie Alina sich wand, war ihr die unverhoffte Begegnung eher peinlich. Sie sah Natalie nicht ein einziges Mal an. Stattdessen schaute sie entweder stur auf den Hinterkopf ihres Vordermanns oder aus dem Fenster, wo es eigentlich nichts zu sehen gab.

»Du hast 'nen Freund, oder? Gib's zu!«

»Nein, hab ich nicht.«

»Lüg nicht! Ich weiß es.«

»Von wem?«

Alinas Kopf war abrupt herumgefahren. Sie hatte ein feines Gesicht, fand Sascha, zusammen mit den blonden Haaren wirkte es geradezu elfenhaft.

»Deine Mutter hat so was angedeutet.«

»Ach die, die hat doch keine Ahnung.«

»Wenn du keinen Freund hast, was ist dann? Bist du wieder depressiv, oder was?«

»Quatsch, mir geht's super.«

Natalie schnaubte. »Erzähl mir doch nicht so einen Scheiß, Alina. Sind wir so überhaupt noch Freundinnen?«

Alina stand auf. »Lässt du mich raus? Die Nächste ist meine.«

Nur widerwillig gab Natalie den Weg frei. Alina zwängte sich an ihr vorbei. Froh, Natalie bald wieder für sich zu haben, trat Sascha einen Schritt zurück. Auf halber Strecke zur Tür drehte Alina sich noch einmal um, blickte Natalie an, als wollte sie etwas sagen, doch dann wandte sie sich wieder ab und ging zur Tür. Natalie schaute ihr mit zusammengepressten Lippen nach. Sascha spürte ein Grummeln im Bauch, weil sie ihn noch immer nicht wahrzunehmen schien.

»Rutschst du rein?«, machte er sich bemerkbar.

Sie blickte kurz zu ihm auf, dann rückte sie ans Fenster, und er setzte sich neben sie.

»Sorry, aber … Wenn die sich verknallt, vergisst sie alles und jeden.« Auf ihre Wangen waren rote Flecken getreten. »Soll sie glücklich werden. Ich versteh nur nicht, warum sie so ein Riesengeheimnis draus machen muss. Ich hab ihr immer alles erzählt. Das ist doch wie Verrat, so was, oder?«

Sascha sagte lieber nichts. Er wusste ja noch nicht mal, was eigentlich los war. Wie es aussah, erwartete Natalie ohnehin keine Antwort, denn sie starrte nur Alina an, so als wolle sie um jeden Preis noch einen Blickkontakt erzwingen. Vergebens.

Der Bus hielt an, und die Leute stiegen aus. Alina ging, ohne hochzuschauen, unter ihrem Fenster vorüber und verschwand hinter einer Ecke. Als Natalie den Kopf wieder herüberwandte, glaubte Sascha ein feuchtes Glitzern in ihren Augenwinkeln zu bemerken. Anscheinend war das nicht bloß das übliche Freundinnengezicke gewesen. Alinas Treulosigkeit ging ihr wirklich zu Herzen.

»Freundschaft ist mir echt wichtig«, sagte sie mit bebender Stimme, »Treue und so.«

Sascha war, als meine sie nicht nur Alina, sondern ein kleines bisschen auch ihn. Zu gerne hätte er ihre Hand tröstend in die seine genommen. Aber er tat es nicht.

6

ALS SASCHA SEIN Fahrrad auf den Bürgersteig schob, unterdrückte er mit Mühe ein Gähnen. Joy wartete vor dem Haus auf ihn, vibrierend wie ein Rennpferd vor dem Start.

»Einen wunderschönen guten Morgen!« Woher nahm sie nur so früh schon diese Energie?

»Na, fit für die letzte Runde?«

Daran wollte er lieber nicht erinnert werden. Das letzte Schuljahr, Büffeln für die Abiturprüfung – ihm graute jetzt schon davor.

»Wieso bist du so gut drauf?«, maulte er. »Am ersten Schultag!«

Joy zuckte die Schultern. »Ich weiß gar nicht, was du hast! Die Sonne scheint, die Vögel zwitschern, die Autos hupen. Und das bisschen Schule.«

Das konnte sie nicht ernst meinen. Schließlich war er derjenige mit den Supernoten und sie die Sitzenbleiberin, die sich nur dank des Wechsels auf eine Privatschule halbwegs auf Durchschnittsniveau berappelt hatte.

»Du nervst«, sagte er und verkniff sich hartnäckig das Lächeln, das in seine Mundwinkel drängte.

Selbst ein erster Schultag war gar nicht so schlecht, wenn er mit Joy begann. Sie sah wieder einmal umwerfend aus mit dieser wilden Hochsteckfrisur, dem zitronengelben Sweatshirt und dem zerschlissenen Rucksack, den ein handtellergroßer Aufkleber mit der Aufschrift *Girls United* zierte. Zu schade, dass ihre Wege sich an der nächsten Kreuzung schon wieder trennten.

Trotzdem war es viel besser als die unzähligen Tage im letzten und überhaupt allen Jahren davor, an denen er sich ganz alleine auf den Weg in die Schule hatte machen müssen. Es wäre definitiv ein Fehler gewesen, nach der Enttäuschung wegen des Cabrio-Typen ganz mit ihr zu brechen. Freundschaft war immer noch besser als nichts. Außerdem hatte er selbst vielleicht schon bald Natalie. Bisher hatten sie zwar nur telefoniert und sich lediglich ein weiteres Mal kurz in einem Café getroffen, aber sie waren ja auch noch dabei, sich kennenzulernen. Natalie begann, sich ihm langsam zu öffnen. Vieles, was sie von sich preisgab, blieb zwar nur Andeutung, aber er schüttete ihr ja auch nicht gleich sein ganzes Herz aus. Dass sie in der Schule lieber noch Abstand halten wollte, verstand er nur zu gut und war ihm sogar recht, denn der Schulhofklatsch war in seiner Gehässigkeit gnadenlos. Nächste Woche würde dann vielleicht ein weiterer Schritt getan, wenn sie endlich miteinander ins Kino gingen.

Etwas munterer geworden, stieg Sascha auf, und sie radelten los. Eine Minute lang war zwischen ihnen nur das Knirschen seiner Kette zu hören und das trockene Wetzen seines Schutzblechs, wenn die Pedalkurbel darüberstrich. Die ganze Zeit beäugte Joy sein Fahrrad kritisch.

»Deine Kette würde ein paar Tropfen Öl vertragen«, sagte sie schließlich. »Und die Gangschaltung solltest du neu einstellen. Funktionieren die Bremsen überhaupt?«

»Bist du der TÜV, oder was? Du kannst mein Fahrrad heute Nachmittag gerne durchchecken.«

»Super! Ich nehme übrigens zehn Euro die Stunde.«

»Aber nicht von mir.«

»Ach. Und warum nicht?«

Er grinste breit. »Weil man von seinem besten Freund kein Geld nimmt.«

»Und wer sagt dir das?«

»Was? Dass du von deinem besten Freund kein Geld nimmst?«

»Nein. Dass du mein bester Freund bist.«

Sascha schwieg. Natürlich wollte sie nur frech sein und Kontra geben, sagte er sich. Aber sie hatte ja recht. Sie kannten sich noch nicht einmal zwei Monate. Eigentlich erst sechs Wochen. So schnell wurde man nicht beste Freunde, selbst wenn man sich gut verstand. Und doch hatte ihm ihre Direktheit einen Stich versetzt.

Plötzlich knuffte Joy ihn in die Seite und rief: »Strampeln nicht vergessen, bester Freund. Oder soll ich dich ziehen?«

»Lächerlich! Wer als Erster an der Kreuzung ist!«

DAS WAR ECHT das Letzte. Sascha wartete nun schon eine halbe Stunde vor dem Eingang des CinemaxX. Er hatte die bestellten Karten abgeholt, der Film fing in einer Minute an – wer nicht kam, war Natalie. Gefühlte tausend Mal hatte er sie schon angerufen. Immer nur die Mailbox. Kein Rückruf, keine SMS, kein Garnichts. Ob ihr was passiert war? Immer der erste Gedanke. Der Gedanke, warnte er sich selbst, der nicht gedacht werden durfte und sofort abgewürgt werden musste, bevor die Angst zu mächtig wurde, die Spirale in Gang kam und ihn runterzog. *Solche Dinge passieren natürlich*, hörte er Androschs Stimme in seinem Kopf, *aber nicht so oft, wie deine schlimme Erfahrung dich glauben lässt*. Also kein Unfall, kein plötzlicher Herzstillstand, kein Mord. Was blieb? Die Antwort war so einfach wie offensichtlich: Natalie versetzte ihn.

Blöde Kuh, dachte er halbherzig. Eigentlich hatte er keine Lust, allein im ausverkauften Kino zu sitzen, mit dem einzigen leeren Platz im Saal neben sich; andererseits hatte er die Karten schon, und er wollte den Film unbedingt sehen. Fünf Minuten warte ich noch, entschied er, dann geh ich rein.

Nach zehn Minuten ging er ins Foyer. So lange dauerten ungefähr Werbung und Vorschau im CinemaxX. Die genervten Blicke der Leute, die gleich seinetwegen aufstehen mussten – geschenkt. Vor dem Kino 4 nahm er eine der beiden Karten, verwandelte sie in Konfetti und warf sie in die Luft. Dann ging er auf den Kartenabreißer zu.

ALS SASCHA NACH Hause kam, war seine Mutter noch nicht da. Zum ersten Mal seit einem Jahr war er froh darüber. Auch Joy wollte er nicht sehen, da konnte sie auf dem Balkon noch so viel Krach machen, um ihn rauszulocken. Was wollte sie eigentlich immer von ihm? Er hatte jetzt keine Lust auf sie. Er hoffte bloß, dass sie nicht rüberstieg und an der Scheibe klopfte. Zuzutrauen war es ihr.

Seine Mutter kam spät, und er hatte sich keine Sekunde Sorgen um sie gemacht oder Angst gehabt. Und wenn ihm doch einmal mulmig geworden war, dann hatte er sie sich einfach an ihrem Schreibtisch bei der Polizei vorgestellt, so als würde er neben ihr stehen und sich vergewissern, dass sie okay war. Androsch hatte ihm diesen Trick beigebracht, und er funktionierte erstaunlich gut. *Deine Gefühle*, hatte er gesagt, *unterscheiden nicht so scharf zwischen dem, was du dir vorstellst, und dem, was ist.* Androsch wäre stolz auf ihn gewesen. Toller Erfolg. Man konnte ihn jetzt versetzen, ohne dass er sich in die Hose machte.

Weil Sascha auf dem Bett lag und mit Ohrstöpseln Musik hörte, bemerkte er seine Mutter erst, als sie im Zimmer stand. Durch Handzeichen signalisierte sie, dass sie mit ihm sprechen wollte. Er zog die Stöpsel aus den Ohren.

»Geht's dir gut, Schatz?«

»Klar, alles bestens.«

Sie sah ihn mit diesem ahnungsvollen Blick an, sagte aber nichts weiter. Wahrscheinlich hatte sie nach all den stressigen Ermittlungen und Verhören keine Lust, sich auch noch die Probleme ihres Sohnes anzuhören.

»Hast du schon gegessen?«, fragte sie.

»Nee.«

»Hast du Hunger?«

Irgendwie schon und irgendwie nicht. Jedenfalls hatte er keine Lust, den Koch zu spielen. Schließlich war er nicht ihr Haussklave.

»Hallo! Ich hab dich was gefragt.«

»Schon verstanden, ich mach uns was!« Genervt sprang er vom Bett.

»So war's nicht gemeint. Ich kann uns auch was machen. Oder wir lassen uns was kommen. Ich hätte mal wieder Lust auf Chinesisch. Pekingente oder so. Und du?«

»Mir egal.«

»Na los, was willst du?«

»Keine Ahnung. Irgendwas mit Hühnchen.«

Endlich ließ sie ihn in Ruhe. Er legte sich wieder hin, steckte die Ohrstöpsel rein und drehte die Lautstärke noch etwas weiter auf.

EINE HALBE STUNDE später stopften sie sich schweigend mit chinesischem Essen voll. Süßlicher Sojageruch hing in der Luft. Seine Mutter hatte doch keine Pekingente genommen, sondern auch etwas mit Hühnchen und Nudeln. Als der größte Hunger gestillt war, fing sie, wie erwartet, sofort wieder an zu nerven.

»Jetzt sag schon, was mit dir los ist. Ich sehe dir doch an, dass was nicht stimmt. Liebeskummer?«

Er knüllte die Papierserviette in seiner Hand zusammen. »Quatsch.«

»Was dann? Ärger in der Schule?«

»Hör auf. Da ist nichts.«

Sie wischte mit der rechten Handkante Soße aus ihrem Mundwinkel. Da bemerkte er es. Der Ehering. Sie trug ihn nicht mehr. Er warf seine Gabel hin, oder sie fiel ihm aus der Hand, oder etwas von beidem, sprang auf und rannte aus der Küche.

»Was ist denn jetzt los?«, hörte er seine Mutter noch sagen, und ein paar Sekunden danach: »Scheiße …«

Er schlug die Tür hinter sich zu und drehte den Schlüssel um.

Heute war echt ein beschissener Scheißtag. Einer, an dem einen alle Menschen enttäuschten.

»Sascha … Mach auf … Bitte …«

Sie kratzte an der Tür.

Er aber schwieg eisern.

»Jetzt sei nicht kindisch. Du willst doch immer erwachsen sein. Dann benimm dich auch so. Lass es mich erklären.«

Du kannst mich mal, dachte er, steckte sich die Ohrstöpsel rein und drehte auf, bis ihm alles wehtat.

Wo war Joy, wenn man sie brauchte?

Im Bett, vermutlich, so wie es sich gehörte; es war schließlich zwei Uhr früh.

Sascha konnte nicht einschlafen. Die Gedanken kreisten. Natalie. Seine Mutter. Sein Vater. War alles ein bisschen viel. Dazu die Hitze. Für September war es noch unerträglich heiß. Eigentlich trank er so gut wie nie Bier, schon gar nicht, wenn am nächsten Tag Schule war, aber jetzt hatte er sich eines aus dem Kühlschrank genommen. Schon nach den ersten Schlucken schmeckte es ihm nicht mehr.

Da hörte er, wie nebenan die Balkontür aufging.

»Sascha?« Nur ein Flüstern. Joy.

»Kannst du auch nicht schlafen?«

»Nein. Warte, ich komm zu dir.«

Auf die erprobte Weise stieg sie zu ihm herüber. Sie trug nur ein T-Shirt und Shorts.

»Krieg ich auch ein Bier?«

»Kannst meins haben.«

Schweigend standen sie sich gegenüber. Eigentlich sah Sascha kaum mehr von ihr als eine Silhouette. Aber was für eine Silhouette das war! Er musste an die Sanddüne auf dem Foto in Androschs Therapiezimmer denken. Genau die gleichen Kurven. Scheiße, dachte er, schon nach zwei Schlucken stieg ihm der Alkohol in den Kopf. Trotzdem nahm er noch einen dritten und reichte Joy die Flasche. Sie trank glucksend, so als würde sie öfter Bier trinken.

»Meine Mutter trägt ihren Ehering nicht mehr.«

»Aha.« Joy musste aufstoßen.

Sie schwiegen.

»Vielleicht hat sie schon einen Lover. Keine Ahnung. Oder sie sucht. Weil, wieso sollte sie sonst ihren Ring abnehmen? Schon komisch, wie ein Mensch für einen anderen ausgetauscht wird. Einfach so.«

»Nee, einfach so … So funktioniert das nicht.«

»Ach, kennst du dich da aus?«

»Ein bisschen, ja. Weißt du, ich hatte auch einen Freund. Bis vor Kurzem. Letzte Woche, um genau zu sein. Da hab ich Schluss gemacht. Es ging nicht mehr. Einfach war das nicht, das kannst du mir glauben.«

Joy hat den Cabrio-Fahrer in die Wüste geschickt, dachte er, der einzige Lichtblick des Tages, und das mitten in der Nacht.

»Das ist doch was ganz anderes.«

Sie überlegte kurz. »Kann sein. Aber einfach ist es nie.«

»Vielleicht nicht für dich. Meine Mutter hat immer ihr Ding durchgezogen. Erst jetzt sehe ich das so richtig.«

»Also, ich finde deine Mutter cool. Als Polizistin hat sie es bestimmt mit total krassen Fällen zu tun.«

»Ach was. Meistens hockt sie nur in ihrem Büro und schreibt Berichte oder Verhörprotokolle oder so 'n Scheiß. So cool ist Polizeiarbeit gar nicht. Nicht wie im Fernsehen.«

»Ich fände es trotzdem spannend. Die Leute, mit denen man zu tun hat. Sich reindenken in die. Knifflige Rätsel lösen. Und den ganzen Tag mit einer Pistole rumlaufen, muss auch echt geil sein. Ich steh voll auf so was.«

»Du verarschst mich jetzt, oder?«

»Überhaupt nicht.« Joy drückte ihm die Mündung einer Fingerpistole auf die Brust. »Hände aufs Wagendach, Alter. Du sitzt mächtig in der Scheiße. Mulder, lesen Sie ihm seine Rechte vor.«

Sascha musste grinsen. »Mulder ist *Akte X*, das ist uralt, und außerdem sind das gar keine richtigen Krimis.«

»Klugscheißer.« Sie nahm den Finger von seiner Brust. »Entschuldige. Du wolltest über deine Mutter reden, und ich albere rum.«

»Ist mir tausendmal lieber, ehrlich gesagt.«

»Trotzdem.« Joy legte eine Hand auf seinen Unterarm. »Dreh jetzt nicht gleich durch, bloß wegen dem Ring, meine ich.«

Ihre Hand rutschte herab, in die seine, und ehe er sich bewusst wurde, dass es Joys Hand war, die da in seiner lag, losten sie sich schon wieder voneinander, ohne dass klar war, wer wen losgelassen hatte.

»Ich muss.«

Obwohl er wünschte, dass sie noch geblieben wäre, sagte er: »Klar. Wir sehen uns morgen.«

Sie verschwand auf demselben Weg, auf dem sie gekommen war. Sascha schaute in seine Handfläche, in der er noch immer das Gewicht und die Wärme ihrer Hand spürte. Und obwohl das schön war, tat es irgendwie auch weh.

7

»Hast du's schon gehört, Schmidti?«

Jan kam schnurstracks auf Sascha zu. Aber er schien keinen seiner üblichen Sprüche ablassen zu wollen. Sein Gesicht war ernst wie bei einer Beerdigung.

»Was?«, fragte Sascha.

»Von unserer Schule hat sich jemand umgebracht.« Er grinste kurz in seine Betroffenheitsmiene hinein. »Leider keiner von den Lehrern.«

Sascha blieb stehen. Da war sie wieder: die Angst. »Und wer?«

»Keine Ahnung. Eine aus der 10a, glaub ich.«

10a. Das war Natalies Klasse.

»Ein Mädchen?«

»Glaub schon. So eine von den Stillen. Hast du zufällig Mathe gemacht?«

Natalie! Der erste Gedanke. Es ist Natalie!

Sascha ließ die Träger seines Rucksacks von den Schultern rutschen. Mechanisch schnürte er ihn auf, griff hinein, zog ein Heft heraus, hielt es Jan hin.

»Ey, Alter, was ist denn mit dir? Du zitterst ja wie 'n Junkie auf Entzug.«

Sascha antwortete nicht und ging an Jan vorbei Richtung Schuleingang. Erst langsam, dann immer schneller. Wie ein Roboter. Ein Roboter, der panische Angst hatte.

Die Tür zum Klassenzimmer der 10a war zu. Drei Minuten vor dem zweiten Läuten. Hatte das was zu bedeuten? Sascha blieb stehen, atmete tief durch. Sein Herz hämmerte wie wild. Die Tricks von Androsch halfen nicht mehr, zu spät hatte er sich an sie erinnert, erst als der Kreis der Angst sich schon geschlossen hatte. Ungestüm riss er die Tür auf. Es sollte aussehen, als habe er sich im Zimmer geirrt. Die Stille, gegen die er prallte, erinnerte ihn an die Stille in der Leichenhalle, in der sein Vater im Sarg gelegen hatte. Die Stille im Innern eines Eisblocks. Frau Beyerle, die laut Natalie total ätzende Klassenlehrerin, stand vor der leeren Tafel und sah ihn groß an. Genau wie ungefähr fünfundzwanzig weitere Augenpaare. Einige von ihnen, so schien es ihm, waren tränennass.

»Ja?«, fragte Frau Beyerle.

Er wusste ungefähr, wo Natalies Platz war, er sah sie manchmal vom Hof aus. Am Fenster, schätzungsweise in der dritten Reihe. Ein Platz dort war leer. *Ihr Platz.*

»'tschuldigung«, nuschelte er und machte die Tür wieder zu.

Dann kam das zweite Läuten.

SASCHA TRAT SO fest in die Pedale, wie er nur konnte. Rote Ampeln kümmerten ihn nicht. Zweimal landete er fast auf der Motorhaube eines Autos. Quietschende Bremsen. Brüllende Hupen. Er registrierte es, mehr nicht. Was ging es ihn an? Nur eins zählte: dass es nicht schon wieder passiert war. Es durfte nicht schon wieder passiert sein!

Obwohl er noch nie bei Natalie zu Hause gewesen war, wusste er, wo sie wohnte. Er bog in ihre Straße ein, Hausnummer siebzehn. Musste auf der linken Seite sein. Als er die Nummer über der Haustür sah, wurde ihm mulmig. *Und wenn du völlig überdrehst und sie bloß blaumacht?*, fragte er sich. Megapeinlich wäre das. Ohne es abzuschließen, stellte er sein Fahrrad neben dem Eingang ab, suchte den Namen Wagner auf der Klingelleiste. Fand ihn. Drückte den Knopf. Wartete.

»Komm rauf. Zweiter Stock links.«

Eine Frauenstimme, sehr leise, sehr undeutlich. Natalie? Ihre Mutter? Anscheinend erwarteten sie jemanden.

Ehe Sascha etwas sagen konnte, surrte schon der Türöffner. Er drückte die Tür auf und ging rein. Hier war er also. In einem Treppenhaus, das roch wie ein verschwitztes T-Shirt. Und was wollte er? *Wer vor der Angst davonläuft, läuft ihr genau in die Arme.* Dieser schlaue Satz von Androsch kam ihm in den Sinn. Erst jetzt verstand er, was er bedeutete. Und wie viel Wahrheit darin lag.

Stufe für Stufe stieg er höher. Im zweiten Stock nahm er den Flur zur Linken. Eine Tür war halb offen. Auf einem Schild neben der Klingel stand der Name Wagner. Er schob die Tür auf, trat ein.

»Hallo?«

Und dann stand sie vor ihm: Natalie.

Total verheult, blass wie ein Stück Kreide, aber: Sie lebte!

Berge von Steinen fielen ihm vom Herzen.

Was für ein Glück!

Für fünf oder zehn Sekunden. Dann aber …

»Ach, du bist das.« Sie wirkte enttäuscht. »Was willst du hier?«

»Ich dachte …«

»Was?«

»Äh … In der Schule wird erzählt … Ein Mädchen aus deiner Klasse soll sich …« Er verschränkte und verbog seine Finger. »Und du warst nicht da …«

»Da dachtest du gleich an mich?«

Verlegen stand er da. »Ich hab mir nur Sorgen gemacht …«

Sie atmete schwer. »Alina«, hauchte sie dann. »Das ist echt … Total heftig ist das … Ich … krieg das einfach nicht auf die Reihe … überhaupt nicht …«

Ihre Lippen wurden schmal, ein Kräuseln trat auf ihr Kinn, Tränen füllten ihre Augen. Doch kurz bevor es sie überwältigte, fing sie sich wieder.

»Ich wusste gar nicht, dass Alina in deiner Klasse ist, äh …, war.«

»Nur bis letzten Februar, dann haben ihre Eltern sie von der Schule genommen, weil sie das Schuljahr eh nicht geschafft hätte.«

»Ach so.«

»Lass uns später reden, Sascha. Es kommt gleich Besuch.«

Sascha bewegte sich nicht vom Fleck. Wieso sagte sie *Besuch* und nicht *mein Onkel* oder *eine Freundin*? Was verbarg sie vor ihm?

»Tut mir echt leid wegen gestern, ich meine Kino und so. Ist eigentlich nicht meine Art. Aber ich hab's kurz vorher erfahren, das mit Alina, und ich konnte rein gar nichts mehr, nicht mal telefonieren. Ich stand voll unter Schock. Verstehst du? Voll unter Schock. Aber jetzt musst du echt gehen. Ich ruf dich an.«

Während sie redete, drängte sie ihn zur Tür, die noch immer offen stand, und hinaus auf den Flur. »Danke, dass du gekommen bist, Sascha. Das ist echt lieb von dir.« Sie küsste ihn auf die Wange, dann schlug die Tür vor seiner Nase zu.

Was war bloß mit ihr los? Er fragte sich, ob er nun ein Held oder doch eher ein Idiot war.

Auf dem Weg nach unten hörte er eilige Schritte. Als er um die nächste Wende bog, sah er einen Mann die Treppe heraufstürmen. Einen Mann, den er gut kannte. Dr. Androsch. Als der Therapeut ihn bemerkte, blieb er schlagartig stehen. Das ist also Natalies *Besuch*, dachte Sascha. Seit wann machten Seelenklempner eigentlich Hausbesuche?

Androsch hatte den Schreck vor ihm verdaut. »So ein Zufall«, sagte er verlegen.

»Ist aber kein Zufall. Ich war bei Natalie.«

»Ach. Ihr habt euch angefreundet? Wieso hast du das nie erwähnt?«

Sascha zuckte die Achseln. »Hätte ich müssen?«

»Nein, natürlich nicht. Wie geht es ihr?«

»Sie war jedenfalls nicht kurz davor, aus dem Fenster zu springen.«

»Gut. Das ist gut.« Androsch ging an ihm vorbei, blieb aber hinter ihm noch einmal stehen, drehte sich halb um und sagte: »Wir sehen uns Ende der Woche.«

»Klar. Und Natalie? Ist die jetzt auch wieder bei Ihnen in Behandlung?«

»Nein, nein. Das ist ein Notfall. Eine Ausnahme.«

Damit ging Androsch endgültig.

Was geht hier eigentlich ab?, fragte sich Sascha auf dem Weg nach unten.

Auf der Straße erwartete ihn die nächste Überraschung: Sein Fahrrad war weg.

8

SASCHA STIEG VOM Rad und schob es zu den Fahrradständern. »So ein Idiot«, schimpfte er halblaut, weil er wieder an den bescheuerten Rentner aus Natalies Haus denken musste. Sascha hatte sein Rad schon verloren gegeben, als der Typ damit aus der Einfahrt zum Hinterhof kam und mit einem selbstgefälligen Grinsen auf dem Gesicht fragte: »Suchst du vielleicht das hier?« Sascha wusste anfangs nicht, was das überhaupt sollte. Erst als der Rentner auf das Schild an der Wand zeigte, kapierte er, was los war. »Man sollte meinen«, sagte er, »dass Jungs in deinem Alter lesen können. ›Fahrräder anlehnen verboten‹, steht hier.« Was glaubte der Typ eigentlich, wer er war? Der liebe Gott? Außerdem hatte Sascha sein Fahrrad gar nicht an die Wand gelehnt, sondern auf den Ständer gestellt. Aber weil er keine Lust hatte, sich mit diesem Arsch rumzustreiten, nahm er es wortlos, stieg auf und fuhr davon.

Er wollte noch bis zur Pause warten, bevor er reinging. Wegen seines unerlaubten Verschwindens von der Schule machte er sich keine Sorgen. Er würde Feldkamp einfach die Wahrheit erzählen: dass er bei Natalie gewesen war, um sie wegen Alina zu trösten. Feldkamp war okay, er würde verständnisvoll nicken und besorgt fragen, wie es ihr ging. Sascha musste wieder an die Begegnung mit Androsch denken. Ob Natalie sich ernsthaft was hatte antun wollen? Oder nur Aufmerksamkeit brauchte? Wieso hatte sie nicht ihn angerufen? Er wäre sofort zu ihr gefahren. Zu jeder Tages- und Nachtzeit. Aber wahrscheinlich waren sie dafür noch nicht vertraut genug. Und das würde auch nicht so schnell gehen, so viel hatte er bereits kapiert. Natalie war verdammt schwer zu knacken.

Es läutete zur Pause. Die ersten Schüler waren auf dem Hof zu hören, ein paar verdrückten sich in die inoffizielle Raucherecke.

Mit Feldkamp lief alles wie erwartet. In der Türschwelle zum Lehrerzimmer hörte er sich Saschas Entschuldigung an, nickte dabei alle paar

Sekunden. »Ist gut«, meinte er schließlich. »Aber wenn wieder so was ist, läufst du nicht einfach weg, sondern meldest dich ab, ja?«

Sascha stiefelte auf den Pausenhof. Nächste Stunde war Mathe. Sein Heft war inzwischen bestimmt in der halben Klasse rumgegangen. Er musste zusehen, dass er es zurückkriegte, damit am Ende nicht er als Einziger ohne Hausaufgaben dastand. Ein kurzer Wortwechsel, den er zufällig aufschnappte, ließ ihn abrupt stehen bleiben.

»War ja klar, dass Alina sich irgendwann so verabschiedet; und dass Natalie es nicht durchzieht, auch. Wundert mich nicht bei der.«

»Was durchzieht?«

Sascha wandte sich zu der Seite, von der die gehässigen Worte gekommen waren. Dort standen drei Mädchen um ein viertes rothaariges herum und warteten gespannt auf eine Erklärung. Genau wie Sascha.

»Ich hab das von Lena, die war ja mal ganz eng mit den beiden«, fuhr das rothaarige Mädchen fort. »Ist aber total geheim, klar? Alina und Natalie haben sich –« Sie hatte Sascha bemerkt und brach ihren Satz ab. »He, du«, blaffte sie ihn an, »was wir reden, geht dich nichts an.«

Die vier traten enger zusammen, die Rothaarige dämpfte ihre Stimme, sodass Sascha nichts mehr verstehen konnte, und behielt ihn im Augenwinkel, bis er weiterging. Auf Schulhoftratsch sollte man eh nichts geben, dachte er. Und doch war ihm nicht wohl bei dem Gedanken, dass diese Mädchen vielleicht etwas über Natalie wussten, von dem er keine Ahnung hatte.

LANGSAM WIE FLÜSSIGES Blei tropften die Minuten dahin. Die Hausaufgaben waren längst erledigt. Alle Versuche, die Zeit mit Zeichnen, Gitarrespielen oder an der Playstation totzuschlagen, liefen ins Leere. Warum rief Natalie nicht an? Sie hatte es doch versprochen. Versetzte sie ihn etwa schon wieder? Er nahm das Handy, wählte im Adressbuch ihre Nummer aus. Sein Finger schwebte über der Anruftaste. »Nein«, sagte er dann zu sich selbst und legte das Telefon wieder weg. Jetzt war definitiv sie am Zug.

Was die Rothaarige auf dem Schulhof mit ihren Andeutungen wohl gemeint hatte? Wusste sie wirklich was, oder hatte sie sich nur wichtigmachen wollen?

Dann endlich: das erlösende Klingeln.

Doch im Display stand nicht *Natalie*, sondern *Mama*.

Er überlegte, ob er rangehen sollte. Eigentlich hatte er keine große Lust, mit seiner Mutter zu reden. Aber einfach klingeln lassen, das ging auch nicht.

»Was ist?«

»Hallo, Sascha. Ich wollte nur Bescheid geben, dass es heute spät wird. Sehr spät, vielleicht. Also warte nicht auf mich.«

Während er ihr zuhörte, fiel sein Blick auf das Foto im Regal. Es war vor sechs Jahren an einer Schießbude entstanden. Er mochte es, weil sie alle so gespannt guckten. Sein Vater hielt ein Gewehr im Anschlag, seine Mutter stand rechts, er selbst links neben ihm. Die Kamera löste aus, als der Schuss seines Vaters mitten ins Schwarze traf. Er hatte nur für einen einzigen bezahlt.

»Hallo? Sascha? Bist du noch da?«

»Alles klar. Ich warte nicht auf dich. Musst du so lange arbeiten?«

»Klar, was sonst?«

»Ich frag ja nur.«

»Bist du sicher, dass es für dich okay ist? Du musst dir keine Sorgen machen. Ich muss nur Berichte schreiben und Akten lesen, ich bin da etwas im Verzug.«

Keine Ahnung, ob das stimmt oder ob sie lügt, dachte er. Im Moment war es ihm auch egal. Anscheinend gewöhnte man sich daran, von allen nur verarscht zu werden.

»Ist okay«, sagte er.

»Und wegen der anderen Sache … Da reden wir noch. Aber nicht am Telefon. Morgen Abend, okay?«

»Wegen mir nicht.«

»Aber wegen mir.«

Er schnaubte ins Handy. Für wie blöd hielt sie ihn eigentlich? Was für eine Show zog sie ab? »Das glaubst du doch selber nicht«, fuhr er sie an.

Eine Sekunde Stille, dann: »Was soll das denn bitte heißen?«

»Gar nichts. Ich hab bloß keinen Bock mehr auf deine ... Lügen.«

Er erschrak über sich selbst. Noch nie hatte er so mit ihr gesprochen. Es machte ihm Angst. Gleichzeitig fühlte er sich irgendwie gut. Stark. Erwachsen.

»Jetzt aber ganz vorsichtig, junger Mann.« Ihre mit hörbarer Mühe beherrschte Stimme vibrierte in seinem Ohr. »So redest du nicht mit deiner Mutter, klar?«

»Sorry«, sagte er sofort, »ich wollte dich nicht –«

»Schon gut. Wir reden morgen weiter.« Und nach einem Moment tiefer Stille: »Ich hab dich sehr, sehr lieb, Sascha. Vergiss das nie.«

»Tschüss.«

Er legte auf.

Sie eine Lügnerin zu nennen war hart gewesen. Vielleicht zu hart. Aber Ehrlichkeit war eben was anderes als das, was sie gemacht hatte. Was hätte Androsch wohl dazu gesagt?

Keine zwei Minuten später – er hielt das Handy noch in der Hand – klingelte es erneut. Und diesmal stand *Natalie* im Display.

»Wie geht's dir?«, fragte er sie sofort.

»Ganz okay. Fühl mich immer noch irgendwie k. o. – Du, ich wollte dir eigentlich nur sagen, dass wir uns erst morgen in der Schule sehen. Meine Mutter lässt mich heute nicht mehr raus, die ist wegen Alina total klettenmäßig drauf.«

»Wegen Alina?«

»Na ja, weil ich doch – ach, das erzähl ich dir lieber ein anderes Mal, sie guckt schon wieder so komisch rüber.« Das berühmte andere Mal, dachte er, während Natalie fortfuhr: »Ich fand es übrigens total süß, dass du heute Morgen extra hergekommen bist.«

»Ach, das ...«

»Nee, wirklich. Du bist echt ein Schatz, Sascha.«

Und Androsch, was ist der?, dachte er spontan, sagte aber nichts. Das war nicht der Moment für Eifersüchteleien.

»Wenn du jemanden brauchst, zum Reden oder so«, sagte er, »ruf einfach an, ja? Ich mache übrigens auch Hausbesuche«, fügte er hinzu und bereute es sofort wieder, weil sie es vielleicht falsch verstand. Oder richtig.

Doch sie antwortete nur: »Super. Danke.«

»Okay, dann bis morgen.«

Sie legte auf.

SASCHA KONNTE WIEDER nicht schlafen. Und wenn er doch kurz wegdöste, träumte er schreckliches Zeug. Natalie, seine Mutter, Androsch, Joy – alle kamen vor, in so wirren Situationen, dass er sie danach sofort vergessen wollte. Wach bleiben war allerdings nicht viel besser, weil er dann auch dauernd an all das denken musste. Wenn er wenigstens sicher gewusst hätte, was er eigentlich von Natalie wollte. Ob er verliebt in sie war. Er hatte immer geglaubt, wenn er einmal richtig verliebt wäre, würde es kein Wenn und Aber geben, alles wäre klar. Hundert Prozent. Das war es auch, was er sich wünschte. Aber so lief es nun mal nicht.

Wenn ich fünf Jahre älter wäre, dachte er, dann wäre Joy meine Hundert-Prozent-Frau. Und Natalie? Sie war nett. Mehr als nett. Sie sah super aus, und ihre Verschlossenheit machte sie unheimlich interessant und anziehend. Siebzig Prozent. Mindestens. Aber da war noch diese Sache mit ihr und Androsch, die ihn beunruhigte. Obwohl er eigentlich ganz ruhig sein konnte. So, wie er einsehen musste, dass Joy für ihn eine Nummer zu groß war, würde auch Natalie irgendwann dahinterkommen, dass es keinen Sinn hatte, an einem Typen zu hängen, der so alt war wie ihr Vater. Und spätestens dann schlug bei ihr seine Stunde. Oder? Es konnte was daraus werden, vielleicht sogar hundert Prozent, irgendwann. Warum nicht? Und danach würde es auch mit Joy leichter werden, keine geheimen Gefühle und Wünsche mehr, sie würden nur noch Freunde sein, und alles wäre gut.

Seine Mutter kam gegen zwölf. Er hörte sie durch den Flur gehen, in die Küche, ins Bad. Sie hatte eine verdächtig gute Laune, summte leise vor sich hin. Gar nicht so, als hätte sie bis eben staubtrockene Berichte geschrieben.

Er hielt es nicht mehr aus im Bett. Als er in den Flur trat, ging im Wohnzimmer die Stereoanlage an. Irgendeine Schmusemusik aus den Siebzigern oder so. Die Tür war halb offen. Seine Mutter saß auf der Couch, hatte die Beine auf die Armlehne des Sessels gelegt und ein Glas Rotwein in der einen Hand. In der anderen hielt sie etwas, das an einer Halskette hing: ihren Ehering, wie er erkannte.

Gerade als er sich zurückziehen wollte, wandte sie den Kopf und sah ihn an. Der Ring glitt aus ihrer Hand und hing vor ihrer Brust. »Mein Gott«, sagte sie nach ein paar Schrecksekunden, »im ersten Moment dachte ich ... Du wirst ihm immer ähnlicher. Es bricht mir das Herz, wenn ich dich ansehe. – Komm, setz dich kurz zu mir. Schluck Wein?«

Obwohl er seit seinem sechzehnten Geburtstag offiziell Alkohol trinken durfte, hatte sie ihm noch nie Wein oder so was angeboten. Er schüttelte den Kopf und setzte sich neben sie.

»Die Musik, kennst du die? Nein? Bryan Ferry mit Roxy Music. Toller Mann. Tolle Musik. Das hier kennst du bestimmt.« Sie drückte auf der Fernbedienung herum, ein neuer Song begann. »*Oh Yeah*. So heißt das Lied.«

»Hab ich schon mal gehört.«

Etwas irritierte ihn. Sie roch nicht so, wie sie nach einem langen Arbeitstag riechen sollte. Er wandte ihr den Kopf zu und sog prüfend Luft ein.

»Ich komme nicht direkt von der Arbeit«, sagte sie sofort. »Ich war noch was trinken. War eine spontane Aktion, ein Kollege von früher hat angerufen, wir haben über alte Zeiten gequatscht.«

Vielleicht stimmte es, vielleicht auch nicht. Er hatte keine Lust, mit ihr darüber zu streiten, deshalb sagte er nur: »Schon okay, Mama.«

Sie nahm den Ring zwischen die Finger.

»Du siehst, ich hab den Ring nicht abgelegt, Sascha. Ich trage ihn nur anders. Weil es jetzt anders ist. Verstehst du das?«

»Keine Ahnung. Kann sein.«

»Ich wollte dir nichts vormachen. Oder dich belügen. Ich will dich bloß nicht … verletzen. Es ist auch so schon alles schwer genug für dich.«

Ihre Sorge war echt, er spürte es. »Ich komm klar, Mama. Mach dir keine Sorgen. Außerdem hab ich ja Dr. Androsch.«

»Das stimmt.« Sie legte den Arm um seine Schultern. Er fragte sich, ob sie traurig war oder glücklich oder beides zusammen. Nachdem sie eine Weile schweigend dagesessen hatten, sagte sie: »Darf ich dich was fragen?«

»Klar.«

»Du musst mir nicht antworten, wenn es dir peinlich ist.«

»Sag schon.«

»Täusche ich mich, oder bist du ein bisschen in Joy verliebt?«

Er senkte den Kopf, schaute auf seine Knie. »Da läuft nichts.«

»Was nicht genau meine Frage war. Aber gut, ich will dich nicht in Verlegenheit bringen. Es ist eh längst Zeit fürs Bett, und zwar für uns beide.«

Sie nahm ihren Arm von ihm, und er stand auf. Es gefiel ihm nicht, dass sie um seine Gefühle für Joy wusste. Anscheinend war sie eine ziemlich gute Polizistin. Oder war es so offensichtlich?

Ich warte. Ab und zu schaue ich zu dem Mädchen und dem hübschen Jungen mit den dunklen Locken hinüber, die unter den ausladenden Ästen einer Linde im Gras sitzen und anscheinend Hausaufgaben machen. Obwohl ich wegen ihr hier bin, muss ich dauernd ihn ansehen. Manchmal berührt er sie, aber sie zeigt nur schwache Reaktionen. Lange hält er das nicht mehr aus. Er ist in sie verliebt, aber sie nicht in ihn. Sie mag ihn nur als Kumpel. Ich weiß genau, was in ihm vorgeht. Und in ihr. Sie macht ihm Hoffnungen, weil sie nicht alleine sein will. Wenn sie alleine ist, öffnet sich der Abgrund in ihr. Aber keine Angst, du wirst nicht länger alleine sein. Und du, hübscher Junge, wirst jemanden finden, der deine Liebe wert ist.

Frustriert packt er seine Sachen und steht auf. Er will schon gehen, da springt sie hoch, schlingt ihre Arme um seinen Hals und küsst ihn. Nicht auf den Mund, sondern auf die Wange. Dann lässt sie ihn gleich wieder los und setzt sich ins Gras. Sie nährt das Feuer nur so viel, dass es nicht ausgeht. Nicht mehr. Der Junge nimmt sein Fahrrad, das am Baumstamm lehnt, steigt auf und fährt davon.

Jetzt ist sie allein. Ich warte noch ein bisschen, genieße den Moment. Gleich wirst du die wichtigste Begegnung deines Lebens machen. Gleich wird dir dein Todesengel gegenübertreten. Nur noch wenige Sekunden trennen dich von ihm.

Ich ziehe meine Sneakers aus, erhebe mich von der Bank und trete in das Grün der Rasenfläche. Das Gras kitzelt meine Fußsohlen. Es fühlt sich gut an. Lebendig. Ich stelle mich in den Schatten der Linde, vor das Mädchen. Sie löst ihren Blick von der aufgeschlagenen Seite ihres Mathematikbuchs und schaut zu mir hoch.

»Ist was?«, fragt sie.

»Ich hab dich beobachtet«, sage ich und sehe ihr die ganze Zeit auf den kleinen, viel zu roten Mund. »Sorry, wenn ich so direkt bin, aber du gefällst mir. Darf ich mich zu dir setzen?«

Scheue Mädchen mögen freche Jungs.

Sie sieht mich an, checkt mich binnen Sekunden ab.

»Klar. Das ist ein freies Land, und jeder kann sich dahin setzen, wo er will.« Sie gibt sich ein bisschen selbstbewusster, als sie eigentlich ist. Anscheinend will sie mir imponieren. Ich gefalle ihr.

Ich lasse mich neben ihr nieder. Schaue in ihr Mathematikbuch, auf die Kurven in den Koordinatensystemen. »Sinus und Kosinus«, sage ich.

»Ja, leider. Du verstehst nicht zufällig was davon?«

»Ist doch nicht schwer. Lass mal sehen.« Nein, ich bin nicht nur in Chemie gut, sondern auch in Mathe. Ha, ha. Ich beuge mich vor, scheinbar bloß, um in ihr Heft zu sehen. In Wahrheit will ich ihr nahekommen. Und sie soll mir nahekommen. Damit es überspringen kann. Das, was sie willenlos machen wird. »War das eben dein Freund? Der Typ mit dem Fahrrad, meine ich?«

»Der? Nee. Nicht wirklich. Nur ein guter Kumpel. Warum fragst du?«

»Nur so. Ich heiße übrigens Tristan.«

»Ich bin Natalie.«

Ich weiß, Natalie, ich weiß.

Alles weiß ich.

9

Das Johlen und Schreien war bis zu den Fahrradständern zu hören. Sascha fragte sich, welches arme Schwein seine Mitschüler heute wohl wieder in die Mangel nahmen. Er ließ das Schloss einschnappen und trottete Richtung Schulhof, von woher der Lärm kam. Als er um die Ecke bog, blieb er stehen. Das war ja ein richtiger Volksauflauf. Unüberhörbar eine Rauferei, aber wer gegen wen, ließ sich über die Köpfe hinweg nicht erkennen. Es war ihm auch egal.

»Blöde Fotze!«

Er horchte auf. Die Stimme klang nach Natalie. Unmöglich, dachte er und ging dennoch näher ran. Kurz erhaschte er einen Blick auf einen dunklen Haarschopf. Natalies Haarfarbe. Mit vorgeschobenen Ellbogen drängte er sich nun zwischen den Gaffern hindurch weiter nach vorne. Es war wirklich Natalie. Mit beiden Fäusten schlug sie auf die Rothaarige ein, die am Tag nach Alinas Selbstmord auf dem Pausenhof Gerüchte verbreitet hatte. Sascha erschrak, als er den Hass in Natalies Gesicht sah. Wenn keiner was tut, dachte er, bringt sie sie um.

Erst jetzt bemerkte er, dass direkt vor ihm Jan stand. Der Idiot filmte das Ganze auch noch mit dem Handy. Sascha stieß ihn unsanft in die Rippen.

»Ey, was soll'n der Scheiß!«, brauste Jan auf, doch als er erkannte, wer ihn gestoßen hatte, verflog sein Ärger rasch. »Ach, du bist das, Schmidti. Ist das nicht geil? Frauencatchen schon am frühen Morgen. Und es geht richtig zur Sache.« Grinsend wandte er sich ab und filmte weiter.

Du Arsch, dachte Sascha. Wieso standen alle nur dumm rum und glotzten? Sahen sie denn nicht, was vor ihren Augen abging? Natalie hatte jede Kontrolle verloren. Sie schlug, spuckte, kratzte, und die Rothaarige hatte alle Mühe, sich zu schützen. Wo waren die Lehrer, wenn man sie mal brauchte? Oder der Hausmeister? Die Rothaarige strauchelte und fiel. Natalie trat mit ihren schweren Boots auf sie ein.

Sascha drückte Jan seinen Rucksack in die Hand und arbeitete sich durch die grölende Meute.

»Natalie«, schrie er, »hör auf mit dem Scheiß!« Sie reagierte nicht, trat weiter auf ihr Opfer ein. Bis Sascha sie packte und wegzerrte.

»Was soll denn das!«, riefen einige, andere: »Verzieh dich, Spaßbremse!«

Natalie wollte sich befreien, aber Sascha war stärker. »Hau ab!«, schrie sie ihn an und trat gegen sein Schienbein. Ein heftiger Schmerz strahlte von der getroffenen Stelle aus. Sie nutzte den Moment der Schwäche, befreite sich aus seinem Griff und stieß ihn mit beiden Händen gegen die Brust. Er taumelte und fand sich auf dem Boden wieder. Pfeifen und Gelächter, aber auch Applaus, während Natalie sich einen Weg durch die Reihen bahnte. Sein Gesicht brannte vor Zorn und Scham.

»Das perfekte Finale!« Saschas Rucksack über dem Arm, kam Jan heran und hielt dabei unablässig mit dem Handy auf ihn.

»Idiot!« Er rappelte sich auf und nahm Jan seinen Rucksack ab. »Wenn du nicht sofort das blöde Ding wegnimmst, schmeiß ich es gegen die Wand.«

»Ist ja gut.« Jan steckte das Handy ein, doch das Grinsen blieb in seinem Gesicht hängen. »Wieso machst du auch so was, Alter? Sieht doch jeder, dass die Tussi einen an der Waffel hat.«

Sascha humpelte an Jans Seite Richtung Eingang. »Wieso haben sich die beiden eigentlich gefetzt?«

Jan zuckte die Achseln. »Was weiß ich. Ich glaub, die Rothaarige hat irgendwas rumerzählt. Dass die andere eine Lesbe ist oder so was.«

»Und? Ist da was dran?«

»Woher soll ich das wissen, Alter? Ist doch auch egal. Oder stehst du etwa auf die?«

»Quatsch.«

»Du bist doch Sascha Schmidt, oder?«, fragte das blond gelockte Mädchen, als Sascha mit einem Sandwich und einer Flasche Apfelschorle auf den Pausenhof trat. »Ich soll dir das hier geben.« Sie hielt ihm einen mehrfach zusammengefalteten, karierten Zettel hin.

»Von wem?«, fragte er, während er ihn nahm, doch die Botin lief einfach davon. Er setzte sich auf eine Bank, faltete den Zettel auseinander und las in einer Handschrift, die fast nur aus Kreisen und Wellen bestand: *Sorry wegen dem Tritt. Tut's noch weh? Ich bin im Sportgeräteraum. Natalie.*

Na und?, dachte er grimmig. Mir doch egal, wo du bist. Die Begegnung am Morgen reichte ihm voll und ganz. Wahrscheinlich ging der Clip mit seinem blamablen Auftritt gerade von Handy zu Handy und war spätestens morgen auf YouTube und Facebook zu bewundern. Und doch konnte er nicht aufhören, den Zettel in seiner Hand zu betrachten. Das Eigenartige an Mädchen war, dass man ihnen zwar böse sein und sie nicht ausstehen, ja, sogar hassen konnte, aber niemals so wie einen Jungen. Egal, wie dumm oder fies sie waren.

Ich bin im Geräteraum. Natalie.

Wahrscheinlich bereue ich es hinterher, dachte er, nahm seine Sachen und ging Richtung Turnhalle.

Natalie erwartete ihn im Halbdunkel, auf dem Stapel Gummimatten sitzend. Sie schien sich zu freuen, dass er gekommen war. Zumindest konnte das, was sich auf ihrem Gesicht abzeichnete, als Lächeln durchgehen.

»Du verteilst anscheinend gerne solche Zettel«, stichelte Sascha.

Sie zuckte die Achseln. Ob sie die Anspielung auf Androsch überhaupt verstanden hatte?

»Und? Was willst du?«, fragte er absichtlich schroff.

»Nichts Bestimmtes. Nur dass du bei mir bist. Komm, setz dich.«

Sah ganz so aus, als habe sich die Hulk-Natalie wieder zurück in die Bruce-Banner-Natalie verwandelt. Trotzdem zögerte er.

»Tut mir echt leid, dass ich dich getreten hab.« Sie senkte den Blick in ihren Schoß, wo sie an einem Papiertaschentuch zupfte.

»Schon gut.«

Er kletterte zu ihr auf den Mattenstapel.

»Nee, ist es nicht. Du bist der einzige nette Mensch an der Schule. Und wegen mir zerreißen sie sich jetzt auch über dich das Maul.«

»Mir ist egal, was die anderen reden.«

»Red keinen Quatsch. Wenn alle schlecht über einen reden, macht das jeden fertig. Du hättest dich nicht einmischen sollen.«

»Aber ich dachte, du bringst sie um. Du hättest dich sehen sollen. Du warst total außer Kontrolle. Wie Lara Croft auf einem schlechten Trip.« Keine Reaktion auf seinen Versuch, witzig zu sein. »Jemand musste dich vor dir selbst schützen.«

Sie schaute ihn an. Im Dämmer des Geräteraums schimmerten ihre Augen noch dunkler, und das tiefe Rot ihrer Lippen war beinahe schwarz.

»Und warum willst ausgerechnet *du* mich beschützen?«

»Keine Ahnung.« Er spürte, wie er errötete, und hoffte, dass sie es bei dem schlechten Licht nicht bemerkte.

»Du bist schon so der Beschützer-Typ, oder?«, sagte sie. »Ich finde das schön. Alle anderen denken doch nur an sich. Nicht zum Aushalten ist das.« Sie nickte in Richtung seines Pausenbrotes. »Darf ich mal abbeißen?«

»Klar.« Er hielt es ihr hin.

Sie nahm das Sandwich und schaute nach, womit es belegt war. Salami und Käse waren offenbar okay. Nachdem sie abgebissen hatte, gab sie es ihm zurück, und auch er aß davon. Bissen für Bissen teilten sie es unter sich auf, genau wie die Apfelschorle danach. Alles, ohne ein Wort miteinander zu reden.

Als nichts mehr da war, ließ Natalie ihren Kopf auf Saschas Schulter sinken und legte ihre Hand in die seine. Täuschte er sich, oder war das der Beginn von irgendwas?

»Glaubst du, wir schaffen es irgendwann doch noch, zusammen ins Kino zu gehen?«, fragte er nach einer Weile.

»Klar, warum nicht?«

Da fiel die Schulglocke mit ihrem schrillen Gebimmel in die traute Stille und verkündete das Ende der Pause.

»Ein bisschen noch«, bat Natalie.

So lange du willst, antwortete Sascha, aber nur in Gedanken.

Als Sascha vor dem Kino eintraf, war Natalie schon da. Durch die gläserne Frontscheibe sah er sie im Foyer an einer Säule lehnen und selbstvergessen am Daumennagel kauen. Sie bemerkte ihn erst, als er fast vor ihr stand.

»Ich hab die Karten besorgt«, sagte sie nach einer knappen Begrüßung. »Holst du uns Popcorn und Cola? Ich muss mal kurz wo hin.«

Während Natalie in ihren schweren Boots zur Toilette stiefelte, stellte Sascha sich in die Schlange vor der Verkaufstheke. Nach einer Weile fiel ihm ein Junge mit einer giftgrünen Baseballmütze auf, der von der Straße herein ins Kinofoyer schaute. Er stand genau da, wo er selbst keine zehn Minuten zuvor gestanden hatte. Ehe er sein Gesicht sehen konnte, drehte der Junge sich weg. Er wusste nicht, wieso, doch es kam Sascha so vor, als hätte der andere ihn beobachtet. Als wollte er etwas von ihm.

»Was darf's sein?«, fragte da das Mädchen hinter dem Tresen.

Sascha kaufte Riesenportionen Popcorn und Cola. Danach ging sein Blick wieder zur Scheibe. Der Junge war nicht mehr da.

»Hallo, hier bin ich!« Ein Finger tippte ihm auf die Schulter.

Er fuhr herum. Es war Natalie.

Anscheinend hatte sie sich die Lippen nachgeschminkt. Wie pralle Kirschen leuchteten sie in ihrem blassen Gesicht.

»Wollen wir reingehen?«, fragte sie.

Ihre Plätze waren in der vorletzten Reihe. Natalie stellte das Popcorn auf die Lehne zwischen ihnen, die beiden Cola-Becher in die Halter an den Sitzen. Sie griff sich eine Handvoll Popcorn, steckte einiges davon in den Mund und ließ sich in ihren Sessel sinken. »Von mir aus kann's losgehen«, sagte sie mit vollem Mund.

Wenig später hörte sie abrupt auf zu kauen und schaute wie gebannt auf etwas im Saal. »Ist was?«, fragte Sascha, aber sie hörte ihn nicht. Seine Augen folgten ihrer Blickrichtung. Da bemerkte er in einer der vorderen Reihen den Jungen mit der giftgrünen Baseballkappe. Kannte sie ihn etwa?

»Wer ist das?«, fragte er Natalie, doch sie hörte ihn wieder nicht. Er stupste sie an. »Hallo, Erde an Natalie! Bitte kommen!«

Sie zuckte zusammen und rollte die Schultern, wie um etwas abzuschütteln. »Was?«

»Der Typ mit der Baseballmütze, den du die ganze Zeit anstarrst – wer ist das?«

»Ich starre niemanden an. Ich war bloß in Gedanken.«

Dann ging das Licht aus, und die Vorstellung begann.

ES MUSSTE WÄHREND des Films geregnet haben, denn die Straße glänzte nass im Licht der Laternen. Als Sascha mit Natalie ins Freie trat, regnete es nicht mehr, doch ein kühler Wind wehte sie an. Er schlug den Kragen seiner Jacke hoch. »Musst du wirklich schon um zehn zu Hause sein?«, fragte er.

»Unbedingt. Sonst kriegt meine Mutter einen Anfall.«

Sascha schwieg. Nicht nur der Film hatte ihn enttäuscht. Auch zwischen ihm und Natalie war nichts in die Gänge gekommen. Er hatte gehofft, sie werde sich wieder an ihn schmiegen, so wie im Geräteraum. Aber sie schien ihm eher auszuweichen. Okay, tröstete er sich nun, das ist unser erster gemeinsamer Abend. Der im Übrigen noch nicht zu Ende ist.

»Dann bring ich dich wenigstens nach Hause.«

»Musst du nicht in die andere Richtung?«

»Kein Problem. Ich kann heimkommen, wann ich will.«

Das stimmte nicht ganz, aber seine Mutter schob wieder mal eine Spätschicht.

»Nee du, ist nett gemeint, aber lass mal.«

»Ich bin doch dein Beschützer. Schon vergessen?« Er lächelte.

»Sei mir nicht böse, Sascha, aber heute war mir das echt zu viel. Das hat nichts mit dir zu tun. Du bist superlieb.«

Sein Herz rutschte eine Etage tiefer. War das eine nett verpackte Abfuhr gewesen?

Auf dem Weg zur U-Bahn-Station lahmte das Gespräch zwischen ihnen, bis es schließlich ganz verstummte. Jeder hing nur noch seinen eigenen Gedanken nach, wie zwei Krieger nach einer verlorenen Schlacht.

Sie waren zwei Minuten vor der Ankunft des Zuges auf dem Bahnsteig. Als er schon einfuhr, fasste Natalie in ihre Hosentasche und zog etwas heraus, das sie in der Faust einschloss. »Ich möchte dir was schenken. Ist zwar total kitschig, aber ... na ja ...«

Sie öffnete die Faust. In ihrer Handfläche lag ein Schlüsselanhänger, so wie man sie aus Kaugummiautomaten ziehen konnte, ein rosafarbenes Glitzerherz in einer durchsichtigen Plastikkugel. Sie hatte recht: Es war total kitschig und sah außerdem genauso billig aus, wie es wohl gewesen war. Sascha nahm es und ließ es an der Kette baumeln.

»Geil.« Er konnte sich einen ironischen Unterton nicht verkneifen.

»Ich hab's Alina geschenkt, vor ewigen Zeiten. Sie hat es mir zurückgegeben. Einfach so. Und jetzt sollst du es haben. Weil – wegschmeißen kann ich es nicht, aber haben kann ich's auch nicht.«

Aha, dachte er und fragte sich, was er davon halten sollte. Was hatte Alina mit ihnen beiden zu tun? Oder war er der Mülleimer für alte Freundschaftsandenken?

»Du findest es blöd, oder?«

»Nein! Es ist ... Danke.«

»Du kannst es wegwerfen, wenn du willst, aber sag es mir nicht. Okay?«

Er wollte sie zum Abschied wenigstens auf die Wange küssen, doch ehe er dazu kam, stieg sie ein. Von drinnen warf sie ihm eine Kusshand zu, dann wandte sie sich ab und ging Richtung Zugmitte, ohne sich noch einmal nach ihm umzuschauen.

Die U-Bahn fuhr an und zog an ihm vorüber. Sie hatte schon Fahrt aufgenommen, da sprang ihn aus einem der letzten Wagen ein giftgrüner Farbklecks an. Er brauchte ein paar Sekunden, dann fiel es ihm wieder ein: der Junge mit der Baseballmütze.

Schweigend stiefeln wir über den Alten Südlichen Friedhof, zwischen verwitterten Grabsteinen hindurch. Ich weiß nicht, was Natalie hier schaurig oder morbide findet. Ist doch eher wie ein Park. Aber sie hat sowieso komische Gedanken. Man wird nicht schlau aus ihr. Bei den anderen war es irgendwie einfacher. Sie haben mir aus der Hand gefressen. Distanziert sein, mysteriös – das hat super funktioniert. Das hat sie heiß gemacht. Ich wusste stets, wann ich welchen Knopf drücken musste, damit sie den nächsten Schritt gehen. Am Ende haben sie geglaubt, sie würden mich retten, weil diese Art Mädchen immer glauben, sie seien mit ihrer dummen Liebe und ihrer albernen Romantik die Rettung. Natalie ist da anders. Sie will niemanden retten. Auch sich selbst nicht.

»Hast du wirklich keinem von mir erzählt, Natalie?«

»Natürlich nicht!« Mein misstrauisches Nachfragen beleidigt sie. »Glaubst du, ich kann kein Geheimnis bewahren?«

Doch, doch, Natalie, ich weiß, dass du das kannst. So, wie Sarah es konnte. Und Alina. Alles Mädchen, die ein Geheimnis bewahren konnten. Alles Mädchen, die ein Geheimnis *hatten*. Genau wie du. Aber vielleicht hast du ja sogar noch eines, du falsche Schlange. Womit wir bei dem hübschen Jungen wären. Sascha. Hab ich mich getäuscht? Ist er doch mehr als ein Kumpel für dich? Aber warum bist du dann überhaupt hier bei mir und nicht bei ihm? Was ziehst du hier ab?

»Wenn wir einander nicht treu sind, sollten wir aufhören, uns zu sehen«, schlage ich vor, schiebe meine Hand in die Jackentasche und befühle das Tütchen mit dem Zyankali. Sollte sie tatsächlich auf mein Angebot eingehen, werde ich sie auf ein Abschiedsgetränk einladen und die Sache sofort zu Ende bringen. Außerplanmäßig. Lieber Gott, mach, dass es nicht dazu kommt. Ich will zusehen, wie sie stirbt. Außerdem würde alles Weitere dadurch so viel komplizierter.

»Wieso spionierst du mir nach, Tristan?«, fragt sie, ohne auf meine Worte einzugehen. »Ich hab dich im Kino gesehen. Und in der U-Bahn warst du auch, oder?«

Natürlich hast du mich gesehen. Das solltest du ja auch.

»Ich pass nur auf dich auf, mein Engel. Auf uns. Wir beide haben etwas ganz Besonderes, das –«

»Ja, ja«, unterbricht sie mich. »Wieso musst du das ständig sagen? Wenn man etwas wirklich fühlt, muss man es nicht dauernd sagen.«

Du dumme Kuh! Ausgerechnet du willst mir was über *wahre Gefühle* erzählen? Am liebsten würde ich ihr ins Gesicht schlagen! Aber ich beherrsche mich, sage sanft wie ein Lamm: »Du hast recht«, und überwinde mich sogar, ihre kalte Hand zu nehmen und zu küssen. Danach aber lasse ich sie sofort wieder los und frage: »Was hast du dem Jungen eigentlich gegeben? Ich meine, als ihr euch vor der U-Bahn verabschiedet habt.«

Erst guckt sie erstaunt, weil ich auch das weiß, dann sagt sie: »Nichts Besonderes. Ein kleines … Andenken.« Sie schlägt die Augen nieder.

»Heißt das, du wirst ihn nicht mehr wiedersehen?«

»In der Schule schon noch, das geht ja auch nicht anders, aber ich werde ihm so gut wie möglich aus dem Weg gehen.«

»Nicht nur ihm, Natalie. Auch allen anderen. Du musst dich von allen und allem lösen. Es darf nur noch uns beide geben.«

Wieder sieht sie mich mit diesem fast schon beleidigten Blick an. »Es *gibt* nur uns beide, Tristan.«

Warum werde ich das Gefühl nicht los, dass sie lügt? Dass es für sie kein *Uns* gibt, sondern nur *Natalie, Natalie, Natalie*? Sie ist schwerer zu durchschauen als die anderen. Schwerer einzuschätzen. Und damit schwerer zu steuern. Das beunruhigt mich. Aber es reizt mich auch. Ich hab noch jede geknackt, Natalie. Bei dir wird es nicht anders sein.

10

»Du bist auf der Mailbox von Natalie gelandet. Sag was nach dem Piep, ich ruf zurück.«

Oder auch nicht, dachte Sascha und legte auf. Was war nur mit ihr los? Er kriegte es einfach nicht auf die Reihe. Seit dem Abend im Kino behandelte sie ihn wie einen Aussätzigen: Sie ging nicht ans Handy, reagierte auf keine Nachricht, beantwortete keine SMS. In der Schule machte sie sich unsichtbar. Lief sie ihm doch mal über den Weg, änderte sie sofort die Richtung.

Wieder und wieder zerbrach er sich den Kopf, ob er bei ihrem Treffen was falsch gemacht hatte. Vielleicht hätte er ihre Hand nehmen oder den Arm um sie legen sollen. Warum hatte er es nicht getan? Wirklich weil er sie nicht bedrängen und nichts überstürzen wollte? Oder hatte er sich bloß nicht getraut? Hielt sie ihn deshalb für verklemmt? Für einen Langweiler? Selbst wenn: Das gab ihr nicht das Recht, ihn derart abzuservieren. Wenn sie erwartete, dass er ihr nachlief, hatte sie sich jedenfalls getäuscht. So toll war sie auch wieder nicht. Von jetzt an war sie für ihn gestorben.

Das Dumme war nur: Seit sie für ihn unerreichbar war, musste er dauernd an sie denken. Tag und Nacht. Die Rihanna-CD, die sie ihm gebrannt hatte, hörte er rauf und runter. Aber wie passte das zu seinen Gefühlen für Joy? Ging das überhaupt: in zwei Mädchen gleichzeitig verliebt zu sein? Wie auch immer, eins wusste er schon mal: Verliebtsein war echt kacke.

Sascha musste zweimal hinschauen, bis er Natalie erkannte. Sie befand sich auf der anderen Straßenseite, und er sah sie nur von hinten, aber das Outfit, vor allem die schweren Boots, ließ keinen Zweifel zu. Und sie war nicht allein. Ein Junge schlurfte neben ihr her, mit einer – Sascha traute seinen Augen nicht – giftgrünen Baseballkappe. Er erinnerte sich sofort, wo er genau so eine schon mal gesehen hatte. Konnte ja sein, dass zufällig zwei Leute mit ähnlicher Statur dieselbe Kappe hatten, aber er glaubte trotzdem nicht an einen Zufall. Nein, der Junge, mit dem Natalie auf die U-Bahn-Station zuspazierte, war garantiert der Typ aus dem Kino.

Sascha spürte ein Ziehen unterhalb der Brust. Es wurde noch heftiger, als er mit ansehen musste, wie die beiden stehen blieben und Natalie dem Jungen einen hastigen Kuss auf die Lippen drückte. Danach ging die giftgrüne Baseballmütze weiter Richtung U-Bahn, während Natalie in eine Gasse einbog. Besonders leidenschaftlich hatte der Abschied zwar nicht gewirkt, aber es war trotzdem klar, dass zwischen den beiden was lief. Er kam sich nach Strich und Faden verarscht vor. Wie lange kannten die zwei sich wohl schon? Und wie lange waren sie bereits zusammen? Wieso hatte Natalie ihm nichts davon erzählt? Was hatte der Typ im Kino für ein bescheuertes Spiel gespielt? Wer war er überhaupt? So viele offene Fragen. Es mussten endlich Antworten her! Am besten die ganze verdammte Geschichte! Und am allerbesten sofort!

Eilig überquerte er die Straße und folgte Natalie in die Gasse. In seinem Innern ein Bündel widersprüchlicher Gefühle: Wut, Frustration, Kränkung, Schmerz. Sie wollte gerade in einen Drogeriemarkt, als er rief: »Natalie! Was für ein Zufall!«

Sie drehte sich um. Als sie ihn erkannte, schien sie einen Moment zu überlegen, ob sie ihn nicht einfach links liegen lassen sollte. Sascha war entschlossen, sie in diesem Fall zu packen und festzuhalten.

»Was machst du denn hier?« Ihr Gesicht wurde von Sekunde zu Sekunde roter.

»Nichts Besonderes«, sagte er lässig, während er sich fühlte wie ein Atomreaktor vor dem Super-GAU. »Und du?«

»Äh ... Shoppen.«

»Shoppen, aha. Und wer war der Typ von vorhin?«

Jetzt nahm ihr Gesicht endgültig die Farbe einer vollreifen Tomate an.

»Welcher Typ?« Sie lächelte unbeholfen. »Du musst dich getäuscht haben.«

Er war kurz davor, zu explodieren. Für wie blöd hielt sie ihn? »Ihr habt euch geküsst, da vorne!« Er deutete mit ausgestrecktem Arm zum Ende der Gasse.

Mit offenem Mund sah Natalie ihn an, doch sie blieb stumm.

Er dagegen ließ alles raus. »Lüg mich bloß nicht an! Im Kino war er auch. Und in deiner U-Bahn. Deshalb durfte ich dich nicht nach Hause bringen, oder? Wie lange seid ihr schon zusammen?«

Natalie hatte sich jetzt wieder besser im Griff und wurde schnippisch. »Kann dir doch egal sein. Was geht's dich an? Du und ich waren nur zusammen im Kino, das heißt doch nichts.« Sie sah ihn an, wie um die Wirkung ihrer Worte zu prüfen. Anscheinend war sie ihr nicht heftig genug, denn sie fügte hinzu: »Bloß dass du es weißt: Du bist zwar nett, aber Tristan ist viel cooler. Halt dich von mir fern, klar? Von uns. Vergiss einfach, was du gesehen hast. Vergiss mich!«

Das saß. Und was am meisten wehtat: Sie hatte mit jedem Wort recht. Er war nett. Ein Superkumpel. Richtig toll zum Quatschen und so. Aber sonst – Fehlanzeige. Cool waren immer nur die anderen. Dieser Tristan. Joys Cabrio-Typ. Was sollte einer wie er da noch sagen? »Na, dann viel Glück mit deinem Tristan.« Das war alles, was ihm einfiel, und so ließ er sie stehen.

ALBERNES, KITSCHIGES HERZ. Er hielt den Schlüsselanhänger mit zwei Fingern hoch und betrachtete ihn voller Bitterkeit. Ihrem Tristan hätte Natalie bestimmt kein so dämliches Geschenk gemacht. Ein Glitzerherz in einer Kugel – das passte nur zu jemandem, den man nicht ganz ernst nahm. Was sollte er damit? Am besten, er warf das Ding in den Müll – und die Erinnerung an Natalie gleich mit.

Er ließ das Herz in den Abfalleimer fallen und schüttelte die Mülltüte so lange, bis es zwischen schmutzigen Papierservietten und Plastikverpackungen nicht mehr zu sehen war. Eigentlich sollte er sich jetzt besser fühlen. Tat er aber nicht. Verdammtes Ding! Warum ließ es ihn nicht in Ruhe? Was wollte es von ihm? Schließlich holte er es wieder aus dem Eimer und machte es sauber. Natalies Herz. Das einmal Alina gehört hatte. Und jetzt seines war.

Kamen seine Skrupel, es wegzuwerfen, auch daher, dass Alina tot war? Er hatte sie nur einmal kurz gesehen, aber ihre goldenen Locken und das Elfengesicht standen ihm klar vor Augen. Schon ein Hammer, dass es sie nicht mehr gab. Nur: Wieso reichte Natalie ein Andenken an ihre beste Freundin an ihn weiter? Was wollte sie ihm damit sagen? Natalie und ihre kleinen Botschaften. Man wusste nie, was genau sie bedeuteten.

Wahrscheinlich hatten sie gar nichts zu bedeuten.

Nur leere Worte, leere Gesten.

IN EINEM ANDEREN Leben, in einer anderen Welt wären Sascha und ich vielleicht zusammengekommen, denkt Natalie und betrachtet das sich stetig ändernde Muster aus Regentropfen an der Fensterscheibe. Leider leben sie in dieser Welt, und in dieser Welt gibt es kein Glück. Zumindest nicht für ein Mädchen wie sie, das nirgendwo reinpasst. Nicht mal ins eigene Leben. Androsch hat sie mal gefragt, wie sie sich selbst beschreiben würde, und da hat sie gesagt: »Ich bin wie ein Igel. Bloß mit den Stacheln nach innen.« In dieser Welt braucht ein Mädchen wie sie jemanden wie Tristan. Jemanden, mit dem sie alles hinter sich lassen kann.

Trotzdem muss sie oft an Sascha denken. Es tut ihr leid, dass sie ihn so fies abserviert hat. Aber es ist nicht anders gegangen. Sie fragt sich, was er wohl in ihr sieht. Warum er sich überhaupt mit ihr abgibt. Was hat sie schon zu bieten? Okay, sie ist nicht hässlich, aber Sascha ist kein Junge, dem es nur auf Äußerlichkeiten ankommt. Sie hätte heulen können, als es nach ihrem Kampf auf dem Schulhof so aussah, als könnte er ihr Beschützer sein. Als gäbe es für sie tatsächlich Schutz. Aber wie sollte ausgerechnet Sascha sie beschützen? Er hat nicht die leiseste Ahnung, wer und was sie ist. Er hält sie für ein Mädchen wie jedes andere, eines, in das ein Junge sich einfach so verlieben kann. Doch sie hätte ihn bloß mit sich runtergezogen. Sein Weg ist ein anderer als ihrer. Ihr Weg ist der von Tristan.

Dabei wäre es ihr anders lieber gewesen. So, wie es eigentlich hätte sein sollen. So, wie Alina und sie es sich damals versprochen haben. *Wenn wir gehen, gehen wir gemeinsam.* Das war der Schwur, und Alina hat ihn gebrochen. Nie, nie, nie wird sie ihr das verzeihen. Und auch nicht, dass sie davor die Freundschaft verraten hat. Ach, wenn sie Alina doch dafür hassen könnte. Stattdessen muss sie immer, wenn sie an sie denkt, losheulen. Nur heute nicht. Vielleicht, weil sie ihr so nah ist.

Tristan kommt in einer Stunde.

Sie legt den Füller hin. Er wird sauer sein, wenn der Abschiedsbrief nicht fertig ist, aber sie hat ja noch Zeit. Jetzt muss sie sich erinnern. An Alina. An das, was sie hatten. Was sie verbunden hat. Nach ihr wird niemand mehr leben, der davon weiß, und es wird sein, als sei es gar nicht passiert.

Der Abend auf dem Spielplatz, vor ungefähr drei Jahren – nie wird sie ihn vergessen. Allerdings bedeutet das Wort *nie* jetzt nicht mehr viel. Egal. Stockdunkel war es schon, eigentlich hätten sie längst zu Hause sein sollen, aber sie konnten sich einfach nicht voneinander trennen. Der Spielplatz wurde kaum mehr benutzt und war ziemlich verwahrlost. Sie setzten sich auf die einzige Schaukel, die es noch gab, Alina auf Natalies Schoß, Gesicht an Gesicht.

Selbst nach so langer Zeit braucht sie nur dran zu denken, schon spürt sie wieder Alinas warmen Atem auf der Haut und riecht ihr Erdbeerkaugummi. Die Seile knirschten gequält, aber sie hielten. Alina und sie bewegten sich nicht, saßen nur da, im Herzen der finsteren Nacht, waren sich selbst genug und staunten darüber, dass es sie beide überhaupt gab. Ohne groß nachzudenken, fing sie irgendwann an, Alina zu küssen. Erst auf die Nasenspitze, dann die Wangen, den Hals. Zuletzt auch auf den Mund. Total harmlos. Sie waren ja praktisch noch Kinder und hatten von nichts eine Ahnung. Alina machte zwar nicht richtig mit, aber sie wehrte sich auch nicht. So war sie nun mal. Man musste sie immer ein bisschen schubsen. Es war trotzdem der glücklichste Moment, den sie hatten.

Natürlich hielten die anderen es nicht aus, dass sie beide ohne den ganzen Cliquenscheiß und das oberflächliche Getue auskamen. Zwei unzertrennliche Freundinnen, die den Rest der Welt nicht brauchen – das ging nicht, denen musste man was anhängen. War ja auch klar: Die beiden mussten lesbisch sein. Wenn lesbisch bedeutet, dass ein Mädchen mit anderen Mädchen rummacht wie mit Jungs, dann waren sie nicht lesbisch. Sie und Alina haben nie miteinander rumgemacht, auch nicht, als sie älter wurden und aufhörten, Kinder zu sein; Alina war für so was doch viel zu verklemmt. Und ob sie auf Mädchen im Allgemeinen steht, weiß Natalie gar nicht, sie hat jedenfalls nur eine geliebt: Alina. Selbst jetzt liebt sie sie noch, obwohl Alina alles verraten hat, was ihnen beiden heilig war.

Egal. Sie drückt die Tränen weg, die ihr in die Augen steigen. Das liegt hinter ihr. Wie alles andere auch. Sie nimmt den Füller und beginnt zu schreiben. Letzte Worte an ihre Mutter. Doch nichts mehr über die Qualen, die sie ihr bereitet hat, wenn sie – in bester Absicht zwar, aber auch totaler Ahnungslosigkeit – verlangt hat, dass sie sich endlich wie ein normales Mädchen benehme. *Es ist nicht Deine Schuld, Mama, also mach Dir keine Vorwürfe. Niemand ist schuld. Das Leben wollte mich nicht, und ich wollte das Leben nicht. Ich habe nur einen Fehler ausradiert.*

Sie überlegt, ob sie Sascha auch ein paar Zeilen hinterlassen soll. Er hätte es verdient, dass sie ihm alles wenigstens im Nachhinein erklärt. Sie schreibt eine halbe Seite, bricht mitten im Satz ab, zerreißt das Papier in kleine Fetzen und wirft sie in den Papierkorb. Es hat keinen Sinn, jemandem was erklären zu wollen. Schon gar nicht, wenn man es eigentlich selbst nicht versteht.

TRISTAN KOMMT AUF die Minute pünktlich und sieht aus wie immer: Kapuzenshirt, weite Hose, grüne Baseballkappe. Nur die Ledertasche ist neu. Ihn zu küssen ist wie Eiswürfel in den Mund nehmen, aber genau das ist es, was sie anzieht: diese Kälte. Es ist die Kälte von feuchter Erde. Erde, in der sie beide bald ruhen. Sie freut sich darauf. Endlich Schluss mit den Lügen und der Heuchelei. Endlich keine Enttäuschungen mehr. Mit Androsch, so hat sie geglaubt, sei es anders. Aber er ist genau wie der Rest. Erst tut er so, als wäre er der Erlöser, dann wendet er sich ab und lässt einen fallen. Er hat nichts verstanden. Rein gar nichts.

Egal.

Kurz bevor Tristan kam, hat sie die Rollläden heruntergelassen, die Vorhänge zugezogen und im ganzen Zimmer Kerzen aufgestellt. Außerdem hat sie ihre Best-of-CD von Rihanna aufgelegt. Tristan hat bis jetzt nichts zu alldem gesagt, aber sie hat gleich gemerkt, dass es ihm nicht gefällt.

»Hast du den Brief geschrieben?«, fragt er.

Sie nickt.

»Lass sehen.«

Sie nimmt ihn vom Schreibtisch und sieht zu, wie Tristan liest.

»Gut«, sagt er und legt das Papier zurück auf den Tisch, »sehr gut.« Dann greift er in die Tasche, holt ein beschriebenes Blatt heraus und reicht es ihr. *Es gibt niemanden, dem ich etwas schuldig bin, außer einer: der, mit der ich diese Welt verlasse. Auf ewig will ich mit ihr vereint sein im Tod. Das allein ist mein Wunsch. Unser gemeinsamer Wunsch. Trauert nicht um uns. Wir sind glücklich. Tristan.* Warum darf nur er *wir* und *uns* schreiben?, fragt sie sich. Aber sie kennt die wenig befriedigende Antwort schon: weil er Tristan ist.

Sie legt seinen Brief neben den ihren, betrachtet ihn.

Schöne Worte.

Nur leider nicht wahr.

Sie hat ihn längst durchschaut. Er ist auch nur ein Lügner, genau wie alle anderen.

»Wie geht es jetzt weiter?«

»Hast du Cola besorgt?«, fragt er.

»In der Küche, im Kühlschrank. Ich hol sie dir.«

»Ich geh schon.«

Er verlässt das Zimmer, das im flackernden Licht der Kerzen aussieht wie eine Gruft. Sie ist völlig ruhig. Fast schon entspannt.

Tristan ist echt ein komischer Typ. Alles an ihm ist kalkuliert, wie bei einem Schauspieler. Sie hat nicht lange gebraucht, um das zu durchschauen. Und trotzdem ist er ihr ein Rätsel geblieben. Er spricht nicht gerne über sich, und weil sie das verstehen kann, sie ist ja genauso, hat sie kaum Fragen gestellt. Und doch muss sie zugeben, dass sie gerne mehr über ihn wüsste.

Tristan kehrt mit einer Flasche Cola und zwei Gläsern zurück und stellt alles auf dem Schreibtisch ab. Dann holt er ein Tütchen aus seiner Ledertasche und legt es daneben. Das Gift. Sie kriegt einen Schreck, ein Schauder fährt durch sie hindurch. Ja, es ist wirklich. Sie werden es tun. Sie werden sterben. Aber sie hat keine Angst.

Tristan dreht sich zu ihr um. »Wir sollten nicht zu lange warten«, sagt er. Wieso die Eile? Hat er etwa Sorge, dass sie der Mut verlässt? Oder ihn? Kurzes Schweigen, dann fragt er: »Wie geht es dir?«

Er steht am Schreibtisch, hält sich an der Lehne des Drehstuhls fest. Einer von uns beiden hier ist total angespannt, denkt sie, und ich bin es nicht. »Wieso kommst du nicht zu mir?«

Er löst sich von der Stelle, auf der er wie festgewachsen steht, und kommt zum Bett. Lässt sich auf die Bettkante nieder. Verschränkt die Arme vor der Brust und schlägt die Beine übereinander. Sie ist froh, dass er da ist, aber noch froher wäre sie, wenn er ihr nichts vormachen würde.

»Was ist eigentlich mit dir los, Tristan? Warum hast du Angst vor mir?«

Wie er sie auf einmal ansieht! Wie ein Insekt, das ihn an einer empfindlichen Stelle gestochen hat und das er gleich zerquetschen wird. Es scheint ihm regelrecht die Sprache verschlagen zu haben. Hektisch nagt er an seiner Unterlippe.

»Ist völlig okay, Tristan. Ich weiß, dass du mich nicht liebst. Ich lieb dich auch nicht. Hat ein bisschen gedauert, bis ich das kapiert hab. Aber du wusstest es von Anfang an, oder?«

Er wirkt wie zu Marmor erstarrt. Anscheinend fürchtet er, dass sie einen Rückzieher macht. Aber das hat sie nicht vor. Sie hätte jetzt nur doch ganz gerne ein klein wenig *echte* Nähe. Aber dazu wird es nicht kommen. Ist auch egal, denkt sie, es stirbt sowieso jeder für sich allein.

»Okay«, sagt sie, »lass uns nicht länger warten.«

Seine Erstarrung löst sich.

»Leg dich hin«, sagt er mit belegter Stimme, »entspann dich. Ich mache unsere Getränke fertig.«

Sie lässt sich auf den Rücken fallen, schaut an die Decke und hört Rihanna zu, die gerade »I love the way you lie« singt, und sie wundert sich, dass nun alles so gut zusammenpasst, dass alle Lügen am Ende doch eine Wahrheit zu ergeben scheinen. Der Tod ist doch eine Wahrheit, oder? Nach einer Weile geht die Musik aus, und Tristan tritt ans Bett mit zwei Gläsern, in denen die Cola munter perlt, so als wäre sie ein Getränk des Lebens und kein Todestrunk. Sie setzt sich auf.

»Warum hast du die Musik ausgemacht?«

Tristan sagt nichts, hält ihr ein Glas hin. »Komm, trink.« Er lässt sich wie zuvor auf die Bettkante nieder.

»Wir trinken zusammen.«

»Natürlich.«

Gemeinsam heben sie die Gläser an die Lippen. Sie schließt die Augen und lässt die eiskalte Cola in den Mund laufen, die Kehle hinab, spürt, wie die Kälte in ihrem Magen ankommt. Als sie die Augen wieder öffnet, sieht sie, dass Tristan nicht getrunken hat. Sein volles Glas steht unberührt auf dem Nachttisch. Stattdessen hat er eine kleine Kamera in der Hand und filmt.

Was soll das? Was passiert hier?

»Gute Reise«, sagt Tristan und grinst.

Dann setzt der Schmerz ein …

11

»Letzter Angriff!«, rief Hanselmann und klatschte dreimal in die Hände. »Hopp, hopp, hopp!«

Der Basketball flog auf Sascha zu, er fing ihn sicher und lief los. Ein Pfiff schrillte durch die Sporthalle.

»Schrittfehler!«

»Mann, Schmidti«, maulte Björn, »du bist echt eine Null. Schrittfehler! Das ist wie im Kindergarten!«

»Ja, ja.« Sascha warf den Ball einem Gegenspieler zu. Mannschaftssport war einfach nicht sein Ding. Jemand wie Björn konnte sich das natürlich nicht vorstellen.

Hanselmann ließ den Freiwurf nicht mehr ausführen, sie waren eh schon weit über die Zeit. »Ab unter die Duschen! Hopp, hopp!«

»Du musst das verstehen«, meinte Jan auf dem Weg in die Umkleidekabine grinsend zu Björn, »Schmidti ist total ausgepowert wegen seiner Catcher-Braut. Oder, Schmidti?« Er klopfte Sascha auf die Schulter. »Bei schlechter Beinarbeit bist du bei der sofort unten durch. Und dann gibt's Hiebe statt Liebe.«

Sascha rollte mit den Augen. Wie lange wollte Jan noch auf der Geschichte rumreiten? Über seine bescheuerten Witzchen lachte doch schon längst keiner mehr. Außerdem hatte Sascha inzwischen bestimmt tausendmal erklärt, dass zwischen ihm und Natalie nichts lief und nie was gelaufen war. Einfach ignorieren, war die Devise, auch wenn's schwerfiel.

Erleichtert, die zwei Sportstunden hinter sich zu haben, schloss Sascha seinen Spind auf, holte eine Flasche Sprudelwasser heraus und trank sie in einem Zug leer. Ansonsten machte er langsam, weil er keine Lust hatte, mit der großen Meute zu duschen. Im Augenwinkel sah er Björn mit seinem neuen Smartphone hantieren. Eigentlich war es ja verboten, das Handy während der Unterrichtszeit einzuschalten, aber seit Björn sein neues Wunderwerk der Technik hatte, checkte er in jeder freien Sekunde seine superwichtigen Mails und seine Facebook-Seite. »Das ist ja echt der Hammer«, hörte Sascha ihn nun sagen, in einem Ton, der vermuten ließ, dass ausnahmsweise mal wirklich was von Bedeutung eingegangen war. Nachdem Sascha sich das durchgeschwitzte T-Shirt über den Kopf gezogen hatte, stand Björn plötzlich direkt hinter ihm. »Ist was?« Wieso rückte Björn ihm so auf die Pelle?

»Mann, wenn ich dir das erzähle ... Das haut dich glatt um.«

»Dann lass es halt bleiben.«

»Es ist wegen Natalie. *Deiner* Natalie.«

Was sollte das Gedruckse? War doch sonst nicht seine Art. Meist konnte er es gar nicht erwarten, seine Neuigkeiten rauszuposaunen. Aber wahrscheinlich war es eh bloß wieder ein blöder Scherz.

»Ich hab keine Natalie, also lass mich in Ruhe.«

Sascha hatte Sport- und Unterhose ausgezogen, nahm jetzt sein Badetuch und das Duschzeug und schlurfte in Badelatschen zu den Brausen.

»Jetzt warte doch!« Björn kam ihm nach. »Es ist echt krass. Natalie ist ... Sie hat sich ... umgebracht ...«

Sascha blieb abrupt stehen und sah Björn ungläubig an. »Spinnst du?«

»Nee, echt! Laura hat mir eine SMS geschickt, sie hat es von ihrer Mutter, und die ist ganz eng mit Natalies Mutter. Hier, willst du lesen?«

Sascha schüttelte den Kopf. Dann wandte er sich ab und ging Richtung Duschen. Natalie tot ... Sich umgebracht ... Konnte nicht sein ... Nie und nimmer ...

Im Vorraum, wo ein paar Jungs sich mit ihren Schlappen johlend gegenseitig den Hintern versohlten, hängte er sein Badetuch auf. Seine Finger waren träge und gefühllos, es kostete ihn unendlich viel Mühe, die Schlaufe über den Haken zu kriegen. Auf dem Weg unter die Dusche stolperte er fast über die eigenen Füße. Er drückte auf den großen, runden Knopf, und sofort schoss mit hohem Druck eiskaltes Wasser auf ihn herab. Wie bei einem Stromschlag zuckte er zusammen. Als er die Augen zumachte, sah er Natalie vor sich: ihre großen Augen, den Kirschmund. Und schon war sie wieder weg und hinterließ nur eine Schwärze hinter seinen Lidern.

Es wurde allmählich still um ihn herum, Stimmen und Geschrei verebbten, bald stellte sich auch die letzte Brause selbst ab. Sascha jedoch drückte immer wieder auf den Knopf, damit das Wasser weiterlief. Eiskalt. Das kann nicht sein, dachte er die ganze Zeit, das kann einfach nicht sein. Wieso sollte Natalie so was tun?

»Sascha?«

Er öffnete die Augen. Hanselmann stand im Jogginganzug vor ihm und starrte ihn an wie einen Leprakranken.

»Junge, was ist denn los mit dir?«, schrie er.

»Nichts. Ich dusche.«

»Hast du 'nen Knall?«

Der Duschregen brach abrupt ab. Sascha hatte das seltsame Gefühl, dass ihm gleich die Beine wegknickten. Ihm war überhaupt so eigenartig zumute, er konnte nicht einmal sagen, wie. Musste er gleich kotzen? Oder wurde ihm schwarz vor Augen? Abgesehen davon fühlte er sich wie gefroren. Schockgefroren.

»Mein Gott, Junge!«, rief Hanselmann. »Was ist denn mit dir?«

Erst jetzt merkte Sascha, dass er am ganzen Körper zitterte. Seine Knie schlotterten, und sogar seine Zähne klapperten.

»Jetzt ist aber gut. Komm raus da, hier ist dein Handtuch.« Hanselmann nahm es vom Haken und hielt es ihm hin.

»Ich hab mich noch gar nicht eingeseift.«

»Jetzt wird nicht mehr eingeseift, Herrgott, jetzt wird abgetrocknet. Und dann ab die Post nach Hause.«

Sascha griff sich das Handtuch. Hanselmann blieb neben ihm stehen wie ein Irrenhauswärter. Als er halbwegs trocken war, ging er, Hanselmann immer zwei Schritte hinter sich, in die Umkleide und zog sich an.

»Willst du mir nicht sagen, was los ist, Junge?«, fragte Hanselmann noch einmal, in diesem Ton, der verärgert und besorgt zugleich klang.

»Nichts ist los. Gar nichts.«

»Das ist echt heftig«, sagte Joy. »Und dir geht's wirklich gut?«

»Klar. Wir waren ja nicht ...« Er räusperte sich. »Zusammen oder so. Nur irgendwie ... Keine Ahnung ... Wir kannten uns halt ...«

»Du hast nie was von ihr erzählt.«

Sascha zuckte mit den Schultern. »Es gab nichts zu erzählen. Nicht wirklich.«

Er fand, dass er sich ganz ordentlich hielt. Der erste Schock war zwar massiv gewesen, aber danach hatte er sich ziemlich schnell gefangen. Androschs Übungen funktionierten immer besser. Am besten die, die Sascha sich vor Kurzem selbst ausgedacht hatte. Er nannte sie *das coole Herz*. Sie war ganz simpel: Er stellte sich einfach vor, dass sein Herz, genau wie das Glitzerherz von Alina, von einer unzerbrechlichen Schutzschicht umgeben war, die nichts rein- oder rausließ. So war er mit der Enttäuschung über Natalie fertiggeworden, und auch seine Gefühle für Joy hielt er so in Schach. Obwohl es gerade jetzt schwer war. Aber keine Gefühle zu haben, machte das Leben eindeutig leichter, und je mehr er sich darin übte, desto besser würde er werden. Eines hoffentlich nicht mehr fernen Tages würde er genauso cool sein wie dieser Tristan, den Natalie so toll gefunden hatte, oder wie Joys Cabrio-Fahrer vom Sommer. Vielleicht sogar so cool, wie sein Vater gewesen war.

»Wenn du jemanden brauchst, der mit dir zur Beerdigung geht«, sagte Joy, nachdem sie eine kurze Weile geschwiegen hatten, »als moralische Unterstützung oder so ... Einfach Bescheid geben, ja?«

»Ich krieg das hin. Bin doch kein Weichei.«

Sie sah ihn irritiert an, sagte aber nichts.

Geräusche von der Tür ließen sie beide aufhorchen. Sascha schaute auf die Uhr. Eigentlich noch viel zu früh für seine Mutter. Außer sie feierte

Überstunden ab. Wenig später stand sie in der Küche, mit zwei prall gefüllten Plastiktüten in der Hand. Es kam nicht oft vor, dass sie während der Woche Einkäufe machte.

»Hallo, Joy«, begrüßte sie erst den Besuch, ehe sie sich an Sascha wandte: »Hallo, Sohnemann. Keine Sorge, ihr seid mich gleich wieder los. Ich bin nur auf der Durchreise.«

»Ach, und wo gehst du hin?« Sascha stand auf, um ihr beim Verstauen der Vorräte zu helfen.

»Ein paar Kollegen wollen noch tanzen gehen.«

Verstehe, dachte er, die Typen zehn Stunden am Tag zu sehen, reicht nicht.

Erst jetzt sah seine Mutter ihn richtig an, mit diesem typischen prüfenden Mama-Blick. »Du bist ein bisschen blass, Sascha. Geht's dir gut?«

»Alles bestens.«

Nein, er würde ihr nicht erzählen, was passiert war. Nicht, wenn sie mit dem Kopf schon längst wieder woanders war.

»Eine Freundin von ihm hat sich letzte Nacht umgebracht«, sagte Joy an seiner Stelle.

Wieso musste sie das ausplaudern? Hatte sie nicht kapiert, dass er jetzt nicht mit seiner Mutter darüber reden wollte? Er warf Joy einen verärgerten Blick zu, dem sie aber auswich, indem sie zu seiner Mutter schaute. Die ließ das Päckchen Nudeln, das sie eben aus der Tüte geholt hatte, wieder sinken und schaute Sascha groß an.

»Umgebracht? Oh, mein Gott.« Sie überlegte eine Sekunde. »Moment mal. Heißt sie zufällig Natalie?«

»Ja. Woher weißt du …?«

»Schon vergessen? Ich bin bei der Polizei.« Sie kam einen Schritt näher, legte ihre Hand auf seinen Unterarm. »Wie gut kanntest du das arme Ding denn?«

»Nur flüchtig«, wiegelte er ab, um weitere Tröstungsversuche im Keim zu ersticken. »Was weißt du denn darüber?«

»Ein typischer Suizid, so weit. Komisch ist nur, dass das bereits der dritte dieser Art innerhalb weniger Monate ist. Eine richtige Serie. Und jedes Mal mit Zyankali.«

Sascha horchte auf. »Zyankali? Natalie hat sich –?«

»Ach, das wusstest du nicht? Wir haben natürlich noch kein offizielles Gutachten zur Todesursache, aber es sieht ganz danach aus. Bei Alina und Sarah war es jedenfalls Zyankali. Wo haben die Mädels das Zeug nur her? Das kriegt man ja nicht so einfach in der Drogerie.«

Sarah – der Name hallte in Sascha nach. Irgendwo war er ihm in letzter Zeit schon mal untergekommen. Es dauerte ein bisschen, dann fiel es ihm wieder ein: das frische Grab auf dem Friedhof, der Name auf dem Kreuz. Ob das wirklich die Sarah war, von der ihre Mutter sprach? Wäre schon ein ziemlicher Zufall. Andererseits: Das Leben war voller merkwürdiger Zufälle.

»Natalie und Alina kannten sich«, sagte Sascha nun.

»Ach ja? Na, das erklärt einiges. Groß zu ermitteln haben wir eh nichts, es gibt in keinem Fall Anzeichen auf Fremdeinwirken. – Geht's dir auch wirklich gut, Sascha?«

»Hab ich doch gesagt. Alles okay.«

Joy stand auf. »Ich muss los.«

»Jetzt schon?«, fragte Saschas Mutter. »Ich dachte, du bleibst noch. Ihr könntet was Leckeres zusammen kochen.«

»Würde ich wirklich gerne, aber morgen ist Geschichtsklausur, und ich muss mir noch haufenweise Stoff reinziehen.«

Wahrscheinlich glaubte seine Mutter, sie tue ihm einen Gefallen, wenn sie Joy zum Bleiben drängte, aber er fand das eher peinlich und brachte Joy zur Tür. Dort stieß sie ihn sanft gegen die Schulter.

»Wenn irgendwas ist, egal, was … Klopf an, ja?« Ihre dunklen Augen waren voller Anteilnahme. »Komm her!«

Der Ärger über ihr Vorpreschen eben bei seiner Mutter war längst verflogen. Wieso musste sie nur so toll sein? Und von ihr umarmt zu werden, fühlte sich so verdammt gut an. Ob er es wohl jemals schaffen würde, dass sie ihn kaltließ?

»Diesmal hat sie Sie nicht angerufen, oder?«, sagte Sascha in die tiefe, gedankenschwere Stille hinein, die zwischen ihm und Androsch entstanden war. Es war die erste Stunde nach Natalies Tod. Irgendwie kam das Gespräch heute nur schwer in Gang.

Androsch schaute von seinem Block auf. »Was? Wen meinst du?« Anscheinend war er mit den Gedanken ganz woanders gewesen.

»Natalie. Sie haben doch gehört, dass sie tot ist?«

Androsch nickte. »Ihre Mutter hat mich gestern informiert. – Wie gut kanntet ihr beiden euch eigentlich, du und Natalie?«

Das hatte Sascha sich in den letzten Tagen selbst auch schon oft gefragt. Irgendwie war sie ihm nah und fern zugleich gewesen. »Keine Ahnung«, sagte er schließlich. »Sie hat keinen wirklich an sich rangelassen. Also ... mich zumindest nicht.«

Androsch schaute wieder auf seinen Block, stumm wie ein Stück Holz.

»Kommen Sie auch zur Beerdigung?«

»Ähm ...«, Androsch räusperte sich, »... würde ich wirklich gerne. Leider bin ich die nächsten Tage verreist.« Eilig, wie um weitere Nachfragen im Keim zu ersticken, schloss er an: »Wie geht es dir mit dieser Situation? Dass wieder jemand aus deinem Umfeld gestorben ist, meine ich.«

»Keine Ahnung. Am Anfang war es schon heftig, aber jetzt geht's.«

Wieder verfiel Androsch in Schweigen. Es war jedoch nicht das übliche wissende Schweigen, in das er sich gerne hüllte. Zum ersten Mal hatte Sascha das Gefühl, dass er einfach nicht wusste, was er sagen sollte. Der Tod brachte anscheinend jeden zum Verstummen, wenn er nur nahe genug an einen herankam. Fühlte Androsch sich schuldig? Weil er Natalie nicht hatte retten können?

»Was soll das heißen: ›Jetzt geht's‹?«, fragte er mit langer Verzögerung, so als wären Saschas letzte Worte erst in diesem Moment zu ihm durchgedrungen.

»Ich lass das gar nicht mehr an mich ran. Ich hab mir eine Übung ausgedacht, so eine wie die von Ihnen. Nur besser.«

»Ach, wirklich? Erzähl.«

»Ich stelle mir vor, dass mein Herz eine undurchdringliche Schutzschicht hat, eine Art Superschild. Nichts kommt durch.«

»Aha. – Und was ist mit den schönen Sachen? Liebe, Freundschaft und so? Kommen die wenigstens rein?«

Sascha zuckte mit den Schultern. »Wenn ich will, schon.«

»Das hört sich ja nach einer ziemlich praktischen Sache an.«

»Funktioniert auch super.«

»Tatsächlich.«

Wieso sagte er nicht, dass er die Übung *cooles Herz* scheiße fand? Es stand ihm ja ins Gesicht geschrieben. Und vielleicht war sie auch wirklich scheiße. Aber besser als die Methode Alles-bis-zum-Erbrechen-Durchlabern war sie auf jeden Fall, weil sich bestimmte Dinge nun mal nicht aus der Welt quatschen ließen. Wie zum Beispiel die Tatsache, dass Menschen von einem Moment zum nächsten tot sein konnten. Oder dass man jemanden liebte, diejenige aber nur eine Freundin sein wollte.

»Ja, Sascha? Willst du etwas sagen?«

Er hatte tatsächlich angesetzt zu reden, aber als er in Androschs Gesicht sah, diese Maske aus professioneller Aufmerksamkeit und Zuwendung, verlor er schlagartig jede Lust. »Nö, eigentlich nicht.« Er ließ sich nach hinten gegen die Couchlehne sinken und begann, mit dem ausgestreckten Zeigefinger in seinen Oberschenkel zu piken. Irgendwas rumorte in ihm, er wusste nicht genau was, aber angefangen hatte es, als Androsch gesagt hatte, dass er nicht zu Natalies Beerdigung kommen würde.

»Da waren wir aber schon mal weiter«, sagte Androsch.

Sascha hörte auf, sich zu piken, und verschränkte die Finger, sein Blick fixierte einen Kratzer im Fischgrätenparkett. Was meinte Androsch mit: *Da waren wir aber schon mal weiter?* Sollte das ein Vorwurf sein?

»Weißt du, Sascha, die Sache ist die: Du hast im Laufe des letzten Jahres Erfahrungen gemacht, die sich nicht einfach wegschieben lassen. Menschen, die dir nahestanden, sind tot. Erst dein Vater, jetzt Natalie. Wenn so jemand stirbt, stirbt auch ein Stück von uns. Das heißt, wir werden auch mit unserer eigenen Sterblichkeit konfrontiert. So was tut weh. Vor dieser Erfahrung kann dich kein Superschutzschild mehr bewahren. Das ist aus und vorbei.«

»Ach.« Saschas Blick fuhr hoch, mitten in Androschs Gesicht. »Und warum noch mal kommen Sie nicht zu Natalies Beerdigung? Weil Sie verreisen? Phhh! Wer's glaubt.«

Überrascht zuckte Androsch zurück. »Was denkst du denn, warum ich nicht komme?«

»Weil Sie feige sind und sich drücken wollen! Weil Sie sie nicht retten konnten! Weil Sie versagt haben! Weil wir alle versagt haben!« Er war laut geworden, sein Oberkörper war vorgeschnellt, während er sich mit der einen Hand an der Sofalehne, mit der anderen am Sitzpolster festkrallte. »Das hätte nicht passieren dürfen! So was darf nicht passieren!«

»Siehst du es denn so? Dass du versagt hast?«

»Woher soll ich das wissen?!« Er sank in sich zusammen. Ruhiger fuhr er fort: »Ich glaub, sie wollte, dass ich sie beschütze. Aber wie hätte ich das machen sollen? Sie hat mich ja nicht mehr an sich rangelassen, seit sie diesen Typen hatte.«

»Welchen Typen?«

Er winkte ab. »Egal.« Immer über alles zu reden, half sowieso niemandem. Ihm nicht und Natalie schon gar nicht.

»Du musst dir keine Vorwürfe machen, Sascha. Egal, was du ihr versprochen hast.«

Sascha nickte. »Das weiß ich auch. Aber trotzdem bleibt dieses Scheißgefühl.«

»Dieses Scheißgefühl, wie du es nennst, ist Teil des Lebens. Weil … Es ist immer zu wenig. Was wir tun können, meine ich.«

Sollte ihm das etwa ein Trost sein? Wenn ja, funktionierte es nicht. Im Gegenteil. Er fühlte sich nur noch erbärmlicher. Unerträglich. Nein, dieses Scheißgefühl wollte er nicht haben. Auf gar keinen Fall! Für Androsch mochte es okay sein, alles nur zu bequatschen und sich sonst rauszuhalten. Er aber hätte sich besser gefühlt, wenn er etwas hätte tun können. Nur was?

12

ANDROSCH KONNTE SAGEN, was er wollte, die Übung *cooles Herz* funktionierte super. Selbst hier, unter diesen verschärften Bedingungen. Abgesehen von einer leichten Enge in der Brust, machte Sascha die Beerdigungsszenerie rein gar nichts aus. Die kleine, glatte Kugel in der Hand wirkte in Verbindung mit dem Bild in seinem Kopf wie ein Blitzableiter für schlechte Gefühle. Kein Schwitzen, kein Herzrasen, keine Beklemmung – nichts. Selbst die Trauer um Natalie spürte er nur wie das Echo eines Gefühls. Von wegen: *Wir waren schon mal weiter.*

Trotzdem würden ihn keine zehn Pferde zu den anderen Schülern in die Aussegnungshalle bringen. So viel Heuchelei ertrug doch kein Mensch. Anscheinend war die halbe Schule angetreten, und dieselben Leute, die noch am Vormittag auf dem Schulhof über Natalie gelästert hatten, kamen jetzt mit einer Trauermiene an, als würden sie den Verlust kaum verschmerzen. Sogar die Rothaarige, mit der Natalie sich geprügelt hatte. Widerlich war das.

Dass Sascha überhaupt gekommen war, hatte nur zwei Gründe: zum einen natürlich wegen Natalie – und dann, weil er gehofft hatte, er werde Tristan begegnen. Er brannte darauf, ihn endlich aus der Nähe zu begutachten. Doch wie sollte er ihn hier finden? Die giftgrüne Baseballmütze würde er heute vermutlich nicht aufhaben, und sehr viel mehr hatte Sascha damals nicht von ihm gesehen.

Ein Mann – vielleicht ein Friedhofsangestellter, vielleicht auch nur ein Trauergast – trat aus der Aussegnungshalle und bat die letzten Ankömmlinge nach drinnen, schaute schließlich auch zu Sascha herüber. Da er sich nicht regte, schloss der Mann die Türen, und er blieb allein zurück.

Unschlüssig kickte er ein paar Steinchen weg. Am liebsten wäre er nach Hause gefahren. Aber den Sarg sollte er doch zumindest gesehen haben, zum letzten Abschied. Vielleicht würde er sogar mit ans Grab gehen. Er konnte Androsch noch immer nicht ganz verzeihen, dass er sich dieser Verpflichtung einfach entzog. Wovor hatte er Angst?

Nach längerer Stille drang aus dem Innern Musik ins Freie: Rihanna und Eminem mit *Love the Way You Lie*. Natalies Lieblingssong. Das war dann doch ein bisschen heftig. Der Hals wurde ihm eng; die Brust. Er fiel auf eine Bank, seine Faust drückte das Glitzerherz, sein Blick ging starr zu Boden. So eine Scheiße, dachte er, warum hast du das bloß getan, Natalie? Ich hab geglaubt, du bist glücklich mit deinem Tristan. Wieso –

»Traust du dich auch nicht rein?«

Sascha erschrak. Er hatte das fremde Mädchen nicht kommen hören. Und er wünschte, sie würde genauso still und leise gleich wieder verschwinden. Aber das tat sie nicht.

Sie war ungefähr in seinem Alter und ziemlich gestylt für so einen Anlass. Und obwohl es ein grauer Novembertag war, trug sie eine Sonnenbrille. Sollte man ihre verheulten Augen nicht sehen? Oder wollte sie bloß cool wirken?

»Hast du was dagegen, wenn ich mich zu dir setze?«

Ehe er ablehnen konnte, saß sie schon neben ihm und schlug die schlanken Beine übereinander. Bei jeder Bewegung klackerten an ihrem Handgelenk goldene Armreifen. Natürlich würde es nicht beim Sitzen und Beine-Übereinanderschlagen bleiben. Sie würde anfangen zu quatschen. Würde Fragen stellen und Dinge über Natalie erzählen und erwarten, dass auch er etwas erzählte. Und er würde die ganze Zeit dasitzen, sich an den albernen Schlüsselanhänger in seiner Hand klammern und hoffen, dass sie endlich ging und ihn in Ruhe ließ.

Doch erst mal geschah nichts, außer dass Stille eintrat, nachdem der Song verklungen war. Sascha konnte also wieder ungestört Kieselsteine auf dem Boden anstarren. So lange, bis sie ihre Sonnenbrille ins Haar schob, ihre kein bisschen verheulten Augen zeigte und sagte: »Schon heftig, das mit Natalie, oder?«

Okay, dachte er, jetzt geht's los, und nickte.

»Kanntest du sie gut?«

»Nicht wirklich.«

»Du hast recht. Wann kennt man einen anderen schon?«

Das war nicht unbedingt das, was er gemeint hatte.

»Wie heißt du?«

»Sascha.«

»Oh, alles klar. Ich bin Mareike.«

Anscheinend hatte Natalie ihr von ihm erzählt. Oder von ihnen beiden. Wahrscheinlich davon, dass es zu nichts geführt hatte. Vielleicht hatte sie die Schuld auf ihn geschoben. Vielleicht war er ja auch schuld. Jedenfalls war es megapeinlich. Deshalb fragte er lieber nicht nach, und sie sagte auch nichts mehr. So saßen sie eine ganze Weile nur da.

In der Trauerhalle begann erneut Musik, wieder Rihanna, diesmal *Unfaithful*. Mareike zog ein silbernes Etui und ein Feuerzeug aus der Jackentasche, nahm eine Zigarette heraus und zündete sie an. »Sorry«, sagte sie, »willst du?« Er schüttelte den Kopf.

Schweigend rauchte sie ihre Zigarette, an deren Filter sich Spuren ihres dunkelroten Lippenstifts abzeichneten.

»Wie lange das wohl dauert?«, fragte Sascha irgendwann.

»Bestimmt nicht mehr lange.«

»Ach ja? Woher willst du das wissen?«

»Natalie hat es mir erzählt.«

»Wie bitte?«

»Sie hat dauernd über so Zeug geredet. Wie sie sterben will und wie alles ablaufen und aussehen soll und so. Keine langen Reden, hat sie gesagt, nur ein paar Songs von Rihanna, mehr nicht.«

»Ihr wart euch wohl ziemlich nah.«

»Nicht wirklich.«

»Zu mir hat sie so was nie gesagt.«

Die Musik endete.

»Jetzt dürfte gleich der Sarg kommen.« Mareike warf die Zigarettenkippe auf den Boden und trat sie mit dem Absatz aus.

Sascha erhob sich und schaute nervös zum Eingang der Aussegnungshalle, wo gerade die beiden Flügeltüren aufgeschoben wurden. Nach schier endlos langer Zeit schwebte ein glänzender, weißer Sarg mit einem Blumengesteck obendrauf ins Freie. Wie hypnotisiert starrte er das polierte Ding an. Obwohl er es eigentlich gar nicht sehen wollte; und nicht daran denken, was sich in ihm drin befand. Scheiße, warum?! Warum muss alles so sein, wie es ist? Das Knirschen von Rädern auf dem Untergrund erinnerte ihn daran, dass der Sarg nicht wirklich schwebte, sondern auf einem Gefährt ruhte, das von vier Sargträgern geführt und gelenkt wurde. Er drückte das Glitzerherz in seiner Jackentasche und zwang sich, wieder zu atmen. Ein – aus; ein – aus … Es wurde besser. Leichter.

»Bist du okay?« Diese Mareike. Die war ja auch noch da. Und jetzt war er sogar irgendwie froh darüber.

»Alles bestens.«

Der Trauerzug formierte sich. Hinter dem Sarg ging ein Grabredner, dann kamen die Eltern. Sascha musste bei ihrem Anblick an geknickte Bäume denken.

»Das eigene Kind begraben zu müssen ist echt krass«, sagte er. »Die Eltern können einem leidtun.«

»Absolut.«

Schweigend betrachteten sie den Trauerzug, der sich nun zum Grab aufmachte. Gerade, als er sich halb dazu überwunden hatte, den anderen zu folgen, sagte Mareike: »Ich geh da nicht mit. Ist mir zu heftig.«

Er sah sie an. Kein Zweifel, keine Unsicherheit war in ihrem Gesicht zu erkennen. Sie wollte nicht mit, also blieb sie. Darin war sie tausendmal ehrlicher als die ganzen Heuchler, die brav hinter dem Sarg herliefen. Allerdings fragte er sich, wieso sie dann überhaupt gekommen war, wenn sie weder an der Trauerfeier noch an der Beisetzung teilnahm.

Gemeinsam verfolgten sie, wie der Zug zwischen den Grabsteinen verschwand. Dann fragte Mareike: »Stimmt es eigentlich, dass Natalie zuletzt einen Lover hatte?«

Sascha nickte. »Tristan. Sie hat ein Riesengeheimnis daraus gemacht. Keine Ahnung, warum.«

»Aber dir hat sie's erzählt.«

»Was heißt erzählt. Ich hab sie zufällig mit ihm gesehen, und als ich wissen wollte, wer das war, ist ihr der Name rausgerutscht.«

»Du hast ihn gesehen?«

»Nicht richtig. Sie waren ziemlich weit weg. Eigentlich war alles, was ich gesehen hab, seine Baseballmütze.«

»Ach so.«

»Warum fragst du?«

»Nur so.«

Für ein »Nur so« war die Frage zu gezielt gekommen, fand er. Aber egal, was kümmerte es ihn.

Mareike nahm noch eine Zigarette aus ihrem Etui und zündete sie an. »Du warst in Natalie verknallt, oder?«

»Ich? Wieso? Hat sie was über mich gesagt?«

»Stimmt doch? Kannst es ruhig zugeben.«

Sascha atmete tief durch. Das alles war so unendlich weit weg und doch so schmerzlich nah. »Keine Ahnung«, sagte er, »vielleicht ein bisschen.«

Er musste daran denken, wie sie im Geräteraum auf den Turnmatten gesessen hatten. Wenn er jemals richtig in Natalie verliebt gewesen war, dann in diesen Minuten. Irgendwie hatte ausnahmsweise mal alles gepasst. Zumindest für ihn. Bei ihr hatte man das nie so genau gewusst. Wahrscheinlich hatte sie da schon längst die Absicht gehabt, sich was anzutun. Nach allem, was er inzwischen über sie erfahren hatte, war Selbstmord seit Jahren ein Thema bei ihr gewesen. Dann kam Tristan. Und jetzt war sie tot. Er kapierte es einfach nicht.

»Bist du wirklich okay?« Mareike streckte die Hand nach ihm aus, berührte ihn aber nicht.

»Klar.«

Sie schnippte ihre Kippe weg. »Ich muss langsam los. Ob man hier wohl ein Taxi kriegt?«

»Taxi? Wieso? Hier ist doch gleich die U-Bahn.«

»Nein, danke. Eigentlich fahre ich Motorroller, aber leider hab ich das Ding vor Kurzem geschrottet. Shit happens.«

»Vielleicht stehen an der Haltestelle ja auch Taxis.«

Gemeinsam verließen sie den Friedhof. Sie mussten nicht bis zur U-Bahn laufen, schon nach Kurzem kam ihnen ein Taxi entgegen. Mareike winkte auf eine Art, wie er es schon tausendmal in amerikanischen Filmen gesehen hatte. Er musste zugeben, dass das ziemlich cool rüberkam. Das Auto bremste ab und blieb am gegenüberliegenden Bordstein stehen. »Gibst du mir deine Handynummer?«

»Äh … Klar. Warum nicht?« Ihre Frage irritierte ihn. »Hast du was zu schreiben?«

»Brauch ich nicht. Ich hab ein gutes Zahlengedächtnis.«

Sascha nannte ihr die Nummer. »Und wie ist deine?«, fragte er, als sie schon wegwollte.

Sie schüttelte den Kopf. »Wenn ich was von dir will, ruf ich dich an. Wenn nicht, hat's ohnehin keinen Sinn, mich anzurufen.«

Noch ein kleines Lächeln, dann lief sie über die Straße und stieg ins Taxi. Sie hob die Hand, ein letztes Winken, dann war sie weg.

Komisch, dachte Sascha, ein Teenager, der sich ein Taxi nimmt, als wäre es das Selbstverständlichste von der Welt. Wahrscheinlich hatte sie reiche Eltern, die sich das leisten konnten. Wie auch immer, so ein Abgang war schon ziemlich lässig.

Er überlegte, ob er auch nach Hause fahren oder an Natalies Grab gehen sollte. Die Beisetzung war bestimmt noch nicht vorbei. Doch er hatte keine Lust, seinen Mitschülern zu begegnen. Später, dachte er deshalb, wenn die anderen weg sind.

ES DÄMMERTE SCHON, als Sascha zurückkehrte. Erst als er verloren inmitten des weitläufigen Friedhofs stand, wurde ihm bewusst, dass er keine Ahnung hatte, wie er in diesem Heer aus Steinen, Kreuzen und Figuren Natalies Grab finden sollte. Zum Glück kam ihm ein Friedhofsangestellter entgegen. Er fragte ihn nach dem Mädchen, das heute beigesetzt worden war, und war froh, dass der Mann nicht nur Bescheid wusste, sondern ihn begleitete, bis er es nicht mehr verfehlen konnte.

»Da drüben ist es«, sagte er und fügte hinzu: »Schau an, das Mädel hat schon einen Gast.«

Sascha wusste nicht, was er meinte, erst als er in die Richtung schaute, in die der ausgestreckte Arm des Mannes wies, sah er, dass schon jemand an Natalies Grab stand. Und nicht irgendjemand!

Das gibt's doch nicht, dachte er. Mareike!

Statt zu ihr zu gehen, zog er sich hinter einen Strauch zurück, der freilich, halb entlaubt, wie er war, nur spärlichen Schutz bot. Doch Mareike hatte ohnehin für ihre weitere Umgebung keine Antennen offen. Sie schaute nur auf den Grabhügel, den die Bestatter mit Kränzen und Blumengestecken bedeckt hatten. Nach einer kurzen Weile zog sie Etui und Feuerzeug aus der Jackentasche, nahm eine Zigarette, zündete sie an und rauchte. Tief trauernd, deprimiert oder gar verzweifelt wirkte sie dabei zwar nicht, aber was sagte das schon darüber aus, wie es in ihrem Innern aussah? Allein, dass sie zurückgekommen war, sprach doch für sich. Natalie musste ihr viel bedeutet haben.

Da er Mareike nicht stören wollte, zog er sich zurück. Er würde an einem anderen Tag wiederkommen. Während er den Friedhof verließ, blieb dieses Bild in seinem Kopf: Mareike an Natalies Grab, eine Zigarette rauchend. Je länger er es sich vor Augen führte, desto mehr irritierte ihn etwas an der Art, wie sie dagestanden hatte. Aber er kam nicht darauf, was es war.

DA KOMMT SIE. Mein Gott, wie sie heute wieder aussieht. Knallrote Lippen. Die Riesenbrüste quellen ihr schier aus dem Ausschnitt. Die Jeans so eng wie eine zweite Haut. Und wie sie auf ihren High Heels daherstöckelt und dabei mit den Hüften wackelt. Nuttiger geht's wohl nicht. Kein Wunder, dass alle sich den Hals nach ihr verdrehen, Männer wie Frauen. Widerlich! Ich könnte kotzen! Und gleich noch mal, wenn ich mir vorstelle, dass sie es eben miteinander getrieben haben, auf der Couch oder dem Boden oder wo auch immer.

Moment –

Was hat sie denn?

Flennt sie?

Hm. Vielleicht hat er ihr den Laufpass gegeben. Weil er eine Neue hat. Mal wieder. Und was heißt das für mich? Eigentlich ist das doch super! Ich brauch ihr bloß meine Schulter zum Anlehnen hinzuhalten, und schon bin ich im Geschäft.

Sie überquert die Straße, kommt genau auf die Parklücke zwischen dem alten Opel und dem Kastenwagen zu. Ich trete einen Schritt zurück, noch darf ich ihr nicht auffallen. Meine Hände zittern so sehr, dass ich sie in die Hosentaschen stecken muss. Ich würde mir gerne eine anzünden, aber ich will nachher nicht nach kaltem Rauch riechen, vielleicht findet sie das abstoßend. Cool bleiben, sonst versaue ich es noch. Sie geht zwischen den beiden Autos durch, ist für ein paar Sekunden nur eine Armlänge von mir entfernt. Mein Gott, wie sie duftet. Was ist das für ein Parfüm? Es weht mich fast um, so toll riecht es. Eigentlich viel zu geschmackvoll für eine Nutte wie sie.

Mit einigem Abstand folge ich ihr. So dicht muss ich nicht dranbleiben, ich weiß ja, wohin sie geht.

An der Haltestelle sind nur wir beide. Sie hat aufgehört zu weinen, steht nur da und starrt vor sich hin. In der Faust hat sie ein Taschentuch eingeschlossen. Ihre Wimperntusche ist ein bisschen verwischt. Sie schenkt mir ungefähr so viel Aufmerksamkeit wie der zusammengedrückten Cola-Dose neben dem Abfalleimer. Ich mache zwei Schritte auf sie zu. Jetzt schaut sie doch zu mir herüber. Es verschlägt mir die Sprache. Ich hab sie noch nie so nah vor mir gesehen und starre viel zu lange in ihren Ausschnitt. Dann in ihr Gesicht. In ihren Augen finde ich etwas unerwartet ... Unschuldiges. Verstehe. Damit fängt sie die Männer. Heilige und Hure – sie hat beides drauf, und zwar gleichzeitig.

»Hi«, sage ich nach ein paar Sekunden, »alles klar bei dir?«

Sie antwortet nicht, wendet sich ab und zieht den Reißverschluss an ihrem Anorak ganz hoch.

Okay, so leicht macht sie es mir also doch nicht. Kein Problem. Ich krieg dich trotzdem. Du bist schon so gut wie tot.

Der Bus kommt. Wir treten an den Bordstein. Ich kicke die Blechdose auf die Straße, ein Reifen des Busses rollt über sie drüber und macht sie platt. Beim Einsteigen lasse ich ihr den Vortritt. Sie setzt sich auf einen Platz in der Nähe der Tür, ich gehe etwas weiter nach hinten, von wo aus ich sie unauffällig beobachten kann. Sie holt ihren MP3-Player aus der Jackentasche, steckt die Stöpsel in die Ohren, drückt auf dem Player herum, bis sie das Richtige gefunden hat, und schaut dann bloß noch stumpf aus dem Fenster.

Von Haltestelle zu Haltestelle füllt sich der Bus immer mehr. An der U-Bahn-Station steigen die meisten aus, sie auch. Ich schwimme in einigem Abstand mit im Strom der Menschen. Sie geht runter in den Untergrund. An einem Kiosk auf dem Zwischengeschoss kauft sie Gummibärchen. Sie steckt sie ein, geht hinab zum Bahnsteig. Hier nimmt sie die Tüte wieder raus, reißt sie auf, guckt hinein und nimmt gezielt ein paar Bären heraus. Es sind die roten, wenn ich richtig gesehen habe. Anscheinend mag sie nur die roten. Vorsichtig pirsche ich mich ran. Unsere Blicke treffen sich. Ich lächle. Sie lächelt nicht zurück. Aber ihr Blick bleibt ein wenig länger an mir hängen als beim letzten Mal. Ich werte das mal als gutes Zeichen.

Die U-Bahn fährt ein. Wir steigen in den Waggon. Ich nehme extra eine andere Tür, setze mich dann aber auf den Sitzplatz ihr gegenüber. Ich muss sie jetzt ansprechen, ich kann nicht länger warten. Was soll ich sagen? Ich weiß es nicht. Zum ersten Mal weiß ich es nicht. Herzklopfen, schweißnasse Hände. Was ist bloß los?

Sie holt ihre Tüte mit den Gummibärchen wieder heraus.

»Krieg ich auch eins?«, frage ich, ohne zu überlegen, und das bringt mich wieder in die Spur.

Sie sieht mich an aus ihren leicht verschmierten Augen, hält mir die Tüte hin. »Klar«, sagt sie, »kannst sie alle haben.«

»So viele wollte ich gar nicht.«

»Dann wirf sie von mir aus weg.«

»Bist du okay?«

Sie sagt nichts mehr, tut so, als wäre ich gar nicht da.

Als die nächste Station angekündigt wird, steht sie auf und geht zur Tür. Komisch. Das ist nicht ihre Haltestelle. Zumindest ist sie hier noch nie ausgestiegen. Ich warte, bis der Zug hält und die Tür aufgeht. Dann springe ich auf und folge ihr. Aber ich komme nicht weit. Während sich hinter mir die Waggontüren klappernd schließen, schnellt sie auf dem Absatz herum und stürmt auf mich zu. Mit wenigen großen Schritten ist sie bei mir und stößt mir beide Hände gegen die Brust. Ich verliere das Gleichgewicht, falle nach hinten und knalle auf den harten Boden. Meine Baseballmütze fliegt mir vom Kopf. Sie beugt sich über mich, hält mir die geballten Fäuste vors Gesicht und droht mir durch zusammengebissene Zähne: »Wenn du nicht aufhörst, mir nachzusteigen, hau ich dir auf die Fresse!«

Es MACHT MICH krank.

Dauernd stelle ich mir vor, wie sie im Todeskampf aussieht, und wie danach, wenn sie tot ist. Diesmal will ich nicht mehr nur schauen. Ich will berühren. Das Haar. Die Haut. Die vollen Brüste. Ich will bei ihr bleiben, bis ihr Körper kalt und steif ist. Vielleicht werde ich sie sogar küssen. Und andere Dinge mit ihr tun. Aber nicht, solange Leben in ihr ist und Verlangen.

Diese Phantasien beflügeln mich. Aber sie machen mir auch Angst. Ich hatte sie nicht, als ich angefangen habe. Eigentlich wollte ich nur etwas richtigstellen. Etwas ausradieren und einen Schmerz heilen. Indem ich es ihnen heimzahle ..., alles. Aber jetzt ... Wo kommen sie her, diese Bilder und diese Wünsche? Warum werden sie immer größer und immer mächtiger? Warum fühle ich mich so gut mit ihnen? So lebendig?

Egal, für dieses Mal. Was ich mir ausmale, wird nicht geschehen. Nichts davon. Weil diese dreckige Fotze von einer Nutte mich nicht an sich ranlässt. Wieso hasst sie mich? Sie kennt mich doch gar nicht! Dieses arrogante Stück Dreck!

Aber sterben muss sie, mehr denn je, ob sie will oder nicht.

JETZT WEISS ICH, wie ich es mache. Meinen Protokollen sei Dank! An jedem Dienstagnachmittag, so gegen sechs, macht Laila auf dem Weg zum Volleyballtraining in der Stadtbibliothek Station und versorgt sich mit ihrer wöchentlichen Dosis an banalem Lesestoff. Weil sie nie sehr lange braucht, gibt sie ihre Jacke und Tasche nicht an der Garderobe ab, sondern lässt sie einfach im Vorraum liegen. Ich werde vor ihr da sein und meine eigene Tasche bereits abgelegt haben. Wenn sie weg ist, tausche ich ihre Wasserflasche gegen die aus, die ich mitgebracht habe. Glück muss man haben: Sie trinkt ein stilles Wasser von immer derselben Marke. Nach dem Sport wird sie durstig sein und sehr schnell sehr viel trinken. Trotzdem werde ich das Zyankali sicherheitshalber hoch dosieren, damit es auch reicht, wenn sie nur einen kleineren Schluck nimmt.

Dass sie mich um das Vergnügen bringt, dabei zu sein, wenn sie verendet, das verzeihe ich ihr nie! In der Hölle sollst du schmoren, Schlampe!

13

»Hammer, oder?«, sagte Joy und lugte unter der Kapuze ihrer Regenjacke hervor.

»Hä?«, machte Sascha. Er hatte bis halb zwei an seiner Playstation gesessen und versuchte noch, sein Schlafdefizit auszubalancieren. Nicht einmal der kühle Wind hatte es bis jetzt geschafft, seine Müdigkeit zu vertreiben.

Sie standen mit ihren Fahrrädern an der Kreuzung, an der sich ihre Schulwege jeden Morgen trennten. Um einem Regenschauer zuvorzukommen, waren sie ein bisschen früher losgefahren, doch die dunklen Wolken hatten sich wider Erwarten verzogen, und so hatten sie keine Eile mehr.

»Na, das da!« Joy deutete auf die fette Schlagzeile, die sie vom Zeitungskasten eines Boulevardblatts herab anbrüllte: ES WAR ZYANKALI! TEENAGER-TOD IMMER MYSTERIÖSER.

Erst jetzt wachte Sascha richtig auf. »Worum geht's denn da?«, fragte er.

Joy wischte sich die Kapuze vom Kopf. »Hast du das echt nicht mitgekriegt? Dieses Mädchen – Laila heißt sie, glaube ich – ist nach dem Sport tot zusammengebrochen. Von jetzt auf gleich. Hat noch gezuckt und so, dann war's vorbei. Voll krass, oder?«

Und ob das krass war. Krasser noch, als ihr offenbar klar war. »Natalie hat sich auch mit Zyankali umgebracht. Und Alina.«

»Wieso *auch*? Die hier hat sich garantiert nicht umgebracht. Nach dem Sport, in der Umkleidekabine. So was macht doch kein Mensch.«

Nee, eigentlich nicht, dachte er. Aber sein Kopf war so blockiert, dass er sich nicht denken konnte, wie das sonst zugegangen sein sollte. Erst als Joy es aussprach, wurde es ihm klar: »Jemand muss sie vergiftet haben. Das war Mord.«

Kaum zu Hause von der Schule, setzte Sascha sich an seinen Laptop und recherchierte alles, was er im Internet an Berichten über den Tod dieser Laila finden konnte. Wie es aussah, hatte ihr jemand das Gift in die Wasserflasche gemischt, aus der sie nach dem Volleyballtraining getrunken hatte. Das war aber schon alles, was sich mit Gewissheit sagen ließ. *Wir ermitteln in alle Richtungen*, hieß es vonseiten der Polizei. *Die Ermittlungen stehen aber noch ganz am Anfang*. Mit diesen Worten wurde die Leiterin der sofort gebildeten Soko »Laila« zitiert. Ihr Name: Ilona Schmidt.

Komisch, dachte er, Mama hat kein Wort darüber verloren.

Seine Mutter kam an diesem Tag noch später nach Hause als sonst. Erst weit nach elf Uhr hörte er endlich ihren Schlüssel in der Tür. Sofort eilte er in den Flur.

»Na?«, sagte sie müde, ließ ihre Tasche auf den Boden sinken und streifte Mantel und Schuhe ab. Sie sah aus wie eine flügellahme Taube.

»Hunger?«, fragte er.

»Nein, danke. Wir haben uns Pizza ins Büro kommen lassen.« Sie kniff die Augen zusammen und sah ihn fragend an. »Is' was?«

»Was soll sein?« Bemüht, ganz und gar beiläufig zu klingen, fügte er nach ein paar Sekunden hinzu: »Dein Name war in der Zeitung. Wegen diesem toten Mädchen. Laila. Du hast gar nichts davon erzählt.«

Sie ging an ihm vorbei in die Küche. Doch so leicht ließ er sich nicht abwimmeln. Er sah zu, wie sie einen Apfelsaft aus dem Kühlschrank nahm und aus der Flasche trank, obwohl sie zu ihm immer sagte, das sei total unappetitlich. »Der Fall hält uns ganz schön auf Trab. Komische Sache.«

»Stimmt es, dass sie mit Zyankali vergiftet wurde?«

»Mhm.« Sie trank noch mal, dann stellte sie die Flasche weg, nicht in den Kühlschrank, sondern auf die Anrichte.

In die gespannte Stille hinein, die sich zwischen ihnen aufgetan hatte, sagte er: »Warum hast du mir nichts davon erzählt?«

»Es gibt für uns Polizisten so was wie eine …, na ja, Schweigepflicht …«

»Die muss neu sein. Bisher hast du doch über jeden deiner Fälle mit mir gesprochen.«

»Nicht über jeden.« Sie schlug die Augen nieder, betrachtete ihre Fingernägel. »Ich hab halt gesehen, wie sehr dir die Sache mit deiner Freundin zu schaffen gemacht hat, und …«

»Ich komm schon klar, du musst mich nicht schonen. – Weißt du, was echt komisch ist? Natalie stirbt an Zyankali, davor Alina und davor schon diese Sarah … Und jetzt ist es wieder ein Mädchen, und sie stirbt wieder an Zyankali. Nur mit dem Unterschied, dass es kein Selbstmord war.«

Seine Mutter legte ihre Hand an seine Schulter. »Zerbrich dir nicht den Kopf darüber, Sascha, das ist unser Job.«

Mit einer leichten Wendung seines Oberkörpers ließ er ihre Hand von seiner Schulter rutschen.

»Klar, aber … das ist doch irgendwie auffällig, oder? Und noch was. Wahrscheinlich hat es nichts zu bedeuten, aber es gab da diesen Jungen, Tristan, mit dem war Natalie zuletzt zusammen. Sie hat ein Riesengeheimnis aus ihm gemacht, und dann war sie plötzlich tot.«

Sie seufzte wie über ein begriffsstutziges Kind. »Außer bei Laila haben wir in keinem der Todesfälle Anzeichen für Fremdeinwirken gefunden. Was Lailas Mörder angeht: Den finden wir ganz bestimmt in ihrem unmittelbaren Umfeld. Vertrau mir. Also: Ich mach meinen Job, und du kümmerst dich um deine Sachen. Schule und so.«

»Wenn du meinst. Aber du brauchst mich trotzdem nicht zu behandeln wie einen Fünfjährigen.«

»Mach ich nicht. Ich will dich nur beschützen. Das ist was ganz anderes.«

Ist es nicht, dachte er und ging in sein Zimmer.

Als Sascha am nächsten Morgen sein Fahrrad auf den Bürgersteig schob, wartete Joy wie immer schon auf ihn. Obwohl er die halbe Nacht wach gelegen hatte, steckte er voller Energie. Joy sah ihm sofort an, dass etwas anders war.

»Heute gefällst du mir viel besser. Ausnahmsweise siehst du mal nicht aus wie ein Zombie.«

»Ich? Wie ein Zombie? Du spinnst.«

»Doch, echt! So!« Sie senkte die Lider auf Halbmast und verdrehte gleichzeitig die Augen nach oben, sodass nur noch das Weiße zu sehen war.

Sascha schüttelte sich. »Hör auf! Das sieht total abartig aus!«

Sie mussten beide lachen. Dann stiegen sie auf ihre Fahrräder und radelten los. Der Himmel war auch an diesem Morgen grau und der Wind frisch, doch wenigstens drohte kein Regen. Nach einer Weile begann Sascha: »Sag mal, Joy, du bist doch ein aufgewecktes, cleveres, abenteuerlustiges Mädchen, oder?«

»Schon möglich, obwohl das höchstens mein Opa so sagen würde. Was liegt denn an?«

»Ich will Tristan finden. Und du sollst mir dabei helfen.«

»Ach. Und warum?«

»Na, zu zweit macht Detektivspielen viel mehr Spaß.«

»Nein, ich meine: Warum willst du diesen Tristan finden?«

»Ach so. Ich hab nachgedacht, und ich könnte mir vorstellen, dass der Mord und die Selbstmorde zusammenhängen. Vielleicht weiß Tristan ja was. Wenn er nicht sogar das Gift beschafft hat. Ist doch komisch, dass Natalie so ein Geheimnis aus ihm gemacht hat. Wenn man mit jemandem zusammen ist, darf das doch jeder wissen. Und letzte Nacht ist mir eingefallen, dass Alina vor ihrem Tod auch so einen Freund hatte, den niemand kannte. Natalie hat sich über ihre Geheimnistuerei total aufgeregt. Zweimal das gleiche Muster. Ist das nicht komisch?«

»Hast du das deiner Mutter auch schon erzählt?«

Sascha winkte ab. »Ach, die …«

»Verstehe. – Du meinst also, Alinas Freund, das war auch dieser Tristan? Aber warum –?«

»Keine Ahnung. Vielleicht ist alles auch nur Zufall. Aber ich will zumindest sichergehen. Das bin ich Natalie schuldig. Also, was ist? Bist du dabei?«

»Blöde Frage. Natürlich bin ich dabei!«

Blöd war die Frage zwar nicht gewesen, aber überflüssig, denn er hatte schon am Funkeln ihrer Augen erkannt, dass sie, wäre die dumme Schule nicht gewesen, am liebsten sofort mit den Nachforschungen losgelegt hätte.

14

»Du kannst nicht einfach hier aufkreuzen, Mirko. Was denkst du dir! Ich hab gleich einen Klienten.«

»Du und deine Scheißklienten! Muss ich erst zum Psycho werden, damit du mal Zeit für mich hast?«

Sascha blieb abrupt stehen. Die eine Stimme war eindeutig die von Androsch. Anscheinend hatte er mit jemandem Zoff. Was komisch war, denn wenn einer wissen sollte, wie man Zoff verhinderte, dann doch wohl ein Therapeut.

»Ich kann mir auch die Pulsadern aufschneiden«, giftete dieser Mirko weiter. Seine Stimme überschlug sich fast, so als würde er gleich anfangen zu heulen. Oder um sich zu schlagen. Oder beides.

»Jetzt hör endlich auf mit dem Quatsch. Wir können ja reden, nur eben nicht jetzt.«

»Ach, vergiss es! Arschloch!«

Polternde Schritte oben auf der Treppe. Sascha überlegte hastig, was er machen sollte. Wenn er weiterging, konnte Androsch sich ausrechnen, dass er den Streit mitbekommen hatte, und das wäre für sie beide bestimmt peinlich. Zu blöd! Ausgerechnet heute musste die Haustür offen stehen. Eilig lief er die paar Stufen wieder runter und hinaus vor die Tür, wo er den Klingelknopf nun umso fester und länger drückte. Er wartete sogar, bis der Türöffner surrte.

Als er den Flur nun zum zweiten Mal betrat, kam ihm ein Junge entgegen, dessen Gesicht kaum zu erkennen war, denn er hatte die Kapuze seines schwarzen Pullovers fast bis zur Nasenspitze runtergezogen.

»Verpiss dich«, zischte er Sascha von der Seite zu und rempelte ihn absichtlich an.

»Vollpfosten«, gab Sascha zurück, aber der andere lief einfach davon, und so ging auch er weiter Richtung Treppe.

Androsch erwartete ihn an der Tür. Nichts an ihm ließ vermuten, dass er eben noch heftig beschimpft worden war. Er sah aus wie immer. Nur dass er die ganze Zeit seinen Siegelring hin und her drehte, deutete auf eine gewisse innere Anspannung hin. Auf dem Weg zum Behandlungszimmer fragte Sascha sich, ob der junge Typ vielleicht Androschs Sohn war. Er wusste nicht, wie er auf diesen Gedanken kam. Vielleicht durch die Art, wie die beiden gestritten hatten.

Komisch, dachte er dann, während er sich auf die Couch sinken ließ und Androsch ihm gegenüber Platz nahm, er weiß jede Menge über mich, aber was weiß ich über ihn?

»Haben Sie eigentlich Kinder?«, fragte er, ehe Androsch mit seinem üblichen Spruch beginnen konnte.

Androsch sah ihn an. »Wieso willst du das wissen?«

»Nur so.«

»Ich habe einen Sohn«, antwortete er nach kurzem Zögern. »Ungefähr in deinem Alter.«

Bingo!, dachte Sascha. »Verstehen Sie sich gut mit ihm?«

»Mal so, mal so.« Androsch nahm Block und Stift vom Beistelltisch. Ein eindeutiges Zeichen, dass er lieber über Saschas Angelegenheiten reden wollte als über die eigenen. »Fangen wir an. Was war letzte Woche bei dir los?«

»Irgendwie komme ich mit meiner Mutter nicht mehr so richtig klar.«

»Was meinst du damit?«

»Sie behandelt mich wie ein kleines Kind. Dabei mach ich total viel, was andere in meinem Alter nicht tun. Ich kaufe ein, koche, putze, wasche. Nicht immer, aber total oft. Manchmal massiere ich ihr sogar den Nacken, wenn sie heimkommt. Das ist ja auch okay, null Problem. Was mich ärgert, ist: Wenn es darum geht, etwas zu entscheiden, dann werde ich vielleicht gefragt, aber zu bestimmen hab ich nichts.«

»War das schon immer so oder erst jetzt?«

»Keine Ahnung.« Er überlegte. »Ja, irgendwie schon immer. Aber es ist schlimmer geworden. Meine Eltern haben immer viel gearbeitet, beide. Ich kenne das gar nicht anders. Polizisten halt. Millionen Überstunden und so. Mir hat das nichts ausgemacht, Polizei war für mich immer cool. Ich hab halt früh gelernt, für mich selbst zu sorgen. Nicht so wie meine Kumpels, denen ihre Mamas alles hinstellen. Ich war der, der Mama alles hingestellt hat. Im letzten Jahr auf jeden Fall. Mama kann überhaupt nicht kochen, nur so Fertigzeug aufwärmen. Wenn gekocht wurde, war das mein Vater. Von ihm hab ich es auch gelernt. Mein Großer, hat er immer zu mir gesagt, obwohl ich da noch total klein war, eigentlich. Er war —«

Sascha brach ab. Je mehr er erzählte, desto näher rückte ihm die Vergangenheit, und mit ihr die Trauer und der Schmerz. Viel zu nah. Besser, er schob das alles wieder weg.

»Ja?«

»Egal. Jedenfalls tut meine Mutter jetzt so, als wäre ich total unfähig, mit irgendwas selbst klarzukommen. Sie will immer sagen, wo's langgeht.«

»Sie ist deine Mutter. Muss sie das nicht?«

»Kann sein, aber dann soll sie auch sonst meine Mutter sein. Nicht einmal so und dann wieder so. Mal soll ich erwachsen sein und den ganzen Alltag regeln, dann bin ich wieder das Kleinkind, das null Ahnung hat von gar nichts und tun soll, was sie sagt. Das ist doch total ... scheiße ...«

»Hast du das deiner Mutter schon mal gesagt? So wie mir jetzt?«

»Mit der kann man nicht reden.«

»Vielleicht hast du es noch gar nicht richtig versucht.«

»Wann denn? Sie kommt immer spät, und dann ist sie total fertig. Und an ihren freien Tagen ... Keine Ahnung, da passt es irgendwie auch nie, da wäscht und putzt sie, wenn sie nicht gerade wieder unterwegs ist, oder sie schläft den halben Tag.«

»Und wenn du alles aufschreibst? In einer Art Brief für sie?«

Sascha atmete schwer. Den letzten Brief an seine Mutter hatte er geschrieben, da war er vielleicht sieben oder acht. *Liebe Mama, alles*

Gute zum Muttertag. Ich hab Dich lieb. Dein Sascha. Er hatte keine Ahnung, wie man in seinem Alter an seine Mutter schrieb, ohne dass es peinlich wurde.

»Mal sehen«, sagte er schließlich.

»Du hast mir irgendwann erzählt, dass sie den Ehering nicht mehr trägt«, setzte Androsch nach kurzem, abwartenden Schweigen ein. »Wie kommst du inzwischen damit klar? Und mit der Vorstellung, dass vielleicht …, nun ja, ein anderer Mann …«

Sascha spürte, wie sich in seinem Bauch ein Knoten zusammenzog. »Also, erst mal: Sie trägt den Ring noch. Nur eben nicht am Finger, sondern an einer Kette. Und sonst … Keine Ahnung … Ich denke einfach nicht darüber nach.«

»Wenn du aber jetzt darüber nachdenkst, was geht dir dann durch den Kopf?«

Sascha überlegte. Er wusste nicht, was er dachte, nur, was er fühlte. Aber dann fiel ihm doch ein, was dieses dumpfe, pulsierende Gefühl in seiner Brust bedeutete. »Auch wenn's egoistisch ist«, sagte er. »Ich will nicht, dass sie mit irgend so einem Typen was anfängt. Weil er nicht mein Vater wäre.«

»Ich glaube nicht, dass es deiner Mutter darum geht, deinen Vater zu ersetzen. Also, ich meine: ihren Ehemann.«

»Solange sein Platz frei bleibt, ist da noch was von ihm, und wenn es nur die Lücke ist, die er hinterlassen hat. Aber wenn da wieder jemand neben meiner Mutter ist, dann verschwindet Papa doch noch mal … und … für ganz.«

»Nicht für ganz, Sascha. Er ist ja noch woanders.«

»Wo denn?«

Androsch legte seinen Block zur Seite und neigte sich vor. »Ich schreibe ja für die Polizei manchmal Gutachten, und da ist mir dein Vater ab und zu begegnet, auf dem Präsidium oder bei Gericht. Und wenn ich dich so anschaue, dann sehe ich ihn in dir. Du ähnelst ihm wirklich sehr.«

»Das sagt meine Mutter auch.«

»Na, siehst du.« Androsch lächelte.

Sascha hatte keine Ahnung, was er dadurch sehen oder besser: *einsehen* sollte. Er ähnelte seinem toten Vater. Na und?

SASCHA NAHM DIE Stufen zum Bürgersteig hinab mit einem Satz. Dort blieb er stehen. Auf der anderen Straßenseite war Androschs Sohn. Mirko. Er saß rauchend auf der Motorhaube eines nachtblauen BMW und schaute zu ihm herüber. Wollte er was von ihm? Oder warum guckte er so? Sascha wandte den Blick ab und ging eilig weiter Richtung Bushaltestelle. Der Typ war ihm unheimlich. Außerdem hatte er eine Verabredung.

15

»Dann wollen wir mal«, sagte Joy nach einer kurzen Begrüßung und wandte sich der Klingelleiste zu. »Wie ist ... war denn ihr Nachname?«

»Wagner. Natalie Wagner.« Erst jetzt, da sie sich umgedreht hatte, bemerkte Sascha den Blumenstrauß, der aus ihrem Rucksack ragte. An ein Mitbringsel hatte er gar nicht gedacht. Anscheinend war es doch kein Klischee, dass Mädchen in diesen Dingen die besseren Instinkte besaßen.

»Lass mich machen«, sagte er nun und drückte die Klingel. Es dauerte nicht lange, bis der Türöffner surrte. Der muffige Geruch im Treppenhaus war immer noch derselbe.

An der Wohnung mussten sie noch einmal läuten. Dann ging die Tür auf, und Natalies Mutter stand in einem braunen Kleid vor ihnen. Der Duft eines billigen, etwas zu reichlich aufgetragenen Deos stach Sascha in die Nase.

»Oh«, sagte sie, als sie den Strauß in Joys Hand sah, »sind die für mich?«

»Wir dachten, Sie würden sich über Blumen freuen. Mein Name ist übrigens Joy.«

Frau Wagner blinzelte die Tränen weg, die ihr in die Augen gestiegen waren. »Joy. So ein schöner Name. Ich hoffe, du bringst mir die Freude zurück ins Haus. – Kommt rein, kommt rein! Der Kaffee ist gleich durch. Die Kuchen hab ich nicht selbst gebacken, die sind aus der Konditorei. Ich stell erst mal die Blumen ins Wasser. Dort drüben könnt ihr eure Jacken aufhängen.«

Als sie ins Wohnzimmer traten und den gedeckten Kaffeetisch sahen, tauschten Sascha und Joy einen Blick. Zwei Torten, ein Marmorkuchen. Wer sollte die essen? Oder erwartete sie noch andere Gäste? Es war aber nur für drei gedeckt. Überall, auf Kommoden und in Regalen, standen

Fotos von Natalie, auch die Wände waren voll davon. Frau Wagner brachte die Vase mit den Blumen und die Kaffeekanne und stellte beides auf die makellos weiße Tischdecke.

»Setzt euch, setzt euch! Ich wusste nicht, welchen Kuchen ihr mögt. Das hier ist eine Prinzregententorte, dann haben wir noch Marmorkuchen und Schwarzwälder Kirsch.«

»Ein kleines Stück Marmorkuchen«, sagte Sascha, nachdem sie sich gesetzt hatten.

»Für mich Schwarzwälder Kirsch, ruhig ein großes Stück.«

»Da hast du recht, Joy«, sagte Frau Wagner und lachte mit sichtlich gespielter Munterkeit, »wenn schon, denn schon. Und du bist ja eh so dünn.«

Sie teilte die Kuchenstücke aus, schenkte Kaffee ein und vergaß sich selbst bei allem, sodass ihr Teller und ihre Tasse leer blieben. Dann kehrte Stille ein. Eine Stille, die das Klacken der Kuchengabeln auf dem Porzellan nicht zu füllen vermochte. Während Frau Wagner stumm dasaß und ihre Tasse auf dem Unterteller hin und her drehte, stopfte Sascha sich große Bissen Kuchen in den Mund, damit er nichts sagen musste. Er hätte nicht gewusst, was. Er kannte diese beklemmende Stille aus der Zeit nach dem Tod seines Vaters nur zu gut. Sie war wie ein finsteres, bodenloses Loch voller Fragen, auf die es keine Antworten gab und auch keine geben konnte. Eigentlich war es nur eine einzige Frage. Nur ein einziges Wort: Warum?

»Das da auf den Bildern ist sicher Natalie, oder?«, brach Joy das Schweigen und deutete mit der Gabel auf die Fotos. Sascha war erleichtert, dass sie das Reden übernahm. »Ich hab Ihre Tochter leider nie kennengelernt, aber er hier –«, sie stieß Sascha sachte gegen den Arm, »er war ziemlich verknallt in sie.«

Er warf ihr einen missbilligenden Seitenblick zu. Wieso sagte sie so etwas? Woher wollte sie das wissen?

»Ach ja …?«, sagte Frau Wagner mit einem Seufzen und sah Sascha an. Ihre Augen füllten sich mit Tränen. »Natalie hat dich erwähnt, Sascha. Sie hatte dich auch sehr gerne. Sonst hat sie ja wenig erzählt. Sie war ziemlich verschlossen. Sehr auf sich selbst bezogen. Immer schon. Drum hatte sie auch kaum Freunde.«

»Gab es vielleicht zuletzt jemanden?«, klinkte sich Sascha ein.

Doch Frau Wagner antwortete nicht darauf, sondern fuhr einfach fort: »Und wenn sie sich auf jemanden einließ, dann war's garantiert jemand, der nicht gut für sie war. Ich will nicht schlecht über Alina reden. Sie war ein nettes Mädchen. Aber die beiden … Man hat ja gesehen, wohin es führt. Dass sie sich so kurz nacheinander …« Frau Wagner blinzelte, schluckte, räusperte sich, dann ein Lächeln wie in Beton gemeißelt. »Gleich und gleich gesellt sich eben gern.«

»Sagt Ihnen der Name Tristan was?«, hakte Sascha nach.

Frau Wagner schaute ihn irritiert an. »Was? Tristan?«

In diesem Moment klingelte sein Handy. Zu dumm! Wieso hatte er es nicht ausgemacht? Oder wenigstens lautlos geschaltet. Er zog es aus der Hosentasche. *Rufnummer unbekannt*, stand im Display. Wer konnte das sein? Ob was mit seiner Mutter war? Die alten Reflexe, noch immer nicht ganz besiegt.

»Sorry«, sagte er und stand auf, »ich muss da rangehen.« Er verschwand auf den Flur und hielt den Atem an, was ihn seinen Herzschlag nur umso deutlicher spüren ließ.

»Ja?«

»Hi, Sascha.«

Die Stimme kam ihm bekannt vor, aber er konnte sie nicht zuordnen. »Wer ist denn da?«

»Du erkennst mich nicht? Jetzt bin ich aber beleidigt.«

»Mareike?«

»Genau die.«

Seit Natalies Beerdigung hatte er nichts von ihr gehört, und er hatte auch nicht damit gerechnet, je wieder von ihr zu hören.

»Was machst du gerade?«, fragte sie.

»Nichts Besonderes.«

»Können wir uns sehen?«

»Klar. Wann passt es dir denn?«
»Jetzt sofort.«
»Geht nicht. Erst später.«
»Und das wäre dann wann?«
»Um sechs oder so.«
»Sechs ist in Ordnung. Und wo?«
»Ich kann zu dir kommen.«
»Besser nicht. Kennst du das *Rocky* in der Leopoldstraße?«
»Klar.«
»Dort warte ich auf dich. Um sechs. Komm ja nicht zu spät.«

Ehe Sascha noch etwas erwidern konnte, hatte sie schon aufgelegt. Wie ist die denn drauf?, dachte er verwundert und steckte das Handy weg. Irgendwie imponierten ihm Mareikes klare Ansagen. Kein Getue, kein Gelaber. Und keine schwer ergründbaren Stimmungsschwankungen wie bei Natalie.

Nachdenklich verharrte er im Flur. Von Frau Wagner würden sie nichts über Tristan erfahren, so viel stand fest. Am besten, er nutzte die Gelegenheit, sich ungestört in Natalies Zimmer umzusehen. Vielleicht gab es in ihren Sachen ja einen Hinweis auf ihren geheimnisvollen Lover. Welche von den Türen die richtige war, war nicht schwer zu erraten. Es musste die sein, an der ein großes Blechschild hing mit der Aufschrift: *KEEP OUT!*

Als er die Tür hinter sich zugezogen hatte, stülpte sich die Stille geradezu gewaltsam über ihn und raubte ihm den Atem. Natalies Zimmer also. Hier hatte sie ihre Zeit verbracht. Hier war sie gestorben. Vielleicht in ihrem Bett, mit Blick auf das lebensgroße Rihanna-Poster am Kopfende.

Er stand ganz und gar still, horchte, spürte in den abgedunkelten Raum hinein, und da fühlte er etwas in seinem Rücken. Als stünde jemand hinter ihm. Als hauchte jemand ihm seinen Atem in den Nacken. Nein, es war nur Einbildung. Da war niemand. Nur Leere. Eine Träne rollte über seine Wange.

»Natalie«, flüsterte er, »warum …?« Er hätte sie so gerne näher kennengelernt, sie wäre es wert gewesen. Bestimmt hätte er sich noch richtig in sie verliebt, volle hundert Prozent. Alles war ja noch am Anfang. Alles wäre gut geworden. Wieso hatte er die Chance nicht gekriegt? Wieso hatten sie beide diese Chance nicht gekriegt? Wieso war alles vorbei gewesen, ehe es richtig angefangen hatte? Natalie, Natalie …

Auf dem Fensterbrett standen ein Foto, auf dem sie noch sehr kindlich aussah, und eine Kerze mit Trauerflor. Wie traurig sie auf dem Bild wirkte, so als wüsste sie schon, wie es mit ihr enden würde. Und vielleicht hatte sie es ja gewusst. Aber vielleicht ist alles auch ganz anders gewesen, dachte er dann. Tristan. Er hatte alles verändert. Was war sein Anteil daran, dass Sascha nun hier stand, in Natalies Zimmer, allein, wie in einer leeren Gruft? Sascha fuhr sich durch die Haare und erinnerte sich wieder daran, warum er hier war.

Als Erstes nahm er sich die Pinnwand über dem Schreibtisch vor, die voller sich überlappender Notizzettel und Fotos war. Die meisten Bilder zeigten Natalie und Alina, mal eine allein, mal beide zusammen, mal lachend, mal ernst, aber nie mit irgendwelchen anderen Leuten. Auch nicht mit einem Jungen, der Tristan hätte sein können.

Sascha überflog die Notizen auf den Zetteln. Nichts, was auf Tristan hingewiesen hätte. Auf dem Schreibtisch lagen Laptop und Handy. Er klappte den Laptop auf und schaltete ihn ein. Während das Gerät hochfuhr, sah er sich das Handy an. Falls es mit einer PIN gesichert war, hatte er keine Chance, an die gespeicherten Kontakte und SMS zu gelangen. Aber das Problem stellte sich nicht, das Gerät machte keinen Mucks. Entweder war es kaputt, oder der Akku war leer.

Als der Laptop bereit war, klickte Sascha das Windows-Mail-Symbol auf dem Desktop an. Das Programm startete, der E-Mail-Account war zum Glück nicht passwortgeschützt. Er durchsuchte die Kontakte, überflog die letzten E-Mails und checkte sogar den virtuellen Papierkorb. Doch nirgends ein Hinweis auf Tristan.

Während der Laptop runterfuhr, durchsuchte Sascha den Schreibtisch, danach waren das Nachtkästchen und ein paar mit bunten Glitzersternen beklebte Schachteln im Regal dran. Alles, was er fand, war ein anscheinend schon etwas älterer, leerer Briefumschlag, auf dessen Rückseite ein herzförmiger Sticker mit Alinas Adresse klebte. Er steckte ihn ein. Als er einen Schritt nach hinten machte, kickte er versehentlich den Papierkorb um.

»Shit«, fluchte er leise und begann, den verstreuten Abfall einzusammeln. Doch dann hielt er inne. Auf einem Fetzen stand in schwarzer Tinte: *Sasch*. Sollte das vielleicht *Sasch-a* heißen? Dort lag ein zweiter Schnipsel. *Hi*, stand darauf. Er hielt die Kanten der beiden Stücke aneinander. Sie passten. *Hi Sascha*. Ein Schauder lief über seinen Rücken. Hatte Natalie ihm schreiben wollen, es sich aber anders überlegt und den Brief zerrissen?

Im Flur schrillte die Türglocke. »Mist«, zischte Sascha, sammelte hastig alle Fetzen ein, die er zu fassen bekam, stopfte sie in seine Hosentasche und packte den Rest des Abfalls zurück in den Papierkorb. Schon hörte er draußen Schritte.

»Sascha?« Natalies Mutter.

Sich taub zu stellen, hatte keinen Sinn. Wie vor einem Sprung ins kalte Wasser hielt er die Luft an und trat in den Flur.

Frau Wagner sah ihn irritiert an. »Was hast du in Natalies Zimmer gemacht?«

»Entschuldigung«, sagte er, »ich wollte nicht … Es ist nur … Ich weiß auch nicht …«

Frau Wagner glaubte zu verstehen und nickte gerührt.

Sascha atmete aus. Er fühlte sich schlecht. Obwohl er eigentlich nichts Falsches gesagt hatte, kam er sich vor wie ein Lügner.

Frau Wagner fragte in die Gegensprechanlage, wer an der Tür sei. »Polizei«, kam es zurück. »Wir müssen noch einmal mit Ihnen reden.«

Sie drückte den Türöffnerknopf, wandte sich ratlos zu Sascha um und fragte: »Was wollen die noch?«

Obwohl er es sich denken konnte, zuckte er mit den Schultern. Er hatte über die Jahre zu vielen Fachgesprächen zwischen seinen Eltern zugehört, um nicht zu wissen, wie Ermittler dachten und vorgingen. Weil Laila mit Zyankali vergiftet worden war, checkten sie noch einmal gründlich den Hintergrund aller Mädchen ab, die in der letzten Zeit an demselben Gift gestorben waren. Solche Nachforschungen waren reine Routine.

»Wir verschwinden besser«, sagte Sascha und rief Richtung Wohnzimmer: »Joy, kommst du? Wir müssen los.«

Er hielt ihr schon die Jacke hin, als sie in die Diele kam. Sie verabschiedeten sich von Frau Wagner. Joy umarmte sie, was der trauernden Mutter einmal mehr die Tränen in die Augen trieb. Und Sascha beinahe auch. Joy war nicht nur cool, sie hatte auch jede Menge Herz. Gab es irgendwas, das an ihr nicht perfekt war?

»Schau an, der junge Herr Schmidt!«, hallte es ihnen im Flur entgegen, kaum dass die Tür hinter ihnen zugegangen war.

Sascha kannte einen der beiden Polizisten von der Beerdigung seines Vaters. Falterer – das war sein Name. Seine Mutter hatte auch schon einiges von ihm erzählt. Sie konnte ihn nicht leiden.

»Warst du bei Frau Wagner?«

Sascha nickte. »Ich hab Natalie gekannt. Sie war auf meiner Schule.«

»So, so.« Er wies mit dem Kinn auf Joy. »Deine Freundin? Fesch. Und sogar ein bissel exotisch.« Er grinste.

»Lieber exotisch als idiotisch«, gab Joy zurück.

Falterer glotzte sie an wie einen sprechenden Hund.

»Schönen Tag noch«, sagte Sascha schmallippig, schob Joy weiter und raunte ihr zu: »Reg dich nicht auf. Der Typ ist keinen Schuss Pulver wert.«

»Gleichfalls«, rief Falterer ihm nach.

Bestimmt würde er Saschas Mutter von der Begegnung erzählen, und die würde ihn dann ebenso bestimmt wieder mit einer Menge Fragen nerven.

»Wo warst du eigentlich die ganze Zeit?«, fragte Joy im Treppenhaus. »Ich meine, während ich mit Frau Wagner Kaffee getrunken hab.«

»In Natalies Zimmer. Hab mich dort ein wenig umgesehen.«

In ihren Augen gingen zwei kleine Lämpchen an. »Und? Was gefunden?«

»Kann ich noch nicht sagen. Anscheinend hat sie mir einen Brief geschrieben, ihn aber zerrissen und weggeschmissen. Ich hab die Fetzen mitgenommen.«

»Super. Die setzen wir gleich nachher zusammen.«

Nur zu gerne hätte Sascha sofort damit begonnen. Aber Mareike wartete im *Rocky* auf ihn, und da er ihre Handynummer nicht hatte, konnte er ihr nicht absagen. »Ich muss vorher noch woandershin.«

»Ach so. Der Anruf.«

Er spürte, dass sie am liebsten gefragt hätte, wen er gleich treffen würde, aber da sie schwieg, schwieg auch er.

»Ich hab übrigens auch etwas erfahren«, sagte sie nach einer kurzen Weile, als sie auf der Straße waren. »Natalie und ihre Freundin Alina haben wirklich alles geteilt. Auch den Therapeuten. Dr. Androsch. Das ist doch deiner, oder?«

Sascha nickte. Er hatte Joy zwar schon vor Langem erzählt, dass er zu einem Therapeuten ging, aber er redete trotzdem nicht gerne mit ihr darüber. Deshalb war er ganz froh, dass ihre Wege sich jetzt trennten.

16

PÜNKTLICH AUF DIE Minute traf Sascha vor dem *Rocky* ein. Mareike war schon da, er sah sie durch die Glasfront an der Bar sitzen und in einen Cocktail starren. Sie war wieder perfekt gekleidet und gestylt, so als käme sie geradewegs von einem Fotoshooting. Für einen Moment wirkte sie in ihrer Regungslosigkeit wie eine Schaufensterpuppe. Es fiel ihm schwer, sich vorzustellen, dass sie und Natalie befreundet gewesen sein sollten. Aber dann erinnerte er sich wieder daran, wie Mareike an Natalies Grab gestanden hatte. Etwas, das man nicht auf Anhieb sah, hatte die beiden wohl verbunden.

Mareike bemerkte ihn erst, als er fast schon neben ihr stand. Ein Lächeln trat auf ihre Lippen. »Hi«, grüßte sie, »da bist du ja. – Oh, da drüben wird ein Tisch frei. Komm!« Sie nahm ihr Glas und ihre Handtasche und ging ihm voraus zu dem Tisch, den sie entdeckt hatte. »So ist es doch viel ... intimer«, sagte sie, nachdem sie sich niedergelassen und die leeren Gläser ihrer Vorgänger an den Rand geschoben hatten.

Sascha schob die Hand in die Hosentasche und umfasste den Knäuel aus Papierschnipseln, die er jetzt viel lieber zusammengepuzzelt hätte, als hier zu sitzen.

»Eigentlich hab ich nicht viel Zeit«, sagte er.

»Auf ein Getränk wirst du ja wohl bleiben. Was gab's denn noch so Wichtiges zu erledigen?«

»Zu erledigen? Was meinst du?«

»Na, weil du nicht gleich kommen konntest.«

»Ach so. Nichts Besonderes. Ich war bei Natalies Mutter.« Er zog die Hand aus der Hosentasche und nahm die Getränkekarte. Je schneller er das Treffen hinter sich brachte, desto schneller konnte er sich Natalies Brief widmen. »Was ist das, was du da trinkst?«

»Exotic Dream. Fruchtsäfte mit einem Schuss weißem Rum. Einen zweiten darf ich allerdings nicht trinken, sonst wird's gefährlich.«
»Gefährlich?«
»Ja, und zwar für alle Beteiligten.« Sie grinste und zwinkerte ihm zu.
War das ein Flirtversuch? Leicht verunsichert, schaute er sofort wieder in die Karte.
»Was wolltest du bei Natalies Mutter?«
»Nur mal sehen, wie es ihr geht. Ist ja alles ziemlich heftig für sie. Und ich glaube, sie hat niemanden.« Er überlegte kurz, ob er ihr erzählen sollte, dass er Tristan finden wollte, sagte dann aber lieber nichts. Am Ende wollte sie bei der Suche noch mitmachen, und das hätte ihm nicht gepasst. Sie war ja praktisch eine Fremde, und außerdem war das ein Ding zwischen ihm und Joy.
Die Bedienung kam an den Tisch und räumte die benutzten Gläser auf ein Tablett. Sascha klappte die Karte zu und bestellte einen kleinen Kirschsaft. Verstohlen schaute er auf die Uhr. Eine halbe Stunde, nicht länger.
»Wie geht es Natalies Mutter denn?«, fragte Mareike.
»Sie versucht, sich nicht hängen zu lassen, aber … Na ja …«
»Verstehe. Die Arme.«
Sie schwiegen für eine Weile. In Gedanken war Sascha wieder in Natalies Zimmer, sah den Fetzen zwischen seinen Fingern: *Hi Sasch…* Er riss sich davon los.
»Und was hast du den ganzen Tag so gemacht?«, fragte er.
Mareike zuckte die Achseln. »Rumgehangen. Gelesen.«
»Ach. Und was?«
»Sartre. *Der Ekel*. Ist ein Roman.«
Er erinnerte sich dunkel, dass der Name Sartre mal auf einer Referatsliste in Religion gestanden hatte. Woran er sich aber nicht erinnern konnte, war, dass irgendjemand schon mal Sachen, die auf einer Referatsliste auftauchten, freiwillig gelesen hätte.
»Sartre sagt mir was.« Scherzhaft fügte er hinzu: »Sag Bescheid, wenn's als Graphic Novel rauskommt, dann zieh ich's mir auch rein.«

Sie überging seinen Witz und sagte bierernst: »Es handelt von einem Mann, dem klar wird, dass das Leben total sinnlos ist. Aber gerade das macht ihn frei.«

»Weiß nicht. Klingt eher deprimierend, oder?«

»Warum? Lügen bleiben Lügen, auch wenn sie einen trösten. Das sind sowieso die schlimmsten Lügen von allen. Schau dir Natalie an. Die hat sich selbst was vorgemacht, bis es nicht mehr ging.«

»Wieso? Was hat sie sich vorgemacht?«

Statt zu antworten, schaute Mareike durch die Glasfront nach draußen, so als hätte sie dort etwas entdeckt, das ihre ganze Aufmerksamkeit erforderte. Sascha wollte ihrem Blick schon folgen, doch in diesem Moment sprach ihn von hinten die Bedienung an. »Du hattest den Kirschsaft, oder?« Er nickte, und sie stellte das Glas vor ihm ab. Als sie wieder weg war, griff Mareike in ihre Handtasche und holte ihr Zigarettenetui und das Feuerzeug heraus.

»Scheiß Rauchverbot«, sagte sie. »Schlimm, wenn ich kurz verschwinde?«

»Nein, kein Problem.«

Während er an seinem Kirschsaft schlürfte, beobachtete er, wie sie sich durch die Tische zum Ausgang bewegte. Er kannte kein Mädchen, das so lief wie sie. Fast schon wie ein Filmstar über den roten Teppich. Die Männer, an denen sie vorbeikam, drehten sich alle nach ihr um. Dabei war sie nicht einmal wirklich hübsch. Sascha hatte erwartet, dass sie sich an den Raucherstehtisch neben dem Eingang stellen würde, doch sie lief daran vorbei und zielstrebig weiter, bis sie aus dem Blickfeld verschwand, fast so, als ginge sie auf jemanden zu, der nicht gesehen werden wollte.

ES KLOPFTE. JOY rollte mit den Augen. Was wollte sie jetzt wieder? Schon flog die Tür auf, und ihre Mutter stand vor ihrem Bett, in einem knielangen Rock und einer Bluse, an der man ruhig noch einen Knopf hätte schließen können. In jeder Hand hielt sie ein Paar Schuhe. »Die Flachen oder die Hochhackigen?«

»Sehen beide scheiße aus«, sagte Joy nach einem flüchtigen Blick über das Display ihres Laptops hinweg.

»Du bist wirklich eine große Hilfe. Wieso bist du heute Abend eigentlich so zickig? Hat dich jemand versetzt?«

Joy sah sie böse an. Ihre Mutter konnte der liebste Mensch der Welt sein. Aber sie wusste auch, wie man eine Spitze setzte. Zum Glück verschwand sie gleich wieder, allerdings ohne die Tür hinter sich zuzumachen. Wenn sie ein Date hatte, war sie noch unerträglicher als sonst. Wo sie nur diese Typen immer aufgabelte? Angeblich ging sie mit ihnen immer nur gepflegt essen und hinterher ein bisschen tanzen. Musste man sich dafür wirklich so aufbrezeln? Und so knallig schminken? Kriegte man in ihrem Alter wirklich nur noch einen ab, wenn man sich so weit unter sein eigenes Niveau begab?

»Ich versteh überhaupt nicht«, rief sie jetzt aus dem Bad, »wieso ein so attraktives Mädchen wie du dauernd alleine zu Hause sitzt. Du bist jung und siehst gut aus und könntest so viel Spaß haben.«

»Ja, ja.«

»Oder wenn schon kein Kerl, dann wenigstens mit Freundinnen was unternehmen. Mädels können doch auch ohne Jungs Spaß haben. Zu meiner Zeit war das so.«

Jetzt also wieder die Leier. Sie hatte ja keine Ahnung, wie es war, ein exotisch aussehendes Mädchen zu sein, nach dem sich die Männer reihenweise umdrehten. Damit machte man sich keine Freundinnen. Wie oft sollte sie ihr das noch erklären? Sie ließ es bleiben. Hatte ja eh keinen Zweck.

Es dauerte nur ein paar Sekunden, bis ihre Mutter wieder im Zimmer stand, eingehüllt in eine dichte Parfümwolke. »Der Einzige, den du triffst, ist Sascha. Aber ... Na ja, versteh mich nicht falsch, ich finde Sascha nett, aber er ist doch noch ein bisschen grün hinter den Ohren, findest du nicht?«

»Wir sind nur Freunde. Kumpel. – Oh, Mama, raus hier! Du verpestest mein ganzes Zimmer.«

Ihre Mutter ignorierte das geflissentlich. »Ich versteh bis heute nicht, wieso du Alfi den Laufpass gegeben hast. Der war doch nett und machte auch was her.« Sie lächelte ihr knalliges Lippenstiftlächeln.

Joy senkte den Blick auf ihren Laptop. »Hat halt nicht funktioniert.«

»Funktioniert ... Wenn ich das schon höre. Ein Toaster muss funktionieren. – Was machst du da überhaupt?«

»Ich schau nach, was man braucht, um Zyankali herzustellen.«

»Zyankali? Willst du mich vergiften?«

»Keine schlechte Idee.«

»Bin schon weg.«

Diesmal flog die Tür zu.

Endlich.

Joy war auf ein Video gestoßen, in dem vorgeführt wurde, wie sich Zyankali im Labor herstellen ließ. Chemisch hieß es Kaliumzyanid und war das Kaliumsalz der Blausäure. Aha, dachte sie und klickte auf *Start*. Während im Film eine Mischung aus Schwefelsäure und rotem Blutlaugensalz mit einem Bunsenbrenner erhitzt wurde, hörte sie, wie es läutete. Mamas Stecher, dachte sie. Kurz danach hörte sie die Wohnungstür, dann wurde es still. Wenigstens hielt sie sich an die Abmachung und ließ ihre Gelegenheitsbekanntschaften nicht mehr in die Wohnung. Sie würde bestimmt einen schönen Abend haben. Genau wie Sascha, mit wem auch immer. Alle schienen sich zu amüsieren. Jeder schien jemanden zu haben. Bloß sie saß alleine hier in ihrem Zimmer. Ihre Mutter hatte irgendwie schon recht, aber so was durfte man natürlich nicht zugeben, sonst kriegte man es noch viel öfter aufs Brot geschmiert. Außerdem: So schlimm war das auch wieder nicht. Sie kam gut mit sich selbst klar. Lieber allein als zu zweit einsam, sagte sie sich.

Das Video war zu Ende. Ein kleines Häufchen krümeligen Zyankalis lag auf einer Löffelspitze. Echt krass, dachte sie, für jemanden, der nur einen Funken Ahnung von Chemie und ein bisschen Übung hat, ist das bestimmt kein Problem.

Sie kopierte den Link in eine E-Mail an Sascha und schrieb: *Hab ich eben gefunden, ist der Hammer, Sherlock. Dein Watson. PS: Wie war Dein Date? Ruf mich sofort an und erzähl mir ALLES. Uhrzeit egal.* Sie überlegte. Konnte sie das wirklich so schreiben? Besser nicht, sonst glaubte er noch, sie wäre eifersüchtig. Oder neugierig. Oder beides. Sie löschte das Postskriptum, dann klickte sie auf *Senden*.

»Du bist überhaupt so der Beschützer-Typ, oder?«

Sascha kratzte sich im Nacken. »Keine Ahnung. Wieso?«

Mareike lehnte sich vor, stützte die Ellbogen auf den Tisch und sah ihn an. »Na, du kümmerst dich um Natalies Mutter, die dir eigentlich egal sein könnte. Und du wolltest Natalie beschützen. Das finde ich echt cool.«

Er bereute schon, dass er ihr von Natalies Ausraster auf dem Schulhof und ihrem Gespräch danach im Geräteraum der Turnhalle erzählt hatte. Auch wenn er sie damit anscheinend beeindruckt hatte, war es ihm eher peinlich. Verlegen schob er die Hände in die Hosentaschen und umklammerte die Fetzen aus Natalies Papierkorb.

»Echt cool«, wiederholte Mareike in sein Schweigen hinein. »Vor allem, wenn man bedenkt, dass zwischen euch nichts gelaufen ist.«

Er spürte, wie er rot wurde. Wieso musste sie das sagen? Und war da nicht ein spöttischer Unterton gewesen?

»Sorry, das kam jetzt falsch rüber … Ich finde es wirklich toll. Normalerweise verdünnisieren sich Jungs, wenn nichts läuft. Weil sie sich nicht wirklich für das Mädchen interessieren, sondern nur für das, was sie mit ihr machen könnten. Du bist echt eine totale Ausnahme. Fetter Pluspunkt.« Sie lächelte.

Gerade noch mal die Kurve gekriegt, dachte er und sagte: »Schon okay, aber …« Er schaute sich nach der Bedienung um. »Ich muss dann auch langsam los.«

»Jetzt schon?«

»Na ja, morgen ist Schule, und ich hab noch einiges zu tun.«

»Verstehe.«

Er zog die Hände wieder aus den Hosentaschen und griff nach seiner Geldbörse, doch Mareike sagte: »Lass stecken, ich mach das.«

»Eigentlich wollte ich dich einladen.«

»Beim nächsten Mal.«

Sie schnippte der Bedienung zu. Dann holte sie die Geldbörse aus ihrer Tasche und zog eine Kreditkarte heraus.

»Hast du die deinem Daddy geklaut?«, scherzte Sascha.

»Nee, das ist meine eigene. Hab ich zum letzten Geburtstag von ihm gekriegt.«

Wenig später verließen sie das Lokal. Es hatte angefangen zu nieseln. Tausende kleiner Tropfen glitzerten an den Scheiben des *Rocky*. Mareike blieb im Schutz des Gebäudes stehen und zündete sich eine Zigarette an.

»Sehen wir uns wieder?«

»Klar«, sagte er, »warum nicht? Ich ruf dich an. Das heißt: wenn du mir deine Nummer gibst.«

Sie schüttelte den Kopf. »Sorry. Erst wenn ich dich besser kenne. Ich hatte bis vor Kurzem einen Stalker am Hals, und das will ich nicht noch mal erleben. Ich ruf dich an.«

Er schob die Hand in die Hosentasche, umschloss den Papierknäuel darin. »Ich muss dann wirklich langsam«, drängelte er. »Mach's gut.«

»Du auch.«

Als er sich abwandte, um zur U-Bahn zu gehen, bemerkte er, wie sich jemand in einer olivfarbenen Regenjacke abrupt wegdrehte und mit eiligen Schritten entfernte. Hatte der Typ ihn und Mareike beobachtet? War das etwa der Stalker, von dem sie erzählt hatte? Und war sie nicht auch zu der Seite hin verschwunden, als sie angeblich zum Rauchen ins Freie gegangen war? Aber dann sagte er sich, dass es wahrscheinlich gar nichts zu bedeuten hatte.

17

WIEDER ZU HAUSE, checkte Sascha wie üblich als Erstes seine E-Mails. Eine stammte von Joy und enthielt einen Link. Während er noch schmunzelte, weil sie ihn mit *Sherlock* anredete und sich selbst *Watson* nannte, klickte er auf den Link und startete wenig später ein Video, das den vielversprechenden Titel trug: *Wie man Zyankali herstellt*. Gespannt verfolgte er die einzelnen Schritte, die durch knappe Kommentare erklärt wurden. Wenn das Ding kein Fake war, brauchte man nicht viele Zutaten, und man musste auch kein Chemie-Crack sein.

Er rief Joy auf dem Handy an. »Bist du zu Hause?«

»Yep. Und du?«

»Eben gekommen. Hab gerade das Video gesehen.«

»Hammer, oder? Das kriegt jeder hin, sogar ich, mit etwas Übung.«

»Was machst du heute noch?«

»Nichts. Wir könnten Natalies Brief zusammenpuzzeln.« Rasch fügte sie hinzu: »Oder willst du das lieber alleine machen?«

Er überlegte. »Eigentlich schon. Ich melde mich später noch mal.«

»Komm einfach rüber, wenn dir danach ist, ich bin lange auf. Meine Mutter ist *tanzen*.« Sie betonte es auf eine Weise, die keinen Zweifel ließ, dass sie nicht das Tanzen für den Zweck des Abends hielt. »Das wird bestimmt spät bei ihr.«

»Okay. Bis dann.«

Sascha legte das Handy weg und räumte den Schreibtisch leer. Vorsichtig wie ein rohes Ei holte er den Papierknäuel aus seiner Hosentasche und gab dabei acht, dass auch nicht das kleinste Fitzelchen zu Boden fiel. Natalie hatte das Blatt regelrecht in Konfetti verwandelt. Das sah nach verdammt viel Arbeit aus.

Es war schon halb zwölf, als Sascha bei Joy klingelte. Anscheinend rechnete sie nicht mehr mit ihm, denn es regte sich lange nichts. Ob sie schon schlief? Er hätte besser vorher anrufen sollen. Dann dachte er: Vielleicht ganz gut, dass sie nicht mehr aufmacht. Er war noch ziemlich aufgewühlt wegen Natalies Brief, und außerdem würde sie ihn bestimmt nach seinem Treffen mit Mareike fragen. Gerade als er aufgeben wollte, flog die Tür auf, und Joy stand vor ihm.

»Hi«, grüßte er, »ist ziemlich spät geworden. Sorry.«

»Kein Problem. Komm rein.«

Er war einmal mehr von ihr beeindruckt. Wie schaffte sie es bloß, in einem ausgeleierten Langarmshirt und etwas, das aussah wie eine alte Schlafanzughose, so sexy auszusehen?

»Alles okay?«, fragte sie, nachdem sie die Tür hinter ihm zugemacht hatte.

Fernsehergeräusche und -stimmen drangen in die Diele.

»Klar. Wieso?« Er rollte die Klarsichthülle, die er dabeihatte, zusammen.

»Weil du nicht so aussiehst. Hast du Hunger?«

»Nee.«

»Ich hab mir heute ein Drei-Gänge-Menü genehmigt. Als Vorspeise gab's Essiggurken, als Hauptgang Kartoffelchips – natürlich die guten Cheese-and-Onion! – und als Dessert Gummibärchen.«

»Sehr nahrhaft.«

»Nicht wahr?« Sie blinzelte ihn an.

Ihre Heiterkeit war ein Segen. Sofort fühlte er sich besser.

Auf dem Couchtisch im Wohnzimmer lagen noch die Hinterlassenschaften ihres Festmahls: eine Chips- und eine Gummibärchentüte, ein leeres Gurkenglas und eine ganze Menge Krümel. Im Fernseher sah man zwei Männer mit Dreitagesbart in einen Motor schauen.

»Was siehst du dir da an?«

»Die beiden Typen wollen einen alten VW Käfer zur Rennmaschine tunen. So wie die aussehen, könnten sie allerdings selbst auch ein Tuning vertragen.« Sie stellte den Fernseher ab und ließ sich aufs Sofa plumpsen.

»Wie war eigentlich dein Date?«

Er hatte es geahnt.

»Mein was?«, fragte er unschuldig.

»Na, dein Date, zu dem du abgedüst bist.«

»Das war doch kein Date.«

»Echt nicht? Wieso hast du dann so geheimnisvoll getan?«

»Hab ich gar nicht. – Okay, ich hab mich mit einem Mädchen getroffen, aber es war trotzdem kein Date. Ich kenne sie von Natalies Beerdigung. Sie ist ... war eine Freundin von Natalie oder eine Bekannte, keine Ahnung. Das ist auch schon alles.«

»Hat sie auch einen Namen?«

»Mareike.«

»Hm. – Ist sie hübsch?«

»Irgendwie schon. Obwohl ...« Nicht so wie du, hätte er fast gesagt. »Sie ist ... eher interessant. Also, rein menschlich, jetzt.«

Joy grinste. »Schon klar. Werdet ihr euch wiedersehen?«

»Kann sein, keine Ahnung.«

»Kein Grund, rot zu werden, Alter.«

Sie boxte ihn gegen die Schulter.

Ihm war wirklich heiß geworden, aber nicht wegen Mareike, sondern wegen ihr. Sie trug nämlich unter ihrem Shirt keinen BH, und er konnte kaum aufhören hinzusehen.

»Ich hab den Brief zusammengesetzt«, wechselte er abrupt das Thema und schließlich auch die Blickrichtung, setzte sich zu ihr aufs Sofa, entrollte die Klarsichthülle und zog den Brief heraus. Er hatte die Fetzen auf ein leeres Blatt Papier geklebt.

»Und was ist das?« Joy deutete auf den Umschlag, der noch in der Hülle steckte.

»Nur ein Kuvert. Das hab ich auch aus Natalies Zimmer mitgenommen, weil Alinas Adresse auf der Rückseite steht.«

»Gute Arbeit, Holmes!«

Er legte den Brief auf den Couchtisch. Gemeinsam lasen sie:

Lieber Sascha,

wenn Du das liest, bin ich schon auf der anderen Seite, und alles ist gut. Seit der Sache im Schulhof hab ich Dich irgendwie als meinen Beschützer gesehen. Das war blöd von mir. Du konntest ja gar nichts tun. Niemand konnte was tun.

Bist Du mir wegen Tristan immer noch böse? Ich hoffe, Du kannst mir verzeihen, dass ich so gemein zu Dir war, als Du mich mit ihm gesehen hast. Aber Tristan hilft mir nur. Wir helfen uns gegenseitig. Es war also nicht, weil ich Dich nicht mag oder ihn lieber als Dich. Ich hab solche Gefühle nicht. Für niemanden. In mir ist es nur kalt und leer. Bloß mit Alina war es anders. Oder mit Joachim. Aber er hat nur –

Hier brach der Brief ab.

Jetzt bloß nicht wieder flennen, dachte Sascha. Die Beklemmung in der Brust – war sie wieder da? Atmen. Atmen! Ein. – Aus. – Ein. – Aus. – *Das coole Herz.*

»Geht's?«

Eine Hand hatte sich auf sein Knie gelegt. Joys Hand.

Der Druck in seinem Innern fiel. Der Atem floss. Das Herz schlug im normalen Takt.

»Klar.« Ein Räuspern. »Was hältst du davon?« Er deutete auf den Brief.

Joy nahm ihre Hand von seinem Knie und wiegte unschlüssig den Kopf. »Sie schreibt, Tristan hat ihr geholfen. Das kann viel bedeuten.«

»Unter anderem, dass er ihr das Gift beschafft hat.«

»Unter anderem, ja. Aber wie hat sie ihm geholfen? Und wer ist dieser Joachim?«

»Das ist Androsch. Hab ich dir das nicht erzählt? Sie war in ihn verknallt, aber er ist natürlich nicht darauf eingegangen. Deshalb war sie von ihm enttäuscht.«

»Ach so.«

In diesem Moment hörten sie, wie die Wohnungstür aufgeschlossen wurde. Joys Mutter kam nach Hause.

»Oh-oh«, machte Joy, »das heißt nichts Gutes. So früh kommt sie sonst nie. Anscheinend wollte ihr Date wirklich nur tanzen.«

»Das ist so was von das Letzte«, hörten sie sie in der Diele schimpfen. Als sie ins Wohnzimmer kam und Sascha sah, zuckte sie zusammen. »Was treibt ihr beiden denn noch um die Zeit?«

»Dasselbe wie du, Mama«, witzelte Joy mit einem breiten Grinsen. »Keinen Sex haben.«

Die Augen ihrer Mutter blitzten böse. »Sei bloß nicht so frech!«

Sascha hatte keinen Bedarf an Mutter-Tochter-Wortgefechten. Er nahm Natalies Brief vom Tisch und stand auf. »Ich geh dann besser.«

Joys Mutter ignorierte seine Absicht, stellte sich vor ihn hin und fragte zeternd: »Was ist nur mit den Männern los? Kannst du mir das sagen, Sascha? Der Typ wollte die Rechnung bis auf den Cent genau teilen. Und dann sollten wir mit dem Bus fahren. Taxi war ihm zu teuer. Dabei hat er Geld wie Heu!«

Joy sprang nun ebenfalls auf und stellte sich schützend an Saschas Seite. »Lass den armen Jungen in Ruhe, Mama, der kann nun wirklich nichts dafür, dass dein Date ein Reinfall war.« Ehe ihre Mutter etwas erwidern konnte, zog sie Sascha mit sich zur Tür. »Wir sehen uns morgen«, sagte sie dort und umarmte ihn. Ohne Vorwarnung. Einfach so, als wäre es das Selbstverständlichste auf der Welt.

Was es nicht war. Es knockte ihn regelrecht aus.

Als er wieder zu sich kam, hatten sie sich längst »Gute Nacht« gesagt, er starrte bloß noch, Natalies Brief in der Hand, auf eine verschlossene Tür und versuchte dabei krampfhaft zu rekonstruieren, was eben passiert war. Wie lange hatte es gedauert? Wo waren ihre Hände gewesen? Vor allem: Hatte er auch etwas getan, oder hatte er nur steif wie ein Stockfisch dagestanden? Wie hatte sie sich angefühlt? Ziemlich deutlich konnte er sich noch an ihren Geruch erinnern, diese süße Mischung aus Parfüm oder Deo und noch etwas. Etwas, das er nicht bezeichnen konnte, außer mit: Joy.

Nach und nach, wie verspätete Botschaften, kamen die Gefühle bei ihm an. Die Unruhe. Die Erregung. Das Glück. Sie füllten seinen Bauch, seine Brust und seinen Hals bis zum Platzen.

Als er die Wohnungstür aufschloss, kam ihm jedoch etwas anderes wieder in den Sinn. Wie hatte Joy ihn vor ihrer Mutter genannt? *Der arme Junge.* So also sah sie ihn. Nur deshalb hatte sie ihn umarmt. War er das wirklich: ein armer Junge?

18

ES WAREN NUR noch ein paar Häuser bis zur Nummer acht. Joy verlangsamte ihre Schritte. Ein Glück, dass Sascha am Abend zuvor das Kuvert mit Alinas Adresse hatte liegen lassen. Der Straßenname war ihr gleich bekannt vorgekommen, und ihre Erinnerung erwies sich als richtig, die Straße lag tatsächlich nur eine Trambahn-Haltestelle von ihrer Schule entfernt. Sie konnte den Besuch also problemlos in der Mittagspause erledigen und Sascha mit den Ergebnissen überraschen. Aber was sollte sie sagen? Am besten, sie gab sich als eine Freundin aus, die zufällig in der Gegend war.

Wird schon schiefgehen, dachte sie nun, da sie vor dem richtigen Haus ankam. Es war ein typisches Reihenhaus mit einem Rasenstück im Vorgarten, das von einem gepflasterten Weg durchtrennt wurde. In einem der Fenster sah sie jemanden stehen, der sich aber sofort zurückzog, als sie hinschaute. Sie drückte die Klinke der Gartentür nach unten, das Quietschen klang wie eine letzte Warnung. Beherzt legte sie den Weg bis zur Haustür zurück und klingelte. Ihr ganzer Körper war erfüllt von einem wuchtigen Wummern und Pulsieren.

Zehn Sekunden, zwanzig, dreißig – es tat sich nichts. Sollte sie ein zweites Mal läuten? Oder war das zu aufdringlich? Während sie noch mit sich rang, wurde die Haustür geöffnet. Vor ihr stand ein junger Mann, den sie auf gut zwanzig Jahre schätzte und den sie, obwohl er nicht besonders gepflegt aussah, irgendwie attraktiv fand. Sein kurzes, blondes Haar stand ihm struppig nach allen Seiten vom Kopf ab, und rasiert hatte er sich mindestens seit drei oder vier Tagen nicht. Ihm war anzusehen, dass er gerade eine harte Zeit durchmachte.

»Ja?«, fragte er.

Wer immer er war – Joy tippte auf Alinas Bruder –, sie brachte es nicht über sich, ihn zu belügen. »Ich komme wegen Alina«, sagte sie daher bewusst unklar. »Ich hätte ein paar Fragen. Ach ja, mein Name ist Joy.«

Der Mann schien zu überlegen, ob er sie wegschicken sollte. Schließlich sagte er: »Okay, aber reingehen können wir nicht. Meine Eltern ertragen keine Fremden im Haus. Warte, ich hol mir eine Jacke.«

Eine Minute später kam er zurück.

»Nichts wie weg hier. Ich bin übrigens Bruno. Alinas Bruder. Und du? Eine Freundin von Alina kannst du nicht sein. Alina hatte, soviel ich weiß, keine Freundinnen.«

Joy wartete mit der Antwort, bis sie auf der Straße waren. Dann gestand sie: »Um ehrlich zu sein: Ich kannte Alina überhaupt nicht.«

Bruno sah sie erstaunt an. »Und was willst du dann? Du weißt hoffentlich, dass sie nicht mehr lebt.«

Joy nickte. »Ich bin eigentlich einem Freund zuliebe hier. Es gab in letzter Zeit mehrere Selbstmorde mit Zyankali und auch einen Mord, davon hast du vielleicht in der Zeitung gelesen.«

Er schüttelte den Kopf. »Wir lesen schon lange keine Zeitungen mehr.«

»Na, jedenfalls denkt dieser Freund, dass das alles zusammenhängen könnte.«

»Ach, jetzt verstehe ich auch, warum gestern die Polizei noch mal da war und Alinas Laptop und Handy mitgenommen hat. Ich war selbst gerade nicht da, meine Eltern haben ihnen aufgemacht.«

»Weißt du zufällig, ob deine Schwester vor ihrem Tod mit einem Jungen zusammen war? Einem, der Tristan heißt?«

»Möglich wär's natürlich«, sagte Bruno nach kurzem Überlegen, »aber ich weiß nichts darüber. Alina hat immer wie in einer Seifenblase gelebt. Schon als sie noch ganz klein war. Feen, Einhörner, Zauberer – das war noch ihre Welt, als andere Mädchen sich schon längst für Kleidung und Schminktipps interessierten. Sie wollte vom wirklichen Leben nichts wissen. Je weniger der Rückzug in ihre Traumwelt funktionierte, desto depressiver wurde sie. Anforderungen brauchte man an sie nicht zu stellen, da ist sie sofort zusammengeklappt. Hat sich verweigert.

Oder wurde krank. Sie war zu gut für diese Welt. Oder vielleicht auch nur zu schwach.« Er schwieg, sein Blick ging ins Leere. »Ich hab mich oft über sie geärgert. Aber ich hab sie geliebt, meine kleine Schwester. Und ich wünschte, ich hätte ihr das auch mal gesagt.« Seine Augen wurden feucht.

Joy legte die Hand auf seinen Arm. »Ich glaub, sie hat es auch so gewusst.«

»Meinst du?«

»Bestimmt. Wenn sogar eine Fremde wie ich es spüren kann.«

Er wischte sich mit einer hastigen Bewegung über die Augen. »Und ihr denkt, dass dieser – Wie heißt er noch mal?«

»Tristan.«

»Dass dieser Tristan mitschuldig an Alinas Tod ist?«

»Nee, so weit sind wir noch lange nicht. Ehrlich gesagt, stochern wir nur im Nebel. Vielleicht ist es auch eine total falsche Fährte.«

Bruno rieb sich das stoppelige Kinn. »In ihrem Abschiedsbrief stand nichts von einem Tristan oder überhaupt einem Jungen. Wenn es jemanden gab, dann müsste das aber in ihrem Tagebuch stehen.«

Joy horchte auf. »Es gibt ein Tagebuch? Das ist ja super! Könntest du vielleicht nachschauen, was sie so geschrieben hat in der Zeit vor ihrem Tod?«

Er zögerte. »Ich weiß nicht. Auch wenn sie nicht mehr lebt … Wir haben bis jetzt noch keinen Blick reingeworfen. Irgendwie hatten wir das Gefühl, wir hätten kein Recht dazu.«

»Das verstehe ich gut.«

»Was ich nicht kapiere: Wieso überlasst ihr das alles nicht der Polizei? Das ist doch deren Job.«

»Schon. Aber mein Freund meint, die sehen den Zusammenhang nicht richtig. Ich glaube aber, dass da noch etwas anderes ist, das ihn antreibt.«

»Ach ja? Was denn?«

»Natalie hat ihm viel bedeutet. Und jetzt ist sie tot. Und vor gut einem Jahr ist sein Vater umgekommen. Wenn er was tut, ist es für ihn leichter, mit alldem klarzukommen.«

Bruno nickte. Anscheinend verstand er genau, was sie meinte.

»Hilfst du uns?«

»Ich denke darüber nach und frage meine Eltern. Wie kann ich dich erreichen?« Joy diktierte ihm ihre Handynummer, er tippte sie als neuen Kontakt in sein Smartphone. Dann sagte er: »Und wenn ich mal Lust habe, mit jemandem zu quatschen, ich meine jetzt nicht wegen meiner Schwester, sondern einfach so, bei einem Kaffee oder einem Drink, darf ich dann auch anrufen?«

Joy lächelte. »Würde mich freuen.«

SASCHA SOLLTE EIGENTLICH Hausaufgaben machen, aber er konnte sich nicht konzentrieren. Zu vieles spukte in seinem Kopf herum: Natalies Brief, das Treffen mit Mareike, Tristan – und dazwischen und vor allem Joy. Eine Weile klappte die Wir-sind-nur-Freunde-Nummer ganz gut, aber dann fuhren seine Gefühle plötzlich wieder Achterbahn. Würde dieses Auf und Ab bis in alle Ewigkeit so weitergehen?

Es klingelte an der Tür. Fast schon erleichtert über die Störung, ging er, um zu öffnen. Es war Joy. Obwohl sie die Ursache seiner merkwürdigen Stimmung war, fühlte er sich schlagartig besser.

»Hast du Zeit?«

»Für dich immer.«

Sie gingen in sein Zimmer. Joy setzte sich auf die Bettkante, Sascha auf den Schreibtischstuhl.

»Ich war heute bei der Familie von Alina.«

Sascha sah sie an, verstand nicht.

»Ihr Bruder hat mir erzählt, dass sie Tagebuch geführt hat. Das ist doch super! Ich glaube, er wird uns helfen und nachsehen, ob in ihren letzten Einträgen was steht, das uns weiterbringen könnte.« Sie lächelte erwartungsvoll.

Lächelte, während seine Laune im freien Fall ins Bodenlose stürzte.

»Kann ja sein«, sagte er beherrscht, obwohl er kurz vor dem Explodieren war, »aber ... was ich nicht verstehe, ist, warum du da alleine hingehst.«

»Warum nicht? Wo ist das Problem? Wir sind ein Team: Sherlock macht die Denk-, Watson die Laufarbeit.«

Tat sie nur so, oder kapierte sie wirklich nicht, worum es ihm ging?

Er konnte sich nicht mehr zurückhalten. »Was heißt hier Team!«, fuhr er sie an. »Wenn man einfach losrennt, ohne das abzusprechen, dann ist das für mich kein Team.«

Das Lächeln verschwand schlagartig von ihren Lippen. »Okay«, gab sie zu, »das war vielleicht ein bisschen zu ... eigenmächtig. Aber ich hab mir nichts dabei gedacht. Du kannst doch froh sein, dass ich da alleine hin bin.«

»Wieso?«

»Na ja ... Ich hab doch gesehen, wie dir das alles zusetzt ... Natalies Brief ... Das alles eben ...«

Verstehe, dachte er bitter. Der arme Junge.

Diese Art vorauseilender Sorge machte ihn nur noch wütender. Von seiner Mutter war er das gewohnt. Aber Joy!

»Du hilfst *mir*, nicht umgekehrt«, polterte er. »Dich geht das alles doch gar nichts an. Natalie hat mir was bedeutet, kapiert?« Er wollte es nicht sagen, aber dann tat er es doch: »Und tu bloß nicht so, als würde es dich interessieren, wie es mir geht. Dir sind die Gefühle anderer Leute doch total egal. Dir geht es nur um dich selbst!«

Ihr Gesicht versteinerte. Sie schluckte mehrmals. Ausnahmsweise hatte es ihr mal die Sprache verschlagen. Nach ein paar Schrecksekunden sprang sie wie von der Tarantel gestochen auf und lief hinaus. Gleich würde die Wohnungstür knallen. Doch der Knall blieb aus. Eine gefühlte Ewigkeit später kam sie zurück ins Zimmer. Ihre Augen blitzten, als sie ihm den Zeigefinger wie eine bedrohliche Waffe entgegenstreckte. »Okay, du kannst sauer auf mich sein. Dein gutes Recht. Aber gefühllos und egoistisch brauchst du mich nicht zu nennen, klar? Das bin ich nämlich nicht. Und wenn du das noch einmal sagst, dann kleb ich dir eine!«

Sie rannte wieder weg, und diesmal hörte er die Tür. Vermutlich hörte man sie noch im letzten Winkel des Hauses, so wie Joy sie zuknallte.

Eine halbe Stunde später klingelte Saschas Handy. *Joy*, stand im Display. Sein Zorn hatte sich inzwischen gelegt, auch wenn er ihr eigenmächtiges Handeln noch immer nicht okay fand. Ihm war aber auch klar, dass er ihr nicht vorwerfen konnte, was er für sie empfand, und schon gar nicht, dass sie diese Gefühle nicht erwiderte. Nur aus Frust über diese Situation hatte er so heftig reagiert.

Nach dem dritten Läuten nahm er ab.

»Was ist?«

»Bruno hat eben angerufen. Alinas Bruder. Er hat ihre Tagebücher durchgesehen und ist dabei auf was Interessantes gestoßen.« Ihre Stimme klang trocken und rau wie Sandpapier. Anscheinend war sie immer noch gekränkt. Typisch Mädchen, dachte er. Sie bauen Scheiße, geben dir aber das Gefühl, *du* müsstest dich bei *ihnen* entschuldigen.

»Ach ja? Was denn?«, sagte er ebenso nüchtern wie sie.

»Ich simse dir seine Nummer, dann kannst du ihn anrufen und selber fragen.«

Er schnaufte. Mit Mädchen Zoff zu haben war echt kompliziert. Was würde sie tun? Auflegen? Nein. Sie wartete. Das war wohl ein gutes Zeichen.

»Ach komm«, sagte er versöhnlich, »das ist doch bescheuert. Ruf ihn an, und mach ein Treffen aus. Wir gehen natürlich gemeinsam hin.«

»Und wenn ich nicht mehr will?«

»Dann fände ich das sehr schade.«

»Ich werte das mal als Entschuldigung. Hol mich in zehn Minuten ab.«

Zehn Minuten später klingelte Sascha an ihrer Tür. Es dauerte nur ein paar Augenblicke, bis Joy vor ihm stand. Sie strahlte wie eh und je, der Streit schien vergessen. War er aber nicht, denn während sie im Hinterhof ihre Fahrräder aufschlossen, sagte sie: »Es war nicht okay, dass ich einfach so zu Alinas Familie gegangen bin. Ich hätte das mit dir absprechen sollen.«

»Schon gut. Was ich gesagt hab, war totaler Quatsch. Sorry.«

»Du findest mich also nicht gefühllos und egoistisch?«

»Natürlich nicht. Sonst wäre ich nicht mit dir befreundet.«

Joy hatte mit Bruno ein Café ganz in ihrer Nähe als Treffpunkt vereinbart. Als sie dort ankamen, ließ sie den Blick über die Tische schweifen. »Dahinten ist er!« Sie deutete auf einen Tisch, an dem ein blonder Mann saß, und ging voraus, Sascha folgte ihr. Joy begrüßte den Blonden, als würden sie sich schon ewig kennen. Dann wandte sie sich um und stellte Sascha vor. Bruno roch nach Duschgel, Deo und Rasierwasser. Es war offensichtlich, dass er sich für Joy interessierte. Aber welches männliche Wesen tat das nicht?

»Ich bin echt froh, endlich mal rauszukommen«, sagte er. »Meine Eltern drehen langsam total ab. Weißt du, was mein Alter gestern gemacht hat? Er wirft mir einen Block hin, auf dem steht eine Rechnung. Ich hab natürlich keine Ahnung, was das soll. Dann erklärt er es mir. Die Grundfläche unseres Hauses beträgt hundertzwanzig Quadratmeter, zwei Stockwerke à zwei Meter fünfzig, macht summa summarum sechshundert Kubikmeter Schweigen. Sechshundert Kubikmeter Stille.« Er schüttelte den Kopf. »Wo soll das enden? Mein Alter ist noch übler drauf als meine Mutter. Hätte ich nie gedacht. Das ist einer, der verschluckt lieber seine Zunge, als dir zu sagen, dass er dich mag. Keine Ahnung, wie lange ich es mit den beiden noch aushalte. Ich war ja schon ausgezogen. Hab ein Zimmer in einer WG mit zwei Kumpels. Alles war total cool. Party ohne Ende. Und jetzt …«

Sascha und Joy ließen Bruno reden. Er war wie ein Kessel unter Druck, an dem sich endlich ein Ventil geöffnet hatte.

»Ich kapier das nicht. Wieso hat Alina das bloß getan? Ihr ging's doch gut. Über ein Jahr war sie bei einem Therapeuten in Behandlung wegen ihrer *suizidalen Tendenzen*, wie das dann immer heißt. Sie war auf einem guten Weg. Zumindest haben das alle gedacht. Oder wir wollten es denken. Wollten nicht wahrhaben, dass wir uns mehr kümmern müssten. Ich weiß es nicht.«

Sascha entging nicht, dass Joy tröstend Brunos Unterarm berührte.

»In ihrem Abschiedsbrief hat sie geschrieben: Niemand hat Schuld. Aber das kann doch gar nicht sein. Wenn niemand Schuld hätte, dann würde sie doch noch leben.«

Er sank zurück, starrte eine Weile vor sich hin. Dann blickte er wieder auf und rang sich ein bitteres Lächeln ab. »Tut mir leid, Leute, dass ich euch so zutexte. Das war nicht meine Absicht.«

»Du hast nicht zufällig mitgekriegt, ob Alina in der letzten Zeit vor ihrem Tod mit jemandem zusammen war?«, fragte Sascha.

»Das hat mich Joy auch schon gefragt. Wie gesagt, ich wohne erst wieder hier, seit Alina tot ist. Davor hab ich kaum mitbekommen, was so lief. Meine Eltern will ich lieber nicht fragen, die wissen auch bestimmt nichts. Sie wären die Letzten gewesen, denen Alina ein Geheimnis anvertraut hätte.«

Kann schon sein, dachte Sascha. Aber was zu verschweigen, bedeutete nicht automatisch, dass niemand was wusste. Gerade Mütter hatten einen sechsten Sinn für die Geheimnisse ihrer Kinder. Das hatte er selbst schon oft erlebt. Da fiel ihm ein: Hatte nicht Natalie bei der Begegnung mit Alina im Bus erwähnt, dass deren Mutter ihr was von einem Freund erzählt habe? Trotzdem würde es wohl keinen Sinn haben, die Mutter nach Tristan zu fragen.

Bruno griff in eine Stofftasche, die auf dem leeren Stuhl neben ihm lag, und holte eine schwarze Kladde heraus. »Das ist Alinas letztes Tagebuch.«

»Super«, sagte Joy. »Dürfen wir es uns ein paar Tage ausleihen?«

Bruno schüttelte den Kopf. »Sorry, Leute, aber das geht wohl etwas zu weit. Ich hab's bloß mitgebracht, um euch was zu zeigen. Das hier.« Er schlug die Kladde auf. Unübersehbar waren eine ganze Menge Seiten herausgerissen. Danach kamen nur noch leere Blätter. »Vielleicht hat sie das selbst getan, vielleicht jemand anders. Keine Ahnung. Es muss aber vor ihrem Tod passiert sein, weil danach außer meinen Eltern und mir keiner an die Bücher rankam.«

»Und du bist ganz sicher«, wandte Sascha ein, »dass dein Vater oder deine Mutter die Seiten nicht doch rausgerissen haben? Weil dort vielleicht was Schlechtes über sie stand?«

»Garantiert nicht. Nach Alinas Tod waren die wie gelähmt. Da hätten sie an so was bestimmt nicht gedacht. Und als die Polizei das Tagebuch angesehen hat, fehlten die Seiten schon. Sagen meine Eltern zumindest, ich war nicht dabei. Aber ich glaube ihnen das.«

»Was hat die Polizei dazu gesagt?«

»Gar nichts. Das war nur Routine. Es stand ja fest, dass Alina sich selbst umgebracht hat. Die haben nur einen Hinweis darauf gesucht, wie sie an das Zyankali kam. Deshalb haben sie auch ihren Laptop und ihr Handy untersucht, auch ohne Ergebnis.«

Sascha und Joy tauschten einen Blick. Die Gedanken des anderen zu erraten war nicht schwer. Es war eigentlich nur eine einzige Frage: Was hatte auf den vernichteten Seiten gestanden? Was gab es, das niemand wissen durfte, selbst nach Alinas Tod nicht?

19

Sarah Hertz. Das war ihr vollständiger Name. Ihn herauszufinden war ein Klacks gewesen. Sascha hatte den Vornamen und das Stichwort *Selbstmord* gegoogelt und war so auf die Trauerseite gestoßen, die ihre Familie für sie im Internet eingerichtet hatte. Die Adresse stand im Impressum. Es handelte sich um eine Trabantensiedlung am Stadtrand, zu der nur eine einzige S-Bahn fuhr. Sascha und Joy sprühten beide nicht gerade vor guter Laune, sondern saßen die meiste Zeit schweigend nebeneinander. Obwohl sie sich wieder versöhnt hatten, steckte ihnen der Streit vom Vortag noch in den Knochen.

»Alinas Bruder steht auf dich«, brach Sascha das Schweigen und bereute es im gleichen Moment, ausgerechnet mit so einem blöden Thema angefangen zu haben.

»Kann sein«, antwortete Joy.

»Und du? Stehst du auf ihn?«

Sie zuckte mit den Schultern. »Er ist nett.«

Sie fielen zurück in ihr Schweigen. Sascha betrachtete Joy. Hammer, wie sie wieder aussah. Die rote Jacke. Die zerrissene Jeans. Andererseits: Hübsche Mädchen gab es jede Menge. Wieso bedeutete gerade sie ihm so viel? Wieso verliebte man sich in die eine und in eine andere nicht? Denn das Eigenartigste war ja: Selbst wenn sie nur halb so toll ausgesehen hätte, hätte er sie nicht weniger großartig gefunden.

»Was ist?«, fragte sie.

»Nichts. Wieso?«

»Weil du so guckst.«

Er wandte den Kopf ab, schaute aus dem Fenster ins trübe Grau dieses Novembertags und spürte, wie er rot wurde. Ob sie seine Gedanken erraten hatte? Er musste endlich aufhören, solche Gedanken zu haben.

Und solche Gefühle. Er schob die Hand in die Hosentasche und umfasste das Glitzerherz. Sie war nur ein Kumpel. Nichts weiter. Je schneller er das verinnerlichte, desto besser war es für alle.

»Wie sollen wir es machen?«, fragte Sascha, als sie sich dem Wohnsilo näherten, das man schon von der S-Bahn-Station aus gesehen hatte. »Was sollen wir sagen?«

»Die Eltern anzulügen, nur um was zu erfahren, finde ich fies«, antwortete Joy. »Wenn es für dich okay ist, kann ich erst mal das Reden übernehmen. Als Mädchen hat man es in solchen Situationen leichter.«

»Sofern es einen älteren Bruder gibt, bestimmt.« Er biss sich auf die Unterlippe. Wieso musste ihm schon wieder so eine blöde Bemerkung rausrutschen?

Sie sah ihn mit einem genervten Blick an. »Du kannst gerne –«

»Quatsch!« Er boxte sie in die Schulter, grinste. »War doch nur Spaß.«

Als es nur noch ungefähr zwanzig Meter waren, bemerkten sie vor dem Eingang des Wohnsilos einen unrasierten Mann in einer abgewetzten Lederjacke, der gierig eine Zigarette rauchte und dabei ein paar kleine Jungs im Auge behielt, die auf dem Bolzplatz gegenüber Fußball spielten. Sascha nickte dem Mann im Vorübergehen zu, doch der reagierte nicht. Die Klingelleiste an der Tür war endlos lang, und nicht auf allen Schildern standen Namen.

»Wen sucht ihr denn?« Der Raucher war näher gekommen und klopfte, während er fragte, die Asche von der Zigarette.

»Familie Hertz«, antwortete Sascha.

»Ach, und warum?«

»Wir wollen bloß was fragen.«

»Dann fragt. Ich bin Rüdiger Hertz.«

Sie wandten sich ihm zu und ließen sich von ihm misstrauisch beäugen. Wie verabredet, ließ Sascha Joy den Vortritt.

»Es geht um Sarah«, sagte sie. »Genauer gesagt, um einen Jungen namens Tristan. Kannte sie jemanden, der so hieß?«

Rüdiger Hertz überlegte kurz, dann schüttelte er den Kopf. »Der Name sagt mir rein gar nichts.«

»Dann hatte sie also keinen neuen Freund kurz vor ihrem …?«

Sein Blick fiel bleischwer zu Boden, er begann, mit dem Absatz auf dem Asphalt zu scharren. »Normalerweise hat Sarah sich in ihrem Zimmer verkrochen und vor sich hin geträumt. Aber in ihren letzten Wochen war sie ziemlich viel weg. Wir wollten natürlich wissen, was los ist. Nicht, um ihr irgendwas zu verbieten. Wir haben uns gefreut, dass sie endlich mal rausgeht. Aber sie hat alles geleugnet.« Er schaute auf. »Als Eltern weiß man ziemlich genau, wann das eigene Kind lügt. Und Sarah hat gelogen. Sie hatte jemanden. Aber gemeldet hat sich der Typ bisher nicht.«

Er warf seine bis auf den Filter heruntergerauchte Kippe weg und zertrat sie wie ein lästiges Insekt. Ohne hinzusehen, zog er eine Schachtel aus der Jackentasche und nahm eine neue Zigarette heraus. Dabei betrachtete er Sascha und Joy mit einem prüfenden Blick. »Warum wollt ihr das überhaupt wissen? Worum geht es hier? Hat dieser Tristan noch eine CD von euch, oder was?«

Sascha machte einen halben Schritt auf Rüdiger Hertz zu. »Es sind in diesem Sommer noch andere Mädchen gestorben, durch Zyankali, genau wie Sarah. Eine davon war eine gute Freundin von mir. Wir glauben, dass dieser Tristan das Gift beschafft hat.«

Rüdiger Hertz zündete seine Zigarette an, sog den Rauch tief in die Lungen. »Überlass das lieber der Polizei, Junge. Die ist dafür da, so was aufzuklären. Und was hilft es dir zu wissen, ob dieser oder jener das Gift beschafft hat. Es wird dir deine Freundin nicht mehr zurückbringen. Genauso wenig wie uns unsere Sarah.«

Das nicht, dachte Sascha, aber irgendwie hilft es einem trotzdem, die Wahrheit zu kennen.

»Sarah hatte Depressionen. Das hat sie umgebracht. Depressionen – das ist eine Krankheit. Eine Krankheit der Seele. Hat ihr Therapeut uns erklärt. Ein richtig guter Mann. Ein Fachmann. Der muss es doch wissen, oder?«

Stumm atmete er den Rauch seiner Zigarette ein und aus, sein Blick klebte dabei wieder am Boden. Sascha verstand den armen Mann nur zu gut. Depression, Krankheit – das waren Worte, an denen man sich festhalten konnte; an denen das Fragen aufhörte. Scheinbar. Solche Worte waren ihm auch hingehalten worden. Pflicht. Aufopferung. Das Gute. Wohlmeinende Tröstungen, wo es keinen Trost gab. Deshalb hörte das Fragen nie auf. Nie. Warum meine Tochter? Warum mein Vater? Darauf gab es nun mal keine befriedigende Antwort. Das Schicksal war blind. Blind und dumm.

»Eine Zeit lang war Sarah richtig gut drauf«, begann Rüdiger Hertz schließlich wieder. »Na ja, für ihre Verhältnisse eben. Dr. Androsch hat getan, was er konnte. An ihm lag es nicht. Aber Sarah war auf Dauer wohl nicht zu helfen.«

Sascha horchte auf. »Dr. Androsch? Bei dem war sie in Behandlung?«

»Ja. Das ist aber schon eine Weile her. Kennst du ihn?«

Sascha nickte.

Plötzlich rief Rüdiger Hertz zum Bolzplatz hinüber: »Maxi! Jetzt komm endlich! Du musst noch Hausaufgaben machen!«

Ein Junge kam herangelaufen, total außer Atem. Sieben, vielleicht acht Jahre alt, schätzte Sascha. Rüdiger Hertz schnippte die Zigarette weg und ging mit seinem Sohn ins Haus, grußlos.

Nachdenklich blieben Sascha und Joy zurück.

»Schon komisch«, sagte Sascha nach einer Weile. »Natalie, Alina und auch Sarah – alle waren sie bei Androsch in Behandlung.«

»So ein großer Zufall ist das auch wieder nicht«, wandte Joy ein. »Du hast doch gesagt, dass er *der* Spezialist für Kinder und Jugendliche ist. Und diese Mädchen hatten schließlich alle Probleme. Außerdem waren Alina und Natalie lange dicke Freundinnen, da ist es doch klar, dass sie auch zum selben Psychodoktor gehen.«

Damit hatte sie natürlich recht.

Auf dem Rückweg zur S-Bahn-Station rekapitulierte Sascha, was sie bis jetzt herausgefunden hatten.

»Alle drei Mädchen waren bei Androsch in Behandlung und starben durch dasselbe Gift. Und alle drei hatten vor ihrem Tod einen geheimnisvollen Freund.«

»Kann alles Zufall sein«, meinte Joy. »Aus dem Freund ein Geheimnis zu machen, ist in dem Alter doch nichts Besonderes.«

»Sicher. Aber mal angenommen, es war immer derselbe Typ …«

»Selbst wenn, wie passt der Mord da rein?«

Ihre Worte waren kaum verklungen, als Sascha abrupt stehen blieb. Ein Gedanke war in seinem Kopf aufgeblitzt und wie ein Stromschlag durch seinen ganzen Körper gefahren.

Joy blieb nun auch stehen und wandte sich um. »Was ist?«

»Vielleicht gehen wir von den falschen Voraussetzungen aus«, sagte er aufgeregt. »Was, wenn wir es hier nicht mit drei Selbstmorden und einem Mord zu tun haben, sondern in Wahrheit mit vier Morden?«

Joy sah ihn aus großen Augen an. »Aber … die Mädchen haben doch alle Abschiedsbriefe geschrieben. Und die Polizei hat nichts gefunden, was auf Mord hindeutet.«

»Kann ja sein. Aber wieso steht in keinem dieser Briefe was von dem Freund? Dem Menschen, den man liebt, wird man doch einen Abschiedsgruß gönnen, oder?«

»Vielleicht haben sie einen zweiten Brief geschrieben, nur für ihn, und an ihn abgeschickt.«

»Möglich, aber … alle drei Mädchen machen es genau gleich? Kommt mir unwahrscheinlich vor. Wieso nimmt jemand sich überhaupt genau dann das Leben, wenn er oder sie verliebt ist? Das ergibt doch keinen Sinn. Und Alinas Tagebuch …, die herausgerissenen Seiten … Das sieht doch so aus, als hätte jemand seine Spuren verwischt. Jemand, der von Anfang an nicht in Erscheinung treten wollte. Weil er von Anfang an eine ganz bestimmte Absicht verfolgt hat. Einen Plan.«

»Hm«, machte Joy. »Aber Natalies Brief an dich. Der belegt doch, dass sie freiwillig gestorben ist und Tristan ihr nur geholfen hat. Tristan, den sie im Übrigen nicht geliebt hat, wie sie selber schreibt.«

Sascha musste zugeben, dass sie damit einen wunden Punkt seiner schönen neuen Theorie getroffen hatte. Aber so leicht gab er sie nicht auf. »Kann es nicht sein, dass Tristan die Mädchen irgendwie dazu gebracht hat, sich das Leben zu nehmen? Durch Drohungen oder so was? Und bei Laila hat er es nicht geschafft, deshalb musste er sie ermorden.«

»Möglich wär's natürlich, aber warum sollte er das tun?«

Sascha schnaubte. Die Fragen, mit denen sie seine Theorie torpedierte, fingen an, ihn zu nerven. »Weil er halt ein perverses Arschloch ist!«, rief er mit einem Anflug von Hilflosigkeit. Wieder etwas ruhiger, fügte er hinzu: »Kann sein, dass ich auf dem Holzweg bin. Vielleicht sehen wir klarer, wenn wir mehr über Laila wissen.«

20

»Keine Chance«, sagte Sascha und legte auf. Von Lailas Familie hatte niemand Lust, mit wildfremden Jugendlichen zu reden, die angeblich bloß ein paar Fragen zu ihrer Tochter hatten. Nach den Zudringlichkeiten der Presse und den vielen Befragungen durch die Polizei wollten sie alle endlich ungestört trauern können.

»Und was machen wir jetzt?«, fragte Joy, die sich ungeniert auf Saschas Bett fläzte.

Er fuhr auf seinem Bürostuhl zu ihr herum. »Es dürfte noch andere Leute geben, die was über sie wissen. Vielleicht sogar mehr, als Eltern und Geschwister jemals erfahren würden.«

Joy nickte. »Und das sind genau die Infos, die wir brauchen, Sherlock, oder?«

»Exakt.« Beim Anblick ihrer Silhouette auf seinem Bett musste er wieder einmal an die Dünenlandschaft auf Androschs Fotos im Therapiezimmer denken.

»Freundinnen«, sagte Joy da.

»Volleyball«, sagte Sascha.

Er drehte sich zurück zum Tisch. In den Zeitungsartikeln tauchte immer wieder ein Mädchen als Quelle auf, eine Freundin und zugleich Mannschaftskameradin von Laila im Volleyballteam. Er blätterte durch die Ausdrucke der Artikel, die er chronologisch sortiert hatte. Joy war aufgestanden und hinter ihn getreten.

»Du hast alle Namen mit Leuchtstift markiert«, sagte sie. »Sehr übersichtlich. Jetzt weiß ich auch, warum du die guten Noten hast und nicht ich.«

»Sehr witzig. – Hier, das ist sie: Gina B.«

»Googeln.«

Er gab den Namen, *Damen-Volleyball* und *München* in die Suchmaske ein, und schon hatte er unzählige Treffer: Artikel der regionalen Sportberichterstattung, Vereinsseiten, private Homepages. Bereits der erste Link, den er anklickte, zeigte ein Mannschaftsfoto mit den vollen Namen aller Spielerinnen. Gina Brunner – das war eindeutig das Mädchen, das sie suchten. Sie und Laila hatten auf dem Foto die Arme umeinandergelegt.

»Facebook«, sagte Joy.

»Schon dabei.«

Er klickte auf das Facebook-Symbol in seiner Favoritenliste, loggte sich ein und tippte den Namen in die Suchzeile. Es gab mehr als eine Gina Brunner. Zum Glück hatte die, die sie suchten, ein Foto von sich in ihrem Profil. In ihrer Chronik fand sich kurz nach Lailas Tod ein knapper Eintrag: *Vor ein paar Tagen habe ich meine liebe Freundin Laila durch eine schreckliche, grausame, unmenschliche Tat verloren. Ich werde sie immer vermissen! Und der, der sie mir und allen, die sie lieben, entrissen hat, der soll in der Hölle schmoren!* Darunter befanden sich Hunderte von Kommentaren.

»Geh noch mal ganz nach oben«, sagte Joy, und als er das getan hatte: »Das hier kommt uns doch sehr gelegen.«

»Was denn?«

»Na, das da.« Sie deutete auf die Zeile mit Ginas Beruf. *Friseurin bei Star Cut*, stand dort.

»Ach ja? Und inwiefern kommt uns das gelegen?«

Joy fuhr ihm mit den Fingern durch die Haare. »Na, weil hier sowieso jemand dringend zum Haareschneiden muss.«

»Ich habe einen Termin bei Gina«, sagte Sascha zu dem Mädchen mit der Helmfrisur auf der anderen Seite des Empfangstisches. »Sascha Schmidt.«

Es roch penetrant nach Haarspray und Shampoo, obwohl im *Star Cut* kaum was los war. Nur eine einzige Kundin saß unter einer Trockenhaube. Die Helmfrisur nickte, machte im Terminplan einen Haken hinter seinen Namen und rief: »Gina! Dein Termin!«

Gina kam aus einem Nebenraum. Sie hatte zwar eine andere Frisur als auf ihren Fotos bei Facebook, aber Sascha erkannte sie trotzdem sofort. »Hi«, grüßte sie, auf einem Kaugummi kauend. »Setz dich.« Sie deutete zu einem Frisierstuhl vor einem achteckigen Spiegel. Nachdem er sich niedergelassen hatte, warf sie ihm einen Umhang um und fragte schließlich sein Spiegelbild: »Was darf's sein?«

»Nur nachschneiden. Und nicht zu viel.«

»Aha. Nassmachen ist aber okay?«

»Klar.«

Gina holte eine Sprühflasche und regnete seine Haare ein. Dann begann sie zu schneiden. Und zu reden.

»Darf ich fragen, warum du ausgerechnet zu mir wolltest? Ich hab dich hier noch nie gesehen. Und nachschneiden … Das kann unser Lehrmädchen auch.«

Sascha überlegte kurz, wie er beginnen sollte, dann entschied er sich, erst einmal bei der Wahrheit zu bleiben. »Es ist wegen Laila.«

Sie hielt kurz inne, hörte sogar auf zu kauen. Dann schnitt sie weiter und sagte gedehnt: »Okaaay …?«

»Ihr wart doch befreundet, oder?«

»Und?«

»Hat sie mal den Namen Tristan erwähnt?«

Sie überlegte kurz. »Nein. Warum? Wer soll das sein?«

»Vielleicht ihr Freund?«

Für eine kurze Weile waren nur das Schnippeln der Schere und ihr leicht schmatzendes Kauen zu hören.

»Warum willst du das eigentlich wissen?«, fragte sie dann.

»Ich suche diesen Tristan. Er war auch der Freund einer Freundin. Ich möchte bloß mit ihm reden. Also, wenn du ihn kennst oder was über ihn weißt …«

»Versteh ich nicht. Wie kommst du darauf, dass ausgerechnet Laila diesen Typen gekannt haben könnte? Oder kannten deine Freundin und Laila sich?«

Sascha wollte ihr nichts von seiner Theorie erzählen, deshalb log er: »Flüchtig.«

»Und warum fragst du nicht einfach deine Freundin?«

»Weil sie tot ist. Sie hat sich … umgebracht …, vor Kurzem …«

Gina nickte. »Tut mir leid, das mit deiner Freundin. Aber ich hab den Namen Tristan noch nie gehört, ehrlich. Also, wenn er nicht zufällig Lailas geheimer Lover war, hat sie ihn wohl nicht gekannt.«

Sascha horchte auf. Ein Glück, dass Gina anscheinend sehr gerne mit ihrem Insiderwissen prahlte. Deshalb fragte er ungeniert: »Was für ein geheimer Lover?«

»Sie hat abgestritten, dass es jemanden gibt, aber das hab ich ihr nicht abgekauft. Bin doch nicht blöd. Hab mir halt meinen eigenen Reim darauf gemacht.«

»Und zwar?«

»Dass der Typ verheiratet ist. Ist doch logisch.«

»Jetzt, wo du's sagst.«

»Was das angeht, war sie ein bisschen naiv. Und viel zu romantisch. Hätte ich ihr gleich sagen können, dass es nicht allzu lange dauert, bis der Typ genug hat und sie abserviert. Und so kam's dann ja auch.«

»Er hat sie abserviert? Bist du sicher?« Sascha machte eine ruckartige Bewegung.

»He, vorsichtig, wenn du nicht mit einem Loch in der Frisur rumlaufen willst! – Ja, er hat ihr den Laufpass gegeben. Sie war total mies drauf und empfindlich wie Sau. Der Trainer musste sie bloß streng anschauen, schon hat sie losgeheult. Aber was los war, wollte sie noch immer nicht sagen, wahrscheinlich hat sie gehofft, dass es noch mal was wird.«

»Wie gut kanntest du sie eigentlich?«

»Na, übers Volleyball halt, wir sind auch öfter mal zusammen weggegangen. Sie hatte so ihre Probleme, aber abgesehen davon war sie cool. Ich mochte sie. Aber so richtig dicke Freundinnen waren wir nicht. So nah hat sie keinen an sich rangelassen. Es ging ihr nur um die großen Gefühle, Freundschaft gehörte da nicht dazu.«

Sascha schwieg eine Weile und überlegte. Wieder ein geheimnisvoller Freund. Nur die Sache mit der Trennung passte nicht ins Bild. Falls es wirklich eine Trennung gegeben hatte.

»Wen könnte ich denn noch fragen?«, setzte er nach einer Weile neu an. »Es ist wirklich wichtig, dass ich diesen Tristan finde.«

Gina überlegte. »Freundinnen kannst du, wie gesagt, vergessen. War alles bei Laila nur oberflächlich. Es gäbe da allerdings noch jemanden ...«

»Ach ja?«

»Sie hat mal einen Typen abblitzen lassen, der sie von da an richtig gestalkt hat. Vielleicht hat der ja was mitgekriegt.«

»Weißt du zufällig, wie er heißt?«

»Klar. Und wo du ihn findest, weiß ich auch.« Sie streckte seinem Spiegelbild die Schere entgegen und fuchtelte gefährlich damit herum, als sie hinzusetzte: »Und ich sag dir noch was: Auch wenn die Bullen ihm bis jetzt nichts nachweisen können, ich bin sicher, dass der Laila vergiftet hat. Hundertpro. Das ist voll der Psycho.«

ALS SIE IHN sah, wusste Joy sofort, dass er Lailas Stalker sein musste. Diese Typen sahen doch alle gleich aus: pickliges Gesicht, Ansatz eines Fettrings um die Hüften, blasse Haut, strähnige Haare. Er stand untätig bei den PC-Monitoren und wartete auf Kundschaft. Diese Gina hatte zwar behauptet, Moritz Brandstätter sähe eigentlich gar nicht schlecht aus, aber über Geschmack ließ sich nun mal nicht streiten. Bringen wir's hinter uns, dachte sie und schritt beherzt auf ihn zu.

Als der Typ sie kommen sah, hellte sich seine Miene auf, wahrscheinlich wetzte er innerlich schon die Messer. Ihr Blick wechselte zwischen seinem erwartungsfrohen Lächeln und dem Namensschild an seinem Hemd hin und her. *Felix Gast*, las sie schließlich – und drehte sofort ab. Also doch nicht ihr Mann. Menschenkenntnis und Vorurteil lagen manchmal wirklich verdammt dicht nebeneinander.

»Was haben wir denn da? Kann ich helfen, schöne Frau?«

Der junge Mann, in den sie bei ihrem abrupten Rückzugsmanöver beinahe hineingelaufen wäre, sah schon sehr viel besser aus. Obwohl ihr sein Ton nicht gerade gefiel. Irgendwie von oben herab, so als rede er mit einem Kind. Dabei war er höchstens ein paar Jahre älter als sie. Dann las sie den Namen auf seinem Ansteckschild. *Moritz Brandstätter.*

»Äh …, ja …, vielleicht …«, stotterte sie.

»Na, was ist denn?«, fragte er, wieder in diesem herablassenden Ton.

»Es geht um Laila. Sie war doch eine Freundin von dir, oder?«

Ein Ruck ging durch ihn hindurch, er erstarrte, und es kam Joy vor, als rassle vor ihr ein Rollladen runter. Alles an ihm wurde plötzlich kalt und abweisend.

»Lass mich in Ruhe. Ich muss arbeiten.«

Er eilte davon, doch sie blieb an ihm dran.

»Warte! Es ist alles ganz harmlos. Ich will dich nur was fragen!«

»Aber ich will nicht mit dir reden, klar?«

»Ich kannte Laila vom Sport. Bin ich froh, dass ich an dem Tag, als das mit ihr passiert ist, nicht da war, das kannst du mir glauben. Muss echt krass gewesen sein. Na jedenfalls, sie hat mir eine Woche davor eine DVD-Box geliehen. *Herr der Ringe,* alle drei Teile. Die Luxus-Edition mit jeder Menge Bonusmaterial.«

Moritz blieb endlich stehen, vor einem Regal mit Druckerpatronen, und tat so, als müsste er hier was ordnen. Aber er schob nur die Schachteln in ihren Fächern herum. »Und?«

Ein erster Sieg: Zumindest war er bereit, ihr zuzuhören.

»Die Box gehörte eigentlich nicht ihr, sondern ihrem Freund. Ich würde ihm die DVDs gerne zurückgeben, aber ich weiß nicht, wie ich ihn finde.«

Diese Geschichte hatte sich Schlaukopf Sascha ausgedacht.

Moritz hielt plötzlich die Hände still und wandte Joy das Gesicht zu. »Ihrem Freund? Du meinst jemanden, mit dem sie fest zusammen war?«

»Keine Ahnung, kann sein. Der Name Tristan ist mal gefallen, aber ich weiß nicht …«

Moritz schüttelte heftig den Kopf. »Tristan? Nie gehört.« Seine Blicke huschten flink wie Ameisen ein paarmal an Joy auf und ab, ehe er sich in die Brust warf und mit fester Stimme sagte: »Laila hatte keinen Freund. Hundertpro nicht.«

Okay, dachte sie, jetzt will er mir imponieren. Gut so. »Und warum bist du da so sicher?«

»Weil sie überhaupt nicht fähig war, jemanden zu lieben. Sie war so eine, die unglücklich sein musste, um glücklich zu sein.«

Alles klar, dachte Joy. Weil er bei ihr nicht landen konnte, stand natürlich fest, dass Laila unfähig war zu lieben.

»Sie hat jeden, der sich um sie bemüht hat, am ausgestreckten Arm verhungern lassen. Und selber ist sie auch verhungert, weil sie nur das Unmögliche gereizt hat. In den Chef verliebt sein oder in den Vater einer Freundin oder so ein Quatsch halt. Es gibt nichts, das reizvoller wäre als das Unerreichbare. Das ist der ganze Trick.«

»Trick? Was meinst du mit Trick?«

»Na ja, so wie es halt funktioniert. Du glaubst nicht, wie manche Leute sich da reinsteigern können.«

»Und du?«

»Ich? Nee du, so Spielchen sind mir zu dumm.«

Aha, dachte Joy, und auf was für Spielchen steht Moritz Brandstätter?

»Sie ist damit ja auch nicht glücklich geworden. Ich meine jetzt nicht bloß, weil sie einer vergiftet hat. Sie hat eine Therapie gemacht. Hatte wohl Depressionen oder so. Aber das war natürlich ein Megageheimnis.«

Das war ja sehr interessant. »Und woher weißt du davon?«

»Man hat halt seine Quellen.« Er zwinkerte ihr zu.

Er war Laila anscheinend wirklich, ganz so wie Gina behauptet hatte, überallhin nachgestiegen und hatte so ihr Geheimnis entdeckt. Doch die Sache mit der Therapie beschäftigte sie.

»Hat dir deine Quelle zufällig auch geflüstert, wie ihr Therapeut hieß?«

Moritz verengte die Augen, zwischen seine zusammengezogenen Brauen kerbte sich eine tiefe Furche. »Wieso willst du das wissen? Glaubst du vielleicht, dem gehört der *Herr der Ringe*?«

Herr der Ringe?, dachte sie. Wie kommt er jetzt darauf? Dann erst fiel ihr ihre eigene Legende wieder ein. Die vermeintliche DVD-Box. Sie lachte, vielleicht ein bisschen zu laut und ein bisschen zu angestrengt, aber das war nicht mehr wichtig. Im Großen und Ganzen hatte sie alle ihre Fragen gestellt und irgendwie auch das Gefühl, die Antwort auf die letzte schon zu kennen. »Ich bin nur neugierig«, sagte sie leichthin. »Aber jetzt muss ich auch los.«

»Ist aber nicht die feine Art, jetzt einfach so abzuhauen. Du hast mir nicht einmal deinen Namen gesagt.«

»Sabine.«

»Du kannst mir ja deine Handynummer dalassen, Sabine, falls ich doch noch was über diesen Tristan höre.«

Netter Versuch, dachte Joy, aber sie hatte keinen Bedarf an Stalkern. »Sorry, aber ich hab einen Freund, und der hat es nicht so gerne, wenn ich anderen Männern meine Handynummer gebe. Ist nur zu deinem eigenen Schutz. Er ist total eifersüchtig. Und ziemlich kräftig gebaut.«

ICH KANN ES mir nicht oft genug ansehen. Aber je öfter ich es sehe, desto mehr entzieht es sich mir. Das Eigentliche, meine ich. Das, was da geschieht. Sie röcheln, sie stöhnen, sie stammeln, sie schreien. Sie haben Schmerzen. Aber noch größer ist ihre Angst. Ihre Gesichter verzerren sich, ihre Augen werden riesengroß; und dann brechen sie, und alles verwandelt sich. *Sie* verwandeln sich. Alina. Natalie. Ich verwandle mich auch. Jedes Mal war ich danach total anders. Als wäre etwas von ihnen auf mich übergegangen. Aber verstehen kann ich es trotzdem nicht.

Jetzt kommt die Stelle, an der meine Hand ins Bild greift und das Gesicht berührt. Während ich mir dabei wie jemand Fremdem zusehe, spüre ich auf meinen Fingerspitzen wieder, wie es sich angefühlt hat. Wie Wachs, das hart wird. Schon in diesen Sekunden beginnt der Verfall. Die ganze Schönheit geht dahin.

Ich muss weg. Raus. An die frische Luft.

ES IST KALT geworden. Die ersten Schneeflocken treiben im Wind. Eine strandet in meinem Gesicht. Schmilzt. Noch eine. Ich berühre die feuchten Stellen, die sie auf meiner Wange hinterlassen. Kalt und warm zugleich. Ich wische sie weg.

Sarah. Alina. Natalie. Laila.

Ich bin kein durchgeknallter Serienkiller. Keiner von diesen Verrückten, wie man sie in Filmen sieht. Die sich an so was aufgeilen. Es macht mich irgendwie high, das schon, aber nicht so. Darum geht es nicht. Ich muss was richtigstellen. Und ich muss mich wehren. Ich kann das doch nicht einfach stehen lassen, was die mit mir machen. Mich wegschieben, während sie … zusammen sind. Hätte es immer so weitergehen sollen?

Sie konnten nichts dafür? Sie haben nur gemacht, was sie halt so machen? Das ist ja das Schlimme: Alle machen einfach das, was sie machen, und keiner sieht, was er damit anrichtet. Keiner sieht die Schmerzen, das Leid, die Ungerechtigkeit. Es gibt nur Täter oder Opfer. Wieso soll ich immer Opfer sein?

VOR MIR STEHT ein Geist. Er sieht aus wie ein cooler Junge, trägt ein Basecap und eine Jacke, und zwischen seinen Fingern hängt eine Kippe. Nein, Moment, das bin ja ich selbst. Meine Spiegelung in der Fensterscheibe. Über Tannenzweigen, Kerzen, Christstollen. Die Bäckerei, die kenne ich. Drinnen, hinter dem Tresen, langweilt sich eine junge Verkäuferin. Sie sieht mich an. Was sie wohl sieht?
 Tristan. Aber das ist nur ein Name.
 Sarah. Alina. Natalie. Laila. Auch nur Namen.
 Ein Name fehlt noch.
 Nein, süße Bäckereiverkäuferin, hab keine Angst, es ist nicht der deine.
 Aber wenn dieser Name auch durchgestrichen sein wird, was dann? Wie geht es dann weiter? Wohin führt dann der Weg?

21

Sascha schlug das Physikbuch zu. Genug heisenbergsche Unbestimmtheitsrelation für heute. Andere Unbestimmtheiten bewegten ihn viel mehr. Ob Joy bei diesem Moritz was erfahren hatte? Er schaute auf die Uhr. Schon halb fünf. Wieso meldete sie sich nicht? Sie hatte doch versprochen, gleich anzurufen, nachdem sie mit ihm geredet hatte. Wie lange konnte so ein Gespräch schon dauern?

Da hörte er jemanden an der Tür. Seine Mutter? Jetzt schon? Bereits im Flur stieg ihm der süßliche Geruch von chinesischem Essen in die Nase. Es war tatsächlich sie, mit einer Tüte vom *Panda Palast* um die Ecke, und mal wieder ziemlich gestresst.

»Ich mache nur einen kurzen Boxenstopp«, sagte sie. »Isst du was mit? Es reicht locker für zwei.«

»Logisch.«

»Kannst du das mal auf Teller verteilen?« Sie hielt ihm die Tüte hin. »Ich muss nur schnell ins Bad.«

Während sie verschwand, ging er mit der Tüte zur Anrichte. Er holte zwei Teller aus dem Hängeschrank, verteilte darauf das Hähnchen Chopsuey, legte Besteck dazu und füllte zwei Gläser mit Apfelsaft. Gerade als er damit fertig war, klingelte sein Handy.

Joy. Na endlich!

»Hi. Wie ist es gelaufen?«

»Ganz gut. Bruno hat mich eben angerufen. Er hat wohl irgendwas in Alinas Tagebüchern gefunden und will uns gleich treffen. Hast du Zeit?«

»Meine Mutter ist gerade nach Hause gekommen, wir essen was. Danach ginge es. So in einer Stunde. Hat Bruno gesagt, worum es geht?«

»Nein, nicht mal eine Andeutung. Aber er war ziemlich aufgeregt. Ich sag ihm, dass wir kommen. Das Café vom letzten Mal ist okay, oder?«

»Klar. Hast du bei diesem Moritz was rausgekriegt?«

»Das erzähl ich dir dann. Bis später.«

Ehe er noch etwas sagen konnte, hatte sie schon aufgelegt. Er kam auch nicht dazu, sich weitere Gedanken zu machen, denn in diesem Moment sagte seine Mutter hinter ihm misstrauisch: »Wer hat was bei wem rausgekriegt?« Er hatte gar nicht gemerkt, dass sie in die Küche gekommen war.

»Hat nichts zu bedeuten«, sagte er. »Lass uns essen, es ist eh schon fast kalt.«

Sie setzten sich an den Tisch und nahmen die ersten Bissen.

»Falterer hat erzählt, dass er dich bei Frau Wagner getroffen hat«, fing seine Mutter mit halb vollem Mund wieder an, »dich und Joy.«

War ja klar, dass sie es nicht auf sich beruhen lassen konnte.

»Und?«

»Was habt ihr dort gemacht?«

»Schon vergessen? Natalie war eine Freundin. Wir wollten ihrer Mutter einfach nur beistehen.«

»Sehr edel, wirklich. Dann haben der Anruf eben und der Besuch also nichts miteinander zu tun?«

Er wich ihrem stechenden Kriminalistenblick aus, starrte stur auf seinen Teller. »Ich weiß nicht, was du meinst.«

»Stell dich nicht dümmer, als du bist, Sascha. Das war Joy, oder? Was treibt ihr beiden da? Dieser Moritz, von dem du gesprochen hast, das ist nicht zufällig Moritz Brandstätter?«

Sascha mampfte stumm in sich hinein.

»Sucht ihr jetzt etwa auf eigene Faust diesen Tristan, von dem du erzählt hast? Jetzt red mit mir, Herrgott!«

»Wozu? Du weißt ja eh schon alles.«

Seine Mutter schüttelte den Kopf. »Glaubt ihr ernsthaft, ihr seid klüger als die Polizei? Nur damit du's weißt: Wir haben uns die Handys und Computer aller Mädchen, die in letzter Zeit durch Zyankali gestorben sind, noch mal genau vorgenommen. Bis jetzt haben wir nichts, aber auch gar nichts gefunden, was diese Todesfälle miteinander in Verbindung bringen würde. Abgesehen vom verwendeten Gift natürlich. Und wenn wir mit unseren Möglichkeiten nichts finden, findet ihr beide bestimmt nichts.«

Das werden wir ja sehen, dachte er.

OBWOHL SASCHA ZEHN Minuten vor der verabredeten Zeit im Café eintraf, waren Joy und Bruno schon da. Sie saßen an einem der hintersten Tische und waren so ins Gespräch vertieft, dass sie ihn nicht bemerkten. Er blieb an der Tür stehen, um die beiden ein wenig zu beobachten. Erst auf den zweiten Blick fielen ihm ihre halb vollen Gläser auf. Offenbar saßen sie schon eine ganze Weile hier.

In der Mitte des Tisches lag eine aufgeschlagene Kladde. Vermutlich Alinas Tagebuch. Ob sich ihr Gespräch darum drehte? Hatten sie etwa ohne ihn angefangen? Als er sah, wie Joy Bruno an der Schulter berührte, spürte er ein heißes Ziehen im Bauch. Ein paar Sekunden später entdeckte ihn Joy und winkte lächelnd. Er schob sich zwischen Stühlen und Tischen hindurch auf sie zu.

»Alles klar bei dir, Einstein?«, fragte Joy, als er sich setzte.

»Physik ist ätzend.«

»Glaub ja nicht, dass du mir leidtust.« Sie wandte sich an Bruno. »Er hier ist der totale Überflieger, kriegt in allen Fächern immer nur vierzehn oder fünfzehn Punkte. Außer in Sport.«

Bruno reagierte nicht. Er war in Gedanken offenbar ganz woanders.

»Gar nicht wahr«, widersprach Sascha, obwohl es stimmte. »Wie war's denn jetzt bei dir? Erzähl schon.«

»Ich hab Moritz gefunden und mit ihm gesprochen. Von einem Lover weiß er bei Laila nichts. Wenn es stimmt, was er erzählt hat, würde ein Tristan auch nicht in ihr Beuteschema passen. Sie stand wohl eher auf unerreichbare ältere Männer. Lehrer und so. Aber mindestens genauso interessant ist was anderes: Sie hat eine Therapie gemacht. Eine Psychotherapie.«

Er horchte auf. »Bei wem?«

»Hat er nicht gesagt, aber wenn ich raten müsste, würde ich auf deinen Dr. Androsch tippen.«

»Und wie kommst du darauf?«

Sie zuckte die Schultern. »Weibliche Intuition.«

Sascha überlegte. Wenn sie recht hatte, wäre Laila die vierte Patientin von Androsch, die innerhalb kurzer Zeit durch Zyankali umkam; von Zufall ließ sich dann kaum noch sprechen.

»Und was ist jetzt mit Alinas Tagebuch?«

Joy wandte sich Bruno zu. »Willst du es ihm selbst sagen, oder soll ich …?«

Brunos Erstarrung löste sich. »Ich hab in älteren Tagebüchern gelesen, aus der Zeit, als Alina ihre Therapie gemacht hat, und dabei bin ich auf Dinge gestoßen, bei denen ich nicht weiß, was ich denken soll.«

»Kann ich sehen?«

Bruno zögerte, dann drehte er das Tagebuch herum und deutete auf einen Eintrag ohne Datumsangabe.

Joachim ist so ein wunderbarer Mann. Ich träume Tag und Nacht von ihm. Seine Hände, wie sie mich berühren. Er streichelt Schmetterlinge. Die Schmetterlinge in meinem Bauch. Er bittet mich, die Augen zu schließen. Ich liege da und spüre die Couch unter mir nicht mehr. Ich schwebe auf einer Wolke. Er spricht zu mir, sagt mir, wie schön ich bin und wie sexy er mich findet. Ich bin eine Blume, die er zum Erblühen bringt. Er berührt mich, streichelt mich, küsst mich. Es ist das Schönste, was ich mir vorstellen kann. Ich liebe ihn so sehr, dass es wehtut. Alles, alles würde ich für ihn tun oder ihm geben. Wir müssen vorsichtig sein. Niemand darf von uns erfahren. Unserem Glück. Sonst ist es aus. Wir sind die beiden Liebenden, die nicht zueinanderkommen dürfen. Er ist so zärtlich, so einfühlsam. Sein Atmen an meinem Ohr macht mich total wahnsinnig. Wenn ich von ihm weggehe, bin ich traurig, so als würde mir ein Teil von mir selbst entrissen. Ich will ihn wiedersehen. Ich will ihn ganz. Wenn ich es jemals mit jemandem tue, dann mit ihm.

Nachdem Sascha gelesen hatte, blickte er hoch. »Und?«

»Was heißt hier *und?!*« Bruno schnappte ihm das Tagebuch weg. »Der Typ hat Alina angefasst, wenn du mich fragst! Hier: *Seine Hände, wie sie mich berühren.* Oder hier: *Er berührt mich, streichelt mich, küsst mich.* Und hier: *Er ist so zärtlich, so einfühlsam.* Ist doch wohl klar, was da los war!«

»Sehe ich nicht so.« Sascha versuchte, wenigstens nach außen ruhig zu bleiben; in seinem Innern protestierte jedoch alles gegen Brunos Anschuldigungen. Nie und nimmer hatte Androsch sich an Patientinnen vergangen. Nicht der Androsch, den er kannte. Es durfte nicht sein. Es konnte nicht sein. »Du hast doch selbst gesagt, dass Alina in einer Traumwelt gelebt hat, oder? Also. Das sind nur Phantasien. Nirgendwo steht, dass das alles wirklich passiert ist.«

»Und was ist damit: *Wir müssen vorsichtig sein. Niemand darf von uns erfahren. Unserem Glück. Sonst ist es aus. Wir sind die beiden Liebenden, die nicht zueinanderkommen dürfen.* – Das sagt doch wohl alles!« Bruno klopfte mit dem Zeigefinger auf das offene Buch.

»*... Liebende, die nicht zueinanderkommen dürfen*«, wiederholte Sascha. »Für mich heißt das, dass nichts passiert ist, oder?«

Bruno wirkte nicht überzeugt. »Klar, Alina war eine Träumerin. Sie hat sich manchmal so in ihre Phantasien reingesteigert, dass sie sie für real hielt. Aber eins ist doch wohl klar: Sie war in diesen Androsch verknallt. Was, wenn der Typ ihre Verliebtheit ausgenutzt und sich an ihr vergriffen hat? Kann doch sein.«

Bruno legte die Hand auf das Tagebuch, streichelte sanft darüber, so als fühle er statt des Papiers das Haar seiner Schwester unter den Fingerspitzen. »Vielleicht hat sie sich das Leben genommen, weil sie nicht mit dem klarkam, was der Kerl ihr angetan hat.«

Aus Rücksicht auf Brunos Trauer hatte Sascha sich zurückgehalten, doch jetzt platzte ihm der Kragen. »Du spinnst doch! Solche Anschuldigungen, bloß weil Alina sich was zusammenphantasiert hat! Mir tut es echt leid um sie, und ich verstehe, dass du nach Schuldigen suchst, aber das geht zu weit.«

Bruno richtete sich zu seiner ganzen Größe auf und sah Sascha verständnislos an. »Wieso verteidigst du den Kerl?«

Hatte Joy ihm nicht erzählt, dass auch er zu Androsch ging?

»Weil deine Anschuldigungen total daneben sind.«

Ehe der Streit noch weiter eskalierte, warf Joy sich dazwischen. »Einigen wir uns darauf, dass keiner von uns weiß, was wirklich passiert ist, und dass Androsch unschuldig ist, bis das Gegenteil erwiesen ist. Also kein Grund, sich in die Haare zu kriegen.«

Bruno leerte den Rest seines Bieres in einem Zug. »Müsst ihr schon los?«, fragte er dann. »Sonst bestelle ich mir noch eins.«

Sascha hob abwehrend die Hand. »Wenn nichts mehr anliegt, bin ich weg. Die Physik ruft.«

»Ich muss auch nach Hause«, sagte Joy.

Bruno bezahlte ihr Getränk mit. Gemeinsam verließen sie das Café.

»Nichts für ungut«, sagte Bruno auf der Straße. »Wahrscheinlich hast du recht, und es ist nichts dran.«

Sascha spürte, dass er das nur um des lieben Friedens willen sagte. Dennoch kam er ihm entgegen. »Schon okay. Ich hab auch ein bisschen überreagiert.«

Bruno sah Joy an, als erwartete er etwas von ihr, doch sie sagte nur: »Wir telefonieren.« So ging er davon, den Rucksack mit Alinas Tagebuch über der Schulter. Auch wenn er ahnte, dass es nicht von Dauer sein würde, ein bisschen fühlte Sascha sich als Sieger.

»Ich hab mir das alles noch mal überlegt«, sagte Joy auf dem Heimweg. »Wir müssen wissen, ob Androsch wirklich Lailas Therapeut war. Wenn ja, dann bin ich absolut sicher, dass alle Todesfälle mit ihm zu tun haben, auf irgendeine verdrehte Weise.«

»Sehe ich genauso.«

»Fragt sich nur, wie Tristan da reinpassen würde?«

»Keine Ahnung.«

»Vielleicht hat er mit alldem gar nichts zu tun.«

Sascha ignorierte den Einwand. »Ich weiß schon, wie ich das mit Laila rauskriege.«

»Ach ja? Und wie?«

»Ich werde Androsch morgen einfach nach ihr fragen.«

Sie knuffte ihn in die Seite. »Du bist echt so ein Genie. Auf so was Verwegenes wäre ich nie gekommen!«

»Ha, ha.«

WIEDER ZU HAUSE, setzte Sascha sich nicht gleich zurück an seine Physikbücher, sondern legte die CD von Rihanna ein, die Natalie ihm gebrannt hatte. Bruno und Joy gegenüber hatte er Androsch in Schutz genommen, doch nun, ganz für sich alleine, spürte er doch ein leises Unbehagen wegen dem, was Alina in ihr Tagebuch geschrieben hatte. Immerhin war Natalie ebenfalls in Androsch verknallt gewesen. Wenn Brunos Verdacht stimmte, hieß das dann nicht, dass Androsch vielleicht auch ihre Gefühle ausgenutzt haben könnte? Dass er sie – Nein, er mochte es sich gar nicht vorstellen! Der Verdacht war zu absurd. Nur jemand, der Androsch nicht kannte, konnte so etwas für möglich halten.

Jemand hatte die Schwäche der Mädchen ausgenutzt, um sie in den Tod zu treiben, aber nicht Androsch, sondern Tristan. Vielleicht war es ja so: Er suchte labile Mädchen als Opfer, und die fand er am sichersten bei einem Jugendpsychiater. Möglicherweise lauerte er ihnen vor der Praxis auf, sprach sie an, checkte sie ab, und wenn er eine fand, die auf ihn ansprang, begann er sein böses Spiel. Natürlich gab es nicht den geringsten Beweis, dass es wirklich so war. Aber diese Möglichkeit erschien ihm auf jeden Fall glaubwürdiger als anzunehmen, Androsch sei ein Verführer und Mörder.

22

DAS GERÄUSCH WAR so schrill, dass es einem durch Mark und Bein ging. Sascha schaute sich um und bemerkte an der Ecke einen Jungen in einem Hoody, der mit einem spitzen Gegenstand über den Lack eines nachtblauen Autos kratzte und so eine silbrig glänzende Spur hinterließ. Erst auf den zweiten Blick erkannte er, dass es wieder dieser Mirko war, Androschs Sohn. Und auch das Auto hatte er schon mal gesehen. Hatte Mirko beim letzten Mal nicht auf seiner Motorhaube gesessen? Statt auf das Ergebnis seines Vandalismus' schaute Mirko mit einem hämischen Grinsen zu Sascha herüber. Idiot, dachte der nur und wandte sich ab.

»Hey, du!«

Meinte der ihn? Sascha überlegte, ob er nicht am besten einfach weitergehen sollte. Doch da war er schon stehen geblieben und dabei, sich umzudrehen. Mirko stand immer noch an der Ecke, mit diesem fiesen Grinsen auf dem Gesicht, und rief ihm zu: »Sag meinem Alten, seine Karre hat die Verzierung gekriegt, die sie braucht. Du bist doch einer von seinen Psychos, oder?« Er hatte die erste Begegnung also auch nicht vergessen.

»Der Psycho bist ja wohl eher du.«

Sascha ging weiter. Der Typ war ihm unheimlich. Während er vor der Haustür auf das Surren des Türöffners wartete, schaute er sich noch einmal kurz um. Doch Mirko war nicht mehr zu sehen.

ANDROSCH STAND WIE immer an der Tür. Ein kurzes Händeschütteln, dann trat Sascha in die Diele und hängte seine Jacke auf. Er hatte sich noch nicht entschieden, ob er von der Begegnung auf der Straße erzählen würde, auch noch nicht, als er sich auf der Couch niederließ, in die Kuhle, die er längst als die seine erachtete, obwohl eine Menge anderer

Leute auch darauf Anspruch erheben konnte. Die Entscheidung fiel aus dem Bauch heraus, er redete einfach los: »Der blaue BMW unten an der Ecke, das ist doch Ihrer?«

Überrascht sah Androsch ihn an. »Äh ... Ja. Warum?«

»Da war so ein Junge, der hat ihn auf einer Seite zerkratzt, mit so einem spitzen Ding. Einem Schlüssel oder so.«

»Was?«

»Und dann hat er zu mir gesagt, ich soll Ihnen ausrichten, dass die Karre jetzt die Verzierung hat, die sie braucht.«

Er konnte auf Androschs Gesicht sehen, dass der sich gerade seinen glänzenden Wagen mit dem Kratzer vorstellte. Gespannt wartete er auf eine Reaktion. Einen Wutausbruch. Oder wenigstens einen Fluch. Doch nichts. Androsch schlug nur die Beine andersherum über, und wenn man genau hinsah, bemerkte man, dass seine blassen Wangen sich rötlich verfärbt hatten. Schließlich nahm er Block und Bleistift vom Beistelltisch und begann wie immer mit: »Fangen wir an.«

»Da ist noch was.«

»Ach ja? Was denn?«

Sascha zögerte, knetete die Hände. »Kennen Sie zufällig ein Mädchen namens Laila?«, fragte er schließlich. »Ich meine die, die vergiftet wurde. War sie wirklich bei Ihnen in Behandlung?«

Androschs Miene veränderte sich schlagartig. So als habe ihn eine Kugel in den Rücken getroffen.

»Wieso? Hat deine Mutter dir irgendwas ...?«

»Meine Mutter?«, wunderte sich Sascha. »Nee. Warum?«

»Egal.« Androsch rieb sich ein Auge, dann blinzelte er heftig und schlug die Beine wieder anders übereinander. »Können wir endlich anfangen?« Er klang plötzlich angespannt, ja genervt.

Erleichtert trat Sascha auf die Straße. Die Therapiestunde hatte sich heute ganz schön gezogen. Ein ums andere Mal hatten sie aneinander vorbeigeredet, und überhaupt hatte eine bleierne Schwere über allem gelegen, wie in der sechsten Stunde Mathe, wenn zehn Minuten vor dem Läuten selbst der Lehrer nach der Uhr schielt.

Dass Androsch geglaubt hatte, die Info über Laila stamme von seiner Mutter, konnte nur eines bedeuten: Die Polizei hatte schon mit ihm gesprochen. Was nicht überraschte, denn sie hatte sicher längst von Lailas Therapie bei ihm erfahren; und wohl auch davon, dass alle anderen Mädchen ebenfalls irgendwann mal bei ihm in Behandlung gewesen waren. Was seine Mutter wohl für Schlüsse daraus zog?

Androschs BMW fiel ihm ins Auge. Die Kratzspur sah aus wie ein Schnitt durch eine ölig glänzende Haut. Alles in allem hatte Androsch es erstaunlich gelassen aufgenommen. Vielleicht war er solche Aktionen von seinem Sohn gewöhnt. Komisch war es trotzdem. Sascha war nie geschlagen worden, aus Prinzip nicht und weil er seinen Eltern kaum je Anlass dazu gegeben hatte. In so einem Fall aber hätte sein Vater vermutlich eine Ausnahme gemacht. In so einem Fall würde ich auch eine Ausnahme machen, dachte Sascha und überquerte die Straße.

»Und? Was hat er gesagt?«

Er erschrak. Die Stimme war aus dem Nichts gekommen. Von hinten schloss jemand mit großen Schritten zu ihm auf. Mirko, wie er im Augenwinkel erkannte. Statt langsamer zu werden, ging er eher noch schneller. Bloß weg von diesem Freak.

»Bist du taub, Alter? Ich hab dich was gefragt.«

Mirko packte ihn am Arm, doch er riss sich los.

»Lass mich in Ruhe! Wenn du ein Problem mit deinem Vater hast, dann mach das mit ihm aus.«

Zur Haltestelle waren es nur noch ein paar Hundert Meter, weiter unten bog gerade der Bus in die Straße ein. Sascha rannte los. Er hatte keine Lust, auf den nächsten Bus zu warten und dabei von diesem Freak belabert zu werden. Außerdem konnte man nie wissen, was so einer vorhatte. Vielleicht zerkratzte er nicht nur Autos, sondern verprügelte auch Leute, die ihm nicht passten. Als er die Haltestelle erreichte, stiegen gerade die letzten Fahrgäste ein. Zischend schlossen sich hinter ihm die Türen.

Er schwang sich in die erste freie Sitzbank und atmete tief durch. Geschafft!

Mirko stand noch immer da, wo er von ihm weggelaufen war. Als der Bus nun vorüberrollte, streckte er den Mittelfinger in die Luft. Es wirkte herausfordernd, aber auch hilflos. Vielleicht wurde er nicht zum ersten Mal stehen gelassen. Schon fing es an, Sascha leidzutun, dass er abgehauen war. Und bestimmt wäre es interessant gewesen, ein paar Sachen über Androsch zu erfahren, zum Beispiel wie er als Vater so war.

EINE TÜR FIEL ins Schloss, Schritte im Flur.

»Bin schon auf dem Weg, Bruno. Bis gleich.«

Sascha blieb stehen. Das war Joys Stimme gewesen. Die Schritte auf der Treppe – auch unverkennbar ihre. *Bruno*. Sie hatte eindeutig Bruno gesagt. Die beiden hatten es ja ziemlich eilig mit dem Wiedersehen.

Die hastenden Schritte kamen näher, schließlich stand Joy vor ihm. Sah ihn an, als habe er sie bei etwas Verbotenem ertappt. Oder kam ihm das nur so vor, weil er gerne gehabt hätte, dass sie sich seinetwegen schuldig fühlte, wenigstens ein bisschen?

»Hi. Wohin?«

»Nur zu Bruno, auf einen Kaffee. Keine Sorge, es geht nicht um Alina und Tristan und das alles. Keine Extratouren mehr, ich habe meine Lektion gelernt. Zufrieden?«

Nein, zufrieden machte ihn das ganz und gar nicht.

»Ich dachte, zu ihm darf niemand. Wegen seiner Eltern.«

»Nicht bei seinen Eltern. Er hat ja noch das Zimmer in der WG. Wie war's bei dir?«

Er stieß seine Schuhspitze gegen die Stufe, einmal, zweimal, dreimal.

»Ich hab Androsch gefragt, wegen Laila.«

»Und?«

»Er hat mir keine Antwort gegeben, aber ich bin ziemlich sicher, dass sie bei ihm war.«

»Spannend. Wir reden später, ich muss los. Ciao!«

Sie berührte kurz seinen Unterarm, dann lief sie davon.

In der Stille, die sie zurückließ, nachdem die Haustür hinter ihr zugefallen war, stieg Sascha die Treppe hinauf. Nie zuvor war ihm das Treppensteigen so beschwerlich vorgekommen. Als müsste er eine tonnenschwere Last auf den Schultern mit nach oben schleppen. Sie ging also zu Bruno. In seine WG. In sein WG-Zimmer. Das bedeutete: Sie würde mit ihm ganz allein sein, in einem Raum, in dem es auch ein Bett gab.

Als er in der Wohnung war, klingelte sein Handy: *Anrufer unbekannt.* Er nahm ab.

»Rate mal, wer dran ist.«

»Mareike?«

Sie hätte zu keinem besseren Zeitpunkt anrufen können.

23

»Wir müssen höllisch aufpassen, damit die Alarmanlage nicht losgeht«, sagte Mareike mit gedämpfter Stimme.

»Hältst du das hier wirklich für eine gute Idee?«

Sie grinste. »No risk, no fun.«

Sascha scannte die Umgebung. Kein Mensch weit und breit, nur die Dächer der parkenden Autos, die nass im Licht der Straßenlaternen glänzten. Als Mareike gesagt hatte, sie wolle ihm etwas zeigen, etwas, das er unbedingt sehen müsse, hatte er nicht erwartet, dass sie dafür zu Einbrechern werden würden.

»Warum gehen wir nicht einfach während der Öffnungszeiten rein? Ist doch eine stinknormale Galerie, oder?«

»Schon, aber erstens wäre das total langweilig, und zweitens geht das, was wir vorhaben, nur so.«

»Und was haben wir vor?«

Statt zu antworten, zog sie aus ihrer großen, ledernen Handtasche etwas, das vielleicht ein Dietrich war. Bei dem Licht und so verdeckt, wie sie es hielt, war es nicht zu erkennen.

Er schluckte trocken und sah sich schon in Handschellen auf einer Polizeiwache sitzen. Und dann seine Mutter reinkommen, mit Blicken so scharf wie Rasierklingen, während sich ihre Kollegen einen abgrinsten. Keine sehr verlockende Vorstellung.

»Wenn wir drin sind, haben wir nur eine halbe Minute, bis die Alarmanlage losgeht«, erklärte Mareike, während sie begann, im Schlüsselloch herumzustochern.

»Äh ... Für die Alarmanlage braucht man doch bestimmt einen Code.«

»Ach was. Ich mach das schon. Du behältst die Straße im Auge.«

Sie redete, als wäre sie das nächste Bond-Girl. Dabei war sie wahrscheinlich nur eine Angeberin, die sie beide gleich in große Schwierigkeiten brachte.

Er hörte, wie sie das Schloss entriegelte. Eins zu null für sie.

»Fertig?«

Sascha zögerte. »Ich weiß nicht ...«

»Go!«

Sie drückte die Tür auf. Dicht hintereinander huschten sie nach drinnen.

Mareikes Nerven waren sagenhaft. Während er bis in die Haarspitzen angespannt war, war sie die Ruhe selbst. Mit aufreizender Lässigkeit wandte sie sich der Alarmanlage zu. Sascha blieb hinter der Tür und beobachtete die Umgebung. Ein Auto rollte langsam heran, zwei Leute saßen drin. Was guckten die so? Hatten sie was gemerkt? Nein, sie inspizierten nur eine Parklücke, die viel zu klein war, und fuhren weiter.

»Hm«, machte Mareike.

Hm – das war nicht gerade das, was man in einer Situation wie dieser hören wollte. Saschas Adrenalinspiegel kletterte noch höher.

»Alles klar bei dir?«, fragte er mit belegter Stimme.

»Das wissen wir in zehn Sekunden – neun – acht –«

Er hatte aufgehört zu atmen.

»... fünf – vier – drei –«

Seine Hand umklammerte den Türgriff. In seinen Ohren gellte schon der Alarm. Dazu Polizeisirenen. Und Blaulichtgeflacker.

»... zwei – aus. Puh, geschafft.«

Stille. Erleichtert atmete er durch. Klatschte mit Mareike ab.

»Deine Hände sind ja total nass.« Sie wischte sich ihre an der Jacke ab.

»Sorry.«

Es waren nicht nur seine Hände, wie er jetzt merkte. Das Shirt unter dem Sweater klebte wie eine zweite Haut an ihm.

»Na, was sagst du jetzt?«

»Geil!«

Seine Mutter wäre total ausgeflippt, wenn sie ihn hier gesehen hätte.

Diese Vorstellung entlockte ihm jetzt ein zufriedenes Grinsen. Was Joy wohl dazu sagen würde, wenn er es ihr erzählte? Joy. Er wünschte, sie und nicht Mareike wäre bei ihm. Mit diesem überwältigenden Gefühl im Bauch hätte er keine Sekunde überlegt, sondern sie einfach gepackt und geküsst, bis ihr schwarz vor Augen wurde. Scheißegal, was danach war.

»Woran denkst du?«

»An nichts Besonderes. Warum?«

»Weil du so grinst.«

»Ich finde diese Aktion einfach nur cool, das ist alles.«

Er schaute sich um. Im Streulicht der Straßenlaternen machte er Flächen an den Wänden aus, Grau in Schwarz. Die Bilder.

»Komm mit, wir müssen hierhin.«

Mareike ging voraus in einen kleinen, fensterlosen Nebenraum. Sie hatte zwei Taschenlampen aus ihrer Tasche geholt, schaltete sie ein und reichte ihm eine davon. Er leuchtete im Raum umher. Der Lichtstrahl wischte über einen kleinen Tisch in der Ecke, auf dem Papiere und Stifte lagen, und über Zeichnungen an den Wänden.

»Die Bilder sind der Hammer«, sagte Mareike. »Schau, das hier ist toll.«

Sie leuchtete eine Tuschzeichnung an: schwungvoll in eine Fläche aus Aquarellfarben geworfene Linien, die als Ganzes ein Gesicht ergaben. Die anderen Bilder waren in gleicher Weise komponiert: Farbflecken, in die hinein mit Tusche gezeichnet worden war. Nicht nur Gesichter, auch schmale, längliche Körper in verschiedenen Haltungen. Sascha war beeindruckt, wie der Künstler mit wenigen Strichen Bewegung in seine Figuren brachte.

»Von wem sind die?«, wollte er wissen. Die Signatur war unleserlich.

»Er heißt René Sommer. Der Typ ist aber total unbekannt. Ich finde ihn trotzdem klasse. Du nicht?«

Er nickte. »Echt super.«

Nachdem sie alle Bilder betrachtet hatten, nahm Mareike Sascha die Taschenlampe aus der Hand und ließ sich in der Mitte des Raumes nieder. Abwartend sah er zu, wie sie die beiden Lampen einander gegenüber auf den Boden legte, sodass ihre Lichtkegel sich vereinigten. Dann zauberte sie zwei Flaschen Bier mit Bügelverschluss aus ihrer Tasche und blickte zu ihm auf. »Was ist? Setz dich.«

Er ließ sich ihr gegenüber nieder und nahm die Flasche, die sie ihm hinhielt. Beide nahmen sie einen Schluck, Sascha einen großen, Mareike nippte nur.

»Scheiß Rauchmelder«, sagte sie. »Eine Kippe wäre jetzt echt super. Und du? Lust auf Chips?« Sie griff in ihre Tasche, die die reinste Wundertüte zu sein schien.

»Was hast du da noch alles drin?«, fragte er, als sie eine Packung Chips herausholte und aufriss. *Cheese and Onion.* Joys Lieblingssorte. Der nächste Gedanke: Vielleicht isst sie die jetzt auch gerade, und zwar mit Bruno. Auf seiner WG-Couch.

Und wenn schon, dachte er dann, das hier ist genauso cool. Er griff sich eine Handvoll Chips, steckte sie in den Mund und fragte kauend: »Machst du so was öfter?«

»Was?«

»In Galerien einsteigen und so.«

»Ist doch viel geiler, als tagsüber durchzulatschen. Und wir können hier sitzen und Bier trinken und Chips essen und das Licht …«

Die Atmosphäre, die die beiden Taschenlampen schufen, war wirklich schön. Romantisch.

Er hörte abrupt auf zu kauen.

Ging es hier etwa um Romantik?

Schnellspanner!, rief ihm eine Stimme in seinem Kopf zu, die verdächtig nach Joy klang. Hast du wirklich geglaubt, ihr seid hier wegen ein paar Bildern?!

Er wusste selbst nicht, was er geglaubt hatte. Jedenfalls nicht, dass Mareike auf ihn stehen könnte. Ein reiches, selbstbewusstes Mädchen wie sie – auf einen Jungen wie ihn! Sie gab ihm ja nicht einmal ihre Telefonnummer. Und ihre Anrufe und die Verabredungen hatte er darauf geschoben, dass ihr eben manchmal langweilig war. Ihn hatte das nicht gestört.

Sie war das schrägste Mädchen, das er je kennengelernt hatte, und gerade das faszinierte ihn an ihr. So gut wie nichts über sie zu wissen, machte sie noch interessanter. Trotzdem würde er sich nie in sie verlieben, dafür war sie einfach nicht die Richtige.

»Woran denkst du die ganze Zeit?«

Er schreckte aus seinen Gedanken auf. »Ich? An nichts.«

»An nichts denken, geht überhaupt nicht. Und so still, wie du bist …«

»Ich hab mich gerade gefragt, ob du Alina gekannt hast.«

»Alina? Welche Alina?«

»Natalies Freundin. Die, die sich auch vergiftet hat.«

»Ach die.« Sie fing an, mit dem Verschluss an ihrer Flasche zu spielen. »Nee, gekannt hab ich sie nicht. Aber Natalie hat von ihr erzählt. Die beiden waren ziemlich dicke Freundinnen. Früher.« Sie blickte auf. »Du denkst oft an sie, oder? Natalie, meine ich.«

»Kann sein, keine Ahnung.«

»Du warst ziemlich in sie verknallt, stimmt's?«

»Nee, so ist das nicht. Es ist nur … Ich hab da so eine Theorie.«

»Theorie? Was denn für eine Theorie?«

Er überlegte kurz, ob er ihr davon erzählen sollte, und sagte dann: »Du hast sicher von dem Mädchen gehört, das mit Zyankali ermordet wurde.«

»Und?«

»Zyankali. Genau wie bei Natalie. Und bei Alina. Und bei noch einem anderen Mädchen, Sarah heißt sie. Findest du das nicht komisch?«

Mareike zuckte mit den Schultern. Ansonsten blieb sie regungslos.

»Wir haben herausgefunden –«

»Wir?«, unterbrach sie ihn.

»Eine Freundin und ich. Wir hören uns ein bisschen um. Und dabei haben wir erfahren, dass alle diese Mädchen bei ein und demselben Psychotherapeuten waren. Ist doch echt auffällig, oder?«

»Schon, aber …«

»Meine Theorie ist, dass auch bei den Selbstmorden jemand nachgeholfen hat. Denn da ist noch etwas, das allen Mädchen gemeinsam ist: Sie hatten in der Zeit vor ihrem Tod alle einen geheimnisvollen Freund, den niemand kennengelernt hat.«

»Du meinst diesen Typen, mit dem du Natalie gesehen hast? Wie hieß er noch mal?«

»Tristan. Ja, genau den meine ich.«

»Und du denkst, der hat es getan? Der hat alle Mädchen getötet?«

»Nicht im klassischen Sinn getötet. Aber er muss sie irgendwie dazu gebracht haben, das Gift zu schlucken. Keine Ahnung, wie.«

»Und was hat dieser Psychiater damit zu tun?«

»Weiß ich noch nicht. Aber es kann doch kein Zufall sein, oder?«

»Glaube ich auch nicht. Coole Theorie.« Mareike sah ihn an. Etwas schien ihr durch den Kopf zu gehen. Nach ein paar Sekunden sagte sie: »Wenn du willst, kann ich mich auch mal umhören. Es gibt da ein paar Leute, die Natalie kannten. Vielleicht weiß von denen einer was.«

»Äh ... Klar. Super.«

Er bereute bereits, dass er ihr davon erzählt hatte. Hoffentlich betrachtete sie sich jetzt nicht als Teil des Teams.

Mareike schien seine Gedanken zu erraten, denn sie sagte: »Und dieses Mädchen, mit dem du deine Nachforschungen machst ... Ist sie nur *irgendein* Mädchen oder ...?«

»Wir sind Freunde, sonst nichts. Ich kenne sie erst seit ein paar Monaten, da ist sie nebenan eingezogen.«

»So.« Nachdem sie an ihrem Bier genippt hatte, sagte sie: »Du trinkst gar nicht. Schmeckt dir das Bier nicht?«

»Ich bin eigentlich kein Biertrinker.«

Sie lächelte. »Ich eigentlich auch nicht.« Wenig später nahm sie eine der beiden Taschenlampen und stand auf. »Ich schau mal, wo hier das Klo ist.«

Nachdem sie weg war, nahm er die andere Lampe, stand auf und vertrat sich die Beine, die gerade zu kribbeln angefangen hatten. Irgendwann stand er vor dem Tisch in der Ecke und leuchtete auf den Zettel, der zuoberst auf anderen Papieren lag. Jemand schien für einen anderen eine Nachricht hinterlassen zu haben.

Liebe Mareike, bitte nicht vergessen, die Alarmanlage einzuschalten, wenn Du gehst. Viel Spaß bei Deinem romantischen Abend wünscht Dir
Gerd

Er musste den Zettel zweimal lesen, ehe er verstand. So war das also, von wegen Einbruch.

»Was hast du da?«

Er zuckte zusammen. Mareike. Langsam drehte er sich um. »Gar nichts. Nur einen Zettel.«

»Zeig her.«

Sie kam näher und streckte die Hand aus. Er hätte ihr die Peinlichkeit gerne erspart, aber da sie den Zettel unbedingt sehen wollte, gab er ihn ihr und sagte dabei scherzhaft: »Vielen Dank für die tolle Show. War echt geil.«

Mareike las, faltete den Zettel zusammen und steckte ihn in die Hosentasche. Ohne ein Wort. Ihre Augen waren kalt und durchsichtig wie Eiswürfel. Nach ein paar Sekunden klammem Schweigen sagte sie: »Gehen wir.« Auf dem Weg nach draußen schaltete sie die Alarmanlage wieder an und schloss die Tür ab. Dabei sah Sascha, dass das, was er für einen Dietrich gehalten hatte, schlicht und einfach ein Schlüssel war. Wieder auf der Straße, sah es ganz so aus, als wollte Mareike sich nicht einmal von ihm verabschieden.

»He«, sagte er da und hielt sie vorsichtig am Arm fest, »auch wenn es kein richtiger Einbruch war, ich fand's trotzdem superspannend. Und die Zeichnungen sind toll! War echt ein geiler Abend.«

Mareike reagierte nicht, sah ihn nur stumm an. Dann drehte sie sich um und stiefelte davon. Ohne ein Wort. Verblüfft schaute er ihr nach, bis sie hinter der Ecke verschwunden war. Ob er sie wiedersehen würde? Vielleicht wäre es besser, wenn sie sich nicht mehr meldete. Einfacher. Aber Mareike war definitiv kein Mädchen fürs Einfache. Nein, sie würde sich schon wieder melden.

24

»Sag mal, weisst du eigentlich, wie spät es ist?«

Sascha zuckte zusammen. Erwischt! Anscheinend hatte seine Mutter schon eine Weile auf ihn gelauert, so schnell wie sie aus dem Wohnzimmer geschossen kam. Wieso war sie überhaupt schon zu Hause? War heute nicht Kollegensport oder so was? Cool bleiben, hieß jetzt die Devise.

»Keine Ahnung«, sagte er nach einer Schrecksekunde. »Elf oder so.«

»Es ist halb zwölf. Wo warst du?«

Er rollte innerlich mit den Augen. Wieso kehrte sie eigentlich nur dann die besorgte Mutter raus, wenn sie was an ihm auszusetzen hatte? Wenn er sie mal brauchte oder etwas wollte, hieß es schon seit Jahren nur: Du kommst ja klar, oder?

Er zog seine Jacke aus und hängte sie an die Garderobe.

»Na, sag schon: Wo warst du?«

»Weg.«

»Willst du mich verarschen?«

»Nee.« Er gab sich kleinlaut. Besser kein Öl ins Feuer gießen, sonst musste er sich die halbe Nacht Predigten anhören.

Ehe er sich eine plausible Erklärung ausdenken konnte, legte sie schon nach: »Okay, nächste Frage: Wieso ist dein Handy aus?«

Weil Klingeltöne bei Einbrüchen nicht gut kommen.

»Äh … Wir waren im Kino. Danach hab ich vergessen, es wieder einzuschalten.«

»Man könnte auch vorher anrufen und Bescheid sagen. Und wer ist überhaupt *wir*?«

»Freunde eben. Ist das Verhör jetzt beendet?«

»Ganz und gar nicht! Nur zur Erinnerung: Die Regel ist, dass du, wenn

Schule ist, spätestens um zehn zu Hause bist; und falls nicht, dass du wenigstens anrufst.«

Er hatte keine Lust auf so einen Streit. Was wollte sie eigentlich von ihm? Wenn er sich anschaute, was andere Jungs in seinem Alter so anstellten, konnte sie doch froh sein. Aber wahrscheinlich ging es ihr ohnehin nur darum, sich selbst zu beweisen, was für eine treusorgende Mutter sie war.

»Tut mir leid, ich hab einfach nicht daran gedacht. Und du wolltest doch, dass ich dich nicht dauernd anrufe.«

»Das ist doch dummes Zeug!«

Er zuckte die Achseln. Wenn sie meinte.

»Darf ich jetzt ins Bett gehen?« Mit spitzem Unterton fügte er hinzu: »Morgen ist schließlich Schule, und es ist schon ziemlich spät.«

Er wartete ihre Antwort nicht ab, sondern schob sich an ihr vorbei und verschwand in sein Zimmer, wo er sich aufs Bett warf. Obwohl er nicht vorhatte, noch zu lesen, schnappte er sich einen Comic vom Nachttisch und schlug ihn blind an einer beliebigen Stelle auf. Nur um beschäftigt auszusehen, denn er hatte wenig Hoffnung, dass die Sache schon ausgestanden war. Und richtig. Nur Sekunden, nachdem die Tür hinter ihm zugefallen war, flog sie auch schon wieder auf.

»Was ist bloß mit dir los?«, rief seine Mutter, die Arme in die Seiten gestützt. »Du warst doch früher nicht so. Redet Dr. Androsch dir irgendwas ein? Für diese Psychologen sind ja immer die Eltern an allem schuld.«

Er starrte hartnäckig in sein Comicheft. »Keine Ahnung, was du meinst. Außerdem wolltest *du*, dass ich zu ihm gehe. Jetzt musst du auch mit dem Ergebnis leben.«

Sie zögerte einen Moment, sagte dann etwas ruhiger, aber darum nicht weniger bestimmt: »Ich wünschte wirklich, ich hätte dich nicht zum Therapeuten geschickt; zumindest nicht zu diesem.«

Er horchte auf. Was meinte sie damit?

»Darüber wollte ich ohnehin mit dir reden, Sascha. Ich denke, dass du die Therapiestunden absagen solltest. Zumindest bis auf Weiteres.«

Jetzt läuteten alle Alarmglocken Sturm. Wenn seine Mutter so was sagte, noch dazu in diesem bedachten Ton, dann steckte mehr dahinter als nur ihre schlechte Laune.

»Wieso denn?«

»Das kann ich dir jetzt nicht erklären. Erst wenn alles vorbei ist.«

Sascha hob den Blick. »Ist es wegen dieser Mädchen, die tot sind? Weil sie alle bei ihm in Behandlung waren?«

Über ihrem Kopf schwebte ein riesengroßes Fragezeichen. »Was weißt du denn darüber?«

»Sag schon!«

»Ich werde diesen Fall ganz bestimmt nicht mit dir diskutieren, Sascha. Aber du kannst beruhigt sein. Wir haben Dr. Androsch lediglich als Zeugen befragt, nicht als Beschuldigten.«

Nicht als Beschuldigten? Wieso betonte sie das so? So, als könnte es auch anders sein; so, als wollte sie sagen: *Noch* haben wir ihn nicht als Beschuldigten befragt. Aber natürlich! Deshalb wollte sie, dass er nicht mehr zu ihm ging: Weil irgendwas gegen Androsch vorlag!

»Es ist so, Sascha: Ich fühle mich in meiner Arbeit einfach freier, wenn es zwischen mir und einem Mann, der in eine Mordermittlung verwickelt ist, keine persönliche oder quasi familiäre Verbindung gibt.«

Jetzt war es endlich raus. Es ging nicht etwa darum, ihn zu schützen. In Wirklichkeit machte sie sich ausschließlich um ihre Karriere Sorgen. Niemand sollte ihr nachsagen können, dass sie Androsch schonte, weil ihr eigener Sohn bei ihm eine Therapie machte.

Er klappte das Comicheft zu, warf es auf den Boden, sprang vom Bett und verschwand ins Bad, wo er die Tür hinter sich abschloss. Nachdem er ein paarmal auf und ab gelaufen war, um sich zu beruhigen, setzte er sich auf den Rand der Badewanne.

»Alles okay bei dir?« Ihre Stimme auf der anderen Seite der Tür.

»Ja, ja.«

»Ich ruf Dr. Androsch morgen an und sag ihm Bescheid. Du brauchst dich um nichts zu kümmern.«

Sollte er sich dafür auch noch bedanken?

Er sagte nichts.

»Gute Nacht.«

Kein einziges Wort.

Schließlich ihre Schritte.

Plötzlich wünschte er, der Einbruch in die Galerie wäre echt gewesen und man hätte Mareike und ihn erwischt und sie hätte ihn auf der Wache abholen müssen, die Frau Hauptkommissarin. Sie dann zu sehen, hätte jeden Ärger, den das für ihn gebracht hätte, bei Weitem aufgewogen.

PENNST DU SCHON?

Joy

Es war fast eins, als die SMS einging. Ein kurzer Moment der Freude, dann kehrte die alte Missstimmung zurück. Dumme Nuss, dachte er, obwohl sie für seine leeren Hoffnungen nichts konnte. Am besten, er ignorierte die Nachricht. Einfach umdrehen und weggehen, so wie Mareike eben, das wär's vielleicht. Vielleicht auch nicht.

Was soll's?, dachte er, und schrieb ihr nur ein Wort.

Balkon?

Die Antwort war noch kürzer.

Yep.

Er schlich aus seinem Zimmer, nahm sich seine Jacke vom Haken und ging auf den Balkon. Joy kletterte gerade über das Geländer.

»Irgendwann brichst du dir noch den Hals«, sagte er.

Genau wie er trug sie eine Jacke und darunter einen Rollkragenpullover.

»Wie war's bei Bruno?« Er musste das fragen, obwohl er die Antwort eigentlich nicht hören wollte.

»Eine typische Jungs-WG. Berge von dreckigem Geschirr und überall das totale Chaos. Aber seine Mitbewohner sind nett.«

»Aha.« Er schob die Hände in die Hosentaschen.

»Bruno kommt über diese Einträge in Alinas Tagebuch nicht weg. Ich hab ihm gesagt, dass es nichts bringt, wenn er damit zur Polizei rennt. Was sollen die schon damit anfangen? Dann ist er auf die Idee gekommen, dass er Androsch ein bisschen unter Druck setzen könnte. Indem er so tut, als wüsste er Bescheid. Und er meint, Alina muss ja nicht die Einzige gewesen sein, an der er sich vergangen hat.«

»So ein Quatsch!« Sascha schlug mit der Faust auf das Geländer. »Ich kenne Androsch. Er würde nie ... Nee, echt nicht. Bruno will doch bloß davon ablenken, dass er nie für Alina da war. Das ist echt das Letzte!«

»Keine Ahnung, ob es so ist. Jedenfalls hab ich ihm gesagt, er soll keine Dummheiten machen.«

Sascha schwieg und begann, an der Unterlippe zu kauen. Wieso regte er sich über Brunos Ansichten auf? Was der sich zusammenreimte, konnte ihm doch egal sein. Er präsentierte Joy nun seine eigene Theorie: Dass Tristan labile Mädchen suchte und vor Androschs Praxis ansprach, um sie dann zum Selbstmord zu verführen.

Sie wirkte nicht gerade überzeugt. »Wieso sollte er das tun?«

»Wieso morden Serienmörder? Weil sie krank sind. Pervers.«

»Vielleicht.«

»Wie auch immer. Bruno kann Androsch in Ruhe lassen«, meinte Sascha nach kurzem Schweigen. »Anscheinend hat der sich auch so schon verdächtig gemacht. Meine Mutter hat ihn jedenfalls befragt. Sie will nichts Genaues sagen, aber ich soll erst mal nicht mehr zu ihm gehen.«

»Oh.«

»Angeblich war es nur, weil Laila auch zu ihm zur Therapie gegangen ist. Aber es hörte sich so an, als sei da irgendwas im Busch. Ich kann mir einfach nicht vorstellen, dass er seine Patientinnen ... Das will mir nicht in den Kopf.« Nach ein paar Sekunden Schweigen setzte er hinzu: »Was denkst du?«

»Keine Ahnung. Ich kenne Androsch nicht. Aber wenn da wirklich was war, dann ...«

Sie kratzte mit dem Nagel des kleinen Fingers am Balkongeländer herum.

»Was dann?«

»Na ja ... Wenn er allen diesen Mädchen ... Dann wär's doch gut für ihn, dass sie tot sind und nichts mehr gegen ihn ... Und als Therapeut, der sich mit Psychotricks auskennt, wüsste er sicher auch, wie er jemanden dazu bringen kann, sich das Leben zu nehmen. Also, theoretisch, meine ich.«

Sascha sah sie fassungslos an. »Ihr spinnt doch, ihr beiden! Erst Missbrauch, und jetzt auch noch Mord!«

Joy legte die Hand auf seinen Unterarm. »Warte!«

Er hatte gar nicht vorgehabt wegzugehen.

»Ich sag ja nicht, dass ich das glaube. Es kann auch so sein, wie du meinst. Wir sollten bloß nichts ausschließen.«

Ihre Hand lag immer noch auf seinem Arm. Er zog ihn weg, schob die Faust in die Hosentasche. Sie war vielleicht nicht auf Brunos Seite, aber auf seiner Seite war sie auch nicht. Anscheinend hielt sie sich alle Möglichkeiten offen. Etwas, das sie offenbar gerne tat. Vielleicht sogar brauchte. Aha, dachte er. Wieder was gelernt.

»Ich hab heute dieses Mädchen getroffen«, sagte er, »diese Freundin von Natalie ... Mareike.«

Die Hand, die eben noch auf seinem Arm und dann auf dem Geländer gelegen hatte, verschwand in der Jackentasche.

»Und?«

»Sie will sich umhören. Sie kennt Leute, die Natalie kannten, und ... vielleicht erfährt sie ja was.«

Joy sah ihn nur an.

»Wir müssen unbedingt Tristan finden. Er ist der Schlüssel. Ich weiß das einfach, keine Ahnung, warum.«

Joy schwieg eine Weile. Dann sagte sie: »Wen meinst du eigentlich mit *wir*?«

25

DER REGEN PRASSELTE heftig gegen das Fenster des Klassenzimmers und erzeugte dabei ein einschläferndes Hintergrundgeräusch, das Joy den letzten Rest Konzentration raubte. Nach außen tat sie so, als würde sie dem Referat mit größter Aufmerksamkeit folgen, doch in Wirklichkeit bekam sie von der Einführung in das Drama *Frühlings Erwachen*, die eine Mitschülerin mit allerlei Medieneinsatz bot, kaum etwas mit. Sie musste dauernd an Sascha denken. Oder vielmehr an diese Mareike, mit der er sich neuerdings rumtrieb. Dass er nicht viel über sie erzählte, stachelte ihre Neugierde nur umso mehr an. Um ein Haar hätte sie ihn letzte Nacht auf dem Balkon nach ihr gefragt. Warum hatte sie es eigentlich nicht getan? War doch nichts dabei. Schließlich waren sie Freunde.

Sie stellte sich vor, wie es wohl wäre, wenn Sascha plötzlich eine Freundin hätte. Ein seltsames, undeutliches Gefühl kam in ihr auf. Sascha war bestimmt treu. Kein bisschen so wie diese Typen, die es bei jeder probieren mussten, um sich selbst und ihren Kumpels zu beweisen, wie cool sie waren. Sascha war einer, der gleich ernst machte, da hatte sie keinen Zweifel. Zärtlich war er bestimmt auch. Ein Junge mit derart sanften Augen und so feinen Händen musste einfach zärtlich sein. Ich hoffe bloß, er hat Geschmack und diese Mareike ist okay, dachte sie. Sicher war sie nicht. Es war nun einmal eine Tatsache: Die nettesten Jungs standen oft auf die bescheuertsten Mädchen.

Das einzig Gute an der Schule war, dass irgendwann selbst die ödeste Stunde zu Ende ging. Und diese war auch noch die letzte vor dem Wochenende. Kaum hatte es geklingelt und die Weingart die Deutschstunde offiziell für beendet erklärt, schwappten wie durch einen geheimnisvollen Magnetismus sofort dieselben Grüppchen zusammen, die schon morgens und in den Pausen aneinanderklebten und sogar gemeinsam auf die Toilette gingen. Joy dagegen schwamm wie ein vereinzeltes Stück Treibholz im tosenden Strom der Schüler durch den Gang in die Aula und dann in den Hof.

Es goss noch immer in Strömen. Wie schon den ganzen Vormittag. Deshalb hatte Joy am Morgen nicht das Rad genommen, sondern Bus, U-Bahn und Tram. Bis zur Haltestelle war es nicht weit. Der große Nachteil an dieser Verbindung war, dass das gemeinsame Stück Schulweg mit Sascha entfiel.

Joy zog die Kapuze ihrer Regenjacke auf und ging los, in grauen Gummistiefeln, die ihr bis unter die Knie reichten. So ausgestattet, stapfte sie mitten durch jede Pfütze hindurch und hatte Spaß daran, wie ihr die schweren Tropfen auf den Kopf trommelten. Sascha und diese Mareike, dachte sie wieder, nee, das sehe ich nicht. Sie wusste nicht, warum, aber irgendwas passte da einfach nicht. Das sagte ihr die weibliche Intuition, und auf die konnte sie sich meistens verlassen.

Am Straßenrand neben dem Eingang zum Schulhof blendete ein parkendes Auto mehrmals auf. Ein Kleinwagen, sie tippte auf einen Ford Fiesta. Uralt und schon ziemlich angerostet. Bruno saß am Steuer. Ein Seufzer entfuhr ihr. Sie wünschte, sie hätte sich gestern Abend nicht derart von seinem Zorn und seiner tiefen Empörung über Androsch mitreißen lassen. Dann hätte sie ihm bestimmt nicht angeboten, ihn zu begleiten, wenn er die Sache mit Androsch ein für alle Mal klärte, wie er es nannte. Eigentlich war ihr doch von Anfang an klar gewesen, dass dabei nur eine riesengroße Dummheit herauskommen konnte.

Als sie auf die Fahrerseite kam, kurbelte er sein Fenster herunter.

»Was ist? Steig ein!«

»So klatschnass, wie ich bin, versaue ich dir nur dein Auto.«

»Ach komm, was willst du an der alten Kiste versauen?«

Stimmt auch wieder, dachte sie. Trotzdem stieg sie nur widerwillig ein. Bruno beugte sich zu ihr herüber, zog ihr die Kapuze vom Kopf und küsste sie auf die Wange. Mehr wagte er nicht mehr, seit sie gestern Abend allen Versuchen, ihr näherzukommen, subtil ausgewichen war.

»Wir haben noch etwas Zeit«, sagte er, »wir müssen erst um drei da sein. Hast du Hunger? Ich lad dich auf einen Döner ein.«

»Wieso? Was ist um drei?«

»Bis um drei hat Androsch Patienten. Danach verlässt er seine Praxis.«

»Woher willst du das wissen?«

»Weil er es mir gesagt hat.«

»Hä? Wie das?«

»Ich hab ihn heute Morgen angerufen und wegen einem Termin gefragt. Weil ich über Alinas Tod nicht hinwegkomme und so. Er hat mich auf nächste Woche vertröstet, der arrogante Arsch. Wird sich ganz schön wundern, wenn er merkt, dass wir unser Gespräch doch schon heute haben.« Die Art, wie Bruno grinste, gefiel ihr überhaupt nicht. Es lag etwas Brutales darin, das sie bisher nicht an ihm bemerkt hatte.

»Hältst du das wirklich für eine gute Idee?«

Bruno sah sie überrascht an. »Was soll das denn heißen? Das hörte sich gestern aber noch ganz anders an.«

Sie seufzte. Sie wusste selbst, dass sie gestern noch ganz anders gesprochen hatte, aber das Gespräch mit Sascha auf dem Balkon hatte ihr den Kopf schnell wieder geradegerückt. Außer abenteuerlichen Vermutungen und einem schwammigen Tagebucheintrag hatten sie nichts, was Androsch belastete, und selbst wenn Bruno recht hatte – was brachte es, dem Mann mit falschen Behauptungen und Drohungen zuzusetzen?

»Kneifst du etwa?«, fragte Bruno.

»Ach was. Ich halte bloß nichts von Aktionen aus dem Bauch. Außerdem kann ich gar nicht kneifen, weil ich nämlich nichts versprochen hab.«

»Schon klar.«

Er starrte stumm geradeaus. Sie schwieg ebenfalls.

Durch die Wassermassen, die über die Scheiben flossen, war die vertraute Welt draußen nur in verwaschenen Umrissen zu sehen. So als wäre sie dabei, sich vor ihren Augen aufzulösen.

»Okay«, brach Bruno das Schweigen, »ich bring dich jetzt nach Hause und fahr danach allein zu diesem Psycho-Arsch. Ich kläre ein für alle Mal, was passiert ist, das garantiere ich dir. Und wenn ich es aus ihm rausprügeln muss.« Er sah sie an. »Wahrscheinlich ist es sogar besser, wenn du nicht dabei bist. Sonst hängst du am Ende in einer Sache mit drin, die dir völlig egal sein kann. Sorry, dass ich überhaupt daran gedacht habe, dich da mit reinzuziehen.« Es klang nicht so, als täte es ihm wirklich leid.

Er startete den Motor und ließ ihn kurz aufheulen. Sie legte ihm die Hand auf den Arm. »Schon okay. Ich komme mit. Jemand muss schließlich aufpassen, dass du keine Dummheiten machst.«

ER PARKTE DEN Wagen so, dass sie den Hauseingang im Blick hatten. Alle paar Sekunden fuhren die Wischerblätter mit einem scharrenden Geräusch über die Scheibe und machten die Sicht kurz frei. Joy hatte beim Essen und während der Fahrt noch einmal versucht, Bruno sein Vorhaben auszureden, doch vergebens.

Bis drei Uhr waren es nur noch zehn Minuten. Sie schwiegen jetzt schon ziemlich lange. Schließlich sagte Bruno: »Bist du eigentlich ... Ich meine ...« Er räusperte sich. »Gibt es jemanden, den du ...?«

Joy rutschte ein wenig im Autositz herum. »Eigentlich nicht.«

»Eigentlich?«

»Nein, es gibt niemanden.«

»Und was ist mit Sascha?«

»Was soll mit ihm sein?«

»Keine Ahnung. Ich frag nur.«

Der Scheibenwischer scharrte wieder einmal über die Scheibe, und Joy bemerkte auf dem Bürgersteig gegenüber eine Gestalt in einer olivfarbenen Regenjacke, die ein paarmal vor dem Hauseingang auf und ab ging. Dann verschwamm sie zu einem Farbfleck, der langsam aus dem Sichtfeld glitt.

»Sascha und ich sind nur Freunde«, sagte sie nun mit einiger Verzögerung. Irgendwie hatte sie das Gefühl, dass er ihr das nicht glaubte, aber er sagte nichts dazu.

Sie hingen beide ihren Gedanken nach.

Da trat ein Junge auf die Straße, spannte einen Regenschirm auf und ging zügig davon. Wahrscheinlich Androschs Patient.

»Jetzt kann es nicht mehr lange dauern«, sagte Bruno.

Er drehte sich zur Rückbank um und holte aus dem Fußraum hinter ihrem Sitz etwas hervor. Als sie sah, was es war, erschrak sie: ein Baseballschläger.

»Spinnst du?«, rief sie.

»Ist nur zur Einschüchterung«, beschwichtigte Bruno. »Ich setz ihn nicht ein. Bin doch kein Schlägertyp.«

Da war sie sich inzwischen nicht mehr so sicher.

»Bist du total übergeschnappt?«, fuhr sie ihn an. »Leg das Ding weg!«

Er überlegte einen Moment, dann tat er, was sie wollte, wenn auch widerwillig.

Da ging auf der anderen Straßenseite erneut die Tür auf. Ein Mann in einem Regenmantel trat heraus, spannte, noch in der Tür stehend, seinen Schirm auf.

»Das ist er«, sagte Bruno.

»Bist du sicher?« Er hatte ihr gestern zwar ein paar Bilder von Androsch gezeigt, die er im Internet gefunden hatte, aber sie hätte ihn trotzdem nicht erkannt.

»Hundertpro.«

Während der Mann auf der anderen Straßenseite zielstrebig den Bürgersteig hinabging, stiegen sie aus und überquerten die Straße. Joy hatte Mühe, mit Bruno Schritt zu halten, ohne zu rennen. Ihr wurde mit jeder Sekunde mulmiger. Ihr erster Eindruck, dass Bruno ein ziemlich harmloser Typ war, galt schon lange nicht mehr. Zumindest wenn es um seine Schwester ging, war er zu allem fähig, das zeigte sich immer mehr. Sie konnte kaum fassen, dass er zu diesem angeblichen *Gespräch* mit einem Baseballschläger ausgerückt war!

Androsch – oder zumindest der Mann, den sie dafür hielten – ging auf einen dunkelblauen BMW zu. Schon schienen die Blinklichter auf, die Türen entriegelten hörbar.

»Herr Androsch!«

Der Mann blieb stehen und drehte sich zu Bruno um. »Ja?« Er war es also wirklich.

Mit zwei großen Schritten sprang Bruno auf ihn zu, sie standen so dicht voreinander, dass ihre Nasenspitzen sich fast berührten.

»Was hast du mit meiner Schwester gemacht, du Schwein?«, schrie Bruno.

Androsch sah ihn verwirrt an und trat einen Schritt zurück. »Was? Wer sind Sie überhaupt?«

»Ich bin Alinas Bruder. Du erinnerst dich doch noch an Alina, oder?«

»Ich weiß nicht, was …«

Bruno schlug ihm den Regenschirm aus der Hand.

»Bruno!«, rief Joy. »Hör auf!«

Aber er war nicht zu bremsen. Er packte Androsch am Kragen, stieß ihn nach hinten und drückte ihn gegen seinen BMW.

»Ich will wissen, was du meiner Schwester angetan hast! Und lüg mich nicht an!«

Androsch sagte überhaupt nichts mehr. Starr vor Schreck, mit offenem Mund, sah er Bruno an.

»Lass ihn los!« Joy, die bisher ebenfalls wie gelähmt gewesen war, packte Bruno am Ärmel.

Der fuhr mit dem Arm nach hinten, Joy spürte einen heftigen Schmerz im Bauch, taumelte zurück und fiel auf den Boden, mitten in eine Pfütze. Er hatte ihr seinen Ellbogen in den Magen gerammt. Und es tat höllisch weh. Zum Schmerz kam die Wut. So ein Irrer!

Ehe sie wieder hochkam, sah sie, wie von hinten jemand auf Bruno zulief und ihn packte. Der Typ in der olivfarbenen Jacke, den sie vorhin schon einmal kurz gesehen hatte. Er riss Bruno von Androsch los und stieß ihn weg. Dabei bekam Bruno seine Jacke zu fassen, mit einem lauten Ratsch riss eine Naht auf. Bruno wurde ein Ellbogen in die Rippen gerammt, er taumelte und fiel aufs Gehsteigpflaster. Der Typ in der Regenjacke setzte nach und trat ihn mit seinen schweren Stiefeln in die Nieren.

»Du verdammtes Arschloch!«, brüllte Bruno, »ich mach dich alle!« Er wollte aufspringen, doch der Angreifer zog ein Klappmesser und ließ die Klinge herausschnellen. »Unten bleiben!«

Inzwischen hatte Joy sich aufgerappelt. Die Hand auf ihren schmerzenden Bauch gepresst, brüllte sie: »Aufhören! Alle beide!«

Doch niemand beachtete sie. Androsch, der inzwischen klatschnass war, stand noch immer da und sah tatenlos zu, wie sein Retter Bruno mit einem Messer bedrohte. Der Angreifer wandte sich schließlich halb zu ihm um und schrie ihn an: »Na, hau schon ab!«

Da kam Leben in Androsch. Er lief um das Auto herum, stieg ein, ließ den Motor an, setzte zurück und schoss aus der Parklücke. Sein Retter konzentrierte sich nun wieder ganz auf Bruno, der noch immer auf dem Boden lag.

»Mach kein' Scheiß«, beschwor Bruno ihn.

Joy näherte sich vorsichtig von der anderen Seite. Der Junge in der olivgrünen Jacke schaute sich zu ihr um. Sie blieb stehen. Das genügte ihm, er wandte sich wieder Bruno zu, fuchtelte mit dem Messer vor ihm herum, trat ihn noch ein paarmal und schrie: »Finger weg von meinem Alten! Merk dir das, du blödes Arschloch!«

Als könnte niemand ihm was anhaben, schlenderte er in seiner zerrissenen Jacke davon. Alles, was er noch tat, war, Androschs Schirm aufzuheben, den eine Windböe an die Hauswand getrieben hatte. Doch statt sich damit vor dem noch stärker werdenden Regen zu schützen, fuhr er ihn ein und benutzte ihn wie einen Spazierstock. Die ganze Zeit behielt er das Messer deutlich sichtbar in der Hand.

»Bist du sicher, dass du nicht ins Krankenhaus willst?«

Bruno schüttelte den Kopf. Obwohl nicht zu übersehen war, wie weh ihm alles tat. Stöhnend hatte er sich mit Joys Hilfe zurück ins Auto geschleppt. Ihr Mitleid hielt sich allerdings in Grenzen. Schließlich hatte er sich das Ganze selbst eingebrockt. Und er hatte ihr seinen Ellbogen in den Magen gerammt.

»Wo ist dieser blöde Wichser auf einmal hergekommen? Hast du den kommen sehen?«

Sie schüttelte den Kopf.

»Und dieser Psychodoc ist einfach abgehauen. So eine Pfeife. Aber es passt. Ich sag dir, das sind genau die Typen. Genau die.«

»Was für Typen?«

»Na, die sich an unschuldigen Mädchen vergreifen. Aber ich krieg ihn schon noch.«

Sie verzog den Mund. Bruno hatte anscheinend nichts gelernt.

»Wer war dieser Typ bloß?«, fragte er.

»Sein Sohn.«

Er sah sie erstaunt an. »Echt? Woher weißt du das?«

»Hat er doch selbst gesagt. Indirekt zumindest.«

»Ach was. Hab ich gar nicht mitgekriegt.«

»Und dass du mir den Ellbogen in den Bauch gerammt hast, wahrscheinlich auch nicht.«

Er wandte das Gesicht wieder ab. »Äh … Nein. Sorry. War wohl ein Reflex. Bist du sauer?«

»Vor allem bin ich enttäuscht, Bruno. Ich verstehe ja, dass das, was passiert ist, nicht so leicht zu bewältigen ist. Das mit deiner Schwester, meine ich. Aber wenn du glaubst, du kannst dich deshalb so bescheuert aufführen, dann irrst du dich. Was du hier abgezogen hast, finde ich total daneben. Damit will ich nichts zu tun haben. Deshalb steige ich hier aus.«

Ihre Hand fuhr zum Türgriff. Doch ehe sie ankam, fing Bruno sie ab.

»Schon verstanden, bleib sitzen. Ich bring dich noch nach Hause.«

»Und dann? Was machst du dann?«

Er startete den Motor.

»Ich lass es jedenfalls nicht auf sich beruhen. Aber ich glaube nicht, dass dich das noch was angeht.«

26

SASCHA WAR EBEN aus der Schule gekommen und machte sich gerade ein Sandwich, als sein Handy klingelte. Die Nummer des Anrufers war unterdrückt. Aha, dachte er.

»Ich bin's.« Mareike, wie erwartet. »Was machst du gerade?«

»Nichts Großes.«

»Mir ist was zu Natalie eingefallen, das dich interessieren könnte.«

»Ach ja? Was denn?«

»Würde ich dir lieber persönlich sagen. Oder hast du gerade keine Zeit?«

»Doch, doch. In einer halben Stunde? Wieder im *Rocky*?«

»Sei aber pünktlich.«

»Bin ich das nicht immer?«

Sie hatte schon aufgelegt.

Nachdem er das Sandwich hinuntergeschlungen hatte, schlüpfte er in seine Regenjacke, zog die Stiefel an und verließ die Wohnung. Unten riss er die Haustür auf – da fiel ihm jemand in einer pitschnassen Jacke in die Arme. »Ups!«, machte sie. Erst auf den zweiten Blick erkannte er, wen er vor sich hatte: Joy!

Sie standen da wie zwei, deren Reißverschlüsse sich ineinander verhakt hatten. Drei wuchtige Herzschläge, dann riss ein Hupen sie aus ihrer Erstarrung. Joy trat einen Schritt zurück, drehte sich zur Seite und winkte jemandem zu, der gerade davonfuhr.

»Er hat mich bloß heimgebracht«, erklärte sie, ehe Sascha fragen konnte.

Bruno, dachte er, alles klar.

»Wie praktisch, bei so einem Wetter einen Chauffeur zu haben. – Du, ich muss weiter.«

»Wohin denn so eilig?«

»Ich treff Mareike im *Rocky*. Ihr ist noch was eingefallen, sagt sie, zu Natalie.«

»Wirklich? Super.« Die Begeisterung klang nicht echt.

»Ich erzähl dir alles, wenn ich wieder da bin. Aber jetzt muss ich los.«

Er zog die Kapuze auf und sprang hinaus in den Regen.

»Vielleicht stellst du sie mir bei Gelegenheit ja mal vor, deine Mareike«, rief Joy ihm nach.

Sie ist nicht *meine* Mareike, wollte er schon sagen, sagte dann aber nur: »Klar, warum nicht?«

»War das eben dein neuer Freund?«, fragte Joys Mutter.

»Wer?«

»Na der, der dich heimgebracht hat. Ich hab euch zufällig vom Fenster aus gesehen.«

Joy rollte mit den Augen. »Das war niemand. Absolut niemand!« Sie warf den Rucksack neben den Schuhschrank, zog erst die nasse Regenjacke, dann die Gummistiefel aus und versuchte dabei, die bohrenden Blicke ihrer Mutter zu ignorieren.

»Ist was?«, fuhr sie sie schließlich an.

»Nein. Aber es ist schon nach vier, und Schule war um eins aus, wenn ich nicht irre.«

»Na und?«

»Wieso denn so zickig? Darf ich nicht mal fragen?«

Nein, durfte sie nicht!

»Das Problem ist – Ach!«

Sie war es leid, immer alles zu erklären und sich zu rechtfertigen. Hörte das nie auf? Zornig lief sie in ihr Zimmer.

»*Was* ist das Problem?«, rief ihr ihre Mutter nach.

Aber da schlug die Tür schon ins Schloss.

Das Problem war, dass Lehrer viel zu viel Freizeit hatten und deshalb dauernd zu Hause rumhingen und ihren Kindern auf den Keks gingen; dass sie sie überwachten und ständig Fragen stellten zu Sachen, die sie nichts angingen. Das Problem war, dass Mütter ihre Töchter nicht dauernd in irgendwelche Beziehungen oder Freundschaften reinquatschen, sondern akzeptieren sollten, dass die ihr eigenes Leben lebten und ihre eigenen Entscheidungen trafen. Töchter wollten nicht hören, was ihre Mütter in ihren sogenannten wilden Jahren alles angestellt hatten, schon gar nicht, wenn es um Liebe und Sex und solche Sachen ging. Mütter sollten nicht die besten Freundinnen ihrer Töchter sein wollen, sondern genau das, was sie nun mal waren: Mütter.

Joy sank aufs Bett, saß eine Weile da, ehe sie sich nach hinten fallen ließ und an die Decke starrte.

Nein, das alles war nicht das Problem. Nicht heute. Nicht jetzt. Das eigentliche Problem war, dass Sascha sich mit dieser Mareike traf und sie einfach nicht einschätzen konnte, was da genau lief. Was auch immer es war, es sah jedenfalls verdammt danach aus, als würde diese Mareike sie verdrängen. Die Tristan-Sache war ihr gemeinsames Ding gewesen. Man wechselte doch nicht einfach so den Partner. Gerade von Sascha hätte sie etwas anderes erwartet. Anscheinend hatte sie sich in ihm getäuscht. Genau wie in allen anderen. Man musste den Tatsachen des Lebens ins Auge sehen: Männer waren so. Irgendwann enttäuschten sie einen. Das war wohl ein Art Naturgesetz. Und die mit den sanften Augen und den schönen Gitarrenspielerhänden waren wahrscheinlich die Schlimmsten.

WIE BEIM LETZTEN Treffen im *Rocky* war Mareike schon da und erwartete ihn. Ihre eben noch in sich gekehrte, finstere Miene, mit der sie in ihr Glas Cola gestarrt hatte, hellte sich schlagartig auf, als sie ihn bemerkte. Auf dem Weg zu ihrem Tisch überlegte Sascha, ob er den gestrigen Abend ansprechen sollte, entschied sich aber dagegen. »Sauwetter«, sagte er stattdessen nur, nachdem er sie begrüßt hatte, schlüpfte aus seiner nassen Jacke und hängte sie über die Stuhllehne. Dann setzte er sich. »Hier bin ich also. Was gibt's so Wichtiges?«

»Musst du sofort wieder los?«

»Nee, warum?«

»Na, weil du gleich so zur Sache kommst.«

»Ach so, ich dachte halt ...« Seit wann war sie so empfindlich?

»Schon okay. – Wie gesagt, mir ist da noch was zu Natalie eingefallen. Es war eine Woche oder so, bevor sie sich ..., also, bevor sie das Gift genommen hat. Da hat sie mich angerufen. Es ging ihr nicht gut, das hab ich gleich gemerkt. Sie wollte, dass ich sie abhole. Nicht bei sich zu Hause, sondern bei einer Freundin. Angeblich. Ich bin also hin, aber da war keine Freundin, nur sie. Ihr war total schlecht, sie hatte auch schon gekotzt. Sie brauchte jemanden, der sie nach Hause brachte. Keine Ahnung, ob sie nur gesoffen hatte oder ob auch was anderes im Spiel war. Sie hat es mir nicht gesagt, und ich hab sie nicht gefragt. Das Ganze war ihr endpeinlich, noch mehr als mir, da wollte ich sie nicht ...«

Eine Bedienung kam an den Tisch. Sascha bestellte eine Cola.

Als sie wieder ungestört waren, fuhr Mareike fort: »Natalie war echt ziemlich hinüber. Ich hab sie also nach Hause gebracht. Bevor ich gegangen bin, musste ich ihr tausend Eide schwören, dass ich niemandem was erzähle. ›Das ist nie passiert‹, hat sie immer wieder gesagt, ›das ist nie passiert.‹ Ich hab nicht verstanden, warum sie so ein Drama draus macht. Kann doch mal vorkommen, dass man abstürzt, oder? Außerdem: Wem sollte ich was erzählen? Wir hatten keine gemeinsamen Freunde, ihre Mutter hab ich auch nie gesehen. Aber es war ihr trotzdem total wichtig. Fast so, als würde ihr Leben davon abhängen.«

Die Bedienung brachte Saschas Cola und stellte sie vor ihn hin.

»Der Punkt ist«, sagte Mareike, »ich glaube nicht, dass sie bei einer Freundin war. Das war eindeutig die Wohnung von einem Typen. Eigentlich war es nur ein Apartment, eineinhalb Zimmer oder so, in einem total abgefuckten Haus. Und wie es da aussah. Total verdreckt und so.«

Sascha lächelte. »Können Mädchen nicht auch Schweine sein?«

»Schon, aber ... Natalie hatte nicht so viele Freundinnen, sie hatte ja an jeder was auszusetzen. Ich glaube, außer dieser Alina war ich das einzige Mädchen, mit dem sie sich überhaupt abgegeben hat. Mit wem hätte sie also saufen oder kiffen sollen oder was immer sie gemacht haben?«

Erst jetzt verstand Sascha, worauf sie hinauswollte. Und der Gedanke elektrisierte ihn sofort.

»Du meinst …?«

»Genau. Vielleicht war das die Wohnung von diesem Typen, diesem Tristan.«

Wenn das stimmte, dann hatte er endlich die erste heiße Spur zu Tristan.

»Würdest du da wieder hinfinden?«

Sie wollte gerade wieder auflegen, da ging er doch noch ran.

»Ja?«

»Ich bin's, Joy.«

»Ich weiß, dass du es bist. Ich hab deine Nummer noch im Adressbuch. Was willst du?«

Er klang nicht so, als würde Bruno sich darüber freuen, dass sie sich meldete. Und das *noch* hatte sie auch nicht überhört. Wahrscheinlich war es ein Fehler gewesen, ihn anzurufen. Ganz bestimmt sogar. Sie wusste selbst nicht, warum sie es tat.

»Ich wollte nur fragen, wie es dir geht.«

»Wie soll es mir gehen? Ich bin verprügelt worden.«

Sie schaute auf und sah im Spiegel über ihrer Kommode ein dunkelhäutiges Mädchen, das verzagt an seiner Unterlippe kaute und dabei weder schön noch sonst wie attraktiv aussah. Was sahen die Kerle nur in ihr?

»Ich wollte nicht, dass wir so auseinandergehen, Bruno.«

»Wieso? Wie sind wir denn auseinandergegangen?« Die Gereiztheit in seiner Stimme nahm eher zu als ab.

»Keine Ahnung. Irgendwie …«

»Irgendwie was, Joy? Weißt du, was dein Problem ist?«

Aha, dachte sie, endlich kommt mal einer und erklärt mir, was mein Problem ist. Wurde ja auch mal Zeit.

»Du weißt nicht, was du willst. Und drum weiß man nie, woran man mit dir ist. Du hast einfach keinen Plan.«

Sie hielt die Luft an. So, so, dachte sie, ich hab also keinen Plan. Danke für die Auskunft. Nicht zu fassen, was er da vom Stapel ließ, nachdem er sie gerade mal kennengelernt hatte.

»Ich hätte nicht anrufen sollen«, sagte sie schließlich.

»Wahrscheinlich nicht.«

Sie überlegte, ob sie einfach auflegen sollte, sagte dann aber versöhnlich: »Alles Gute, Bruno. Und mach keine Dummheiten, ja?«

Das Tuten in der Leitung sagte ihr, dass er sie nicht mehr gehört hatte.

DER REGEN HATTE endlich nachgelassen, als Sascha und Mareike vor dem Haus ankamen, in dem – vielleicht – Tristan wohnte. Ein scheußlicher Bau aus den Siebzigern mit aschgrauer Fassade.

»Die Wohnung war in einem der oberen Stockwerke«, sagte Mareike und schnippte ihre heruntergerauchte Kippe zwischen die am Bordstein parkenden Autos. Sie gingen an die Eingangstür, wo Mareike die Klingelleiste betrachtete. »Jetzt weiß ich's wieder. Das hier war's.« Sie deutete auf ein Schild. »Hier musste ich klingeln.«

M. Engelhart, las Sascha auf dem Klingelschild, das eigentlich nicht mehr war als ein Fetzen Karton, den jemand mit einem breiten Tesafilm neben die Klingel geklebt hatte. Enttäuschung machte sich breit. »Dann kann es Tristan schon mal nicht sein«, meinte er. »Falsches Initial.«

»He, nicht gleich aufgeben. Es gibt Leute, die haben mehr als einen Vornamen. Oder vielleicht heißt er gar nicht Tristan, sondern hat sich nur bei den Mädchen so genannt.«

»Wäre das Natalie nicht aufgefallen, als sie hier war?«

Mareike zuckte mit den Schultern. »Eine Ausrede lässt sich schnell erfinden. Und wenn sie in ihn verknallt war, hat sie sowieso alles geglaubt.«

Da hatte sie auch wieder recht.

»Was machen wir jetzt?«, wollte Mareike wissen. »Sollen wir einfach mal schauen, ob er da ist?«

Ihre Hand fuhr zur Klingel.

»Nicht so schnell«, protestierte Sascha noch, aber es war zu spät, sie hatte schon auf den Knopf gedrückt.

Mareike grinste bloß. »Bleib locker. Wir können immer noch weglaufen. Dann war's eben ein Klingelstreich.«

Nichts passierte. M. *Engelhart* war anscheinend nicht zu Hause. Oder er hatte keine Lust aufzumachen.

»Die Wohnung ging nach hinten raus. Schauen wir uns mal die andere Seite an.«

Wie sich zeigte, war die Rückseite des Hauses bis unters Dach eingerüstet.

»Na, wenn das kein Glücksfall ist«, frohlockte Mareike. »Das ist ja wie eine Einladung.« Sie kam jetzt immer mehr in Fahrt. Mit dem Zeigefinger zählte sie die Stockwerke ab und befand schließlich: »Das da oben müsste es sein.«

»Du willst da jetzt hoffentlich nicht hinauf. Mitten am Tag.«

Er traute ihr alles zu. Umso erleichterter war er, als sie sagte: »Natürlich nicht. Aber ich schulde dir noch einen Einbruch. Einen echten, meine ich.«

Erst als er drin saß, fiel Sascha auf, dass er in München noch nie Taxi gefahren war. Nicht, dass es ihm wie etwas Besonderes vorkam. Er hatte es nur einfach noch nie getan. So wenig, wie Mareike anscheinend jemals einen Bus oder eine U-Bahn benutzt hatte.

»Halt dir die kommenden Abende frei«, trug sie ihm nun schon zum wiederholten Male auf. »Ich check die Lage, und wenn sich eine Gelegenheit ergibt, ruf ich dich an.«

»Du kannst dich doch nicht Abend für Abend auf die Lauer legen.«

»Warum nicht? So funktioniert Observation nun mal.«

»Ja, schon, aber … hast du sonst nichts zu tun? Und was sagen deine Eltern?«

Sie zuckte nur die Schultern.

»Warum machst du das, Mareike?«

»Aus dem gleichen Grund wie du.«

»Und der wäre?«

»Natalie.«

Okay, dachte er erleichtert. Also nicht für ihn. Er brauchte kein schlechtes Gewissen zu haben.

»Und du musst ja Chemie lernen«, fügte sie nach kurzem Schweigen hinzu.

»Danke, dass du mich daran erinnerst.« Die Klausur auf Montagmorgen zu legen, war typisch für Chemie-Hansel, dem es anscheinend Spaß machte, seinen Schülern das Leben zu vermiesen.

»Musst du denn nie was für die Schule tun?«

Mareike zupfte einen nicht vorhandenen Fussel von ihrem Oberschenkel. »Ich geh nicht zur Schule. Nach der Zehnten hab ich hingeschmissen. Schule ist nur was für – na ja, jedenfalls nichts für mich.«

»Waren deine Noten so schlecht?«

Sie grinste schief, wie über einen schlechten Witz. »Nee, ich hatte nur Einsen. Hochbegabt, angeblich.«

»Krass. – Und was haben deine Eltern gesagt?«

»Sie haben natürlich versucht, mich davon abzubringen, aber weil sie das nicht konnten, haben sie es akzeptiert. Sie wollen nicht, dass ich etwas tun muss, das mich unglücklich macht.«

Sascha glaubte, nicht recht zu hören. Seine Mutter hätte ihn eher mit Handschellen an einen Heizkörper im Klassenzimmer gefesselt, als zuzulassen, dass er die Schule schmiss. In welcher Welt lebte Mareike? Jedenfalls nicht in seiner, so viel stand fest. Sie kam ihm immer mehr wie ein Alien vor.

»Aber … irgendwas musst du doch tun. Machst du eine Lehre? Oder ein Praktikum?«

»Eine Lehre? Bin doch nicht bescheuert und lass mir von einem Typen, der kaum bis fünf zählen kann, vorschreiben, was ich zu tun habe. Nee, ich guck noch ein wenig, und dann entscheide ich mich, was ich tu. Hat ja keine Eile.«

»Endlich erzählst du mal ein bisschen von dir«, sagte er nach kurzem Schweigen.

Sie überlegte kurz, so als sei ihr erst durch seine Bemerkung aufgefallen, dass sie etwas von sich preisgegeben hatte.

»Das ist doch alles total unwichtig.«

»Finde ich nicht. Ich find's eher seltsam, dass ich nichts von dir weiß. Nicht mal deinen Nachnamen kenne ich.«

»Was willst du damit? Namen sagen rein gar nichts aus.« Mareike sah ihn argwöhnisch an. »Oder willst du mir hinterherschnüffeln?«

»Quatsch. Aber es ist doch normal, dass man von seinen Freunden bestimmte Dinge wissen will.«

Mareike schwieg. Immer wieder dachte Sascha, sie werde gleich etwas sagen, aber dann sagte sie doch nichts. Manchmal schaute er verstohlen zu ihr hinüber, doch sie wirkte so, als sitze sie hinter einer dicken Wand aus Plexiglas.

Erst als das Taxi in seine Straße einbog und er dem Fahrer sagte, in welchem Haus er wohnte, löste sich Mareikes Haltung. War das auf ihrem Gesicht gar der Anflug eines Lächelns? Das Taxi hielt ohne dass er zu einem Entschluss gekommen wäre.

»Ich ruf dich an«, versprach Mareike.

Als er wieder in der Wohnung war, erreichte ihn eine SMS. Er kannte die Nummer des Absenders nicht. Die Nachricht war denkbar kurz:

☺

M.

Er brauchte ein wenig, bis er begriff, was die Botschaft dahinter war. Ihre Rufnummer war zum ersten Mal nicht unterdrückt. Sie hatte ihm ihre Handynummer gegeben. Anscheinend begann sie, sich ihm zu öffnen. Ihm zu vertrauen.

KURZ VOR MITTERNACHT meldete sich sein Handy. Sascha zeichnete gerade an einem gnadenlosen Gefecht zwischen zwei selbst erdachten Roboterkampfmaschinen, im Hintergrund lief Eminem. Er fürchtete, es sei Mareike, weil er ihre SMS nicht beantwortet hatte. Er wusste einfach nicht, was er ihr schreiben sollte. Er freute sich über ihren Vertrauensbeweis, aber er wollte keine falschen Hoffnungen wecken.

Zum Glück war es Joy. Doch die Erleichterung hielt nicht lange an. Er hatte ihr versprochen, sie anzurufen, wenn er wieder da war, und ihr alles zu erzählen.

»Störe ich?« Sie klang seltsam gedämpft.

»Nee.« Er legte den Bleistift hin und lehnte sich zurück. »Alles okay bei dir? Du hörst dich irgendwie komisch an.«

»Echt? Das täuscht. Bin nur ein wenig müde. Was machst du gerade?«

»Ich kritzle ein wenig rum und hör Musik.«

»Wie war's mit … Mareike?« Es schien ihr nicht leichtzufallen, den Namen auszusprechen.

»Ganz okay. Sie hat mir von einer Adresse erzählt, bei der sie Natalie mal abgeholt hat. Vielleicht die von Tristan. Dem gehen wir noch nach.« Er blieb absichtlich vage.

»Cool. Können wir ja morgen machen.«

»Äh … Klar. Das heißt … Eigentlich mach ich das mit Mareike. Immerhin kommt der Tipp von ihr und …« Ihm wurde heiß bis in die Haarspitzen.

»Oh. – Verstehe.«

Er setzte sich aufrecht, rutschte bis an die Stuhlkante vor. »Ich würde viel lieber mit dir, das weißt du. Aber ich kann schlecht zu Mareike sagen: Danke für die Info, aber jetzt bist du nicht mehr gefragt.«

»Du brauchst dich nicht zu rechtfertigen, Sascha. Ist schon okay.«

So, wie sie das sagte, hörte es sich überhaupt nicht okay an. Es hörte sich eher an wie: Ich bin sauer. Oder, noch schlimmer: Ich bin so was von enttäuscht von dir.

Er stand auf, ging zur Stereoanlage und drehte die Lautstärke runter. »Tut mir leid, ich hab … nicht schnell genug geschaltet, und da hatte ich schon Ja gesagt und …«

Joy schwieg. Er überlegte, ob er ihr vorschlagen sollte, dass sie rüberkam. Oder sie sich auf dem Balkon trafen. Aber er war nicht scharf drauf, dieses Gespräch unnötig in die Länge zu ziehen.

»Es ist nicht so, wie du denkst«, redete er drauflos, als er das Schweigen nicht mehr ertrug, »Mareike ist einfach nur lässig. Ihre Eltern haben anscheinend endlos viel Geld, und sie kann tun und lassen, was sie will. Sie muss nicht mal zur Schule. Neulich sind wir nachts in eine Galerie in der Barer Straße eingestiegen, weil sie mir unbedingt ein paar Bilder zeigen wollte. Schon die Idee ist doch total krass, oder? War aber halb so schlimm. Ich hab hinterher rausgefunden, dass sie das mit dem Besitzer abgesprochen hatte. Die Bilder waren übrigens wirklich toll, von einem René Sommer, nie gehört, aber wenn du willst, können wir mal hingehen und sie uns ansehen.«

Warum erzählte er ihr das überhaupt? Ihr Schweigen war ohnehin größer und stärker als alles, was er sagen konnte.

»So, so«, kam es nur aus dem Hörer, als ihm nichts mehr einfiel. »Lass uns morgen weiterreden. Mir fallen schon die Augen zu. Gute Nacht.«

Ehe er noch etwas sagen konnte, hatte sie schon aufgelegt.

GOTTVATER GIBT SICH mal wieder die Ehre. Seine Schritte hallen durchs Haus. Wie die Alte Schlampe gleich wieder um ihn rumhechelt, wie ein erbärmlicher Mistköter um sein Herrchen. Das ganze Gejammer, das ich mir tagelang anhören durfte – vergessen. Ich krieg bei der so was von das Kotzen! Wird nicht lange dauern, bis er ihr wieder mit einem spitzen Wort ihr jämmerliches Herz aufsticht, und dann kratzt sie wieder an meiner Tür, das dumme Miststück. Dann heult sie, und wenn sie aufhört zu heulen, wird sie gemein und glaubt, mich für alles büßen lassen zu müssen.

Die beiden haben einander so was von verdient.

Und mich haben sie auch verdient.

Ich bin ihre Saat, und sie ist aufgegangen und hat schon Früchte getragen.

GOTTVATERS AUGEN. KALTE Sonnen. Kälte, die einen verbrennt.

Seine dünne, spitze Stimme: schneidender Wind, der über Eisfelder pfeift.

Wenn er mich früher ansah, mit dieser Erwartung in seinem Blick, dass ich alles sein könnte, was er erhofft hat – und dann die Enttäuschung, dass ich es nicht war und nie sein würde. Und die Enttäuschung in mir selbst, dass ich es nie sein würde.

Tristan zu sein und nicht zu sein. Die unlösbare Aufgabe.

Die Alte Schlampe, die mir heute noch vorwirft – stumm, mit ihren bösen Blicken oder mit hinterhältigen Anspielungen –, dass ich nicht bin, was ich sein sollte, und dass damit alles anfing. Als wäre es mein Unvermögen. Meine Schuld. Alles meine Schuld.

Aber wie kann es meine Schuld sein? Nein, es ist nicht meine Schuld.

Es ist alles eure Schuld! Einzig und allein eure Schuld! Ihr seid Monster! Ungeheuer!

MAL WIEDER ZUFÄLLIG mein altes Hass-Buch in die Finger gekriegt und darin gelesen.

Stelle mir vor: Ich und die Alten Säue sitzen am Tisch und fressen. Ich habe ihnen aber Rattengift unter ihren Fraß gemischt. Als sie es merken, ist es schon zu spät. Das Gift reißt ihre Eingeweide auf, und sie verbrennen von innen und leiden unendliche Qualen. Sie verrecken vor meinen Augen. Wie geil das wäre!

Schon vor Jahren habe ich das geschrieben. Jetzt wirkt es irgendwie prophetisch. Auch wenn ich nicht Gottvater und der Alten Schlampe das Zyankali zu fressen gebe, müssen sie irgendwann trotzdem Gift schlucken. Ich kann den Tag kaum erwarten, an dem sie erfahren, was ich getan habe. Alle werden sehen, dass es eigentlich ihr Werk ist, und alles, was sie geheim halten wollen, ihre ganzen dreckigen Geheimnisse, ihr ganzes verschissenes Leben, wird offenbar werden und ausgemistet. Ich hoffe so, dass ich noch am Leben bin, wenn das passiert.

27

CHEMIE IST KACKE! Sascha rahmte diesen Satz in seinem Heft mit einem wild wuchernden Muster ein. Seit acht Uhr lernte er für die Klausur. Wenn er nicht gerade an Joy dachte. Er überlegte die ganze Zeit, wie sie am Abend zuvor noch mal verblieben waren. Sollte sie ihn anrufen oder er sie? Er durfte jetzt keinen Fehler mehr machen, um sie nicht noch stärker zu verärgern.

Seit neun war seine Mutter auf und geisterte in der Wohnung umher. Gegen zehn klopfte sie sachte an seine Tür und machte sie einen Spalt auf. Als sie sah, dass er nicht mehr schlief, kam sie ganz herein.

»Du bist schon fleißig. Das lobe ich mir. Was machst du?«

Er drehte sich nicht zu ihr um. »Chemie. Montagmorgen ist Klausur.« Er blätterte im Buch eine Seite vor und wieder zurück, um beschäftigt auszusehen.

»Ich fahre ein paar Stunden in die Stadt. Kann ich dir was mitbringen?«

Er schüttelte den Kopf. »Viel Spaß.«

Sie ging wieder. Er hörte sie noch ein wenig in der Wohnung herumlaufen, dann rief sie einen Abschiedsgruß den Flur herab und war weg.

Er nahm sein Handy. Scheiß drauf, wer wen anrufen sollte, dachte er und wählte Joys Nummer. Es meldete sich nur die Mailbox. »Hi, ich bin's«, sagte er nach dem Piepton. »Meine Mutter ist gerade weg, wieso kommst du nicht rüber zu einem kleinen Brunch? Ich lerne seit acht Uhr und könnte eine Abwechslung vertragen. Melde dich, ja?«

Nach einer Stunde versuchte er es noch einmal. Wieder nur die Mailbox.

Ein paar Minuten später klingelte sein Handy endlich. Doch im Display stand eine unbekannte Nummer. Erst mit einigen Sekunden Verzögerung erkannte er, dass es Mareike war. Scheiße, dachte er. Er hatte ihre SMS von gestern noch immer nicht beantwortet.

»Alles okay bei dir?« Sie klang kein bisschen sauer, sondern sogar ziemlich gut gelaunt.

»Wie man's nimmt. Ich zieh mir Chemie rein. Total öde.«

»Ich war gerade bei Tristans Haus und hab mich ein wenig umgehört. Ganz unauffällig natürlich. Scheint so, als wäre er seit Tagen nicht mehr hier aufgetaucht. Vielleicht können wir heute Nacht schon ausrücken. Halte dich also bereit. Das wollte ich dir nur sagen.«

»Super.«

»Ich melde mich wieder.«

Sie hängte sich ganz schön rein. Zu sehr, für seinen Geschmack. Auch wenn er eines zugeben musste: Mit ihr war er innerhalb eines Tages weiter gekommen als mit Joy in zwei Wochen.

JOY STAND VOR dem Schaufenster und betrachtete die ausgestellten Gemälde und Skulpturen. Nichts, was sie sich übers Sofa gehängt oder ins Wohnzimmer gestellt hätte. Sie war allerdings auch nicht wegen der Kunst hier, sondern um ein paar Dinge herauszufinden. Dank des Internets und der Angaben, die Sascha hatte fallen lassen, war es nicht schwer gewesen, die Galerie zu finden, in der er mit Mareike war. Sollte sie wirklich reingehen? Es war nicht okay, anderen Leuten nachzuspionieren. Doch an dieser Mareike war irgendwas faul. Schon allein die Idee, einen Einbruch in eine Galerie vorzutäuschen, war mehr als nur schräg. Was wollte sie damit beweisen? Irgendwann zog sie Sascha vielleicht in etwas noch viel Schlimmeres rein. Das musste sie verhindern.

Sie warf alle Skrupel über Bord und trat ein. Außer ihr war niemand da. Schon in der nächsten Sekunde kam aus einem Nebenraum ein Mann auf sie zugeschossen. Schätzungsweise Mitte vierzig, Intellektuellen-Brille mit dickem, schwarzem Rahmen, gegelte Haare, Sakko und darunter ein T-Shirt mit V-Ausschnitt. Kein Zweifel: der Galerist.

»Was kann ich für Sie tun, junge Frau?«

Kaum hatte er sie mit einem raschen Blick abgeschätzt, verflog der kaufmännische Elan. Ein Mädchen in einer fleckigen Jacke, einem alten Rolli, einer an manchen Stellen fadenscheinigen Jeans und ausgelatschten Boots versprach keine fetten Geschäfte.

»Sind Sie der Besitzer?«

»Der bin ich. Warum?«

»Ich hätte da eine Frage.«

»Wer bist du denn überhaupt?«

»Ich heiße Joy Lennert.«

»Ich bin der Gerd. Gerd Watzke. Also, worum geht es?«

»Um ein Mädchen, dem Sie vor Kurzem erlaubt haben, nachts hierherzukommen. Ihr Name ist Mareike.«

Seine Miene verhärtete sich beinahe schlagartig, die Augen wurden schmal. »Und?«, fragte er spitz.

»Na ja, ich dachte mir, Sie könnten mir ein bisschen was über sie erzählen. Sie macht sich nämlich gerade an einen guten …, einen *sehr* guten Freund von mir ran, und weil sie mir ein bisschen seltsam vorkommt, dachte ich …«

»Du willst was über Mareike wissen?«, fragte er mit kaltem Zorn in der Stimme. »Komm mit, ich zeig dir was!«

Mit großen Schritten lief er los, sie folgte ihm in einen Nebenraum, an dessen Wänden Tuschzeichnungen auf aquarelliertem Untergrund hingen. Auf jede von ihnen war ein großes, rotes X gesprayt.

»Nicht, dass du denkst, das muss so sein«, sagte Gerd. »Das war Mareike.« Er sah sie scharf an. »Hat dein Freund bei der Aktion mitgemacht?«

»Ganz bestimmt nicht. Sascha ist ein Kunstfan. Er zeichnet selbst total super. So was … Nee, das würde er nie machen.«

Gerd winkte ab, sein Zorn verpuffte mit dem hilflosen Schnauben, das er von sich gab. »Ist ja auch egal. Interessiert keine Sau mehr. Schnee von gestern.«

»Ach. Und wieso?«

»Mareikes Vater hat alle Bilder gekauft. So, wie sie sind. Zu einem sehr,

sehr guten Preis. Unter der Bedingung allerdings, dass es keine Anzeige gibt. Ich hätte das ja nicht gemacht. Ich hab auch meinen Stolz.« Ein kurzes Aufblitzen in seinen Augen, das rasch verglomm. »Aber der Künstler wollte es so.« Er zuckte entschuldigend mit den Schultern. »Na ja, ist ein armer Schlucker, der jeden Euro brauchen kann. Muss man auch wieder verstehen.« Er ging im Raum herum, schaute die verunstalteten Bilder an. »Wahrscheinlich wandern sie jetzt in den Müll. Es bricht mir das Herz.«

»Warum hat Mareike das denn gemacht?«

»Warum?«, fuhr er auf. »Keine Ahnung! Angeblich hab ich ihr die Tour vermasselt. Bloß weil ich einen Zettel hingelegt habe, dass sie unbedingt die Alarmanlage wieder anstellen soll, wenn sie geht. Was ist daran so schlimm? – Na ja, egal. War sowieso bescheuert, sie reinzulassen. Ich bin einfach zu gut. Zu nachgiebig. Das musste bestraft werden.«

Joys Mitleid hielt sich in Grenzen. Er steckte bestimmt eine hübsche Provision ein. Nur um die Bilder tat es ihr leid. Die waren wirklich schön.

»Wie gut kennen Sie Mareike denn?«

»Gut genug, dachte ich. Sie kam eines Tages rein, wir haben uns über die Exponate unterhalten, für ihr Alter weiß sie nicht nur eine Menge über Kunst, sie hat auch ein Auge dafür, und sie kam immer wieder … Seit einem oder eineinhalb Jahren geht das jetzt so. Ehrlich gesagt: Sie hat mir irgendwie leidgetan. Ich glaube, sie ist einsam.«

»Warum? Hat sie keine Freunde?«

»Sie war immer allein hier.«

»Und ihre Familie?«

»Von der hat sie immerzu geschwärmt. Dass sie so toll sind und ihr alle Freiheiten lassen und so. Na ja. – Ihr Vater ist irgend so ein Superanwalt für Konzerne. Dr. Sigmund Ahrens. Gesehen hab ich ihn nicht, er hat alles telefonisch geregelt. Da machte er einen recht umgänglichen Eindruck. Aber als ich verlangt hab, dass Mareike sich bei mir entschuldigt, wurde er gleich patzig.« Gerd kam auf Joy zu. »Also, wenn ich dir einen Rat in Bezug auf deinen Freund und diese Mareike geben darf: Am besten, er lässt die Finger von ihr. So jemand bringt nur Ärger.«

Es war schon spät, als Mareike anrief. Sascha hatte längst aufgehört, auf einen Anruf von ihr zu warten, und surfte ziellos im Internet, auf der Suche nach neuen Musikclips. Joy hatte sich bis dahin auch nicht gemeldet. So hatte der Tag ganz allein ihm und seinem Chemiebuch gehört.

»Kannst du in einer Stunde bei Tristans Haus sein?«, fragte Mareike nun ohne lange Vorreden.

»In einer Stunde?« Er schaute auf die Uhr. »Das wäre dann halb eins.«

»Schaffst du das?«

»Nur, wenn meine Mutter nichts merkt. Nach unserem Galeriebesuch war sie ziemlich angepisst, weil ich so spät nach Hause gekommen bin.«

»Das solltest du ja wohl hinkriegen. Und bring eine Taschenlampe mit. Ich warte hier auf dich.«

Ende des Gesprächs.

Ausgerechnet jetzt rief auch noch Joy an. Den ganzen Tag hatte sie ihn schmoren lassen, jetzt hatte er keine Lust, mit ihr zu reden. Deshalb ging er nicht ran, sondern schlurfte ins Wohnzimmer, wo der Fernseher lief – irgendein Fernsehkrimi – und seine Mutter schlafend auf dem Sofa lag. Es dauerte bei ihr meist keine halbe Stunde, bis sie eingedöst war. Vor allem, wenn sie, wie an diesem Abend, ein oder zwei Gläser Wein getrunken hatte.

»Gute Nacht, Mama«, sagte er so laut, dass sie aufwachte. »Ich geh ins Bett.«

Sie blinzelte, lächelte, nickte. »Gute Nacht. Ich geh auch gleich. Ich schau nur noch den Krimi zu Ende.«

Er verschwand in sein Zimmer, wo er eine kleine Taschenlampe aus dem Nachttisch holte und wartete. Spätestens in zehn Minuten würde seine Mutter wieder tief und fest schlummern. Zur Sicherheit gab er fünf Minuten drauf, dann schlich er in den Flur, schnappte sich Schuhe und Jacke und verließ die Wohnung. Während er sich im Treppenhaus eilig anzog, ging die Nachbartür halb auf, und Joy stand vor ihm, in Schlafanzughose und T-Shirt. Hatte sie etwa am Spion auf ihn gelauert?

»Wo gehst du denn noch hin?«

»Nur kurz weg.«

»Und dazu brauchst du eine Taschenlampe?«

Mist! Er hätte sie nicht einfach auf die Stufe legen, sondern gleich in die Jackentasche schieben sollen.

»Muss nur was nachsehen. Unten im Hof.«

Zum Glück fragte sie nicht weiter. Wahrscheinlich ahnte sie, dass er log. Er schämte sich dafür, aber konnte er ihr sagen, dass er zu einem Einbruch ging? Je weniger sie wusste, desto besser.

»Wieso bist du vorhin nicht ans Handy gegangen?«

»Du hast angerufen? Hab nichts gehört.«

Sie sah zu, wie er sich, auf einer Treppenstufe sitzend, die Schnürsenkel band. Es schien so, als wollte sie etwas sagen. Doch sie schwieg. Schließlich richtete er sich auf und schlüpfte in die Jacke.

»Ich muss los. Lass uns morgen telefonieren.«

Joy schloss die Tür.

SASCHA SCHLUG DEN Jackenkragen hoch. Ein kühler Wind war aufgekommen. Zügig ging er die Straße hinab, auf das Haus zu, in dem – vielleicht – Tristan wohnte. Dabei hielt er die Augen nach Mareike offen, konnte sie aber nirgends sehen. Als er vor dem Eingang ankam, sprach ihn plötzlich von hinten jemand an: »Polizei. Was machen Sie hier um diese Zeit, junger Mann?«

Er erschrak heftig und wandte sich um. Mareike stand grinsend vor ihm, wie immer im perfekten Outfit. Im Haar trug sie einen schimmernden Reif, dazu eine halblange, dunkelblaue Jacke, die bis zum Hals geschlossen und mit einem Gürtel eng zugezogen war, und eine Röhrenjeans.

»Sehr witzig«, sagte er.

»Komm.«

Er folgte ihr um die Ecke, zur eingerüsteten Rückseite des Hauses. Ein paar Fenster glommen im Widerschein von Fernsehern, die anderen waren dunkel. Auch die, die zu M. Engelharts Wohnung gehörten.

»Willst du das wirklich durchziehen?«

»Was denkst du denn?«

Mareike stieg als Erste die Leiter hoch, er folgte ihr mit etwas Abstand. Ohne Mühe erreichten sie den dritten Stock. Das Gerüst war ein Geschenk an jeden Einbrecher. Allerdings war in so einer runtergekommenen Bude wahrscheinlich nichts zu holen, was einen Einbruch gelohnt hätte.

Mareike zog eine Taschenlampe aus ihrer Jacke. »Hast du auch eine dabei?«

»Klar.« Er holte sie heraus.

Wie zwei geisterhafte Finger strichen die beiden Lichtkegel durch den Raum hinter dem Fenster, tasteten sich über Klamotten, Pizzaschachteln, überquellende Aschenbecher, CDs und allerlei sonstigen Kram hinweg. Statt Bildern zierten Graffiti die Wände.

»Licht aus!« Mareike machte ihre Lampe aus, Sascha folgte eine Sekunde danach.

»Und jetzt?«, fragte er.

Sie zog etwas aus ihrer Jackentasche. »Hier, anziehen.« Erst als sie sie ihm in die Hand drückte, erkannte er, dass es sich um Einweghandschuhe handelte, wie sie Ärzte oder Pfleger benutzten. »Wegen der Fingerabdrücke.«

Sie dachte wirklich an alles. Und sie sagte anscheinend auch gerne, wo es langging. Während er noch mit einem mulmigen Gefühl die Handschuhe überzog, begann sie bereits, das Fenster abzutasten.

»Nichts zu machen«, befand sie. »Sehen wir uns das andere an.«

Das Fenster nebenan gehörte zur Küche und war etwas kleiner als das andere. Vorsichtig drückte sie gegen die Scheibe. Ein leises Knarren im Rahmen. Sie drückte fester. Es gab nach, allerdings nur oben.

»Und was machen wir jetzt?«, fragte Sascha.

»So schnell geben wir nicht auf. Vielleicht komme ich durch den Spalt an den Hebel.«

Sie zog die Jacke aus und schob die Ärmel ihres Pullis hoch. Es grenzte an Akrobatik, wie sie ihren Arm durch die schmale Öffnung zwängte und immer näher an den Hebel heran, mit dem sich das Fenster umstellen ließ. Sie erreichte ihn und drückte ihn nach unten. Das Fenster rastete unten aus und hing nur noch an einem Scharnier.

»Cool«, sagte Sascha.

»Mit solchen Armen ist das ein Klacks.«

Es stimmte. Sie waren dünn wie Mikado-Stäbchen. Mareike schob die Ärmel runter, schlüpfte in ihre Jacke, knöpfte sie bis oben zu und zog den Gürtel stramm.

Über eine Spüle hinweg, in der sich schmutziges Geschirr auftürmte, stiegen sie in die Küche. Fauliger Geruch schlug ihnen entgegen. Außerdem roch es stark nach kaltem Rauch. Als sie drinnen waren, hängte Mareike das Fenster wieder ein und schloss es. Sascha machte Licht, und so enthüllte sich ihnen das ganze Ausmaß der Verwahrlosung: Mehrere zum Platzen volle Mülltüten lehnten an der Wand. Auch der Rest der Küche war ziemlich verdreckt.

»Igitt!«, stieß Mareike aus und rümpfte die Nase. »Voll eklig!«

Sascha nickte und dachte: Wie kann man nur so leben?

Die Glühbirne in der Diele war kaputt, doch der Schein aus der Küche genügte ihnen, um über den Flur ins Wohnzimmer zu finden. Mareike knipste eine Stehlampe an. Sascha machte einen kleinen Schritt zurück Richtung Tür. Im Licht schienen die Graffiti regelrecht von den Wänden auf ihn herabzuspringen: Fratzen, Totenköpfe, Monster, umrahmt und durchdrungen von wild wirbelnden Kreisen, Punkten, Zickzacklinien. Eine Horrorshow aus Aggression und Angst. Vielleicht ein Blick in Tristans tief verstörte Seele?

Mareike stupste ihn an. »Wir müssen uns beeilen. Dass er hier seit Tagen nicht war, muss nicht heißen, dass er nicht jederzeit zurückkommen kann. Außerdem will ich so schnell wie möglich weg aus diesem gruseligen Loch.«

Sie ging zu einem Tisch, der schier überquoll von Papieren, Zeitungen, Werbeprospekten. »Na, das ist ja interessant«, sagte sie im nächsten Moment und hob eine Zeitungsseite hoch. Ein Bericht war dick mit rotem Textmarker umrahmt. MYSTERIÖSER GIFTMORD, lautete die Schlagzeile, darunter stand: Warum musste Laila sterben?

»Entweder ein Fan oder ...« So wie sie guckte, wusste Mareike selbst, dass das nicht witzig war.

Sascha nahm sich eine zerschrammte Kommode in der Ecke vor, zog eine Schublade nach der anderen auf. Klamotten. Noch mehr Klamotten. Nur in der untersten nicht. Dort lagen Hefter und Mappen. Als er die erste aufschlug, fiel sie ihm vor Schreck fast aus der Hand. Ein Bild von Natalie! Darüber ihr Name und ein Steckbrief. Er blätterte weiter, fand noch mehr Fotos von ihr, alle mit Ort und Tageszeit beschriftet. Keines sah so aus, als hätte Natalie gewusst, dass sie fotografiert wurde. Dazwischen Eintragungen: 13.15 Uhr: Verlässt Schule, allein. ... 17.30 Uhr: Geht raus, ziellos, allein. Macht halt bei einem Dönerstand. Es waren immer nur einzelne Tage, die so dokumentiert waren, allerdings über viele Monate hinweg.

»Das musst du dir ansehen, Mareike. Das ist echt der Hammer.«

Sie kam zu ihm, nahm die Mappe aus seiner Hand und blätterte sie durch. »Krass«, befand sie. »Er hat Natalie überwacht. Das ist eine richtige Akte. Schau mal, du kommst auch drin vor.«

Eine Gänsehaut kroch über Saschas gesamten Körper. Sie hatte recht. Das Foto zeigte ihn und Natalie in dem Oma-Café. Das war der Tag gewesen, an dem sie sich kennengelernt hatten. Und jetzt sah er sich selbst, wie durch Tristans Augen!

»Bist du okay?«, fragte Mareike.

Er fasste sich, so gut es ging. »Alles bestens. Machen wir weiter, damit wir hier wegkommen.«

Während Mareike weiter in Natalies Ordner blätterte, sah er die anderen durch. Hastig, mit zitternden Händen. Betrachtete die Fotos der Mädchen auf der jeweils ersten Seite. Las ihre Namen: Sarah, Alina, Laila. Alle tot.

»Hier ist noch was, Sascha.«

Was denn noch? Die Ordner waren doch schlimm genug. Er schaute zu ihr.

Mareike hielt einen USB-Stick hoch. »Der war mit Tesafilm hinten eingeklebt. Was sollen wir damit machen?«

Sascha zuckte die Schultern. Was würde schon darauf sein? Noch mehr Fotos. Videos. Vielleicht solche, die die Mädchen beim Umziehen zeigten oder beim Duschen. Was immer es auch war, er wollte es eigentlich gar nicht sehen. Andererseits konnte auch etwas vollkommen anderes auf dem Stick sein. Etwas, das einen Hinweis auf Tristans Motive lieferte.

»Schauen wir wenigstens rein«, beschloss er.

Mareike entdeckte unter dem Papierchaos auf dem Tisch einen zugeklappten Laptop und schaltete ihn ein.

Sascha trat zu ihr.

»Das ist alles so widerlich«, sagte sie und schüttelte sich.

Die Anspannung schnürte Sascha die Kehle zu.

Stumm warteten sie, bis der Laptop hochgefahren war. Dann hielt Mareike den Stick hoch. »Willst du?«

Er schüttelte den Kopf. Sie steckte den Stick in einen Port, klickte auf *Wechseldatenträger*, ein Fenster öffnete sich, in dem vier Ordner angezeigt wurden. Jeder trug den Namen eines der toten Mädchen. Mareike klickte auf Natalie, der Ordner wurde geöffnet, eine Liste von Foto- und Videodateien angezeigt.

»Welche soll ich nehmen?«

»Keine Ahnung. Irgendeine.« Hauptsache, sie machte schnell, damit sie das Ganze hinter sich brachten!

Der Media Player startete automatisch, wenig später begann ein Film. Sascha hielt den Atem an. Er konnte nicht hinsehen. Aber wegsehen konnte er auch nicht …

Natalie sitzt auf ihrem Bett und trinkt etwas, das aussieht wie Cola. Sie öffnet die Augen, schaut jemanden an, dann in die Kamera, dann auf etwas neben der Kamera. Sie wirkt irritiert. Etwas scheint nicht so zu sein, wie sie es erwartet hat. »Gute Reise«, sagt eine viel zu sanfte Stimme aus dem Off. Dann verzieht Natalie das Gesicht, wie unter heftigen Schmerzen, sie kippt zur Seite, die Kamera hält drauf, zoomt gnadenlos auf ihr Gesicht. Natalie krächzt, ein Schrei, sie röchelt, ihre Augen sind jetzt weit aufgerissen …

Erst da erkannte Sascha, was er sah: Natalie im Todeskampf. Er schrie auf und spürte, wie sein Magen sich zusammenkrampfte. Seine Hände kochten, doch er bekam die verdammten Latexhandschuhe nicht ab. In Panik lief er aus dem Zimmer. Das Bad! Wo war hier das Bad? Links? Die Küche. Also rechts. Er stieß die Tür auf, machte Licht – richtig, er war im Bad. Vor der Kloschüssel fiel er auf die Knie, würgte. Doch es kam nichts, der Druck in seinem Magen hatte schon wieder nachgelassen.

»Sascha?«

Mareike. Sie stand in der Tür, sah ihn besorgt an.

»Bin okay«, antwortete er gepresst. »Brauch nur zwei Minuten … für mich allein.«

Sie nickte und ging.

Er stand auf, streifte die Handschuhe ab, beugte sich über das Waschbecken und kühlte seine Hände und seine brennend heißen Wangen unter kaltem Wasser.

Scheiße, dachte er, was hat das alles zu bedeuten?

Er richtete sich wieder auf und betrachtete das Gesicht, das ihm aus dem Spiegel entgegensah. Es war ihm bekannt und fremd zugleich. So als wäre etwas damit geschehen, als hätte es sich verändert, eine Kleinigkeit nur, aber eine entscheidende.

Schon einmal hatte er so einen Moment erlebt: nach dem Tod seines Vaters.

Ein Geräusch riss ihn aus seinen Gedanken. Schwere, schlurfende Schritte, draußen im Gang. Sie wurden lauter.

»Licht aus!«, rief er gedämpft und schlug auf den Schalter. »Da kommt jemand!«

Mareike hatte ebenfalls reagiert, die Wohnung lag im Dunkeln. Saschas Herz hämmerte wild in seiner Brust, Schweiß brach ihm schlagartig aus.

Die Schritte kamen näher. Hielten genau vor der Wohnungstür. Das Klimpern eines Schlüsselbunds.

Tristan, dachte Sascha. Was jetzt?

Ein Schlüssel stocherte im Türschloss, die Klinke wurde mehrmals herabgedrückt, erst sanft, dann hektischer, wilder. Jemand fluchte derb. »So ein Scheißdreck ...!« Was war da los? Dann wieder die schlurfenden Schritte. Schließlich: Stille.

Eine gefühlte Ewigkeit hielt Sascha danach noch die Luft an, bis er sich endlich in die Dunkelheit hinein zu fragen wagte: »Was war das denn?«

»Keine Ahnung«, kam Mareikes Stimme aus dem Wohnzimmer. »Vielleicht hat sich ein besoffener Nachbar in der Tür geirrt.«

Erst jetzt atmete Sascha durch. »Wir sollten uns vom Acker machen«, sagte er.

Aus dem Wohnzimmer fiel Licht ins Bad. Mareike hatte die Stehlampe wieder eingeschaltet.

»Finde ich auch«, antwortete sie.

Er verließ das Bad. Da bemerkte er etwas im Augenwinkel. Er sprang zurück, ein halb erstickter Schrei entfuhr ihm.

Jemand stand an der Wohnungstür und sah ihn aus dem Halbdunkel an.

Eine Gestalt in einer olivgrünen Regenjacke.

Wie konnten sie sich so getäuscht haben! Kein Nachbar, der nebenan verschwunden war. Tristan!

Doch wieso rührte er sich nicht? Wieso stand er einfach nur da?

Er schaute genau hin – und atmete auf.

Kein Tristan. Auch sonst niemand. Nur eine Regenjacke an einem Kleiderhaken. Mit einem langen Riss.

Aber diese Jacke hatte er schon einmal irgendwo gesehen. Und ihm dämmerte auch sofort, wo.

Als er damit ins Wohnzimmer trat, fand er Mareike an Tristans Laptop.

»Schau mal«, sagte er und hielt die Jacke hoch.

Sie wandte sich um, beachtete seinen Fund jedoch gar nicht, sondern fragte sofort: »Wo sind deine Handschuhe?«

»Oh. Hab ich wohl im Bad vergessen. So eine Jacke wie die hab ich schon mal gesehen. Nach unserem ersten Treffen im *Rocky*. Da hat sich ein Typ in so einem Ding davongemacht. Damals dachte ich mir nichts, aber jetzt ... Vielleicht war das Tristan. Vielleicht hat er uns auf dem Kieker.« Was für eine Vorstellung: Während er Tristan gesucht hatte, hatte der ihn längst gefunden.

»Scheiße ... Lass uns endlich abhauen, wir sind schon viel zu lange hier.«

Sascha kehrte ins Bad zurück, um seine Handschuhe zu holen. Als er schon wieder verschwinden wollte, stieß sein Fuß gegen eine Schachtel unter dem Waschbecken. Das Klirren von Glas ließ ihn innehalten. Moment mal, dachte er, wenn das nicht ... Er streifte die Handschuhe über, öffnete die Schachtel und fand, wie vermutet, eine Ansammlung von Reagenz- und anderen Gläsern, Spateln, einen Bunsenbrenner. Außerdem Dosen und Flaschen mit Chemikalien. Auf dem Etikett eines Behälters las er: *Rotes Blutlaugensalz (Kaliumhexacyanoferrat-III)*; auf einem weiteren: *Pottasche*; auf einer Flasche stand: *Schwefelsäure*. Waren diese Namen nicht auch in dem Videoclip über die Herstellung von Zyankali gefallen?

»Ich bin eben auf Tristans Giftküche gestoßen«, rief er ins Wohnzimmer.

»Ich hab hier auch noch was«, kam es zurück.

»Echt? Bin gleich da.« Er stellte alles wieder zurück, verschloss die Schachtel und schob sie an ihren alten Platz.

Als er ins Wohnzimmer kam, stand Mareike wie zuvor an Tristans Laptop. »Was hast du?«, fragte er.

»Das hier.« Sie klickte etwas an. »Hast du den schon mal gesehen?«

Ein Gesicht erschien auf dem Display. Ein Gesicht, das Sascha sofort erkannte. Und da war sie: die Verbindung zu Androsch.

»Das ist ... Mirko!«

SCHWEIGEND GINGEN SIE die Straße hinab. Der kühle Wind ließ Sascha frösteln. Doch es war nicht nur der Wind. Die Bilder der sterbenden Natalie – sie ließen ihn nicht los. Sie erzeugten Wut und Trauer und Schmerz in ihm. Wie sollte er je wieder ruhig schlafen? Vielleicht, wenn Tristan endlich gefasst war und für alles büßte. Tristan. Der in Wahrheit Mirko hieß. Und Androschs Sohn war.

Sascha erinnerte sich, wie er auf dem Bürgersteig gestanden hatte, während er im Bus an ihm vorübergefahren war: so zornig und so hilflos und so allein. Und derselbe Typ sollte all diese Mädchen verführt haben, sich das Leben zu nehmen? Wie? Mit welchem Trick? Auch das würde aufgedeckt werden. Fest stand schon jetzt: Nicht nur Laila – die vermutlich Einzige, die seinem Einfluss widerstanden hatte – war ermordet worden, sondern alle! Tristan – Mirko: Er war ein Serienmörder!

»Tristan ist zwar schuld am Tod der Mädchen«, sagte Mareike in das lastende Schweigen hinein, »aber wenn du mich fragst, geht es eigentlich um seinen Vater. Sonst hätte er nicht genau diese Mädchen ausgewählt. Es war eine Botschaft an ihn.«

Sascha schüttelte nur fassungslos den Kopf. »Der Typ ist krank.«

»Manchmal macht einen die Liebe krank. Die unerwiderte.«

Er schwieg. Konnte ja sein, dass es so war. Aber er hatte jetzt keine Lust, nach Erklärungen oder gar Rechtfertigungen für Mirko zu suchen.

»Und was machen wir jetzt?«, fragte Mareike.

»Was wohl? Ich muss meiner Mutter alles erzählen.«

Und sie wird ganz schön Augen machen, dachte er, dass wir den Fall gelöst haben, während sie mit ihren tausend Polizisten noch immer im Nebel stochert.

»Du willst deiner Mutter erzählen, dass wir in die Wohnung eingebrochen sind? Da lässt du mich aber schön raus, ja? Ich will keinen Stress mit meinen Alten haben.«

»Dann machen wir eben einen anonymen Anruf. Das heißt, ich mach das.«

»Solche Anrufe werden aufgezeichnet. Deine Mutter erkennt hundertpro deine Stimme.«

»Umso besser.«

»Aber mich lässt du da raus, klar? Versprich es mir!«

»Keine Sorge, dein Name wird nicht fallen. Ich schwör's.«

Zum ersten Mal nach all den Schrecken dieser Nacht gelang ihm ein kleines Lächeln.

28

ALS DAS HANDY auf ihrem Nachttisch klingelte, war Joy innerhalb von Sekunden hellwach. Ihr Blick ging zum Wecker. 05:23. Unmöglich die korrekte Zeit, denn draußen war es taghell. Dass Sascha mitten in der Nacht verschwunden war, hatte sie lange umgetrieben. Seine Erklärung, er müsse etwas im Hof nachsehen, hatte sie keine Sekunde lang geglaubt. Für wie blöd hielt er sie! Er traf sich mit dieser Mareike, das lag auf der Hand, und es gefiel ihr überhaupt nicht. Was lief da nur zwischen den beiden?

Als sie dann doch eingeschlafen war, hatte ein lauter Knall sie wieder aufgeschreckt: Saschas Mutter, und ziemlich in Eile, wie die laut polternden Schritte auf der Treppe vermuten ließen. Was hatte das nun wieder zu bedeuten? Sascha ist was zugestoßen. Das war ihr erster Gedanke gewesen. Ein Unfall! Vielleicht ist er sogar … Nein, sie konnte, sie wollte es sich nicht vorstellen.

Und dann – sie schämte sich im Nachhinein, es sich einzugestehen – hatte sie angefangen zu weinen. Stumm in ihr Kissen, um ihre Mutter nicht zu wecken. Als sie, keine Viertelstunde später, knarrende Schritte auf der Treppe hörte, war sie aufgesprungen und zum Spion gerannt. Er war es! Schlich im Dunkeln herauf wie ein Einbrecher. Am liebsten wäre sie rausgestürmt, um ihn erst zu umarmen und ihm dann in den Hintern zu treten. Aber sie tat keins von beidem.

Joy nahm das Handy. *Sascha*, stand im Display. Super, dachte sie, zumindest hat er nicht ganz vergessen, dass es mich gibt.

»Weißt du, wie spät es ist?«, fragte sie ihn als Erstes.

»Okay, schon klar, zu früh für Sonntag.«

»Nein, ich hab wirklich keine Ahnung. Mein Wecker spinnt.«

»Ach so. Es ist kurz nach acht.«

»Bist du bescheuert, mich so früh anzurufen!? An einem Sonntag!«

Er hatte schon begriffen, dass sie die Empörung nur spielte, denn er sagte gelassen: »Frühstück bei mir, in einer halben Stunde?«, und fügte hinzu: »Ich muss dir was erzählen, das wird dich glatt umhauen.«

Wie von der Kobra gebissen, fuhr sie hoch.

»Was Gutes oder was Schlechtes?«

»Wie man's nimmt.«

»In zehn Minuten bin ich da.«

Alle schlechten Gefühle, Ungewissheiten und Zweifel waren längst in der Freude darüber ertrunken, gleich mit ihm genüsslich zu frühstücken. Sie sprang aus dem Bett und aus ihren Schlafklamotten, zog den BH an, warf sich ein Shirt und einen Schlabberpulli über und schlüpfte in ihre Jeans. Im Bad besprengte sie ihr Gesicht mit eiskaltem Wasser und lockerte das zerzauste Haar mit gespreizten Fingern. Das musste genügen. Was er ihr wohl erzählen wollte?

»Mama, ich bin weg«, rief sie im Vorüberfliegen ins Schlafzimmer ihrer Mutter, »bei Sascha drüben.«

Die Tür war nur angelehnt. Sie hörte ihn in der Küche mit Tellern und Besteck hantieren und gesellte sich zu ihm. Er empfing sie mit einem Blick, den sie an ihm kaum je gesehen hatte und der ein Kribbeln unter ihrer Bauchdecke auslöste. »Cooles Outfit«, sagte er dann lächelnd. »Spiegelei?«

»Klar.«

Sie nahm ihm die Teller und das Besteck ab und deckte den Tisch, während er eine Pfanne aus einem Küchenschrank holte und auf den Herd stellte.

»Hast du gestern gefunden, was du gesucht hast?«, fragte sie.

»Kann man so sagen.«

»Aber nicht unten im Hof, oder?«

Sascha ging an den Kühlschrank, holte zwei Eier heraus.

Sie wurde heute nicht schlau aus ihm. Er wirkte irgendwie anders als sonst. Selbstbewusst. Erwachsener. Moment, dachte sie plötzlich, hat da jemand letzte Nacht Sex gehabt? Vielleicht sogar den ersten in seinem Leben? Wenn es so war, dann hatte er sich anscheinend nicht blamiert, sonst würde er jetzt nicht mit so breiter Brust durch die Gegend laufen. Trotzdem konnte sie sich nicht vorstellen, dass das die Neuigkeit war, wegen der er sie an einem Sonntagmorgen um kurz nach acht anrief. Aber was, wenn es nicht nur um Sex ging, sondern um Liebe? Was, wenn er gleich sagte: Wir sind zusammen? Mareike und ich. Ein Paar!

»Okay, jetzt sag schon endlich, was los ist.« Ihr Hals war plötzlich eng, ihr Rachen trocken und rau wie Sandpapier.

Sascha schlug die beiden Eier in die Pfanne. Anscheinend genoss er es, sie auf die Folter zu spannen.

»Erst einmal möchte ich mich bei dir entschuldigen. Ich wollte dich nicht ... ausbooten. Bei dieser Tristan-Sache, meine ich. Dass Mareike da plötzlich mitgemischt hat ..., das war nicht vorgesehen. Aber sie war eine Freundin von Natalie, und da konnte ich auch nicht einfach sagen: Das geht dich nichts an.«

Schon klar, hast du alles schon erklärt, dachte Joy ungeduldig, und versuchte, den Stich in ihrem Herzen zu ignorieren. Ihre Freude darüber, mit ihm zusammen zu frühstücken, war inzwischen verpufft, übrig war nur die Spannung darauf, was letzte Nacht passiert war, mit ihm und dieser bescheuerten Mareike.

»Außerdem hat sie echt was ins Rollen gebracht. Du glaubst nicht, was wir gestern Nacht miteinander klargemacht haben.«

»Äh ... Wir reden noch immer von ... Tristan?«

»Logisch. Von was sonst?«

Sie spürte, wie sie unter seinem Blick errötete, und flüchtete, um Schinken, Käse, Marmelade oder was auch immer aus dem Kühlschrank zu holen. Die Kälte, die ihr entgegenschlug, fühlte sich gut an.

»Was habt ihr denn gefunden?«

»Tristan.«

Fast wäre ihr das Marmeladenglas aus der Hand geglitten. Sie wandte sich zu ihm um. »Du meinst: Fall gelöst?«

»Denke schon.«

So ein Mist! Und sie war nicht dabei gewesen.

»Und ..., äh ..., was ist das für ein Typ?«

»Das ist der Hammer überhaupt.« Er ließ eine Pause, ehe er sie endlich erlöste: »Er ist der Sohn meines Therapeuten. Der Name Tristan ist wohl erfunden. In Wirklichkeit heißt er Mirko. Ich hab ihn davor ein-, zweimal gesehen, immer nur kurz. Ein echt schräger Typ, der seinen Vater hasst. Damit ist auch die Verbindung zu Androsch klar.«

Androschs Sohn also. Der Bruno verprügelt hatte, um seinen Vater zu schützen. Was sie Sascha bestimmt nicht erzählen würde. Genauso wenig wie das, was sie über Mareike erfahren hatte. Irgendwie war das nicht der richtige Moment dafür.

»Das musst du mir alles genauer erzählen.«

»Klar. Wir mussten dafür in eine Wohnung einbrechen. War echt 'ne coole Aktion. Wie im Film.«

Das glaubte sie ihm sofort.

Gerade als ihr sein selbstzufriedenes Grinsen auf die Nerven zu gehen begann, verdüsterte sich seine Miene, so als wäre ein Schatten auf sie gefallen.

»Was ist?«

»Er war dabei, als Natalie ... Er hat es gefilmt. Wir haben den Film gefunden ... Ihre letzten Minuten.« Sascha schaute auf, sah sie an. »Auch wenn es Natalie nicht zurückbringt, irgendwie habe ich trotzdem das Gefühl, ihr was Gutes getan zu haben.«

»Das hast du, Sascha. Ganz bestimmt.«

Er ruft meinen Namen.

Mein Name aus seinem Mund. Hallt von den Wänden wider.

Wie seltsam sich das anhört. Anfühlt. So nah. Und so fern.

»Bist du da?«

»Ich bin hier unten.«

»Was willst du denn da unten? Komm bitte rauf.«

»Nein. Komm du runter. Oder hau wieder ab.«

Das würde er nie tun. Er ist ja so hilfsbereit. So engagiert.

Ha, ha!

Ich hasse ihn nur noch. Genau wie seine Schlampen. Alles eins.

Seine Schritte auf der Treppe. Tastend.

»Es ist gut, dass du mich angerufen hast. Lass uns reden.«

Reden. Ha! Das kannst du wirklich gut. Quatschst jeden um den Verstand. Bei den Schlampen brauchte es sicher kein großes Geschick. Viel Verstand hatten die ja nicht.

»Wo bist du?«

»Ganz hinten. Letzter Raum. Auf der linken Seite.«

Er kommt den Gang runter. Ich halte den Atem an. Er geht an mir vorbei, in den Raum, den ich ihm genannt hab. In die Falle.

»Wo bist du denn?«

Zwei, drei große Schritte, und ich bin bei ihm. Den Elektroschocker vor mir. Wird schnell gehen. Muss schnell gehen.

Was ist das? Er fährt herum. Sieht mich. Weicht mir aus. Meine Hand, das Gerät – sie stoßen ins Leere. Mist!

»Was soll das?«

Zweiter Versuch. Ich schieße auf ihn zu. Ein Schlag trifft meine Hand. Ich öffne die Faust, der Elektroschocker fällt zu Boden.

Er wendet sich ab. Er will weg. Was soll ich tun? Was kann ich tun?

Das Holz liegt plötzlich vor mir auf dem Boden. Und dann ist es schon in meiner Hand, ich weiß nicht, wie. Es übernimmt die Kontrolle über mich, ich kann nichts tun. Lässt meinen Arm ausholen, fährt nieder, trifft krachend eine Schulter. Ein Schrei. Er zuckt weg und prallt gegen die Wand.

Das Holz schlägt noch einmal zu. Auf den gekrümmten Rücken.

Noch mal. Auf den Kopf.

Er schreit. Er fällt.

Noch mal.

Er schreit.

Noch mal.

Noch mal.

Noch mal.

Er schreit nicht mehr.

Das Holz hört auf. Es ist müde.

Alles ist still um das Atmen herum. Das Keuchen. Und in der Mitte: ich. Ich bin das Atmen. Ich bin das Keuchen.

Mein Herz – gleich zerplatzt es.

Klatschnass bin ich auch. Und ich dampfe.

Ist er tot?

So wollte ich es nicht. So sollte es nicht sein. Er sollte sterben wie die anderen.

Nicht rumstehen. Etwas tun.

Was?

Das Holz liegt immer noch in meiner Hand. Seine stumme Selbstzufriedenheit ärgert mich. Ich werfe es weg, polternd schlägt es auf den Estrich.

So kann er nicht liegen bleiben. So nicht.

Ich packe ihn, ziehe ihn in die Mitte des Raumes.

Etwas sickert dunkel durch seinen Pullover. Blut. Plötzlich ist es überall. Das Blut und die Dunkelheit – sie vermischen sich. Werden eins. Alles ist Blut. Ich schwimme darin. Ertrinke.

Ich schnappe nach Luft. Kriege keine.

Ich will hier raus. Aber ich kann nicht. Noch nicht. Erst muss er weg. Ganz weg. Bloß wie?

In der Ecke liegt eine Plane. Hoffentlich ist sie groß genug. Ich hole sie und werfe sie über ihn.

Weg. Jetzt ist er weg.

Der Druck weicht. Langsam.

Ich kann wieder atmen.

Mein Elektroschocker. Ich hebe ihn auf.

Ich wende mich um und gehe. Vergessen, das alles. Die Gewalt. Das Blut.

Sterben sollte er. Aber so wie die anderen. Wie seine Schlampen.

Egal. Es ist vorbei.

29

»Ich denke, wir haben einiges zu besprechen, mein Lieber.«

Er drehte sich nicht zu seiner Mutter um. Er sagte auch nichts, sondern las noch ein wenig in seinem Comic weiter. Oder tat zumindest so. Es war spät, nach elf schon, und sie war eben erst aus dem Präsidium nach Hause gekommen.

»Was war denn los?«, fragte er mit Unschuldsmiene und schaute auf. »Ich dachte, du wolltest anrufen.«

»Ging nicht. War zu viel zu tun. Komm in die Küche, wir reden dort.«

Sie verließ das Zimmer.

Sascha stand auf. Kein Zweifel, sie wusste Bescheid, wer der anonyme Anrufer war, dem sie es verdankte, dass sie ihren eigentlich dienstfreien Sonntag im Büro verbracht hatte. Er verdrängte das mulmige Gefühl, das aufkommen wollte. Betont lässig, die Hände in den Hosentaschen, schlurfte er in die Küche, wo seine Mutter sich gerade ein Glas Wein einschenkte.

»Krieg ich auch eins?«

Sie sah ihn aus großen Augen an. »Klar. Warum nicht?«

Sie holte ein zweites Glas, stellte es auf den Tisch und schenkte ihm ein. »Setz dich schon.«

Die Stuhlbeine scharrten über die Fliesen, als er den Stuhl herauszog und sich niederließ. Nichts, was sie sagen konnte, würde das gute Gefühl in ihm verderben, dass er etwas Wichtiges geleistet hatte. Etwas, das selbst sie anerkennen musste.

»Wir haben letzte Nacht einen anonymen Anruf bekommen, der uns zu einer Wohnung führte. Weißt du etwas darüber?«

»Ich? Wieso?«

»Sag mal, für wie blöd hältst du mich eigentlich!«, brauste sie auf. »Hast du geglaubt, ich erkenne deine Stimme nicht? Dafür hast du mich in den letzten Monaten ein paarmal zu oft angerufen.«

Sein Blick glitt an ihr ab, ins leere Weiß der Wand hinter ihr. Die Bemerkung hätte sie sich verkneifen können, fand er. Und wenn sie glaubte, sie müsse unbedingt laut werden – sollte sie ruhig. Das machte ihm nämlich gar nichts aus. Er zuckte nur mit den Schultern, nahm dann das Glas und nippte am Wein. Der herbe Geschmack ließ ihn den Mund zusammenziehen.

Sie sah ihn die ganze Zeit an, als wäre er einer ihrer Verbrecher, klopfte dabei mit den Fingern auf die Tischplatte.

»Seid ihr da eingestiegen? Ein Fenster war nur zugezogen.« Eine halbe Sekunde später: »Natürlich seid ihr eingestiegen. Wenn's einfach nur ein Tipp gewesen wäre, hätte es ja den anonymen Anruf nicht gebraucht. Aber ihr musstet ja selbst Ermittler spielen.«

»Keine Ahnung, was du meinst.«

»Ich kann auch Joy fragen. Die erzählt es mir bestimmt, wenn ich sie lange genug bearbeite.«

»Fragen kannst du sie ja. Aber erzählen wird sie dir nichts. Weil sie nämlich nichts weiß.«

»Aha. Im Gegensatz zu dir.«

»Nee. Ich weiß auch nichts.«

»Ich kann dich auch vorladen, zum Stimmenvergleich. Willst du das?«

Er grinste. Schwacher Bluff. Die Frage war wohl eher, ob *sie* das wollte. »Kein Problem. Wann soll ich antreten?«

Ihre Hand schnellte vor und packte ihn am Unterarm, der Ellbogen stieß dabei ihr Glas um, klirrend zerbrach es. Sascha erschrak, über ihre schnelle Bewegung und das umstürzende Glas, aber auch über den Ausdruck in ihrem Gesicht.

»Willst du mich verscheißern? Glaubst du, wir spielen hier nur ein Spiel? Du hast mich in eine Scheißsituation gebracht! Wenn rauskommt, dass du der anonyme Anrufer warst und ich hab's nicht gemeldet, bin ich dran.«

Er betrachtete die rote Pfütze auf dem Tisch, in der Scherben glitzerten. Darum ging es also wieder mal: sie und ihr Job. Das war so was von das Letzte.

»Du hast dein Glas umgeschmissen.«

Sie ließ ihn los, stand auf und holte eine Küchenrolle von der Anrichte, während er begann, die Scherben aus dem Wein zu picken.

»Lass das, du schneidest dich noch.«

Er warf die Scherben zurück in die rote Pfütze, ließ sich nach hinten gegen die Lehne fallen und verschränkte die Arme vor der Brust. »Sorry, dass ich helfen wollte.«

Sie rollte eine lange Bahn Papier ab, knüllte es ein wenig zusammen und legte es auf den Fleck. Im Nu sog es sich voll. So ließ sie es liegen, stellte sich hinter den Stuhl.

War ja klar, dass noch was kam.

»Ich versteh das nicht, Sascha. Wie lange ist unser letztes Gespräch her? Ich dachte, ich hätte dir klargemacht, dass du nachts nicht einfach kommen und gehen kannst, wie du willst. Und jetzt machst du so ein Ding, das alles noch mal toppt! Welchen Sinn hat es, mit dir zu reden?«

»Dann lass es doch. Außerdem …« Er sah kurz zu ihr hoch. Sie hatte recht. Diese Gespräche waren sinnlos, jedes weitere Wort verschwendet. Sie hatte ihre Meinung, die richtige natürlich, und alles andere war Quatsch. Er konnte sagen, was er wollte, sie versuchte nicht einmal, ihn zu verstehen. Klar, so war es ja auch viel bequemer für sie.

»Außerdem was?«

»Vergiss es.«

Er zog die Arme um seine Brust noch fester, wie dicke Taue, mit denen er sich einschnürte.

»Sag nicht *vergiss es* zu mir! So kannst du mit deinen Kumpels reden oder mit Joy, aber nicht mit mir. Ich will eine Antwort!«

»Wieso redest du nicht mal über das, was ich letzte Nacht für euch getan hab. Ohne den Tipp wärt ihr doch nie …«

Sie schüttelte den Kopf über ihn, mit diesem hilflosen Lächeln auf den

Lippen, wie über einen dummen Jungen, der einfach nicht kapierte, was los war.

»Niemand hat was dagegen, dass du eine Beobachtung oder was du irgendwo aufschnappst der Polizei mitteilst; mir oder jemand anders, wenn dir das lieber ist. Aber du kannst doch nicht nachts in eine fremde Wohnung einsteigen. Da kann alles Mögliche passieren. Einer der Bewohner hätte euch zum Beispiel hören und die Polizei rufen können, und plötzlich seid ihr Straftäter, ihr habt ein Verfahren am Hals und am Ende vielleicht eine Vorstrafe. So was kann sich auf dein ganzes Leben auswirken. Oder noch schlimmer, beim Hochklettern fällt einer von euch vom Gerüst runter, verletzt sich schwer oder ist sogar tot.«

»Wenn ich so denke, dann darf ich überhaupt nicht mehr aus dem Haus gehen. Es kann jederzeit was passieren.«

»Das ist doch Blödsinn!« Sie ging auf die andere Seite des Tisches, zog den Stuhl heraus und setzte sich. »Mit Joy werde ich auch noch reden. So geht es nicht.«

»Ich sag doch: Joy war nicht dabei! Hörst du mir eigentlich zu?«

»Aber allein warst du nicht. Das glaub ich nie und nimmer.«

»Klar. Für so was bin ich viel zu blöd.«

»Ach, hör doch auf!« Sie sah ihn an, schnaufte schwer und sagte dann, mit einem Anflug von Enttäuschung in der Stimme: »Allmählich weiß ich überhaupt nicht mehr, was ich dir zutrauen kann und was nicht. Ich dachte, du wirst langsam erwachsen, aber anscheinend wirst du immer kindischer.«

Diese Worte trafen ihn wie Nadelstiche. Er sprang auf, stieß dabei den Stuhl um. »Du kapierst echt gar nichts! Wenn wir nicht gewesen wären, dann hättet ihr den Typen nie gefunden. Ihr habt null gecheckt, was eigentlich los ist! Das könntest du ruhig auch mal zugeben!«

»Woher willst du wissen, wie unser Ermittlungsstand war? Wenn ich dir jetzt sage, dass wir schon auf halbem Weg bei diesem Typen waren? Ihr seid da rein zufällig auf was gestoßen, okay, aber deshalb seid ihr nicht schlauer als die Polizei. Was bildest du dir denn ein?«

»Wieso kannst du nicht einfach mal sagen: ›Das hast du gut gemacht!‹? Was ist so schwer daran?«

»Gar nichts. Ich sag es dir gerne, immer wenn es zutrifft. Aber in diesem Fall trifft es nicht zu.«

Wie konnte sie so was nur sagen! Angesichts dieser Tatsachen!

»Weißt du was«, schrie er sie an. »Du kannst mich mal!«

Damit rannte er in sein Zimmer, schlug die Tür hinter sich zu und drehte den Schlüssel um.

DER SCHUSS WAR ja voll nach hinten losgegangen. Wie hatte er glauben können, dass seine Mutter irgendwas, das er machte, toll fand? Nicht an ihm rumzukritisieren war die einzige Form von Anerkennung und Lob, die es von ihr gab. Also, danke für gar nichts! Mit voller Wucht kickte er den Papierkorb gegen das Regal, Papierkugeln und Fetzen verteilten sich auf dem Boden. Gleichzeitig ein Schlag. Etwas war vom Regal gefallen. Das Familienbild an der Schießbude!

Er hob es auf und betrachtete es: Sein Vater mit dem Gewehr im Anschlag, ein Auge zugekniffen – alles an ihm war Konzentration, aber auch Gewissheit, dass der Schuss gar nicht danebengehen konnte. Was er wohl zu alldem gesagt hätte? Wahrscheinlich hätte er ihn mit der Faust gegen das Kinn gestupst, so wie er es oft gemacht hatte, und grinsend gesagt: In dir steckt ein Kriminaler, Sohn. Respekt. Aber nicht mehr losziehen, bevor du keine Dienstmarke hast, klar? Kann allerhand passieren bei so einer Aktion.

Er stellte das Bild zurück ins Regal und ließ sich aufs Bett fallen. Väter und Söhne verstanden einander einfach besser. Sie tickten ähnlich. Mütter dagegen … Welcher Junge, der nicht schwul war, kam schon mit seiner Mutter klar?

Obwohl, zwischen Vätern und Söhnen lief es auch nicht immer gut. Das sah man ja an Androsch und Mirko.

Androsch …

Er setzte sich auf.

An den hatte er bei der Sache noch viel zu wenig gedacht. Wie würde er es aufnehmen, dass sein Sohn ein Mörder war? Wie kam man mit so was klar? Ging das überhaupt? Ob er mich hasst, wenn er erfährt, dass ich Mirko überführt habe? Verständlich wäre es gewesen. Wahrscheinlich würde niemand mehr sein Kind zu ihm schicken. Wer wollte schon einen Therapeuten, dessen eigener Sohn so was Schreckliches getan hatte? Ich ruf ihn morgen an, dachte er, und sag ihm, dass ich ihm trotzdem vertraue.

Sein Blick fiel auf den Wecker. Schon halb eins. Er sollte längst schlafen. Aber wie denn, nach allem, was passiert war! Also schon die zweite schlaflose Nacht in Folge. Und morgen die Chemieklausur. Egal, vermasselte er sie eben. Es gab Wichtigeres im Leben als Chemieklausuren. Oder überhaupt Schule. Er hatte Lust, alles hinzuschmeißen. So, wie Mareike es getan hatte.

Mareike. Sie hatte recht gehabt. Er hatte zwar auch nicht erwartet, dass seine Mutter ihn für die Aktion groß feiern würde; aber dass sie so gar nichts Tolles darin sehen wollte, hatte er nicht gedacht. Mareike hatte es ihm knallhart vorhergesagt und auch gleich eine Erklärung parat gehabt.

»Eltern wollen nicht stolz auf *dich* sein, Sascha, sondern auf sich selbst. Darauf, was sie Tolles aus dir gemacht haben.« Das waren ihre Worte gewesen, und Zigarettenrauch hatte ihr Gesicht eingehüllt, als sie sie mit größter Selbstverständlichkeit aussprach.

»Ich dachte, zwischen dir und deinen Eltern läuft alles super«, hatte er darauf gesagt, aber sie hatte nur erwidert: »Egal, wie's läuft, Eltern sind immer Eltern.«

30

ALS SASCHA SICH der Kreuzung näherte, sah er Joy schon von Weitem dort stehen. Hatte sie montags nicht bis fünf Schule? Sie hatte ihn ebenfalls bemerkt und winkte ihm zu, mit etwas wie einem Stab in der Hand. Bei genauerem Hinsehen erkannte er, dass es eine zusammengerollte Zeitung war. Seine Ampel sprang auf Rot, aber er raste trotzdem noch rüber und legte vor ihr eine sportliche Bremsung hin. Hinter ihm fuhr hupend ein Lieferwagen an. Er wusste, dass das Hupen ihm galt, aber er reagierte nicht darauf.

»Na, wie ist die Klausur gelaufen?«, fragte Joy.

»Ging so. Bin fast eingeschlafen.«

»Also ausnahmsweise mal nur eine Zwei.«

»Schön wär's. Und du, machst du heute blau? Sonst hast du um die Zeit doch immer noch Schule, oder?«

»Nee, heute ist Sport. Schwimmen. Aber ohne mich.«

»Wieso? Bist du erkältet?«

»Nee. Ich hab meine Tage.«

»Ach so.« Er deutete auf die Papierrolle in ihrer Hand. »Seit wann liest du Zeitung?«

»Bloß deshalb.« Sie entrollte das Blatt und hielt ihm die Titelseite hin. »Bist du der Einzige, der die Schlagzeile noch nicht gesehen hat?«

IST DER ZYANKALI-MÖRDER EIN SERIENTÄTER?, las er.

»Das steht sogar groß an jedem Verkaufskasten. Nur zu übersehen, wenn man mit Scheuklappen durch die Gegend fährt.«

Scheuklappen hatte Sascha heute zwar keine aufgehabt, aber nachdem er wieder nur ein paar Stunden geschlafen hatte, war es für ihn schon eine Leistung gewesen, auf dem Fahrrad nicht einzuschlafen.

»Und was steht drin?«

»Lies selbst.« Sie streckte ihm die Zeitung hin. »Kannste haben. Ist eh geklaut.«

Er hob abwehrend die Hände. »Bloß nicht. Wenn meine Mutter erfährt, dass ich Diebesgut besitze, nimmt sie mich sofort fest. Ich lese nachher online.«

»Hattet ihr Zoff?«

Er zog die Brauen hoch. »Oh ja.«

»Hast du deshalb heute Morgen nicht auf mich gewartet? Ich dachte schon, ich hätte was falsch gemacht.«

»Du doch nicht. – Fahren wir.«

DIE WOHNUNGSTÜR WAR nicht abgeschlossen, sondern nur zugezogen.

»Scheiße«, flüsterte Sascha Joy über die Schulter hinweg zu, »meine Mutter ist da.« Als er die Tür leise aufschob, hörten sie schon ihre Stimme.

»Ich weiß auch nicht, wer da mal wieder sein Maul nicht halten konnte.« Sie telefonierte anscheinend und war nicht gut drauf. Joy wollte verschwinden, doch Sascha hielt sie fest und legte gleichzeitig den Finger über die Lippen.

»Wenn ich den erwische«, schimpfte seine Mutter unterdessen weiter, »der kann in Zukunft Knöllchen schreiben in Hinterbutzbach. ... Ja, das weiß ich auch. ... Lass uns mit der PK noch warten, frühestens übermorgen, würde ich sagen. Vielleicht haben wir ihn ja bis dann. Schon was von Androsch? ... Das gibt's doch nicht. Der muss doch irgendwo sein. Wenn der da bloß nicht noch tiefer drin hängt und sich verdünnisiert hat. ... Ich esse noch rasch was, dann fahr ich los. Ach ja, und wenn du Sedlmayer siehst, dann sag ihm, dass er mir die Bluse zahlen muss, wenn der Fleck in der Reinigung nicht rausgeht. Das gute Stück ist zwar alt, aber es hat Liebhaberwert. ... Bis gleich.«

Anscheinend war das Gespräch beendet. Sascha drückte die Wohnungstür ins Schloss, so unüberhörbar, dass seine Mutter glauben musste, er käme erst jetzt nach Hause.

»Sascha?«

»Und Joy!«, rief Joy.

Seine Mutter trat in die Tür. Sie sah nicht nur Sascha, sondern auch Joy streng an, sagte aber nichts. Grüßte nicht einmal, sondern verschwand gleich wieder. In einem Schulterholster über dem Sweatshirt trug sie ihre Dienstwaffe. Sascha und Joy folgten ihr in die Küche, wo sie sich gerade zwei Brote schmierte.

»Sieht echt geil aus, Frau Schmidt.«

»Was?«

»Na, Sie mit der Waffe da.«

»*Geil* findest du das, so, so.«

Joy presste die Lippen aufeinander. Sascha stieß sie mit dem Ellbogen sanft an. Besser, sie sagte jetzt nichts mehr. Wenn seine Mutter schlechte Laune hatte, war sie selbst wie eine gefährliche Waffe, und sie konnte beim geringsten Anlass losgehen.

»Eine Waffe zu tragen, ist weder cool noch geil, sondern einfach nur unbequem. Ich trag das Ding nur, weil ich muss.« Sie biss in eines der mit Käse und Schinken belegten Brote. »Bin nur auf der Durchreise«, sagte sie kauend zu Sascha. »Ein Kollege hat mir in der Kantine die Bluse versaut, und es war auch noch mein Essen. Oh, schon so spät.« Sie schnappte sich das zweite Brot und verließ die Küche. Ihre Schlüssel klimperten. Dann ein Moment Stille. Zwei Sekunden später stand sie noch einmal in der Küchentür. »Macht ja keine Dummheiten, ihr beiden!«

»Keine Dummheiten«, wiederholte Joy, »versprochen. Nur wilden Sex.«

Saschas Mutter sah sie an wie eine Idiotin und schüttelte den Kopf. »Du warst auch schon witziger.«

Sascha atmete auf, als die Wohnungstür endlich hinter ihr ins Schloss fiel. »Musst du so einen Scheiß reden?«, schnauzte er Joy an. »Sie ist auch so schon ätzend genug.«

Joy zuckte die Achseln. »Sorry, aber wenn jemand so von oben herab zu mir ist, kann ich einfach nicht anders. Das ist ein Reflex bei mir. Dabei war das mein voller Ernst. Die Waffe steht ihr wirklich.«

Sascha sagte nichts, sondern ging voraus in sein Zimmer, setzte sich an den Schreibtisch und schaltete den Laptop ein. Ihm wollte nicht aus dem Kopf gehen, was seine Mutter am Telefon gesagt hatte. Anscheinend konnten sie Androsch nicht finden. Wieso suchten sie ihn überhaupt? Und wieso hielten sie es für möglich, dass er sich abgesetzt haben könnte? Warum sollte er das tun? Er hatte ja nichts verbrochen. Oder?

Als der Laptop hochgefahren war, startete Sascha den Webbrowser und ging auf die Homepage der Zeitung. Joy trat hinter ihn, um mitzulesen. Die Überschrift des Artikels hatte sich inzwischen geändert.

ZYANKALI-MORDE
IST DIE POLZEI DEM KILLER AUF DER SPUR?

Aktualisiert: 13.10 Uhr

Im Fall der ermordeten Laila G. zeichnet sich eine spektakuläre Wende ab. Nachdem die Polizei ihre Ermittlungen auf eine Reihe von Todesfällen unter Teenagern ausgedehnt hat, die bisher als Selbstmorde eingestuft wurden, scheint es jetzt einen Verdächtigen zu geben.

München – Der Tod der Laila G. (17), die mit Zyankali vergiftet wurde, war möglicherweise nur der jüngste Mord in einer Serie. Wie eine vertrauliche Polizeiquelle mitteilte, hat die SoKo Laila ihre Ermittlungen auf eine Reihe von Selbstmorden unter jungen Mädchen ausgedehnt. Wie Laila G. starben sie alle durch Zyankali. Inzwischen wird auch in diesen Fällen Fremdeinwirken immer wahrscheinlicher. Da es stets Abschiedsbriefe gab, die als authentisch eingestuft wurden, hatte die Polizei das bisher ausgeschlossen. Welche neuen Beweise zu der veränderten Einschätzung führten, war bis zur Stunde nicht zu erfahren. Wie es heißt, gibt es aber einen Verdächtigen. In der Nacht von Sonntag auf Montag wurde eine Wohnung durchsucht. Der Mieter wurde nicht angetroffen, er gilt aber als dringend tatverdächtig. Nach ihm wird gefahndet, ein Haftbefehl wurde erlassen. Über eine zweite Person, nach der die Polizei sucht, war bislang nichts zu erfahren. Kriminalhauptkommissarin Ilona Schmidt, die die SoKo Laila leitet, verwies auf die Pressekonferenz Ende der Woche.

Sascha wechselte zu den Homepages anderer Zeitungen und Nachrichtenmagazine. Überall war der neue Stand der Ermittlungen ein Top-Thema. Die Boulevardblätter überschlugen sich mit sensationsheischenden Aufmachern. Doch nur eine von ihnen ging so weit, bereits einen Verdächtigen zu präsentieren. IST ER DER ZYANKALI-MÖRDER?, titelte sie in fetter Schrift. Darunter befand sich das Ganzkörperfoto eines Mannes mit verpixeltem Gesicht. Wer war der Typ auf dem Bild? Garantiert nicht Mirko, so viel stand fest. Sascha scrollte etwas nach unten, um die Bildunterschrift zu lesen. Sie traf ihn mit der Wucht eines Hammerschlages: Joachim A. arbeitet als Therapeut mit Jugendlichen.

»Das gibt's doch nicht! Das ist Androsch!«
»Bist du sicher?«
»Androschs Vorname ist Joachim. Und wer soll es denn sonst sein?«
Fieberhaft las er den Artikel.

Wie Recherchen unserer Zeitung ergaben, hatte die Ermordete Laila G. (17) einen nicht mehr ganz jungen Liebhaber: den renommierten Jugendpsychologen Joachim A. (43), bei dem sie bis zuletzt in Behandlung war. Hat der Therapeut seine Kompetenzen überschritten? Die Eltern des Mädchens sind fassungslos. »Es ist, als würde sie noch mal umgebracht«, so die untröstliche Mutter, nachdem wir sie mit den neuen Erkenntnissen konfrontierten. War Laila G. die einzige seiner Patientinnen, der Joachim A. sich näherte? Musste sie sterben, weil sie über das Verbrechen, das an ihr begangen wurde, nicht länger schweigen wollte? Der Verdacht liegt nahe. Doch es steht noch ein viel schrecklicherer Verdacht im Raum. Wie unser Reporter erfuhr, waren auch alle anderen Mädchen, die in diesem Sommer durch Zyankali starben (wir berichteten), bei Joachim A. in Behandlung. Die Polizei geht inzwischen auch in diesen Fällen zumindest von Beeinflussung aus. Hat Joachim A. die Opfer, die ihn belasten könnten, beseitigt, indem er sie zum Selbstmord drängte? Die Polizei äußert sich nicht zu den Vorwürfen. Joachim A. gilt seit gestern Abend als verschwunden. Seine Ex-Frau, die nach der Scheidung wieder ihren Mädchennamen annahm, sagte zu den Vorwürfen: »An meinem Mann war alles nur Fassade.«

Am Ende des Artikels befand sich unter der Überschrift DIE OPFER eine Bildergalerie:

Sarah H. (16) – Sie musste als Erste sterben. In ihrem Abschiedsbrief schrieb sie: »Niemand ist schuld an meinem Tod. Ich sterbe aus freiem Entschluss.« Hat Joachim A. ihr diese Worte eingeflüstert?

Alina R. (16) – Sie war schön wie ein Engel. Hat Joachim A. ihr die Flügel gebrochen? Und sie dann in den Tod getrieben?

Natalie W. (16) – Sie war eine Freundin Alinas und hat für ihren Therapeuten Joachim A. geschwärmt. Hat er das ausgenutzt? Und sie dann beseitigt?

Laila G. (17) – Sie hatte ein Verhältnis mit Joachim A. Wurde sie ermordet, weil sie als Einzige allen Einflüsterungen zum Suizid widerstand?

Sascha zitterte bis in die feinste Faser seines Körpers. Unmöglich! Das konnte nicht sein! Nicht Androsch!

Plötzlich tauchte von hinten eine Hand auf, nahm ihm die Maus weg und schloss mit einem Klick den Webbrowser. Joy! Richtig, die war ja auch noch da. Zum Glück.

»Ist doch alles Schwachsinn, was die schreiben«, sagte sie. »Dieses Lügenblatt verdreht doch ständig die Tatsachen, wenn sie nicht gleich alles frei erfinden.«

Schweigend starrte er auf den Bildschirm. Natürlich hatte sie recht. Aber da waren ja noch Alinas Tagebucheintragungen. Hatte Bruno richtig gelegen mit seinem Verdacht? Und hatte nicht auch seine Mutter in dem Telefongespräch eben davon gesprochen, dass Androsch vielleicht tiefer in die Sache verstrickt war? Gehörten die Sachen, die sie gefunden hatten, am Ende gar nicht Mirko, sondern ihm? Als sein Vater hatte er vielleicht einen Schlüssel zu der Wohnung. Oder? – Er konnte nicht mehr denken. In seinem Kopf drehte sich alles, Dinge, die eben noch klar gewesen waren, verwischten und lösten sich auf. Er hielt es nicht mehr aus. Konnte nicht mehr aufrecht sitzen. Glaubte, jeden Moment vornüberzukippen.

»Was ist denn mit dir, Sascha?« Joys sandige Stimme. Tat gut.

»Bin nur müde. Muss mich jetzt echt ... hinlegen.«

Die Hände auf die Tischplatte gestützt, schob er sich hoch. Glücklicherweise waren es zum Bett nur ein paar Schritte. Schwer wie ein Kartoffelsack plumpste er aufs Kissen. So war es besser. Joy setzte sich auf die Bettkante und sah ihn an.

»Kann ich dir irgendetwas Gutes tun? Tee? Kaffee? Was zu essen?«

Er schüttelte den Kopf. Wie sie ihn ansah aus ihren großen, dunklen Augen. So, als wollte sie ihn gleich küssen. Aber das träumte er bestimmt nur, er schlief ja schon halb. Ohne sich dessen ganz bewusst zu sein, streckte er die Hand nach ihr aus, berührte ihren Unterarm. Der Ärmel war hochgeschoben. Ihre Haut war weich wie Schaum.

»Ich hab die letzten beiden Nächte fast nicht geschlafen«, sagte er, »ich muss einfach nur pennen.«

»Okay.« Sie stand auf. »Dann lass ich dich besser mal allein.«

Er sah ihr nach, bis die Tür hinter ihr zugegangen war. Dann schloss er die Augen. Und das brachte sie zurück. Es brachte auch andere Bilder und Vorstellungen: Androsch, der vielleicht schlimme Dinge getan hatte; Mirko, sein missratener Sohn; die unberechenbare Mareike; die sterbende Natalie. Er griff in die Hosentasche, holte das Glitzerherz heraus, das er immer bei sich trug, und schloss es fest in der Faust ein. Die glatte, harte Oberfläche zu spüren, half. So schlief er ein.

»Ich bin hier!«, höre ich ihn aus dem Dunkel in der Unterführung rufen.

»Bleib, wo du bist. Ich komme zu dir«, antworte ich.

Ich klettere an der Absperrung hoch. Dort im Dunkeln wird man ihn erst finden, wenn hier tatsächlich mal renoviert wird, fällt mir ein. Und das kann ewig dauern, so lange, wie die Unterführung schon gesperrt ist, ohne dass was passiert. Wieso fällt mir das erst jetzt ein? Es ist zwar keine große Sache, die Leiche zum Eingang zu ziehen, aber so was ärgert mich. Ich müsste an alles denken. Vorher. Lasse ich nach? Fange ich an, Fehler zu machen?

Mit einem Satz lande ich auf dem Boden und gehe tiefer in den dunklen Schlauch. »Ich bring dir Fressalien und Zigaretten.« Der Rucksack gleitet von meinen Schultern. »Und was zu trinken. Cola. Ist doch okay?« Meine Augen gewöhnen sich an das Halbdunkel, ich kann ihn jetzt besser sehen.

Er sieht erbärmlich aus. Ist ja auch kein Wunder, schließlich lebt er seit ein paar Tagen in einer Unterführung. Er wird zu dem Penner, der er eigentlich schon längst war. Aber nicht mehr lange, Mirko, dann bist du erlöst.

»Hier!« Ich ziehe die Tüte mit dem Essen aus dem Rucksack und reiche sie ihm. Er nimmt sie, setzt sich an die Wand und schaut hinein.

»Kein Obst?«

Ich möchte ihm am liebsten eine reinhauen. Aber wozu noch der Aufwand? Ich bin heute zum letzten Mal hier, dann ist das alles vorbei. Er holt ein Sandwich heraus, nimmt es aus der Verpackung und beginnt zu essen. Obwohl ich mich ekle, lasse ich mich neben ihm nieder.

»Hier«, sage ich noch mal und stelle die angebrochene Cola-Flasche zwischen uns. »Ich hatte auf dem Weg Durst und hab was getrunken. Ist doch okay, oder?«

»Klar. Aber eine Flasche ist ein bisschen wenig.«

»Ist noch eine im Rucksack.«

Ich zünde mir eine Zigarette an.

Kauend sitzt er da und starrt ins Leere. Sein Schmatzen geht mir auf die Nerven. Er ist so ein Proll. Hoffentlich hat er den Schlafsack nicht versaut. Den lasse ich auf keinen Fall hier, der war teuer.

»Schon komisch, das alles.«

Hohlkopf.

»Und wie.«

Ich verlagere mein Gewicht, werfe scheinbar versehentlich die Cola-Flasche um und stelle sie wieder auf. Vielleicht fällt ihm so eher ein, dass er trinken könnte. Ich hab nämlich keinen Bock, mir hier den Arsch abzufrieren und irgendwelches Gelaber anzuhören. Aber er ignoriert die Flasche hartnäckig.

»War vielleicht doch keine so tolle Idee«, sagt er mampfend.

»Was?«

»Na, abzuhauen.«

»Super. Jetzt bin ich schuld, oder was? Sorry, dass ich dir helfen wollte. Wenn ich dich nicht gewarnt hätte, hätten dich in der Nacht noch die Bullen geholt.«

»Nee, nee, das war super. Der Tipp und das Versteck und so. Aber irgendwie ... Hier dumm rumzuhocken bringt auch nichts. Vielleicht sollte ich doch zu den Bullen gehen. Ich hab ja nichts getan.«

Tja, Junge, da hättest du mal früher draufkommen sollen. Jetzt ist es zu spät.

»Ist doch egal, ob du was getan hast oder nicht. Auf die Beweise kommt es an. Und die sagen: Mirko ist ein durchgeknallter Serienkiller. Glaubst du, die Bullen geben irgendwas darauf, was du sagst?«

»Keine Ahnung, aber soll ich für immer hier bleiben, In diesem verdreckten Loch? Wenn es noch kälter wird, erfriere ich.«

»Der Schlafsack reicht dir bis minus zwanzig Grad.«

»Sehr witzig.«

»Das ist doch nur vorübergehend, Mirko. Vertrau mir, ich krieg das schon hin.«

Er lässt den Kopf sinken. »Ich kapier das einfach nicht. Mein Alter ist eine Drecksau, aber ...«

»Aber was?! Ich finde, das passt voll zu ihm. Deine Mutter hat er doch auch hängen lassen, als sie ihn brauchte. Und jetzt hat er dich eben in die Scheiße geritten, um seine Haut zu retten.«

»Ich weiß nicht ...«

Mann, jetzt quatsch nicht so viel, und trink endlich!

Ich schnippe meine Kippe weg und lege die Hand auf seinen Oberschenkel.

»Halt durch, Mirko. Gib mir noch ein bisschen Zeit, um die Kohle zu beschaffen, dann verschwinden wir. Irgendwohin in den Süden. Spanien wäre schön. Oder ist dir Italien lieber?«

Er wendet den Kopf und sieht mich an. Meine Güte, kann der traurig gucken. Und plötzlich ist da wieder der kleine Junge in seinem Gesicht, der sagt: Papa soll mich lieb haben und mit mir spielen. Aber Papa will nicht spielen. Nicht mit kleinen Jungs. Der spielt lieber mit Mädchen. Und nicht mal mit allen, sondern nur mit billigen Flittchen.

»Spanien. Italien. Das ist alles ganz schön weit weg. Wie sollen wir da hinkommen?«

»Wir schaffen das. Es wird alles so, wie du es dir immer gewünscht hast. Auch zwischen uns, meine ich.«

Keine Regung in seinem Gesicht. Er glaubt nicht so recht an das, was ich ihm ausmale. Kein Wunder, so lange, wie ich ihn schon hinhalte. Aber er sagt auch nichts mehr dagegen. Wie sollte er auch? Er liebt mich. Und wer liebt, verliert.

Ich stoße ihn mit dem Ellbogen in die Seite. »Kopf hoch, Alter, das wird alles wieder.«

»Wenn du das sagst.«

Endlich greift er nach der Cola-Flasche und schraubt den Verschluss ab, ganz langsam, so als wolle er noch etwas Zeit schinden, weil er weiß, dass es gleich ans Sterben geht. Aber wie immer weiß er gar nichts.

»Ich hab nachgedacht«, sagt er. »Mein Alter ist nicht der Einzige, der 'nen Schlüssel zu meiner Wohnung hat. Du hast auch einen.«

Wow, da hast du aber verdammt lange gebraucht, bis dir das eingefallen ist.

»Was willst du denn damit sagen?«, rege ich mich künstlich auf. »Dass ich dir das ganze Zeug untergeschoben hab? Das macht aber nur Sinn, wenn ich die Mädels auf dem Gewissen hätte. Glaubst du das?«

»Keine Ahnung. Aber für meinen Alten hast du dich schon ziemlich interessiert. Dauernd diese Fragen. Manchmal hat's fast so ausgesehen, als wärst du mehr an ihm interessiert als an mir.«

»Das hab ich dir doch alles erklärt, Mirko. Was soll der Scheiß jetzt?!«

Er winkt ab. »Vergiss es. War nur so ein Gedanke.«

Ein Glück, dass es mit dem Denken bei dir nicht so weit her ist. Sonst würdest du jetzt nicht gleich wieder aufgeben. Aber nicht mehr lange, dann ist es eh ganz vorbei, mit dem Denken und mit allem anderen auch.

Er hebt die Cola-Flasche an die Lippen und trinkt in großen Schlucken. Mittendrin geht ein heftiges Zucken durch ihn hindurch, er reißt die Augen auf, die Flasche fällt ihm aus der Hand und knallt auf den Asphalt. Er hustet, keucht, würgt, spuckt. Vergebens. Panisch vor Angst fährt er herum, seine Augen sagen: Tu was! Seine Hand fasst nach mir. Ich weiche aus, aber irgendwas an mir kriegt er zu fassen. Ein heftiger Ruck geht durch meinen Kopf, ein kurzer Schmerz läuft über die Kopfhaut. Die Perücke! Er hat mir die Perücke abgerissen! In einem Reflex fasse ich an meinen Kopf. Nur noch das Haarnetz ist da. Mirko hat keine Zeit mehr, auf seine Entdeckung zu reagieren, er fällt zur Seite, zuckt und röchelt, und dann ist es schon vorbei. Er bewegt sich nicht mehr. Ist wahrscheinlich schon tot.

Mein Puls jagt.

Das Blut schießt durch meine Adern und rauscht in meinen Ohren. Ich spüre das Pulsieren jeder Zelle in mir.
Ich muss atmen, sonst kippe ich um.
Ein.
Aus.
Ein.
Es geht mir gut. Sehr gut, sogar.

Ich ziehe mir das Haarnetz vom Kopf. Lose Haarklammern hängen daran. Ich knülle alles zusammen und stecke es in meine Jackentasche. Wahrscheinlich würdest du die Perücke gerne behalten, Alter, so wie du deine Finger hineinkrallst, aber du musst sie mir leider zurückgeben. Ich ziehe mir Wegwerfhandschuhe über. Man muss nicht mehr Fingerabdrücke an der Leiche hinterlassen als unbedingt nötig. Es ist gar nicht leicht, ihm die Perücke abzunehmen. Nicht nur im Leben, auch im Tod ist er eine nervtötende Klette. So wie es aussieht, ist das Ding ziemlich im Eimer. Die Haube ist zerrissen. Scheiße. Aber darüber mache ich mir später Gedanken.

Wo hat er sein Handy? In keiner der Jackentaschen. Hosentaschen, also. Widerwillig greife ich hinein. Ekelhaft. Na endlich, da ist es ja. Es ist aus. Ich mache es an. *PIN eingeben*. Zum Glück hatte er keine Geheimnisse vor mir. *Neue SMS. Text eingeben.*

Liebe Mama,
ich kann nicht mehr. Was ich getan hab, ist schlecht. Aber es tut mir nicht leid. Diese Schlampen haben es nicht anders verdient. Sie haben Papa angemacht, und er war viel zu schwach. Eigentlich wollten sie eh sterben, ich hab ihnen nur geholfen. Ich hoffe, Du hasst mich nicht wegen dem, was ich getan hab. Es war auch für Dich. Aber mach Dir keine Vorwürfe. Jetzt ist alles gut. Mirko.

Das sollte mir wenigstens eine Woche verschaffen. Mehr Zeit brauche ich nicht, um zu überlegen, wie es weitergehen soll.

DAS HAT DOCH ganz gut geklappt. Wie lange wird es dauern, bis Mirko gefunden wird? Heute noch? Oder erst morgen? Hier kommen nicht so viele Leute vorbei, die Unterführung geht ja nur rüber in den Park.

Und wenn die Bullen sich tatsächlich mit Mirko als Schuldigem begnügen und nicht weiter nachforschen? Wenn sie alle Hinweise, dass er es nicht gewesen sein kann, übersehen? Wäre das möglich? Vielleicht, wenn es keine weiteren Toten mehr gibt?

Spanien. Italien. War eigentlich nur so dahingesagt. Ich will da auch gar nicht hin. Was soll ich da? Aber trotzdem klingt es schön. Es klingt nach ... ich weiß nicht ... Zukunft, oder so.

Apropos Zukunft. Die Perücke ist im Arsch, die kann ich wegschmeißen. Was mach ich jetzt? Die blonde geht nicht, die ist viel länger. Na egal, war ich eben beim Friseur. Und Sascha hat mich als Tristan ja nicht wirklich gesehen. Nur von Weitem, von hinten. Das Risiko kann ich eingehen. Aber ob er auf kurze Haare steht?

Am besten, ich teste das gleich mal.

Ich nehme das Handy aus der Jackentasche und wähle die Nummer. Es dauert ein wenig, bis er rangeht.

»Ja?«

Er klingt verschlafen.

»Hab ich dich geweckt?«

»Schon okay.«

»Können wir uns sehen? Ich hab eine Überraschung. Sozusagen.«

»Jetzt ist nicht so gut, aber in zwei Stunden oder so.«

»Kein Problem.«

»Und wo?«

»Soll ich zu dir kommen?«

»Zu mir?«

»Ja.«

»Klar. Super. Bis dann.«
Seine Stimme. Mein Herz jagt noch ein wenig mehr.
Spanien. Italien.
Sascha. Ich.
Vielleicht doch?

31

Unruhig lief Joy vor Brunos Haustür auf und ab. Sie musste wissen, was los war, was Bruno getan hatte, aber sie hatte auch eine Riesenangst davor, ihn zu fragen. Wie sollte sie das, was sie quälte, ansprechen? Sie konnte doch schlecht einsteigen mit: Ach, was ich dich fragen wollte: Hast du Dr. Androsch umgebracht?

Vielleicht ist er gar nicht zu Hause, dachte sie jetzt. Sie hatte es lieber unterlassen, vorher anzurufen, aus Angst, Bruno könnte einfach auflegen. So wie das letzte Gespräch gelaufen war, hielt sie alles für möglich.

Schließlich nahm sie ihr Herz in die Hand, trat an die Klingelleiste und drückte den Knopf. In ihrer Brust wummerte ein kleiner Presslufthammer.

»Wer ist da?«, kam es aus der Sprechanlage.

»Bruno? Bist du das?«

»Nee, ich bin Paul.«

»Ist Bruno da?«

»Nee, aber der müsste gleich hier aufschlagen. Komm rauf.«

»Ich warte lieber hier unten.«

Vielleicht hatte er es nicht gehört, jedenfalls surrte der Türöffner. Doch sie blieb, wo sie war, mit einem mulmigen Gefühl im Bauch und der Frage: Ist Bruno ein Mörder?

Ein paar Minuten später kam er, einen Rucksack auf den Schultern, eine prallvolle Tüte in der Hand. Sein Gang glich einem unrund laufenden Rad. Als er bemerkte, dass er erwartet wurde, verlangsamte er sein Tempo. Beherzter als sie in Wirklichkeit war, ging sie ihm entgegen.

»Willst du zu mir?«, empfing er sie und klang dabei kein bisschen erfreut. Er sah wieder so aus wie bei ihrer ersten Begegnung: struppige Haare, unrasiert, ungewaschen.

»Zu wem sonst?«

»Und warum?«

»Bloß was fragen.«

»Aha. Und was?«

Sie suchte nach den passenden Worten, was nicht leicht war, und schon gar nicht, wenn sie angesehen wurde, als sei jede Sekunde, die sie ihm stahl, eine neue Provokation.

»Hast du heute schon in die Zeitung geguckt?«

»Ach, deshalb bist du hier. Willst du dich bei mir entschuldigen?«

»Ich? Warum?«

»Na, weil ich mit allem recht hatte.«

»Das sind alles nur Verdächtigungen. Es ist nichts bewiesen. Und selbst wenn, dann —«

»Lass stecken und sag, was du von mir willst.«

»Weißt du, dass Dr. Androsch verschwunden ist?«

»Hab's gelesen. Und?«

»Hast du ... Ich meine, warst du noch mal ...?«

Er sah sie mit fassungslosem Staunen an. »Du kommst her, um mich *das* zu fragen?« Verächtlich schnaubend, ging er an ihr vorbei, wechselte die Tüte in die linke Hand und kramte mit der rechten in der Hosentasche nach seinem Schlüssel.

Joy trat neben ihn und packte seinen Arm. »Hast du was mit Androschs Verschwinden zu tun, Bruno? Du musst es mir sagen.«

Er hatte nur einen kurzen Seitenblick für sie übrig. »Ich muss gar nichts. Und alles, was ich dir sage, ist das: Du bist echt das Letzte!« Er steckte den Schlüssel ins Schloss, sperrte aber nicht auf. »Was wirst du tun? Hetzt du mir die Bullen auf den Hals?«

»Nicht, wenn du mir schwörst, dass du nichts getan hast«, rief sie verzweifelt.

»Schwören! Jetzt muss ich also schon schwören.« Bruno wandte den Kopf und sah sie verächtlich von oben herab an. »Tu, was du nicht lassen kannst.« Dann schloss er die Tür auf und ging rein.

Sie blieb allein auf der Straße zurück.
Idiot, dachte sie.

NERVÖS STAND JOY vor dem Polizeipräsidium. Gut möglich, dass sie sich gleich vollkommen lächerlich machte. Aber was, wenn Bruno Androsch irgendwo halb tot hatte liegen lassen und der nur sterben musste, weil er nicht rechtzeitig gefunden wurde? Konnte doch sein! Und dann hätte sie ihn auch auf dem Gewissen, irgendwie.

Sie ging auf den Eingang zu. Hinter der schweren Tür saß ein Pförtner, der sie mit einem Nicken begrüßte. »Ich möchte zu Ilona Schmidt«, sagte Joy.

»Weiß sie, dass Sie kommen?«

»Nein.«

»Ich ruf mal an. Name?«

»Joy Lennert. Ich bin eine Freundin von Frau Schmidts Sohn.«

»Dann ist es privat?«

»Nein. Es geht um Dr. Androsch. Der Mann, der verschwunden ist.«

Das Telefonat war kurz. Der Pförtner rief einen uniformierten, jungen Polizeibeamten, der gerade hereinkam, zu sich und bat ihn, Joy zum Büro von Saschas Mutter zu begleiten. Schweigend ging sie neben ihm her zum Aufzug und fuhr mit ihm in den zweiten Stock. Sie musste dauernd seine Waffe anstarren, deutete schließlich darauf und fragte: »Haben Sie die schon mal benutzt?«

»Nicht außerhalb des Schießstands. Zum Glück.«

Der Fahrstuhl hielt an, die Türen öffneten sich. Der Polizist brachte Joy zu einem Büro am Ende eines Ganges. Die Tür stand offen. Trotzdem klopfte er an und rief hinein: »Frau Kollegin, Besuch für Sie!«

Saschas Mutter löste den Blick von ihrem Monitor und wies auf den Stuhl vor ihrem Schreibtisch. »Setz dich.« Während Joy Platz nahm, schloss der Polizist hinter ihr die Tür. »Ich hab nicht viel Zeit. Also, was ist?«

Joy räusperte sich, ehe sie begann: »Es geht um Dr. Androsch. Ich weiß nicht, ob es was zu bedeuten hat, aber ...« Sie erzählte von den Einträgen in Alinas Tagebuch, von den Schlüssen, die Bruno daraus gezogen hatte, von der Attacke auf Androsch und dem Auftauchen von Androschs Sohn. »Ich war nur dabei, um Bruno von einer noch größeren Dummheit abzuhalten«, versicherte sie. »Wir haben uns darüber zerstritten. Und jetzt frage ich mich, ob Bruno Dr. Androsch nicht noch mal aufgelauert hat.«

»Verstehe.« Frau Schmidt nahm ihr Telefon ab und drückte eine Taste. »Weißt du zufällig, wo wir ihn jetzt antreffen?«

»Zu Hause. Also, nicht bei seinen Eltern, sondern in seiner WG. Schellingstraße 117.«

Frau Schmidt bat den Kollegen am Telefon, zu der Adresse zu fahren und Bruno zu befragen. Dann legte sie wieder auf.

»Und sonst gibt es nichts, das ich wissen sollte?«

Joy fühlte sich unter ihrem Polizistenblick plötzlich unbehaglich. »Keine Ahnung, was Sie meinen.«

»Ich rede von dem Einbruch in Mirko Engelharts Wohnung. Sascha war dabei, das weiß ich, und zwar von ihm selbst. Aber er war nicht allein.«

»Ich hab nichts damit zu tun.«

»Er war also nicht mit dir dort? Und du weißt auch nichts?«

»Wirklich nicht. Ich schwöre!«

»Schwör lieber nicht.« Frau Schmidt neigte sich vor. »Du kannst ruhig sagen, was du weißt, es bleibt unter uns. Ich liefere doch nicht meinen eigenen Sohn ans Messer. Das regle ich schon selbst, intern sozusagen. Aber ich wüsste zu gerne, wer ihn zu so was anstiftet.«

Joy überlegte. Offenbar wusste sie nichts von Mareike, sonst hätte sie bestimmt direkt nach ihr gefragt. Wenn Sascha sie ihr verschwiegen hatte, dann hatte er bestimmt seine Gründe. Und obwohl ihr diese merkwürdige Sache zwischen den beiden überhaupt nicht behagte, würde sie Sascha ganz bestimmt nicht verpetzen.

Sie zuckte mit den Schultern und stand auf. »Ich muss los.« In der Tür drehte sie sich um. »Es wäre mir lieber, wenn Sie Sascha nicht erzählen, dass ich hier war. Ich will es ihm selbst sagen.«

»Passen Sie doch auf, wo sie hinlaufen!«

Joy schreckte auf. Sie war so tief in ihre Gedanken verstrickt gewesen, dass sie den Mann erst aus dem Haus kommen sah, als sie schon in ihn hineinlief. »Sorry«, sagte sie nur und ging weiter.

»Diese Jugend«, nörgelte er hinter ihrem Rücken weiter, »dauernd mit dem Kopf woanders, und dann noch nicht mal richtig entschuldigen. Hallo, junge Dame, ich rede mit dir!«

Aber ich nicht mit dir, dachte Joy.

Kurz bevor sie den Hauseingang erreicht hatte, fuhr ein Taxi vor. Ein Mädchen stieg aus. Kurze, struppige Haare, markantes Gesicht. Sie ging zur Haustür und wollte schon klingeln.

»Warte«, rief Joy und kam heran, »ich hab einen Schlüssel.«

Als sie sich unmittelbar gegenüberstanden, ließ Joy einen kurzen Blick über das Mädchen schweifen. Sie war stark geschminkt, die Klamotten sahen teuer aus. Die Fremde sah sie ihrerseits an, abschätzig, wie sie fand, nickte dann kurz, sagte aber nichts. Erst als sie im Treppenhaus waren, fragte sie: »Weißt du zufällig, in welchem Stock Sascha Schmidt wohnt?«

»Du willst zu Sascha?«

»Äh ... Ja. Was dagegen?«

»Nein, gar nicht. Komm mit, ich wohne gleich nebenan.«

Die Fremde zögerte einen Augenblick, sagte dann: »Ach, du bist das.«

»Ich bin was?«

»Nichts.«

Okay, dachte Joy, keine Ahnung, wer du bist und was du hier willst, aber eins weiß ich: Ich mag dich nicht!

Das stimmte natürlich nur halb. Sie hatte sehr wohl eine Ahnung, wer dieses seltsame Mädchen war: die berühmte Mareike.

»Sascha schläft wahrscheinlich, er war ziemlich fertig und hat sich hingelegt.«

»Was du alles weißt. Sascha wartet auf mich.«

Die spielte sich aber gewaltig auf. Kaum zu glauben, dass Sascha auf so jemanden stand. Dabei sah sie nicht mal gut aus, all ihre Schminke konnte die Härte in ihrem Gesicht nicht verbergen, einem Gesicht, das rein gar nichts Mädchenhaftes hatte. Dafür stand auf ihrer Stirn groß und breit das Wort *Zicke* geschrieben. Allerdings nur für Leute, die es sehen wollten, und zu denen gehörte Sascha anscheinend nicht.

Schweigend stiegen sie nebeneinander die Treppe hinauf. Im dritten Stock angekommen, sagte Joy: »Da wohnt Sascha, und ich wohne hier.« Sie ging auf ihre Tür zu und zog den Schlüssel aus der Hosentasche. Als sie schon halb in der Wohnung war, fragte sie, um auch den letzten Zweifel zu beseitigen: »Du bist Mareike, oder?«

Das andere Mädchen drehte sich um, zog die Brauen über den farblosen Augen hoch und sagte: »Ja, Joy, ich bin Mareike.«

Erst als sie die Tür geschlossen hatte, merkte Joy, wie sehr ihr Herz raste. *Ja, Joy, ich bin Mareike*, hallte es in ihrem Kopf nach.

Es hatte sich angehört wie: Verpiss dich aus Saschas Leben!

Verpiss *du* dich!, dachte sie.

32

»Und? Wie findest du's?« Zufrieden grinsend, fuhr Mareike sich mit den Fingern durch die neue Frisur. »Mutig, oder?«

»Das schon.«

»Aber?«

»Nichts aber. Nur gewöhnungsbedürftig.«

Während er sich ein Lächeln abrang, verblasste ihre Heiterkeit. »Es gefällt dir nicht.«

»Doch. Wirklich. Super.« Er hob beide Daumen und wusste, dass er sie nicht täuschen konnte. Er war noch nie ein guter Lügner gewesen. Und die langen Haare hatten ihm nun mal viel besser gefallen. Wäre sie nicht geschminkt gewesen, hätte man sie glatt für einen Jungen halten können. Zum Glück bohrte sie nicht weiter nach.

»Bist du okay?«, fragte sie stattdessen. »Du siehst ziemlich kaputt aus.«

Er rieb sich ein Auge. »Bin ich auch. Hab bis eben gepennt.«

»Was ist los?«

»Hatte wenig Schlaf, die letzten Nächte.« Er atmete schwer. »Es heißt, Androsch hat Patientinnen missbraucht. Und zwar genau die Mädchen, die tot sind.«

»Wirklich? Das ist ja schrecklich!«

»Ich hab ihm vertraut! Wenn er das wirklich getan hat, dann …« Er merkte, dass er laut geworden war. Leiser, fast flüsternd schloss er: »Wem soll ich jetzt noch vertrauen?«

»Mir, zum Beispiel!« Sie lächelte verhalten, fast schüchtern, und errötete sogar ein wenig.

Sascha schlug die Augen nieder. Ihr Angebot war rührend, machte ihn aber auch verlegen.

»Willst du was trinken?«, lenkte er ab.

»Was hast du da?«

Er schlurfte voraus in die Küche. Mareike deutete auf eine angebrochene Flasche Rotwein auf der Anrichte. »Dazu würde ich nicht Nein sagen.« Während er zwei Gläser aus dem Hängeschrank holte – er hatte sich spontan entschlossen, auch Wein zu trinken –, sagte sie: »Und, bist du jetzt der große Held deiner Mutter?«

Den spöttischen Ton in ihrer Stimme musste er wohl hinnehmen. »Okay, du hattest recht. Sie fand unsere Aktion überhaupt nicht cool und war total angepisst.«

Mareike zuckte mit den Schultern. »Hab ich's gesagt, oder hab ich's gesagt?«

Glucksend stürzte der Wein in die Gläser. Mareike hob das ihre, er dachte, um mit ihm anzustoßen, doch sie trank allein. Erst danach fiel es ihr auf. »Oh«, machte sie, stieß ihr Glas gegen seines und trank noch einmal mit ihm gemeinsam. Dann sagte sie: »Ich würde gern dein Zimmer sehen.«

»Lieber nicht. Da sieht's aus wie Sau.«

»Macht nichts.« Sie schnappte sich die Weinflasche und ging voraus. »Ist es hier?« Doch sie wartete die Antwort nicht ab, sondern schob die nur angelehnte Tür auf und betrat sein Zimmer. Dort ließ sie den Blick kurz schweifen. »Nett. Und total ordentlich.«

»Das sieht meine Mutter anders.«

Er deutete auf das Display seines Laptops, wo ein Artikel zu den toten Mädchen geöffnet war. »Echt der Hammer, was wir da losgetreten haben.«

Mareike schwieg nur und nagte an ihrer Unterlippe.

Er ging zum Schreibtisch. »Ich glaub, ich weiß jetzt auch, wieso bei Mirko an der Tür nicht *Androsch* stand. Irgendwo hab ich gelesen, dass Mirkos Mutter nach der Scheidung wieder ihren Mädchennamen angenommen hat. Und ich wette, der lautet Engelhart. Aber wieso Mirko sich ausgerechnet Tristan genannt hat, versteh ich noch immer nicht.«

»Ist doch auch egal, oder?«, sagte sie, schwenkte dabei ihr Glas und sah zu, wie der Wein darin herumschwappte.

»Also, wenn ich einen falschen Namen annehmen müsste, würde ich nicht auf Tristan kommen. Ich wette, dass der Name was bedeutet.«

»Schon möglich, aber … Können wir auch mal über was anderes reden?«

»Interessiert dich das plötzlich nicht mehr?«, fragte er.

»Doch. Nein. Ich meine nur: Egal, was wir tun, es bringt Natalie nicht zurück. Und was dieser Androsch gemacht hat, ändert es auch nicht.«

Sie hatte recht. Er ließ sich auf den Boden nieder und warf ihr ein Sitzkissen hin. »Von mir aus, reden wir über was anderes. Zum Beispiel über dich. Von dir weiß ich fast noch weniger als von Tristan. Beziehungsweise Mirko.«

Mareike setzte sich auf das Kissen und stellte die Flasche neben sich. Sie leerte ihr Glas in einem Zug und schenkte sich sofort nach. Dann fiel ihr Blick auf etwas unter dem Bett. Sie griff danach, zog es heraus: die Mappe mit seinen Zeichnungen.

»Nicht«, sagte er, »die sind nicht gut.«

»Zu spät!« Ungeniert schlug sie sie auf, blätterte die Zeichnungen durch und betrachtete jede von ihnen eingehend. »Du bist ja ein richtiger Künstler.«

»Verarschst du mich gerade?«

»Würde ich nie tun!«

Und dann lag plötzlich Joys Porträt vor ihnen. Sascha erschrak. Wie hatte er bloß vergessen können, dass diese oberpeinliche Zeichnung in der Mappe steckte!

»Ist das nicht …« Mareike stellte ihr Glas hin, hob das Blatt auf und betrachtete es, als wäre darauf sehr viel mehr zu sehen als nur das Gesicht eines Mädchens. Und es zeigte ja auch sehr viel mehr, wie ihm selbst siedend heiß bewusst wurde.

»Ist das nicht deine Nachbarin? Diese Joy?«

Er glaubte, das Wummern seines Herzens noch in den Haarspitzen zu spüren. So heiß, wie ihm gerade war, konnte sein Gesicht nur glutrot sein. »Äh … Du … Woher kennst du sie?«

»Sind uns vorhin im Treppenhaus begegnet. Ist sie ... nackt?«

»Nein!«, rief er empört. »Sieh doch hin! Das hier sind die Träger eines Shirts!«

Er griff nach dem Blatt, doch sie zog es weg. Wie lange wollte sie es noch anstarren? Selbst als sie es endlich weglegte, ließ sie es nicht aus den Augen. Dann eine Bewegung ihrer Hand, ihr Glas kippte um, und der Wein ergoss sich über das Papier.

»Ups«, machte sie nur und sah zu, wie Joys Abbild nach und nach im Rot versank.

»Scheiße, was soll denn das!?«, rief Sascha. »Spinnst du?«

»'tschuldigung, das wollte ich nicht.«

Wer's glaubt, dachte er und sah sie böse an. Ihre Augen glänzten. Ein sicheres Zeichen, dass ihr der Alkohol zu Kopf gestiegen war.

Er lief los, um eine Küchenrolle zu holen. Zum Glück hatte er in seinem Zimmer keinen Teppichboden. Und gut, dass wie durch ein Wunder das teure Glas heil geblieben war. Seine Mutter hätte ihm was erzählt.

Als er zurückkam, blieb er kurz in der Tür stehen. Mareike saß nicht mehr auf dem Boden, sie lag jetzt quer über seinem Bett, stützte den Kopf auf und lächelte ihn herausfordernd an. Wortlos sah sie zu, wie er den Schlamassel, den sie angerichtet hatte, beseitigte. Einen Moment überlegte er, ob er die Zeichnung wegwerfen sollte, aber er brachte es dann doch nicht übers Herz, sondern legte sie auf eine Bahn Küchenkrepp. Sieht gar nicht mal schlecht aus, fand er, je länger er sie ansah. Ein bisschen wie die Werke, die sie in der Galerie gesehen hatten.

»Würdest du mich auch zeichnen?«, fragte Mareike in seinem Rücken.

»Klar.«

»Auch ... nackt?«

Er stockte mitten in der Bewegung. Meinte sie das ernst?

DIE INTERNETRECHERCHE HATTE nichts ergeben. Joy ließ sich gegen die Lehne ihres Stuhls fallen. Mareike war anscheinend weder bei Facebook noch bei Twitter oder in einem anderen sozialen Netzwerk. Zumindest hatte sie sie dort nicht gefunden. Es gab nur eine Möglichkeit, mehr über sie zu erfahren: Sie musste noch einmal in die Galerie und mit dem Galeristen reden. Heute war es dafür allerdings schon zu spät.

Joy ging in die Küche und holte sich einen Schokoriegel aus der Süßigkeitenschublade. Die Mischung aus Schokolade und Karamellcreme fühlte sich schön ungesund auf den Zähnen an.

Was die beiden wohl gerade machten?

Diese Mareike hatte was im Blick, das gefiel ihr überhaupt nicht. Es war nicht allein ihre Überheblichkeit. Überheblich waren viele, vor allem ihr, dem *Negerkind* gegenüber. Da war noch etwas anderes. Sie wusste selbst nicht genau, was. Irgendwas Kaltes. Hartes. Unbarmherziges. Irgendwas, vor dem sie Sascha gerne beschützt hätte. Notfalls auch gegen seinen Willen. Jungs konnten so blind sein, wenn es um Mädchen ging.

Ihr Handy klingelte in ihrer Hosentasche. Sie nahm es heraus, schaute auf die Nummer im Display. Ein Schreck fuhr ihr in die Glieder. Bruno. Es war nicht schwer zu erraten, was er wollte: seiner Wut über sie Luft machen. Sie ging lieber nicht ran. Hoffentlich erwartet er mich nicht demnächst mit seinem Baseballschläger, dachte sie bang. Und: Eine tolle Freundin bin ich. Dem einen schicke ich die Polizei ins Haus, bei dem anderen spioniere ich der Freundin hinterher.

Sie ging auf den Balkon. Der letzte Rest Tageslicht war längst verdämmert. Brannte nebenan Licht? Sie lugte an der Trennwand vorbei. Alles dunkel. Im Wohnzimmer waren sie also nicht. Dann wohl in seinem Zimmer, das ja nach vorne rausging. In seinem Zimmer. Und die Mutter nicht zu Hause. Alles klar.

»Tu mir das nicht an«, flüsterte sie. Dann fiel ihr auf, was sie gesagt hatte, und sie verbesserte: »Ich meine: dir. Tu *dir* das nicht an.«

Da hörte sie nebenan ein Geräusch. Ein gekipptes Fenster, das geschlossen wurde. Sascha? Sie warf den abgebauten Klapptisch um, der in einer Schutzhülle aus Plastik an der Trennwand lehnte. Keine halbe Minute später ging auf dem Nachbarbalkon die Tür auf.

»Joy? Bist du das?«

Er war es.

»Ja. Sorry für den Krach. Ist Mareike schon weg?«

»Nee, nee.«

»Und was machst du hier draußen?«

»Ich soll sie gleich zeichnen, und sie will sich dafür … keine Ahnung … vorbereiten, oder so.«

»Demnach läuft's gut bei euch?«

Sie biss sich auf die Unterlippe. Blöde Frage!

Die Antwort war allerdings nicht viel besser: »Keine Ahnung. Normal halt.«

Sie rollte mit den Augen. Mal wieder eine typische Jungs-Antwort. *Normal!* Was um alles in der Welt sollte das bedeuten?

»Mareike hat mir erzählt, dass ihr euch im Treppenhaus begegnet seid«, sagte er dann. »Wie findest du sie?«

»Ist doch egal, wie ich sie finde. Wie findest du sie?«

Er überlegte kurz. »Cool. Irgendwie cool.«

Vielleicht ein bisschen zu cool, dachte Joy, sagte aber nichts.

WIE KANN ICH SO was sagen? Nackt! Ich! Vor ihm! Seine Augen, die mich ansehen. Seine Augen, die sagen: ...

Nein. Unmöglich.

Es war der Wein. Wieso trinke ich Wein? Und so eine Menge. Ich weiß doch, was passiert, wenn ich zu viel ...

Gottvater, der mich ansieht, und seine Augen, die sagen: Nicht das, was es sein sollte.

Joachim, der mich ansieht, und seine Augen, die sagen: Nicht das, was es sein sollte.

Sascha, der mich ansieht, und seine Augen, die sagen: ...

Sie ist schön. Ja, das ist sie. So abscheulich schön. Ich trete vor die Zeichnung auf dem Boden. Joy. Ertrinkt in Rot. Im Treppenhaus, wie war sie noch mal? Sie hat einen großen, prallen Busen. Bestimmt. Unter ihrer Jacke war er nicht zu sehen, aber ... bestimmt. Und runde Hüften. So wie Sarah. Wie Alina. Natalie. Und Laila. Wie es sich wohl anfühlt, so einen Körper zu haben? Wie es sich wohl anfühlt, so zu sein? Echt zu sein, nicht nur zu spielen, dass man irgendwas ist?

Ich sammle die Spucke in meinem Mund und lasse sie auf die Zeichnung am Boden tropfen. Gut gezielt. Sie trifft genau die Lippen, die nicht ganz geschlossen sind. Feuchter Kuss. Ha, ha.

Sascha sagt, da ist nichts. Sascha sagt, sie ist nur eine Freundin. Ein Kumpel. Sascha sagt ...

Sascha ist anders als der Rest. Er ist was Besonderes. Wenn es einen Menschen gibt, der ... Wenn, dann ist Sascha dieser Mensch.

Ich will ihn. Für mich. Ich liebe ihn.

Spanien. Italien. Vielleicht doch?

Mirko hat mich ja auch gewollt, als Mädchen. Aber eher wie ein streunender Köter, dem man nur eine Hand hinhalten muss, damit er einem folgt. Nein, der gilt nicht. Aber Sarah und Alina – die haben mich geliebt. Nein, nicht mich, sondern Tristan, den ich gespielt habe. Kann ich nicht auch eine Mareike spielen, die Sascha lieben würde?

Ich muss alles vergessen, alles, was war: Gottvater, die Alte Schlampe, Joachim, die toten Mädchen. Gibt es das? Wäre das möglich? Kann man jemand anders sein? Muss man dafür nicht erst der sein, der man ist? Statt immer nur jemanden zu spielen, der man nicht ist? Ich muss aufhören mit diesen Gedanken, sie machen mich wahnsinnig!

Ich gehe zur Tür und drehe den Schlüssel um.

Ich hab Menschen getötet, zugesehen, wie sie verenden ... Dagegen ist das doch ... gar nichts.

Ich ziehe mir das Sweatshirt über den Kopf, danach das T-Shirt, das Unterhemd.

Nackt.

Mir ist heiß, und trotzdem kriege ich eine Gänsehaut.

Meine Brust. Kein Busen. Zitzen. Wie bei einer Maus. Oder einer Ratte.

Ich streife die Schuhe ab und die Socken. Ich löse den Gürtel, knöpfe die Jeans auf, ziehe den Reißverschluss runter und die Hose. Den Slip. Kleine, runde Narben auf meiner Haut. Eckige Beckenknochen, dünne Beine. Mein Hintern: flach. Nichts passt zusammen.

Nicht das, was es sein sollte. Gottvater. Joachim.

Ich schlüpfe unter Saschas Bettdecke. Sie hat schon seine Haut berührt, und jetzt berührt sie meine. Wenn er mich anfassen würde ... Er wäre bestimmt ganz sanft und vorsichtig. Wie warm mir wird, bei diesen Gedanken. In meinem Bauch: ein Kribbeln. Es ist schön in seinem Bett, unter seiner Decke. Geborgen.

Was ist das, was mich in die Seite drückt? Ich fasse danach, ziehe es unter der Decke hervor und halte es hoch. Das gibt's doch nicht! Ein glitzerndes Herz in einer Kugel, als Schlüsselanhänger. So eines hatte Alina auch. Genau das gleiche. Ist es etwa das von Alina? Aber wie ...?

Alinas glitzerndes Herz, hier, in Saschas Bett. Wenn ich an so was glauben würde, würde ich denken, das ist ein Zeichen. Aber wofür?

Ich schließe die Faust um das Herz, mache mich ganz gerade, lege die Arme auf die Decke, die Hände aufeinander, über meinem Bauch. Ich bin tot. Ich sehe mich in einem Sarg liegen. Einem weißen Sarg. Wie Alina. Sarah. Natalie. Laila. Alle in weißen Särgen. Blumengestecke obendrauf. Als wären sie die Unschuld selbst gewesen. Und jetzt ich. Die wahre Unschuld. Ein Wagen rollt über Friedhofswege, knirschende Kiesel. Jemand spricht. Rihanna-Songs. Ich hasse Rihanna. Wer steht an meinem Grab? Nicht Gottvater. Nicht die Alte Schlampe. Niemand. Bloß Sascha.

Ich schlage die Augen auf. Über mir die weiße Zimmerdecke.

Was, wenn die Polizei sich wirklich zufriedengibt mit der letzten Leiche? Mirko, der verirrte Jugendliche. Das ungeliebte Kind.

Spanien. Italien. Sascha.

Es klopft.

»Bist du okay?«

Ich kann nichts sagen. Einfach nichts sagen.

»Kann ich reinkommen?«

Nein!

»Nein!«

Ich springe aus dem Bett, in meine Klamotten: Unterhemd, T-Shirt, Sweatshirt, Slip, Hose, Gürtel zu. Reißverschluss, Socken, Schuhe. Das glitzernde Herz auf der Bettdecke, das Zeichen für irgendwas. Ich stecke es ein und eile zur Tür. Atmen. Atmen!

Sascha?

»Sascha?« Nur geflüstert.

Keine Antwort.

Ich drehe den Schlüssel um.

Gleichzeitig betreten wir den Flur, ich aus seinem Zimmer, er aus dem Bad.

Ich explodiere gleich vor ... Ich weiß nicht, vor was ...

Ich muss weg.

»Soll ich dich jetzt zeichnen? Ich zeichne dich auch angezogen.« Er lächelt.
»Muss weg. Sorry.«
»Schade.«
»Wir telefonieren.«
Ich will das mit den Fingern machen, die Telefoniergeste, aber meine Finger sind total durcheinander, ich krieg es nicht hin.
Wir stehen da. Wir sehen uns an. Wir warten auf etwas.
Etwas, das nicht kommt.
Ich halte das nicht länger aus.
»Tschüss.«
Ich gehe an ihm vorbei.
Was mache ich denn? Wieso gehe ich einfach so?
Wer töten kann, der kann auch ...
Ich drehe mich um, ich springe ihn an, er zuckt zurück, weil er nicht weiß ... Ich hänge an seinem Hals, meine Arme, mein Mund klebt an seinem, es ist ein Kuss, ich glaube, es ist ein Kuss. Ja.
Ist es schön? Fühle ich etwas?
Ich muss weg. Reiße mich los von ihm und schnappe meine Jacke vom Garderobenhaken, werfe sie mir über die Schultern und bin draußen. Meine Schritte, die auf der Treppe poltern.
Der Kuss. Ich habe es getan. Ihn geküsst. Erst jetzt, da es vorbei ist, wird es schön. Erst jetzt bekommt alles Sinn. Erst jetzt schließt sich der Kreis. Erst jetzt wird aus dem Kampf ein Sieg. Alle Feinde tot, ich obenauf. Sascha und ich.
Spanien. Italien.
Wir kommen.

33

WAS WAR DAS denn gewesen? Die Wohnungstür war längst hinter Mareike ins Schloss geknallt, aber Sascha stand noch immer da wie ein Pudel nach einem Platzregen. Sie hatte ihn geküsst. Nachdem sie zuvor gewollt hatte, dass er sie zeichnete – nackt. Und jetzt war sie weg. Echt seltsam, dieser Ablauf der Ereignisse. Echt seltsam, dieses Mädchen.

Nachdenklich schlurfte er über den Flur zu seinem Zimmer. Dass ein Mädchen ihn wollte, war ein tolles Gefühl. Jan hätte ihm jetzt bestimmt anerkennend auf die Schulter geschlagen. Aber was sollte er machen, er war nun mal nicht in Mareike verliebt. Kein bisschen.

In seinem Zimmer fiel ihm auf, dass das Bett nicht mehr so aussah, wie er es verlassen hatte. Anscheinend hatte sie sich hingelegt. Vielleicht war ihr schummrig geworden. Kein Wunder, nach der Menge Wein, die sie in kurzer Zeit getrunken hatte. Er setzte sich auf die Bettkante. Sein Blick fiel auf Joys Porträt. So 'ne Kacke, dachte er. Er hatte plötzlich ein schlechtes Gewissen. Hatte er durch sein Verhalten falsche Hoffnungen in Mareike geweckt? Was sollte er tun? Wie kam er aus der Nummer wieder raus? Dieses Liebesding war echt kompliziert. Wieso verliebte man sich nicht ausschließlich in Leute, die in einen selbst verliebt waren? Dieses ganze Heer der Enttäuschten – das war doch völlig unnötig.

Er hätte jetzt dringend jemanden zum Reden gebraucht. Doch zu wem konnte er gehen? Nicht zu Joy, das war klar. Androsch war weg und womöglich ohnehin nicht so vertrauenswürdig, wie er gedacht hatte. Wer blieb übrig? Seine Mutter? Ganz bestimmt nicht. Seine Kumpels in der Schule? Die hatten noch weniger Ahnung als er.

Seine Hand wanderte wie von selbst in die Hosentasche, um das Glitzerherz zu berühren. Doch sie griff ins Leere. Auch in der anderen Hosentasche war es nicht. Ach ja, fiel ihm ein, er hatte es vor dem Einschlafen in der Hand gehalten. Er schlug die Bettdecke zurück, strich das Laken glatt. Nichts. Vielleicht unter dem Kissen? Auch nicht. In einer Ritze? Wieder nichts. Irgendwo auf dem Boden? Weit und breit keine Spur davon. Merkwürdig war das. Und ärgerlich. Eigentlich war es ja ein blödes, albernes Ding. Was für kleine Mädchen. Aber es war sein *cooles Herz*, und er musste es unbedingt wiederhaben.

Ein Gedanke drängte sich ihm auf: Hatte Mareike es mitgenommen? Vielleicht war es so gewesen: Sie hatte sich hingelegt, es gefunden und eingesteckt. Was schon ziemlich krass gewesen wäre. Man nahm doch nicht einfach Dinge mit, die einem nicht gehörten. Nicht mal solche Kleinigkeiten. Aber für jemanden, der einfach so zum Spaß Einbrüche beging, echte und gefakte, war das wahrscheinlich keine große Sache.

Oder tat er ihr unrecht? Vielleicht hatte sie das Glitzerherz gefunden und irgendwo hingelegt, wo er noch nicht gesucht hatte. Auf den Schreibtisch zum Beispiel. Er durchwühlte das Durcheinander dort, doch vergeblich. Dafür entdeckte er etwas auf dem Boden: Mareikes Handy. Er hob es auf und betrachtete es nachdenklich. Die Versuchung war groß, ein wenig darin herumzustöbern. Aber nein. So was machte er nicht. Er würde nur schnell nach ihrer Festnetznummer suchen, um ihr zu sagen, wo ihr Telefon war.

Er tippte auf *Kontakte*, ihr Adressbuch ging auf.

Was war das?

Okay, dachte er mit einem Schauder, das ist jetzt wirklich strange.

Die einzige Nummer, die abgespeichert war, war – seine.

34

AM NÄCHSTEN TAG fuhr Joy gleich nach der Schule zur Galerie in der Barer Straße. Sie war geöffnet, aber wie schon bei ihrem ersten Besuch war auch diesmal niemand im Schauraum. Joy fragte sich, wovon so ein Galerist eigentlich lebte, wenn er nie Kundschaft hatte. Sie versuchte, sich an den Namen des Typen vom letzten Mal zu erinnern, er fiel ihr zum Glück gerade ein, als er aus einem Nebenraum hereintrat: Gerd Watzke. Bei ihrem Anblick verlor sein Gang etwas von seinem Schwung.

»Du warst doch vor Kurzem erst hier«, sagte er und erinnerte sich dabei wohl, dass sie keine Kundin gewesen war.

»Stimmt.« Joy kam ihm ein paar Schritte entgegen. »Ich hätte noch eine Frage zu dieser Mareike.«

Gerd Watzke zog die Brauen hoch und reckte das Kinn ein wenig vor. »Tut mir leid«, sagte er spitz, »ich beantworte keine Fragen mehr. Eigentlich habe ich schon zu viel gesagt. Wer weiß, ob du nicht eine Stalkerin bist oder irgend so eine Irre.«

»Sehe ich etwa danach aus?« Sie setzte ihr unschuldigstes Lächeln auf und blinzelte mädchenhaft, bis ihr bewusst wurde, dass eine Stalkerin wahrscheinlich genau das auch machen würde.

Gerd Watzkes Handy brüllte eine Opernarie. »Du kannst dir gerne alles anschauen, aber erfahren wirst du von mir nichts mehr.«

»Sagen Sie mir wenigstens, wo sie wohnt.«

Er winkte ab, drehte sich weg und ging ans Handy.

Joy stand unschlüssig herum. So schnell würde sie nicht aufgeben. Auch wenn Gerd Watzke ziemlich entschlossen gewirkt hatte. Aber er war nun mal ihre einzige Verbindung zu Mareike. Sie tat so, als interessierte sie sich für die Bilder an den Wänden, in Wahrheit aber überlegte sie, wie sie ihn vielleicht doch noch dazu bewegen konnte, mit ihr zu reden.

»Spätestens um halb vier musst du hier sein«, hörte sie ihn sagen. Anscheinend telefonierte er mit einem Mitarbeiter. »Dann werden die Bilder für Ahrens abgeholt. Sie liegen verpackt und adressiert hinten, du musst nur den Abholschein unterschreiben.«

Joy wurde hellhörig. Bilder für Ahrens? Bestimmt ging es um die, die Mareike zerstört und ihr Vater gekauft hatte. Na, wenn das keine Gelegenheit war. Während Gerd Watzke mit dem Rücken zu ihr weitertelefonierte, stahl sie sich in den Nebenraum, in dem beim letzten Mal noch die verunstalteten Bilder gehangen hatten. Heute waren die Wände leer, dafür stand eine Kiste neben dem Eingang. Joy las den Adressaufkleber:

S. AHRENS

WALDSTEINSTRASSE 14

80635 MÜNCHEN

Bingo! Ihr Herz schlug vor freudiger Erregung etwas höher.

Sie kehrte zurück in den anderen Raum, wo Gerd Watzke noch immer telefonierte, winkte ihm zu und verließ die Galerie.

DREI UHR, HATTE Mareike gesagt. Am nördlichen Eingang. Jetzt war es schon Viertel nach, und sie war noch immer nicht da. Dabei war sie sonst immer überpünktlich. Irgendwie war Sascha froh, dass sie sich verspätete. Das verschaffte ihm Aufschub. Er musste ihr sagen, was er für sie empfand. Und vor allem: was er *nicht* empfand. Gestern am Telefon hatte er es nicht geschafft. Und nach seinem Glitzerherz hatte er sie auch nicht gefragt. War ihm irgendwie peinlich gewesen. Außerdem hatte sie nicht viel Zeit gehabt und nur wegen ihrem Handy fragen wollen. Der Treffpunkt, den sie ausgewählt hatte, der Alte Südliche Friedhof, passte zu seiner trüben Stimmung.

Er wollte schon gehen, da kam ein Motorroller auf ihn zu und hielt vor ihm an. Erst als der Fahrer den Helm abnahm, erkannte Sascha, dass es Mareike war. Sie stellte den Motor ab und hievte den Roller auf den Ständer.

Sascha deutete auf ihr Fahrzeug und meinte: »Cooles Teil. Ist das neu?«

Sie nickte. »Hab ihn erst seit heute. Den Vorgänger hab ich im Frühjahr leider geschrottet. Willst du mal fahren?«

Er schüttelte den Kopf. »Geschrottet?« Er erinnerte sich dunkel, dass sie so was schon mal erwähnt hatte. »Wie hast du das denn hinbekommen?«

»Ich bin unfreiwillig abgestiegen, und das Ding ist unter einen entgegenkommenden Laster gerauscht. War total platt.«

»Und du?«

»Bloß ein paar Prellungen, sonst ist nichts passiert.«

Er griff in seine Jackentasche, holte ihr Handy heraus und gab es ihr. Er brachte es nicht über sich, sie zu fragen, warum sie nur seine Nummer gespeichert hatte. Vielleicht später.

»Hast du zufällig in meinem Zimmer einen Schlüsselanhänger gesehen?«, fragte er stattdessen. »So ein Herz in einer Kugel. Total kitschig, aber es ist ein Andenken. An Natalie.«

Sie sah ihn an, dann schüttelte sie den Kopf. »Nein, leider. Es taucht schon wieder auf. Alles taucht wieder auf, irgendwann.« Sie lächelte und ging los zum Eingang. »Warst du schon mal hier?«

»Ein-, zweimal.«

»Mit Natalie?«

»Nein. Wie kommst du darauf?«

»Ich dachte nur. Sie war gerne hier.«

»Wusste ich gar nicht.«

Sie ließen den Eingangsbereich hinter sich und nahmen einen der Wege. Es gab noch andere Spaziergänger, doch die waren außer Hörweite.

»Wegen gestern noch mal«, begann Mareike, ohne ihn anzusehen. »Mir ist das echt peinlich. Alles, meine ich. Dass ich erst sage, du sollst mich zeichnen, und dann einfach abhaue. Ist nicht gerade cool. Ich sollte keinen Wein trinken. Tut mir nicht gut. Also … Sorry.«

»Schon okay.«

»Wirklich?«

Er nickte. Obwohl es nicht ganz stimmte. Aber irgendwie kriegte er einfach die Kurve nicht.

»Und das andere ... War das auch okay?«

Der Schweiß brach ihm aus.

»Das andere ...?«

»Der ... Du weißt schon ...«

Er spürte ihre Hand über seiner. Sie war kalt und leicht und wirkte zerbrechlich. Wie ein kleiner Vogel, der auf seinem Handrücken gelandet war.

Er blieb abrupt stehen. Ihre Hand löste sich von ihm.

»Weißt du ... Also, wenn ich ehrlich bin ...« Statt in ihr Gesicht schaute er auf ihre Schuhe.

»Was?«, fragte Mareike, da er nicht weitersprach.

»Ich mag dich echt gerne, Mareike, aber ... nicht *so* ... Wenn du verstehst.«

Ihr ohnehin schon blasses Gesicht wurde noch bleicher. Sie sah aus wie ein Geist, der eben aus einem der Gräber gestiegen war. Mit offenem Mund starrte sie ihn an.

»Aber wir können doch Freunde bleiben«, schob er rasch nach, »oder? Das wäre echt super. Aber mehr ... Man kann halt nichts erzwingen ... Keine Gefühle, meine ich ... Ich wünschte, es wäre anders.«

»Ich muss los«, sagte sie plötzlich.

Er schwieg. Sein Blick huschte über ihr Gesicht, das nur noch eine erstarrte, weiße Maske war. Er hasste sich selbst für das, was er ihr antat. Niemand kannte ihren Schmerz so gut wie er. Doch ihr zu erzählen, dass er dasselbe durchmachte, würde sie bestimmt nicht trösten.

Sie ging einfach davon, ohne weiter auf ihn zu achten, mit immer schneller werdenden Schritten. Er folgte ihr nicht.

JOYS NEUGIER WAR zu groß. Sie musste sehen, wo und wie Mareike wohnte. Vielleicht erfuhr sie so auch etwas mehr über sie. Deshalb hatte sie sich sofort auf den Weg gemacht, obwohl sie noch eine ganze Menge Hausaufgaben zu erledigen hatte. Doch die Mühe hätte sie sich sparen können. Als sie vor der Hausnummer vierzehn stand, fühlte sie sich wie vor einem Hochsicherheitsgefängnis: hohe Mauern, die jeden noch so flüchtigen Blick auf das Anwesen unterbanden, ein Tor aus dickem Stahl vor der Einfahrt und mehrere Kameras. Wovor fürchten sich diese Leute so sehr?, fragte sie sich, während eine Gänsehaut ihren Rücken hinabkroch. Irgendwie hatte sie das Gefühl, doch etwas über Mareike und ihre Familie herausgefunden zu haben.

Sie machte kehrt, um zu der Bushaltestelle zurückzugehen. Zunächst beachtete sie den Roller nicht, der auf der Fahrbahn gegenüber mit hochdrehendem Motor an ihr vorbeifuhr. Als sie jedoch hinter sich ein metallisches Scharren hörte, blieb sie stehen und drehte sich um. Der Motorroller stand vor dem Stahltor, das sich langsam zur Seite schob, der behelmte Fahrer schaute genau in Joys Richtung. Als die Öffnung in der Einfahrt breit genug war, fuhr er hindurch.

Mist, dachte Joy.

Wenn das gerade Mareike gewesen war, hatte sie sie bestimmt erkannt, allein schon an ihrer Hautfarbe, diesem miesen Verräter. Dafür sprach auch, dass sie ganz klar in ihre Richtung gesehen hatte.

Na und?, dachte sie dann. Das ist ein freies Land.

Aber das mulmige Gefühl wollte trotzdem nicht weggehen.

35

»Sieh mal einer an, wen haben wir denn da.«

Joy blieb abrupt stehen und blickte auf. Der Schreck fuhr ihr in die Glieder. Bruno stand vor ihr. Dass er sich rein zufällig vor ihre Haustür verirrt hatte, war nicht anzunehmen.

»Was willst du?«, fragte sie, sich ahnungslos gebend, und schob beide Hände in die Jackentaschen.

Er machte einen Schritt auf sie zu und schnauzte sie an: »Willst du mich verarschen? Du hetzt mir die Bullen auf den Hals, gehst nicht ans Handy und fragst jetzt, was ich von dir will?!«

Sie zuckte trotzig die Schultern.

Das brachte Bruno erst recht in Rage. »Soll das heißen, es ist dir scheißegal? Die haben mich behandelt wie einen Kriminellen. Einen Schwerverbrecher. Und sie haben meinen Wagen mitgenommen. Sie wollen überprüfen, ob ich in letzter Zeit eine Leiche darin transportiert habe!«

»Hast du?«

Keine gute Idee, ihn das zu fragen, wie ihr sofort klar wurde, schon gar nicht in diesem trotzig-frechen Ton. Denn Brunos Augen verengten sich, und er hob die geballte Faust.

»Du bist echt das Letzte«, presste er hervor.

Sie wich einen Schritt zurück, klein genug, um – hoffentlich – nicht aufzufallen, aber groß genug, um ihre Fluchtchancen zu vergrößern. »Du bist selber schuld«, hielt sie ihm vor. »Hättest du klar Nein gesagt, hätte ich dir geglaubt.«

»Was du nicht sagst. Und ich hätte nie geglaubt, dass du so mies sein kannst.«

»Es tut mir wirklich leid, Bruno, aber ich hatte keine Wahl. Und jetzt lass mich einfach in Ruhe, okay?«

»Du bist so was von das Letzte«, wiederholte er.

Die Röte in seinem Gesicht intensivierte sich von Sekunde zu Sekunde. Besser, sie verschwand, solange es noch ging. Doch als sie an ihm vorbeigehen wollte, stellte er sich ihr in den Weg und stieß sie gegen die Schulter.

»Glaubst du, du kommst so billig davon?«

Sie nahm die Hände, die sich inzwischen zu Fäusten geschlossen hatten, wieder aus den Taschen. »Was willst du tun? Mich verprügeln? Totschlagen? So wie Dr. Androsch?«

»Spinnst du? Ich hab niemanden totgeschlagen!«

Wutentbrannt packte er sie an den Schultern, schüttelte sie, bis ihr schwindlig wurde, und stieß sie gegen die Hauswand. In seinen Augen stand kalter Hass. Erst jetzt bekam sie richtig Angst. Sie hatte erlebt, wie er war, wenn er ausrastete.

»Hey, was soll der Scheiß! Lass Joy in Ruhe!«

Die Stimme kam wie aus dem Nichts. Bruno und Joy wandten gleichzeitig die Köpfe. Sascha! Im ersten Moment atmete Joy auf, doch dann kehrte sofort die Angst zurück. Gegen Bruno wirkte Sascha ziemlich schmächtig und total chancenlos.

»Verpiss dich«, rief Bruno, »das hier geht dich nichts an.«

Sascha kam einen Schritt heran und sah Bruno unverwandt in die Augen. »Und ob mich das was angeht. Joy ist eine Freundin.«

Bruno schnaubte verächtlich. »Eine Freundin? Mach dir nichts vor, Kleiner, die spielt nur mit dir rum. So wie mit jedem.« Unentschlossen schaute er zwischen Sascha und Joy hin und her. Dann sah er wohl ein, dass seine Aktion völlig sinnlos war, beließ es bei einer verächtlichen Handbewegung und stapfte davon.

Joy sah ihm nach, bis er um die Ecke gebogen war. Erst dann fing sie wieder an zu atmen und wandte sich Sascha zu.

»Danke, Sascha. Der Typ ist echt krass drauf. Dabei wirkt er auf den ersten Blick total nett und harmlos.«

»So kann man sich irren. Was war denn überhaupt los?«

Sie seufzte. »Das ist eine längere Geschichte.«

Auf dem Weg nach oben erzählte sie Sascha davon, wie Bruno und sie Androsch aufgelauert hatten, wie die Situation außer Kontrolle geraten und Androschs Sohn aufgetaucht war. »Ich bin nur mitgefahren, um aufzupassen, dass Bruno keinen Scheiß macht, aber das hat leider nicht funktioniert. Und weil Dr. Androsch jetzt vermisst wird, dachte ich halt, Bruno war vielleicht noch mal bei ihm. Deshalb bin ich zu deiner Mutter gegangen. Und deshalb ist Bruno jetzt sauer auf mich. Kann ich irgendwie ja auch verstehen.«

»Du warst bei meiner Mutter? Hat sie mir gar nicht erzählt.«

»Weil ich sie drum gebeten hab. Ich wollte es dir selbst sagen.« Sie forschte in Saschas Gesicht nach Anzeichen, ob er sauer auf sie war. Doch seine Miene blieb undurchdringlich. Einen Moment überlegte sie, ob sie ihm jetzt endlich auch von ihren Nachforschungen über Mareike erzählen sollte, ließ es dann aber bleiben. Ein Geständnis pro Tag war genug. Deshalb fragte sie nur noch: »Alles okay bei dir?«

Er setzte ein Lächeln auf, das nicht echt wirkte. »Klar.«

Ihr war, als wollte er noch etwas sagen. Doch es kam nichts, außer: »Ich muss dann jetzt.«

Er wollte sich schon abwenden, um die Tür aufzuschließen, als sie die Hand auf seinen Unterarm legte. »Warte.« Sie trat einen halben Schritt an ihn heran, so nah, dass sie seinen Atem auf ihrem Gesicht zu spüren glaubte. »Danke, dass du mich eben gerettet hast«, sagte sie. »Du bist mein Held.« Dann neigte sie sich zu ihm, um ihn auf die Wange zu küssen, doch gerade da bewegte er den Kopf, und so traf sie halb den Mund. Sie erschrak. Aber sie ließ ihre Lippen dort, wo sie waren, einen, zwei, drei Herzschläge lang.

KAUM WAR DIE Tür in seinem Rücken zugefallen, spürte Sascha erst, wie heftig seine Knie zitterten. Hatte Joy ihn wirklich geküsst? Er schloss die Augen, betastete seine Lippen dort, wo sie eben noch die ihren berührt hatten. Als das Hämmern in seiner Brust endlich schwächer wurde, öffnete er die Augen wieder. Bilde dir bloß nichts ein!, rief ihm da eine innere Stimme zu. Es war überhaupt kein richtiger Kuss, nur ein verrutschtes Küsschen. Oder? Dann erinnerte er sich daran, was Bruno eben über sie gesagt hatte: Dass sie mit allen nur rumspielte. Bleibt sie deshalb nie lange bei einem ihrer Typen?, dachte er. Und warum hat sie außer mir eigentlich keine echten Freunde?

Um sich auf andere Gedanken zu bringen, setzte er sich an den Laptop. Vielleicht gab es etwas Neues zu den Ermittlungen. Die Meldung, auf die er gleich als Erstes stieß, traf ihn wie ein Faustschlag in die Magengrube.

MYSTERIÖSER LEICHENFUND!
IST DER ZYANKALI-MÖRDER TOT?

München – Am Morgen wurde in einer derzeit gesperrten Unterführung im Münchner Westen die Leiche eines jungen Mannes gefunden. Ersten Verlautbarungen der Polizei zufolge handelt es sich um den gesuchten Mirko E. Mirko E. wurde in Verbindung mit dem Tod mehrerer junger Mädchen als dringend tatverdächtig gesucht. Allem Anschein nach hat er sich selbst getötet: mit Zyankali, demselben Gift, an dem auch seine Opfer starben. Wie die Polizei in einer Presseerklärung mitteilte, wurde auf seinem Handy eine Abschiedsbotschaft an seine Mutter gefunden, die er jedoch nicht abgeschickt hat. Darin bekennt er sich zu den Morden. Der Verbleib seines Vaters Joachim A. bleibt weiter ungeklärt.

Unglaublich! Mirko war tot! Das musste er sofort Joy erzählen. Er hatte ihre Nummer schon gewählt, doch dann legte er wieder auf. Nein, er konnte jetzt nicht mit ihr sprechen. Noch nicht.

IHRE MUTTER SASS über den Korrekturen von Klassenarbeiten. Immer wieder schüttelte sie den Kopf und murmelte dann etwas wie: »Sophie, Sophie, wann lernst du das endlich.« Oder sie nickte, und dann kam ein: »Sehr schön, Marco, du machst dich.«

»Kann ich dir bei irgendwas helfen, Liebes?«, fragte sie plötzlich, während sie mit Lineal und Rotstift einen ganzen Absatz durchstrich.

»Mir? Nee. Wieso?«

»Ich meine nur. Weil du die ganze Zeit schon so um mich rumschleichst, mit deinem angebissenen Apfel in der Hand.«

Erwischt! Sie nahm sofort einen zweiten, viel zu großen Bissen, ließ sich aufs Sofa sinken und blätterte kauend in einer aufgeschlagenen Zeitschrift herum. Die sie natürlich kein bisschen interessierte.

»Es ist nur …«, setzte sie etwas später an, kam aber erst mal nicht weiter. Wie sollte sie es sagen? Was überhaupt? »Woher weiß man eigentlich, dass man jemanden … Na ja … Du weißt schon.«

»Nein, weiß ich nicht. Woher weiß man was?«

»Na, dass man jemanden … liebt?«

Ihre Mutter blickte auf, schaute sie über ihre Lesebrille auf der Nasenspitze hinweg an, nahm die Brille dann ab und meinte: »Ich dachte nicht, dass das dein Problem wäre. So oft, wie du verliebt bist.«

Sie schlug die Zeitschrift endgültig zu. »Das ist es ja. Es fängt immer groß an und hört dann … ganz klein auf. Vielleicht, dachte ich, kann es auch mal andersrum sein.«

»Ja, das gibt es auch.«

»Hast du so was schon mal erlebt?«

»Klar. Mit deinem Vater, zum Beispiel.«

»Ach ja? Hast du mir so genau nie erzählt. Wie war das?«

Ihre Mutter verließ den Arbeitsplatz in der Ecke und setzte sich zu ihr auf die Couch. Sie legte den Arm auf die Lehne, schlug die Beine übereinander und wandte sich ihr zu.

»Ich konnte mir überhaupt nicht vorstellen, mit einem schwarzen Mann zusammen zu sein. Nicht, weil ich was gegen Schwarze gehabt hätte. Wir haben uns von Anfang an gut verstanden. Und er hat mir auch gefallen. Aber ich dachte: Was sagen die Leute, wenn ich mich darauf einlasse? Schauen die mich dann nicht komisch an? Ich wusste selbst, dass das die dümmsten Gedanken sind, die man sich machen kann, aber …, na ja, man lebt halt nicht im luftleeren Raum.«

»Und wie hast du gemerkt, dass du ihn doch liebst?«

Sie legte den Kopf in den Nacken und fuhr sich mit den Fingern durch die Haare. »Da war diese Betsy in dem Sprachkurs. Auch eine Weiße. Aus Oregon oder so. Hat da auf dem Stützpunkt als Sekretärin gearbeitet. Eine selten blöde Kuh. Ich hab ihn ihr einfach nicht gegönnt. Und dass ich ihn ihr nicht gegönnt hab – und auch keiner anderen –, das hat mir gezeigt, dass da wohl was ist, zwischen mir und ihm.«

Joy ließ einen Moment verstreichen, ehe sie mit leiser Stimme einwandte: »Aber gehalten hat es trotzdem nicht.«

»Es lag nicht an unserer Liebe.«

»Sondern?«

»Es lag an uns. Dein Vater wäre nie hier in Deutschland geblieben. Und so recht wollte er auch nicht, dass ich mit ihm in die Staaten gehe. Als eine Weiße in einem komplett schwarzen Viertel. Ich wollte das auch nicht. Vielleicht waren wir bloß nicht mutig genug. Beide. Aber ich hab ja was sehr Schönes von ihm behalten dürfen.« Ihre Mutter lächelte selig, beugte sich vor und strich ihr eine Strähne aus dem Gesicht. »Wieso fragst du eigentlich?«

»Nur so.«

»Dann hängt es nicht zufällig mit einem bestimmten Jungen zusammen? Einem, der nebenan wohnt?«

Sie lachte auf, aber sie wusste selbst, dass es nicht echt klang. »Du meinst Sascha? Nee …, nee …, also … Wie kommst du denn …?«

»Schon gut. Ich dachte nur.«

Ihre Mutter stand auf und kehrte zu ihren Klausuren zurück.

Sie konnte es ihr nicht sagen. Nicht, bevor sie selbst wusste, was wirklich mit ihr los war.

Sie stand auf und ging zur Tür, blieb dort stehen und drehte sich halb um. »Ich sollte Papa mal wieder anrufen.«

»Tu das, Liebes. Er freut sich bestimmt.«

AUCH AN DIESEM Abend kam seine Mutter spät. Sascha wartete wie auf Kohlen. Als er endlich hörte, wie die Wohnungstür aufgeschlossen wurde, konnte er nicht anders, als sofort zu ihr zu eilen. Sie sah ziemlich abgekämpft aus.

»Hi«, sagte er nur. »Ich hab Suppe. Die gute Kartoffelsuppe, die du so magst.«

Sie lächelte, während sie die Schuhe abstreifte, ohne die Schuhbänder zu lösen. Obwohl sie ihn dauernd genau dafür kritisierte, sagte er nichts, sondern ging voraus in die Küche, wo er sofort die Herdplatte einschaltete, auf der der Suppentopf schon wartete.

»Scheißtag«, hörte er seine Mutter in seinem Rücken sagen.

»Wieso? Ich dachte, ihr habt diesen Mirko gefunden.« Er versuchte, so beiläufig zu klingen wie irgend möglich.

»Ja. Tot. Da fühlt man sich immer schlecht. Außerdem ...«

Sie vollendete den Satz nicht.

Er drehte sich halb zu ihr um. »Was?«

»Nichts.«

Sie verschwand wieder, er hörte sie im Bad. Er stellte zwei Teller auf den Tisch und schnitt ein paar Scheiben Brot ab. Gerade als die Suppe zu kochen anfing, kehrte seine Mutter in bequemen Leggins zurück. Erschöpft ließ sie sich auf einen Stuhl sinken.

»Massage?«

»Nachher. Erst die Suppe. Mhm – die riecht so gut. Hörst du das? Wie mein Magen knurrt? Der freut sich.«

Er hatte es gehört. Sie hatte wahrscheinlich wieder den ganzen Tag so gut wie nichts gegessen.

Nachdem er den Topf auf den Tisch gestellt hatte, füllte er erst ihren Teller, dann den seinen. Schweigend nahmen sie Löffel für Löffel, seine Mutter seufzte bei jedem Schluck wohlig auf.

»Noch immer keine Spur von Androsch?«, fragte er in das Seufzen hinein.

Seine Mutter sah ihn kurz an, sagte dann: »Nein«, und nahm den nächsten Löffel Suppe.

»Und dieser Mirko könnte ihn nicht ...?«

Sie winkte ab.

Was sollte das bedeuten? Glaubte sie etwa nicht, dass Mirko für das Verschwinden seines Vaters verantwortlich war? Er hatte gedacht, die Polizei sei überzeugt davon. Zumindest hatte es in den Stellungnahmen gestanden, die überall zitiert wurden.

»Aber die Mädchen ... Natalie ... Das hat er doch getan ...?«

»Lass uns von was anderem reden, Sascha. Ich will heute nichts mehr davon hören. Erzähl lieber, was bei dir den ganzen Tag so los war.«

Während er einen Löffel Suppe nahm, dachte er: Ich wurde von Joy geküsst, aber ich weiß nicht, was es bedeutet.

Es ist zu mir zurückgekehrt. Alinas Glitzerherz. Von ihr ist es zu Natalie, von Natalie zu Sascha gewandert. Und jetzt ist es also bei mir. Schicksal? Bestimmung? Ach, was.

Blödes Plastikding. Warum kann ich nicht aufhören, dich anzusehen?

Wie konnte ich auch nur eine Sekunde lang glauben, dass mit Sascha alles anders wird?

Spanien. Italien. Lächerlich.

Er ist genau wie Joachim. Tut die ganze Zeit nett und freundlich und alles, aber wenn's drauf ankommt, ist ihm jede billige Schlampe lieber als ich. Wahrscheinlich lacht er jetzt über mich, die schräge Tussi ohne Titten und Arsch, und fragt sich, wie so eine ihn, den tollen Sascha, den Mädchenschwarm überhaupt –

Ich hasse dich, Sascha!

Ich werfe das Herz in die Ecke. Aber es lässt mich nicht los. Ich starre hin, und es wirkt so, als würde es von dort drüben, wo es liegt, zurückstarren.

Schluss jetzt!

Ich drehe dem Ding den Rücken zu und starre an die Wand.

Typisch. Wenn ich jemanden will, muss es so enden.

Ich kann ja verstehen, dass du dich nicht gleich in jemanden wie mich verliebst, Sascha. Ich würde mich auch nicht in mich verlieben. So auf den ersten Blick. Dabei bin ich ganz anders, in mir drin. Ich dachte, du würdest das sehen. Hast du aber nicht.

Und das verzeihe ich dir nicht. Nie!

Wenn ich bloß daran denke, dass ich ihn geküsst hab, könnte ich kotzen. Ich hab mich total zum Idioten gemacht. Und noch mehr kotzen könnte ich, wenn ich mir vorstelle, er hätte mich angefasst und dazu gebracht, dass ich ihn anfasse. Ohne ernsthaft was von mir zu wollen.

Es klopft. Die Alte Schlampe. Sie schleicht schon den ganzen Vormittag durchs Haus. Was will sie? Sie soll mich in Ruhe lassen.

»Mareike?«

»Geh weg!«

»Rauchst du wieder? Man riecht es bis in den Flur.«

»Warum fragst du dann, wenn du es riechst.«

»Da ist jemand, der dich sprechen will.«

Ich zucke zusammen.

»Mich?«

Wer könnte das sein? Sascha?

Woher weiß er, wo ich wohne?

Also war die Negerfotze vorgestern doch diese Joy. Aber wie hat sie mich erkannt, unter dem Helm? Oder es war überhaupt kein Zufall, dass sie hier langgelaufen ist, und sie wusste genau, wessen Haus das ist? Schnüffelt sie mir nach? Steckt vielleicht sogar Sascha dahinter?

»Mareike?«

»Ja!«

Wieso sagt die Alte Schlampe nicht endlich, wer da ist! Das macht sie mit Absicht. Sie treibt mich noch in den Wahnsinn.

»Wer ist denn da?!«

»Polizei«, flüstert sie durch die Tür. »Hast du wieder was angestellt? Muss ich Papa anrufen?«

»Nein. Sag einfach, dass ich nicht da bin.«

»Das geht nicht mehr.«

Dumme Kuh.

Was soll ich tun? Abhauen?

Nein. Cool bleiben. Vielleicht ist alles ganz harmlos.

»Ich komme.«

Ich drücke die Zigarette im Aschenbecher aus. Beim Aufstehen spüre ich die Brandwunde auf meinem Oberschenkel. Scheiße, hat das wehgetan. Die Glut von der Kippe hat sich so tief ins Fleisch gefressen, dass ich sie fast nicht mehr weggekriegt hab. Aber so ein Kick. Und der Druck war weg.

Ich öffne die Tür, und da steht sie vor mir, die Alte Schlampe, und schaut mich vorwurfsvoll an aus ihren kalten Fischaugen. Ich schließe die Tür meines Zimmers hinter mir ab und stecke den Schlüssel in die Hosentasche. Dann gehe ich nach oben. Allein.

Die beiden Bullen warten im Wohnzimmer. Einer von ihnen streckt mir die Hand hin.

»Hauptkommissar Konrad Falterer.«

Ich ergreife die klobige Hand, den Ausweis, den er mir mit der anderen vorzeigt, ignoriere ich. Der andere behält seine Hand bei sich und nuschelt seinen Namen nur, ich kann ihn nicht verstehen, egal. Ich biete ihnen keinen Platz an und schon gar nichts zu trinken. Dann dauert es nicht so lange.

»Es geht um Ihren Freund Mirko Engelhart«, sagt Falterer.

Scheiße. Jetzt cool bleiben. Bloß nichts anmerken lassen.

Die stehen ganz lässig da. Nicht so, als hätten sie vor, mich gleich zu verhaften und abzuführen.

»Er ist kein Freund. Nur ein Bekannter.«

»Sie wissen, dass er tot ist?«

Meine Arme wollen sich vor der Brust verschränken, doch ich lasse sie besser an der Seite hängen, die Daumen in den Gürtelschlaufen. Das sieht locker und nicht abwehrend aus. Nicht so, als sei ich angespannt, weil ich etwas zu verbergen hätte. Nicht so, als würde mir gerade der Schweiß in Strömen das Rückgrat runterlaufen.

»Ich hab's gelesen, ja.«

»Wir haben Ihre Adresse bei seinen Sachen gefunden, deshalb sind wir hier. Wann hatten Sie das letzte Mal Kontakt zu ihm?«

Der Drecksack ist mir also bis hierher nachgestiegen. Obwohl ich es ihm verboten hab. Und ich hab's nicht gemerkt!

»Ist schon ein bisschen her.«

»Tage oder eher Wochen?«

»Wochen. Ich kann Ihnen nicht viel über Mirko sagen. Er wollte was von mir, aber ich nichts von ihm. Ich steh nicht so auf Typen, die klammern, und so einer war er.«

Das stimmt sogar, zu hundert Prozent.

»Sie wissen, was er mutmaßlich getan hat?«

»Sie meinen die Sache mit den Mädchen?«

Synchrones Nicken.

Jetzt hab ich die Arme doch verschränkt, ganz automatisch, ich hab es nicht mal mitgekriegt.

»Davon hab ich gelesen. Hat mich irgendwie nicht überrascht.«

Sie tauschen einen Blick. Hab ich was Falsches gesagt?

»Warum nicht?«, fragt Falterer.

»Der Typ war total krass.«

»Ihr letzter Kontakt zu ihm ist wirklich schon einige Wochen her?«

Falterer sieht mich an, als würde er nicht nur meine Aussage bezweifeln, sondern meine ganze Show. Als wüsste er längst Bescheid, selbst über meine stillsten Gedanken.

Aber das kann nicht sein. Darüber kann er nichts wissen.

Von einer Sekunde auf die nächste ödet mich dieses Gespräch an, ich will nicht mehr mit diesen Typen reden, ich will nur noch, dass die beiden weggehen.

»Soll das hier eigentlich länger dauern? Ich hab nämlich den ganzen Tag schon üble Kopfschmerzen, Migräne, mir wär's lieber, wenn wir das Gespräch verschieben. Ich komme gerne zu Ihnen ins Präsidium.«

Die beiden sehen sich an.

»Das geht natürlich auch. Wann passt es Ihnen denn?«

Okay, jetzt steht es fest: Noch haben sie gar nichts gegen mich.

»Morgen. Mittags vielleicht.«

»Also dreizehn Uhr?«

Ich nicke.

Falterer holt eine Visitenkarte aus seiner abgewetzten Geldbörse und reicht sie mir.

Ich begleite die beiden zur Haustür und verabschiede mich per Handschlag von ihnen. Es könnte lustig sein, ihnen morgen ein paar Denkaufgaben zu geben, die sie nirgendwo hinführen. Mir fällt bestimmt etwas ein, das ihnen gefallen wird. Aber auch wenn sie noch ein wenig in die Irre laufen, irgendwann werden sie auf etwas stoßen, das mich verrät. Eher früher als später, fürchte ich.

Ich ziehe die Baseballmütze auf, und fertig. Alles sitzt. Mit den Klamotten kommen auch die lässige Haltung und der breite Gang, es geht ganz von selbst. Im Flur läuft mir die Alte Schlampe über den Weg, sie hat mir aufgelauert, aber ich sag ihr nicht, was die Bullen von mir wollten, und wenn sie sich auf den Kopf stellt.

Sie sieht mich entgeistert an. »Wie siehst du denn aus?«

Lange her, dass sie mich so gesehen hat. Ich schiebe mir einen Kaugummi rein und sehe zu, wie ihre Augen nass werden. Ich weiß genau, was sie denkt und was sie fühlt. Sie leidet. Oh, mein Gott, wie sie leidet! Ha, ha!

»Was soll der Aufzug, Mareike?«

»Mareike? Wer ist das? Ich bin Tristan.«

Patsch! Schon habe ich ihre Hand im Gesicht. Und sie hat richtig fest zugeschlagen. Ich hab mir auf die Lippe gebissen. Ich wusste ja, dass das kommen würde. Ich wollte es. Ich lache sie aus.

»Nimm nie wieder diesen Namen in den Mund, oder ich ...«

»Was? Willst du mich wieder wegsperren? Die Zeiten sind vorbei.«

»Ich sage es einfach Papa ...«

Ich strecke ihr den Mittelfinger entgegen und lasse sie stehen.

Der Grabhügel ist vorweihnachtlich geschmückt, mit Tannenzweigen und Grablichtern. Sieht total albern aus. Das Kreuz mit Natalies Bild steckt am Kopfende. *Eine Blume, verwelkt, ehe sie erblühte.*

Ich sehe das alles und – fühle nichts.

Nein, das stimmt nicht. Ich fühle sehr wohl etwas. Ich fühle mich gut. Richtig gut.

Ihre Titten, ihr knackiger Arsch, ihre schönen, großen Augen – sie vermodern unter meinen Füßen, und ich bin noch da.

Ha!

Ich ziehe mein Smartphone raus, stecke mir einen Ohrstöpsel rein und starte den Clip mit dem Titel *Natalie*. Und dann sehe ich sie wieder röcheln und krampfen und das ungläubige Staunen in ihrem Gesicht und dann, und dann, gleich werden ihre Augen brechen. So cool. So cool. Andere gucken Pornos, ich hab das. Hier an ihrem Grab kommt es noch viel besser. Mann, wieso bin ich nicht früher auf die Idee gekommen, es mir hier anzusehen? Das ist das Geilste überhaupt.

»Muss das sein? Wir sind hier auf einem Friedhof.«

Ich hab die Alte gar nicht kommen hören. Sie steht neben mir, in einem dicken Mantel und mit Schal. Erst auf den zweiten Blick erkenne ich, dass es Natalies Mutter ist. Sofort mache ich den Clip aus. Stecke das Smartphone ein und gehe wortlos davon.

»Bist du Tristan?«, ruft sie mir nach.

Meine Beine bleiben abrupt stehen.

Wie kommt sie auf den Namen?

Ich kehre zu ihr zurück.

»Was soll die Frage? Sehen Sie nicht, dass ich ein Mädchen bin?«

»Oh. Tut mir leid.«

»Schon gut. Passiert mir öfter. Es nervt halt. Wer ist denn dieser Tristan?«

»Ich weiß es nicht. Sascha und Joy haben mich nach ihm gefragt, er muss mit Natalie befreundet gewesen sein, und seither geht mir das nicht mehr aus dem Kopf. Kennst du Sascha?«

»Flüchtig.«

»Und Joy?«

Darauf sage ich nichts.

»Die beiden haben mich besucht, nach Natalies Tod. Ganz liebe Menschen. Würde mich nicht wundern, wenn sie inzwischen ein Paar wären. Man hat gleich gesehen, dass da was ist zwischen ihnen.«

Wieso muss sie das sagen? Versaut mir total die Stimmung.

Aber sie redet immer weiter.

»Sascha wollte Natalie beschützen, und jetzt hat er ein schlechtes Gewissen. Als ob er Schuld an ihrem Tod hätte. Joy hat mir das erzählt. So ein feiner Kerl. Er wäre gut für Natalie gewesen … Wenn sie ihn an sich herangelassen hätte.«

Rangelassen. Rangelassen. Was labert die Alte denn? Tut's ihr etwa leid, dass ihre Tochter nicht rumgemacht hat mit Sascha? Spinnt die?

Was ist das denn auf einmal? Ich bin ganz wacklig. Kippt gerade der Boden unter mir weg, oder was ist das?

Ich greife nach etwas, um nicht zu fallen. Nicht abzustürzen.

Joy. Also doch Joy. Die Negerfotze. Die lässt den schönen Sascha bestimmt an sich ran. Und er hat kein schlechtes Gewissen mehr, wegen Natalie. Und die bescheuerte Mareike stört auch nicht mehr. Die ist abserviert. Kaltgestellt. Langweilig. Gar kein richtiges Mädchen, mit ihren –

»Was ist denn mit dir? Geht's dir nicht gut?«

Ich starre sie an. Warum fragt sie das? Was sieht sie in meinem Gesicht?

Da merke ich, dass sie es ist, an der ich mich festhalte. Ihr Arm.

Ich lasse sie los.

Muss weg.

Sofort weg …

Ich schmeisse das Taschentuch zu den tausend anderen. Rotz und Tränen. Tränen und Rotz. Jetzt hab ich gar nichts mehr. Nicht einmal mehr Rotz und Tränen. Alles ist so scheiße. Das Leben. Alles.

Ich will tot sein. Jetzt.

Ich gehe an meinen Schreibtisch und hole das Döschen mit dem letzten Zyankali, das ich noch habe.

Schlucken und weg, für immer.

So einfach wäre es. Und doch so schwer. Wieso hänge ich an einem Leben, das mir nichts bedeutet? Das ich hasse?

Ob sie auf der anderen Seite auf mich warten? Sarah. Alina. Natalie. Laila.

Joachim.

Wie werden sie mich empfangen?

So ein Quatsch. Es gibt keine andere Seite. Kein Leben danach.

Nicht einmal ein Leben davor. Nicht für mich.

MEIN ENTSCHLUSS STEHT fest. Ich werde gehen. Jetzt, da ich das beschlossen habe, bin ich völlig ruhig. War ja klar, dass es so enden würde. So enden musste. Mit mir. Aber ich gehe nicht allein und nicht als Verliererin. Sascha. Joy. Nicht ihr werdet über mich triumphieren, sondern ich über euch. Schade nur, dass mir nicht mehr viel Zeit bleibt. Ich muss mich beeilen, damit ich alles schaffe, bevor mich die Bullen kriegen. Allerdings müssen die mich erst finden. Und ich hab was, was die nicht haben: einen Plan.

36

»Bin gleich so weit.« Joy hatte die Zahnbürste in der Hand, als sie öffnete, aus einem Mundwinkel tropfte weißer Schaum. Sie lief zurück ins Bad, Sascha blieb in der Tür stehen.

»Ist es kalt draußen?«, rief sie. »Brauch ich eine Mütze?«

»Keine Ahnung. Ich hab eine dabei.«

Sie kam in den Flur und begann, sich einen Schal umzuwickeln. »Das ist eine absolute Premiere«, sagte sie dabei.

»Was?«

»Dass du vor mir fertig bist und mich abholst. Stimmt was nicht mit dir?«

Er hätte gerne etwas Witziges erwidert, aber ihm fiel nichts ein, deshalb zuckte er nur mit den Schultern und sah zu, wie sie in ihre Jacke schlüpfte und ihren Rucksack schnappte.

»Dass Mirko tot ist, hast du gehört, oder?«, fragte er auf dem Weg nach unten.

»Hab's eben gelesen, ja. Damit ist wohl alles geklärt.«

»Nicht unbedingt.«

»Wieso? Ich dachte, es gibt ein Geständnis. Hat deine Mutter irgendwas gesagt?«

»Nee, aber sie hat so Anspielungen gemacht.«

»Bist du deshalb so nachdenklich, heute?«

»Ich bin doch morgens nie besonders gesprächig.«

»Stimmt.«

Sie gingen in den Hof zu ihren Rädern. Während sie die Schlösser aufsperrten, fragte Joy: »Eines musst du mir jetzt aber schon mal verraten: Läuft zwischen dir und dieser Mareike was oder nicht?«

Er hatte das Nein schon auf der Zunge, aber dann ließ er es doch nicht über die Lippen, weil er das Gefühl hatte, dass ihre Unsicherheit darüber einer der wenigen Trümpfe war, die er hatte. Es machte ihn interessant.

»Mal sehen«, sagte er vieldeutig und steckte das Fahrradschloss in eine Seitentasche seines Rucksacks. Damit sie nicht nachfragen konnte, schob er das Rad gleich Richtung Straße.

»Ziemlich mild für Dezember«, sagte Joy, nachdem sie eine Weile schweigend nebeneinanderher geradelt waren. »Wird wohl wieder nichts mit weißen Weihnachten.«

Er sah sie kurz von der Seite an. Was redete sie da? Über das Wetter hatten sie sich noch nie unterhalten.

»Wohl eher nicht.«

Die Kreuzung, an der ihre Wege sich trennen würden, kam in Sicht.

»Ist dir eigentlich schon mal aufgefallen, dass wir noch nie zusammen weg waren?«, fragte sie plötzlich. »Nicht mal im Kino. Oder tanzen.« Mit einem Zwinkern ergänzte sie: »Oder irgendwo einbrechen.«

Er schmunzelte, sagte aber nichts.

»Wir könnten das ja heute Abend nachholen. Was meinst du?«

»Wo willst du denn einbrechen?«

»Na ja, vielleicht fangen wir mal mit einer schummrigen Bar an, oder so.«

Schummrige Bar? Wie kam sie denn jetzt darauf?

»Von mir aus. Können wir gerne machen.«

»Toll.«

Schweigend rollten sie an die Kreuzung, hoben zum Abschied die Hand. Als er allein war, fragte er sich, ob er dabei wenigstens gelächelt hatte; aber ganz bestimmt nicht so strahlend wie sie. So als habe sie eben fünfzehn Punkte in Mathe gekriegt. Es dauerte noch mal ein paar Hundert Meter, bis er begriff, was da eben passiert war. Er hatte sich mit Joy verabredet. Er hatte ein richtiges Date mit ihr. Oder besser: sie mit ihm.

VIELLEICHT WAR ES ein Riesenfehler, dachte Joy. Nicht zum ersten Mal an diesem viel zu langen Schultag, obwohl der kurz nach Mittag schon zu Ende gegangen und sie seit einer Viertelstunde wieder zu Hause war. Eigentlich hatte sie an kaum etwas anderes gedacht, seit sie sich am Morgen mehr oder weniger geschickt mit Sascha verabredet hatte. Seither fragte eine Stimme in ihr, die möglicherweise die Stimme der Vernunft, vielleicht aber auch die Stimme der Angst war: Wieso nicht einfach alles so lassen, wie es ist? War sie dabei, etwas Wunderbares zu zerstören, ohne dafür etwas Besseres zu bekommen? Sie würde heute Abend nichts erzwingen, das nahm sie sich fest vor. Sie würde ihre Ungeduld, mit der sie sonst in solche Dinge hineinstürmte, zügeln und das Ganze sich entwickeln lassen. Und wenn sich nichts entwickelte, würde sie auch damit zufrieden sein.

Sie nahm eine Banane, eine Orange, zwei Äpfel und Trauben für einen Obstsalat aus der Obstschale. Um sich auf andere Gedanken zu bringen, legte sie die Zeitung, die ihre Mutter am Morgen auf dem Küchentisch liegen gelassen hatte, auf die Anrichte. Die Schlagzeile hatte es in sich.

ZYANKALI-MORDE – ER IST UNSCHULDIG!
Jetzt spricht die Mutter von Mirko E.

Sie wollte den Artikel gerade aufschlagen, als das Telefon klingelte. Das Festnetz, nicht ihr Handy. *Anrufer unbekannt,* las sie im Display. Sie nahm ab.

»Ja?«
»Kann ich Frau Lennert sprechen?« Die Stimme eines Mädchens.
»Welche denn? Und wer ist da überhaupt?«
»Kirsten Lennert meine ich. Ich bin Felicitas. Eine Schülerin.«
»Ach so. Meine Mutter ist nicht da.«
»Und wann kommt sie?«
»Erst um halb sechs.«
»Bist du ihre Tochter?«
»Ja. Soll ich ihr sagen, dass du angerufen hast?«
»Nein. Ich melde mich wieder. Tschüss.«

Joy legte auf und stellte das Telefon zurück in die Station. Es kam öfter vor, dass Schülerinnen ihre Mutter anriefen, sie gab ihre Nummer bereitwillig heraus. Deshalb dachte Joy nicht länger darüber nach und wandte sich wieder ihrem Fruchtsalat und dem Zeitungsartikel zu.

Gesine E. zeigte sich darin felsenfest von der Unschuld ihres Sohnes Mirko überzeugt und schob alle Schuld ihrem Exmann zu. »Er hatte schon immer ein Faible für junge Mädchen«, wurde sie zitiert, »seinen eigenen Sohn aber hat er abgelehnt. Mirko war ein viel zu schlichtes Gemüt, um sich so was wie diese Morde auszudenken. Und er war nicht gerade der Typ, auf den die Mädchen fliegen. Wie hätte er sie da zum Selbstmord verführen sollen? Das kann ein geschulter Psychologe mit seinen Tricks viel besser.« Auf die Nachfrage, ob sie ihrem Mann wirklich ein so gewissenloses Vorgehen zutraue, gab Gesine Engelhart unumwunden zur Antwort: »Mein Exmann mag als Psychologe ein paar Erfolge erzielt haben, aber in seinem Herzen ist er eiskalt. Ich traue ihm alles zu. Ich habe erlebt, wie er sein kann. Mir braucht keiner was zu erzählen, ich weiß über ihn Bescheid.«

Joy blickte auf. Wie würde Sascha das wohl aufnehmen? Bis jetzt hatte er Androsch stets gegen alle Anschuldigungen verteidigt. Doch was, wenn dieser Mirko wirklich unschuldig war und der wahre Mörder ihm die Morde in die Schuhe geschoben hatte? Wer hätte sowohl einen Vorteil davon wie auch die Möglichkeit, das zu arrangieren? Ein Therapeut, der – vielleicht – ein schlimmes Geheimnis mit den Mädchen teilte und – vermutlich – Zugang zu Mirkos Wohnung hatte, wäre sicher kein schlechter Kandidat. Aber würde jemand wirklich seinen eigenen Sohn unschuldig ans Messer liefern? Wie groß müssten der Hass und die Abgebrühtheit für so eine fiese Tat sein? Und so jemand sollte gleichzeitig Psychotherapeut sein? Nee, dachte sie, das passt nicht.

Das Läuten der Türglocke schrillte durch die Wohnung. Sascha konnte es nicht sein, der hatte den ganzen Nachmittag Unterricht. Wahrscheinlich war es wieder für ihre Mutter. Niemand zu Hause, dachte sie und begann damit, eine Banane in Scheiben zu schneiden. Doch der Störer bewies Hartnäckigkeit und läutete gleich noch einmal. »Was soll denn das!« Sie warf das Messer hin, ging in den Flur und sagte genervt in die Gegensprechanlage: »Wer ist denn da?«

»Mareike«, kam es zurück.

Sie glaubte, nicht richtig gehört zu haben. »Wer?«

»Mareike.«

»Du hast dich in der Klingel vertan. Hier ist bei Lennert. Schmidt ist der Knopf daneben. Sascha ist allerdings nicht da, so viel kann ich dir sagen.«

»Nee, Joy, ich will zu dir. Dauert nicht lange. Nur kurz reden.«

Es konnte nur um Sascha gehen. Die üblichen Revierstreitigkeiten und Eifersüchteleien einer Zicke. Sie hatte schon zu viele solche Kleinkriege ausgefochten, um das nicht auf Anhieb zu erkennen.

»Jetzt passt es mir aber nicht.«

»Dauert wirklich nicht lange. In einer Viertelstunde bin ich wieder weg. Versprochen.«

»Aber wenn ich doch sage –«

»Warum bist du so gemein? Du hast doch eh gewonnen!«

»Gewonnen? Wie meinst du das?«

»Tu doch nicht so, und lass mich rein, damit wir reden können.«

Ein Stoßseufzer entfuhr Joy. Was sollte sie machen? In der Wohnung wollte sie Mareike auf keinen Fall haben. Besser, sie traf sie an einem Ort, wo sie jederzeit aufstehen und gehen konnte.

»Hier bei mir ist es ungünstig, meine Mutter macht gerade großen Hausputz«, log sie. »Lass uns besser in dem kleinen Café am Ende der Straße treffen.«

Es blieb eine Weile still, dann sagte Mareike: »Na gut. In zehn Minuten.«

Joy stand noch eine Weile da und überlegte, was Mareike mit »Du hast eh gewonnen« gemeint hatte.

NEBEN DEM EINGANG des Cafés parkte ein Motorroller, den Joy sofort wiedererkannte. Es war der von Mareike. Bringen wir's hinter uns, dachte sie und betrat das gut besuchte Lokal.

Mareike saß an einem der hinteren Tische, mit einem Glas Cola vor sich. Joy musste genau hinsehen. Mit der Baseballmütze, dem schlabbrigen Sweatshirt und der Sonnenbrille hätte man sie glatt für einen Jungen halten können. Was für ein Kontrast zu dem hippen Outfit vom letzten Mal. Als sie Joy bemerkte, hob sie nur kurz die Hand.

»Ich hab dich neulich vor unserem Haus gesehen«, begann Mareike, nachdem Joy sich gesetzt hatte. Die Sonnenbrille ließ sie auf. »Das warst du doch, oder?«

»Keine Ahnung, was du meinst«, log sie und bereute es sofort, denn sie spürte, dass Mareike sich absolut sicher war.

»Egal. Jedenfalls … Was Sascha angeht, solltest du wissen …«

Ein Kellner kam an den Tisch und unterbrach das Gespräch. Joy bestellte einen Kaffee und ein Glas Wasser. Als der Kellner weg war, fuhr Mareike fort: »Wegen Sascha, also … ich akzeptiere seine Entscheidung natürlich und hab nicht vor, ihn dir streitig zu machen.«

»Was denn für eine Entscheidung?«

Mareike sah sie erstaunt an. »Hat er es dir nicht gesagt?«

»Was?«

»Na, dass er mir … Dass er mich nicht … will …«

Sie konnte Mareike nur stumm ansehen. Vieles hatte sie erwartet, aber nicht das. Sie wusste nicht, was sie denken, nicht einmal, was sie fühlen sollte, so überrascht war sie.

»Sascha hat mir nichts davon erzählt. Echt nicht. Und es hat wirklich nichts mit mir zu tun. Ob du's glaubst oder nicht: Zwischen Sascha und mir läuft nichts.«

»Für wie blöd hältst du mich! Er steht total auf dich. Man muss nur sehen, wie er dich gezeichnet hat.«

Schon wieder eine Überraschung. »Er hat mich gezeichnet? Das wusste ich nicht.«

»Dann weißt du es jetzt.«

Joy fühlte, wie das Blut heiß in ihre Wangen stieg, als sie das hörte. Und doch war sie nun, da Mareike es wie etwas Offensichtliches aussprach, kaum überrascht. Hatte sie nicht von Anfang an gespürt, dass Sascha mehr in ihr sah als nur eine gute Freundin? Sie hatte es einfach ignoriert. Die Zeit war für sie beide noch nicht reif gewesen. War sie es jetzt?

»Hör endlich auf zu lügen«, riss Mareike sie aus ihren Gedanken, »und sag mir, was du bei mir zu Hause wolltest? Warum schnüffelst du mir nach? Und wie bist du überhaupt an die Adresse gekommen?«

In diesem Moment kam der Kellner mit Joys Getränken. Sie nahm sofort einen Schluck Wasser, dann gab sie zu: »Okay, ich war deinetwegen da. Ich dachte, zwischen dir und Sascha bahnt sich was an, und weil mir viel an ihm liegt, wollte ich einfach rauskriegen, mit wem er sich da einlässt. Die Adresse hatte ich aus dieser Galerie, in der du mit Sascha warst. Er hat mir davon erzählt.«

»Verstehe. Und was hast du ihm über mich erzählt?«

»Gar nichts. Ich weiß doch überhaupt nichts über dich. Er wäre wahrscheinlich genauso sauer wie du, wenn er wüsste, dass ich … Du sagst ihm doch nichts davon, oder?«

Mareike schüttelte den Kopf.

»Es tut mir leid. Ich hätte dir nicht nachspionieren dürfen. Das war nicht okay. Verzeihst du mir?«

Nach ein paar Momenten Stille sagte Mareike: »Sascha hat mir ja ein bisschen was über dich erzählt. Ich dachte, du bist eine von den üblichen Tussis, auf die Jungs eben stehen. Und als ich dich gesehen hab, war für mich eh alles klar. Aber jetzt, wenn ich mich so mit dir unterhalte, finde ich dich eigentlich ganz nett. Wir könnten sogar Freundinnen werden.«

Joy schlug die Augen nieder. Mareike schien ganz dringend Anschluss zu suchen, sonst hätte sie sicher auch gemerkt, dass die Chemie zwischen ihnen beiden nicht stimmte. Um sie nicht vor den Kopf zu stoßen, antwortete sie, wenn auch mit Verzögerung: »Klar können wir Freundinnen werden.«

Mareike lächelte, aber es wirkte bemüht. »Weißt du, ich hab nicht besonders viele Freunde. Eigentlich keinen einzigen, wenn ich ehrlich bin.«

Willkommen im Klub, dachte Joy, schwieg aber lieber und senkte den Blick in ihre Tasse.

»Meine Eltern wollten nie, dass ich andere Leute treffe. Dass mich jemand bei uns zu Hause besuchen könnte, wäre für sie die reinste Horrorvorstellung. Sie haben selbst keine Freunde und denken, so was braucht man nicht. Geld zu haben und von allen hofiert zu werden genügt ihnen völlig. Aber das kann doch nicht alles sein, oder?«

Joy dachte an die Mauern und Kameras vor Mareikes Zuhause. Was für ein trauriges, einsames Leben führte Mareike nur.

»Ich würde dir gerne etwas zeigen, Joy.«

»Klar. Warum nicht?«

Auf Mareikes Gesicht trat ein Lächeln. »Super. Keine Sorge, ich hab einen zweiten Helm dabei.«

»Einen zweiten Helm?«

»Nur wegen der Bullen. Wir sind gleich wieder da.«

Joy fühlte sich überrumpelt. »Äh ... Wo fahren wir denn hin?«

»Lass dich überraschen.«

DIE FAHRT ENDETE vor einem eingezäunten Grundstück am Stadtrand. Joy wusste nicht, wie lange sie unterwegs gewesen waren, aber unter *nicht weit* verstand sie definitiv etwas anderes. Hinter dem Bauzaun ragte hohes Gestrüpp auf, an einem Tor hing ein rostiges Schild mit der Warnung: *Privatbesitz! Zutritt verboten!* Während Mareike das Tor aufschloss, fragte Joy: »Wo sind wir hier eigentlich?«

»Das siehst du gleich.«

Das Tor knarrte erbärmlich in den Angeln, als sie es so weit aufdrückte, dass sie mit dem Motorroller hindurchkam, und danach wieder hinter ihnen zuschob.

Mareike stellte den Roller auf den Ständer und ging voraus.

»Komm!«

Joy fühlte sich unwohl. Außer ihnen war hier weit und breit niemand. Und was sollte die Geheimniskrämerei?

»Jetzt sag schon: Wo sind wir hier?«

Mareike tat so, als hätte sie es nicht gehört.

Der Weg, den sie nahmen, war wohl einmal eine Zu- oder Auffahrt gewesen. Jetzt ließ er sich als solche kaum noch erkennen, denn er war hoffnungslos überwuchert. Joy blieb dicht hinter Mareike. Nach etwa zehn Metern öffnete sich das Gestrüpp vor ihnen und gab den Blick frei auf eine zweistöckige Bauruine. Wäre sie jemals fertig geworden, so wäre sie bestimmt eine beeindruckende Villa mit vielen Zimmern gewesen. Etwas abseits davon stand auf vier platten Reifen ein ziemlich morsch wirkender Bauwagen. Mareike blieb stehen und drehte sich zu Joy um. Anscheinend waren sie am Ziel.

»Was ist das?«

»Das ist der Ort, an dem alles anfing. Und an dem es enden wird.«

Ziemlich pathetisch, dachte Joy und machte nur: »Aha.«

»Komm, ich führ dich herum und zeig dir alles.«

»Ich hab aber nicht endlos Zeit. Eigentlich …«

»Es dauert nicht lange.«

»Das hast du bei der Fahrt auch gesagt. Hat aber nicht gestimmt. Also, wo sind wir hier?«

»Du warst doch so neugierig, wo ich wohne. Das hier ist mein Zuhause. Zumindest sollte es das werden. Bis mein Alter den Bau aufgegeben hat. Von einem Tag auf den anderen.«

»Und warum?«

»Das erklär ich dir gleich. Aber jetzt komm!«

Zögernd folgte Joy ihr ins Innere der Ruine. Wieso hatte sie sich bloß auf diese Tour eingelassen? Am liebsten wäre sie einfach gegangen. Doch es gab hier weit und breit keinen Bus, keine Tram und schon gar keine U- oder S-Bahn.

Mareike steuerte auf die Kellertreppe zu, sie hatte schon zwei Stufen genommen und drehte sich nun um, weil Joy oben stehen geblieben war. »Was ist?«

Joy gefiel die Dunkelheit, die sich zu ihren Füßen auftat, überhaupt nicht. »Ich bleib lieber hier oben. Das ist mir echt zu gruselig da unten.«

Mareike rollte mit den Augen. »Jetzt stell dich nicht so an. Glaubst du, hier spukt's?«

»Das nicht, aber …«

»Ich kann dich gerne an die Hand nehmen, wenn du dich dann wohler fühlst.« Mareike lachte und fasste tatsächlich nach Joys Hand, doch die zog sie weg. Sie kam sich mit ihrer Angst ziemlich kindisch vor. Schließlich hatte Mareike recht. Was sollte da unten schon sein?

Stufe für Stufe folgte sie ihr hinab ins Dunkel. Am Fuß der Treppe hob Mareike etwas auf: eine Taschenlampe, wie Joy erst erkannte, als Mareike sie einschaltete.

»Du bist wohl öfter hier.«

»Ab und zu.«

Sie gingen einen breiten Gang hinab, an dem mehrere Räume lagen. Mareike steuerte, wie es schien, einen ganz bestimmten an.

»Und was genau gibt es hier unten so Interessantes zu sehen?«

»Es ist hier drin.«

Mareike leuchtete in den Raum, ließ Joy aber den Vortritt. Unter der Decke verliefen Leitungen, in einer Ecke war ein Heizkörper montiert, aber wohl nie benutzt worden. Weitere Rohre lehnten an der Wand gegenüber, so als warteten sie noch immer darauf, endlich verbaut zu werden. Sonst gab es hier nichts. Hä?, dachte Joy. Was war so besonders an einem Haufen vor sich hin rostender Rohre? Ah, verstehe, kam es ihr dann in den Sinn, ich werde hier gerade megamäßig verarscht. Sehr witzig.

»Okay, ich hab's gesehen«, sagte sie verärgert und wandte sich um, um wieder zu gehen.

Mareike trat ihr in den Weg, blendete sie mit dem grellen Licht der Taschenlampe und sagte: »Das hier hast du noch nicht gesehen.«

Joy bemerkte in ihrer anderen Hand ein kleines Gerät, konnte aber nicht erkennen, was es war. Im nächsten Augenblick spürte sie im ganzen Körper einen heftigen, lähmenden Schlag. Dann wurde ihr schwarz vor Augen.

37

UNGEDULDIG FOLGTEN SASCHAS Augen dem Lauf des Sekundenzeigers auf seiner Armbanduhr. Drei – zwei – eins ... Schluss! Lärmend schellte die Schulglocke. Die Nachmittagsschläfrigkeit, die eben noch über der Klasse gelegen hatte, war wie weggeblasen, alle packten Blöcke, Stifte und Bücher in ihre Taschen, und der Ruf des Lehrers: »Herrschaften, den Unterricht beende noch immer ich!«, verhallte als bloße Behauptung. Am schnellsten von allen war Sascha zur Tür hinaus. Nur wenige Minuten nach dem Läuten der Glocke schwang er sich schon auf sein Fahrrad und fuhr nach Hause. Vorher aber hatte er noch sein Handy eingeschaltet, in der Hoffnung, eine SMS von Joy vorzufinden. Diese Hoffnung wurde enttäuscht. Stattdessen wurde ein entgangener Anruf angezeigt. Auch nicht von Joy, sondern von seiner Mutter. Was wollte die schon wieder?

Als er einige Zeit später an die Kreuzung kam, an der er sich jeden Morgen von Joy trennte, schlug sein Herz ein wenig schneller. Seit ihm bewusst geworden war, dass er am Abend ein Date mit Joy hatte, schwang sein Gefühlspendel wild zwischen Hoffnung und Versagensangst hin und her. Was, wenn er alles nur missverstanden hatte? Nein, etwas war anders. Bei ihr. Und das veränderte alles für ihn.

Vor seinem Haus angekommen, schloss er das Tor auf und schob sein Rad in den Hinterhof. Joys Fahrrad stand im Ständer an seinem üblichen Platz. Anscheinend war sie zu Hause. Nachdem er sein Rad abgeschlossen hatte, nahm er sein Handy und wählte ihre Nummer im Adressbuch aus. Er war so aufgeregt, dass er die richtige Taste mehrmals verfehlte. Was sagte man, wenn man das, was man auf dem Herzen hatte, lieber nicht sagen wollte? *Ich liebe dich. Ich will dich küssen. Und mehr.* Eine Gänsehaut nach der anderen rollte bei diesen Gedanken über seinen ganzen

Körper. *Joy, ich liebe dich.* Was für Worte. Worte, schwerer als die ganze Welt. Schon wieder eine Gänsehaut.

Es läutete. Gleich würde er ihre Stimme hören. Sein Herz explodierte fast, in seinem Bauch ein heißes Pulsieren. Natürlich würde er nicht sagen: Ich liebe dich. Er würde sagen: Hi, wie geht's? Er würde nicht sagen: Ich will dich küssen. Er würde sagen: Wo bist du? Und dann würde er sagen: Wann soll ich dich nachher abholen? Und dann …

Jemand hob ab. Etwas wie ein Geräusch, sehr laut. Konnte auch eine Stimme sein. Eine Stimme, die etwas schrie. Danach sofort ein Knacken. Die Verbindung war unterbrochen.

Nur ein Empfangsproblem? Oder hatte sie ihn weggedrückt?

Er überlegte eine kurze Weile, dann wählte er noch einmal.

Mailbox.

Scheiße.

Wieso drückte sie ihn weg? War alles, was er zwischen ihnen gesehen hatte, nur Einbildung gewesen? Wunschdenken? Jemanden, den man liebte, den drückte man doch nicht einfach aus der Leitung.

ALS ER IN den Flur trat, stand seine Mutter in der Küchentür und sah ihn auf eine Weise an, die keinen Zweifel ließ, dass es gleich unangenehm für ihn werden würde. Schon dass sie um diese Zeit zu Hause war, ließ nichts Gutes ahnen. Er konnte sich allerdings nicht vorstellen, was ihr jetzt schon wieder nicht passte.

»Da bist du ja endlich«, sagte sie nur.

»Ich hatte bis eben Unterricht. Das solltest du eigentlich wissen.«

»Ja, ja. Komm in die Küche. Wir müssen reden.«

Er warf seinen Rucksack ab, zog die Jacke aus und hängte sie betont langsam an einen Kleiderbügel. Dann schlurfte er hinter ihr her. Sie wies mit der Hand auf einen Stuhl. Er ließ sich darauffallen, während sie stehen blieb.

»Ich muss jetzt wissen, wer dir den Tipp mit der Wohnung von Mirko Engelhart gegeben hat. Und zwar sofort.«

»Ich hab dir schon gesagt, dass ich den Namen nicht verraten kann. Ich hab's versprochen.«

Ihre Augen blitzten böse, mit schneidender Stimme sagte sie: »Kannst du dir vorstellen, wie scheißegal mir das gerade ist? Hier geht es um eine Mordermittlung, da zählen solche albernen Pubertätsschwüre nichts!« Ehe er etwas sagen konnte, streckte sie ihm die Hand entgegen, hielt kurz die Luft an und sagte: »Okay, entschuldige, das war nicht der richtige Ton. Lass mich noch mal anfangen.«

Wow, dachte er, sie muss ja wirklich unter Druck stehen, wenn sie erst so loslegt und sich dann entschuldigt. Das macht sie sonst nie. Was läuft da?

»Lass mich es dir erklären«, setzte sie ein paar Sekunden später mit ruhigerer Stimme an, während sie sich mit beiden Händen an der Stuhllehne festhielt. »Mirko Engelhart war ein ziemlich durchgeknallter Typ, aber er hat aller Wahrscheinlichkeit nach niemanden umgebracht oder zum Selbstmord gedrängt.«

Er horchte auf. »Nicht?«

»Nein.«

»Und wie kommst du darauf?«

»Weil das Ganze viel zu genau durchgeplant war. Das passt überhaupt nicht zu jemandem, der nichts in seinem Leben geregelt kriegt. Wir hatten übrigens von Anfang an große Zweifel an ihm als Täter.«

»Aber es gibt doch die Ordner und den Film ... und ein Geständnis.«

»Eine nicht abgeschickte SMS auf seinem Handy ist die schwächste Form eines Geständnisses, die man sich vorstellen kann. So was kann jeder eintippen. Und selbst wenn die SMS von ihm sein sollte ... Was glaubst du, wie viele falsche Geständnisse wir kriegen. Nein, Mirko Engelhart ist kein Täter, er ist ein Opfer. Und was die Sachen angeht, die wir in der Wohnung gefunden haben: Die hat ihm jemand untergeschoben, da sind wir absolut sicher. Deshalb *musst* du mir sagen, was du weißt. Also: Mit wem warst du in der Wohnung, und wer hat euch den Tipp gegeben?«

»Es war kein Tipp in dem Sinn.«

»Was dann?«

Er sah in die fordernden Augen seiner Mutter. Sie würde nicht lockerlassen, bis er ihr alles erzählte. Aber wenn er das tat, würde Mareike ihn noch mehr hassen als jetzt schon.

»Also? Ich warte!«

»Okay, ich sag's dir. Aber du musst mir versprechen, dass ihre Eltern nichts von dem Einbruch erfahren.«

Sie schnaubte kurz auf. »Ich behalte das sowieso für mich. Deinetwegen. Jetzt rede endlich!«

»Ich war mit einer Freundin von Natalie da. Wir hatten keinen Tipp im eigentlichen Sinn. Sie hat sich nur erinnert, dass sie Natalie dort mal abgeholt hat. Wir dachten, dass es die Wohnung von Tristan ist.«

»Tristan? Wer ist Tristan?«

»Der mysteriöse Typ, der mir …, der mit Natalie zusammen war, bevor sie … Das hab ich dir doch erzählt!«

»Ja, stimmt, ich erinnere mich. Und diese Freundin von Natalie – hat die auch einen Namen?«

Seine Mutter sah ihn ungeduldig an. Es war ein komisches Gefühl, nicht ihr Sohn zu sein, sondern ein Zeuge in einem Mordfall. Denn genau das war es, was sie jetzt in ihm sah. Nur das.

»Mareike. Sie heißt Mareike.«

»Und wie noch? Nachname, meine ich.«

»Äh … Keine Ahnung. Hat sie mir nicht gesagt.«

»Du kennst ihren Nachnamen nicht?«

»Nein. Ich weiß auch nicht, wo sie wohnt, falls das deine nächste Frage sein sollte. Sie war schon mal ein Stalking-Opfer und hat deshalb kaum Infos über sich rausgegeben. Hat sie mir zumindest erzählt. Nur eine Handynummer hab ich von ihr.«

»Aufschreiben.« Sie holte ihm Notizzettel und Kugelschreiber von der Anrichte.

Während er von seinem Handy die Telefonnummer ablas und niederschrieb, lief seine Mutter auf und ab, überlegte dabei angestrengt. »Mareike ... Der Name ist mir doch vor Kurzem erst untergekommen.« Sie redete nicht mit ihm, sondern mit sich selbst.

Er schob ihr den Zettel mit der Telefonnummer über den Tisch. »Denkst du, Mareike hängt da irgendwie mit drin?«

Statt zu antworten, nahm sie ihre Jacke, die sie über eine Stuhllehne gehängt hatte, und schlüpfte hinein. »Ich muss noch mal weg. Kann spät werden.«

»Wie immer.«

Sie sah ihn an, nickte. »Ja, wie immer.« Ihr Blick blieb an ihm hängen. »Ich wünschte, du hättest mir das alles früher erzählt. Falls es noch was gibt, was wichtig sein könnte, wäre jetzt der richtige Zeitpunkt, damit rauszurücken. Du darfst keinen Fehler mehr machen. Fehler haben Folgen, kapiert? Böse Folgen. So ein Fehler wäre zum Beispiel, dieses Mädchen anzurufen und zu warnen, sobald ich zur Tür raus bin.«

Er nickte. Dann verschwand sie. Die Polizistin, nicht die Mutter. Die war gar nicht da gewesen.

Verwirrt blieb er zurück, mit einem Gefühl im Bauch, als lägen Bleikugeln in seinem Magen. Wie kam sie dazu, ihm eine Mitschuld an Mirkos Tod zu geben, bloß weil er Mareike nicht früher verraten hatte? Denn nichts anderes hatte sie doch gemeint, als sie sagte: *Fehler haben Folgen. Böse Folgen.* Wie hätte er irgendwas von dem, was geschehen war, voraussehen sollen? Er hatte seiner Mutter von Anfang an gesagt, sie solle nach Tristan suchen, aber sie hatte diese Spur ignoriert. Wenn also jemand Schuld trug, dann sie! Doch statt das endlich einzusehen, hängte sie sich jetzt an Mareike.

Das Piepen seines Handys riss ihn aus den Gedanken. Eine SMS. Von Joy! Konnte sie es etwa nicht erwarten, ihn zu sehen? Die Freude währte nur kurz. Geh gleich ins Kino, las er, melde mich morgen. Joy. Was sollte das? Ließ sie ihr Date einfach platzen? Wieso? Noch dazu, ohne es mit einem Wort zu erwähnen? Und sich zu entschuldigen! Das passte überhaupt nicht zu ihr. Hatte sie es etwa vergessen? Wie konnte sie es einfach vergessen!

»Du kannst mich mal!«, rief er. »Blöde Kuh!« Er wollte ihr schon eine böse SMS schreiben, aber dann ließ er es sein. Cool bleiben, dachte er. *Das coole Herz.* Sie sollte nicht glauben, dass ihm mehr an dem Date lag als ihr.

Nach einer Weile dachte er: Mit wem geht sie ins Kino?

BRUNO. ES KONNTE nur Bruno sein.

Sascha hockte auf dem Bett und starrte auf seine Knie. Aber nicht lange, dann sprang er wieder auf und tigerte durchs Zimmer. Seit Stunden liefen seine Eminem-CDs rauf und runter. Seit Stunden fuhren seine Gedanken und Gefühle Karussell.

Vielleicht hatten sie sich nach ihrem Streit wieder versöhnt. Konnte ja sein. Sie hatten sich erst auf einen Kaffee getroffen, waren danach ins Kino. Dort legte er gerade den Arm um ihre Schultern, sie kamen sich näher. Danach würden sie zu ihm gehen, würden sich noch näherkommen, und dann würde es passieren: Sie würden im Bett landen. So lief das doch. Versöhnungssex war eh der beste von allen. Angeblich.

Er hörte seine Mutter nach Hause kommen. Ein Blick auf die Uhr: Es war schon zehn. Er ging in die Diele, um zu sehen, welche Laune sie hatte. Sie sah einfach nur müde und abgekämpft aus. Mit ein paar Sekunden Verzögerung folgte er ihr in die Küche, wo sie in den Kühlschrank schaute.

»Ich kann dir was machen«, bot er an.

»Schon gut, ich hab keinen so großen Hunger. Aber du könntest mir die Flasche Wein da öffnen.«

Er suchte einen Korkenzieher und nahm die Flasche. »Und?«

»Was und?«

Sie breitete Wurst, Käse und Brot auf der Anrichte aus.

»Du weißt genau, was ich meine.«

Seine Mutter sagte nichts, belegte eine Scheibe Brot.

»Haben wir eigentlich noch Essiggurken?«

»Mama!«

»Na gut. Eine Mareike Ahrens sollte heute Mittag zur Vernehmung erscheinen. Ihr Name tauchte mehrfach in Mirko Engelharts Papierkram auf. Sie ist aber nicht aufgekreuzt. Bei ihr zu Hause haben wir sie auch nicht angetroffen. Was wohl nicht ungewöhnlich ist, sie scheint von ihren Eltern her große Freiheiten zu genießen. Mit Terminen nimmt die junge Dame es generell nicht so genau, hat die Mutter gemeint und dann ohne Not gleich mit einem Anwalt angefangen. Mal schauen, ob diese Mareike eine offizielle Vorladung ernster nimmt.« Sie biss in ihr Brot und ergänzte mit vollem Mund: »Falterer war gestern dort. Die Villa ist geschützt wie ein Hochsicherheitsgefängnis, sagt er. Und so sind auch die Leute.«

Mit einem kleinen Kraftakt entkorkte er die Weinflasche.

»Hört sich das nach deiner Mareike an?«

»Keine Ahnung. Irgendwie schon.«

Er holte ihr ein Glas und goss ein. Da klingelte es an der Tür. Sie sahen sich an. Wer konnte das sein, um diese Zeit? Joy, dachte er sofort.

»Ich geh schon.«

Als er öffnete, stand jedoch nicht Joy vor ihm, sondern ihre Mutter. Sie sah besorgt aus.

»Weißt du, wo Joy ist?«

Er zuckte mit den Schultern. »Ich hab eine SMS gekriegt, dass sie ins Kino geht.«

»Ich auch, aber … das kommt mir komisch vor. Sie schreibt mir wegen so was nie eine SMS. Sie ruft an, wenn es später wird. Oder wenn sie woanders übernachtet. Du weißt also nichts? Sie hat sich nicht bei dir gemeldet?«

»Nee, bis auf die SMS nicht.«

»Ist deine Mutter da?«

»Eben gekommen.«

»Was ist denn?«, hörte er seine Mutter in seinem Rücken sagen. Ehe er antworten konnte, kam Joys Mutter in den Flur.

»Joy ist nicht heimgekommen, und ich erreiche sie auch nicht. Das ist irgendwie komisch. Kann man da irgendwas machen?«

Sascha hatte die Tür zugedrückt und drehte sich jetzt um. Seine Mutter stand mit dem Weinglas in der einen und dem belegten Brot in der anderen Hand im Flur. »Warten wir die Nacht ab«, sagte sie. »Vielleicht ist Joy mit einem jungen Mann unterwegs und kommt morgen früh nach Hause geschlichen. Könnte doch sein, oder?«

Joys Mutter zuckte die Achseln. Anscheinend glaubte sie nicht daran.

»Es gäbe da schon jemanden«, warf Sascha ein. »Den Bruder von Alina. Bruno.«

Seine Mutter sah ihn an. »Du meinst den Bruno, wegen dem sie bei mir war? Den sie verpfiffen hat?«

»Sonst fällt mir niemand ein.«

Obwohl sie nicht an diese Möglichkeit zu glauben schien, rief seine Mutter im Präsidium an und bat darum, aus der Akte sämtliche bekannten Telefonnummern von Bruno rauszusuchen. Unter der Handynummer meldete sich nur die Mailbox, sie hinterließ eine Nachricht. Danach versuchte sie es in der WG. Bruno war nicht da, seine Mitbewohner wussten nicht, wo und mit wem er unterwegs war. Joy hatte keiner von ihnen an diesem Tag gesehen. Zur Sicherheit rief sie, ungeachtet der späten Stunde, auch noch Brunos Eltern an. Aber dort war er schon seit Tagen nicht gewesen.

»Mehr können wir jetzt nicht machen«, sagte Saschas Mutter, nachdem sie aufgelegt hatte. »Wenn sie sich bis morgen früh nicht gemeldet hat, rufen Sie mich noch mal an, ja? Dann schauen wir weiter.«

Joys Mutter bedankte sich, sah Sascha kurz an, als wollte sie ihm etwas sagen, verließ dann aber ohne ein weiteres Wort die Wohnung.

38

UM SIE HERUM war es so dunkel, dass sie sich fragte, ob sie die Augen wirklich offen hatte. Dafür hörte sie umso schärfer. Das leise Platzen eines Wassertropfens. Dann wieder ein Scharren. Und etwas, das sie für das Trippeln kleiner Füße hielt. Mäuse oder Ratten. Ein Schauder lief jedes Mal durch sie hindurch. Von Zeit zu Zeit glaubte sie auch, ein gehauchtes Seufzen zu hören. »Hallo?«, fragte sie dann zaghaft ins Dunkel. Doch es kam nie eine Antwort.

All diese Geräusche erschienen ihr unendlich weit weg und zugleich bedrohlich nah. Die Dunkelheit hatte den Raum aufgelöst, es gab kein Unten und kein Oben mehr, kein Rechts und kein Links. Wie lange war sie schon hier? Eine Ewigkeit, schien es ihr. Vielleicht auch nur Stunden.

Noch immer hielt sie es für möglich, dass das alles nur ein bizarrer Albtraum war. Dass sie nicht, an Händen und Füßen gefesselt, in einem Kellerloch hockte und zusätzlich mit einer Kette um den Bauch an einem Heizkörper hing. Dass sie nicht von einem Elektroschocker kurzzeitig gelähmt worden war. Dass diese Mareike kein durchgeknallter Freak war, der sie gefangen hielt. Der Schmerz an Hand- und Fußgelenken sagte ihr allerdings etwas anderes. Das alles war passiert. Das alles war echt.

Sie fror. Der muffig riechende Schlafsack, den Mareike ihr übergeworfen hatte, war von ihren Schultern gerutscht. »Ich will doch nicht, dass du erfrierst«, hatte sie grinsend gesagt. Wie fürsorglich. Auf die Frage, was das Ganze solle, hatte sie zunächst nicht geantwortet und dann erklärt: »Keine Angst, wenn du dich ruhig verhältst, geschieht dir nichts. In ein, zwei Tagen bist du wieder zu Hause.«

Natürlich hatte das alles mit Sascha zu tun. Mareike hatte ihn keineswegs aufgegeben. Aber was hatte sie vor? »Ich und Sascha werden weggehen.« Das hatte sie gesagt, mit diesem Triumph in den Augen, so als sei es schon eine Tatsache. Doch was sollte es bedeuten? Wie stellte sie sich das vor? Wollte sie Sascha auch entführen?

Ich muss aufpassen, dachte sie plötzlich. Bis jetzt hat Mareike kein einziges wahres Wort von sich gegeben. Und zuzutrauen ist ihr so ziemlich alles. Auch das Schlimmste. Wenn sie also sagt, dass sie mich leben lassen will, bedeutet das nicht, dass es so sein wird. Das Einzige, was dafür spricht, ist die Tatsache, dass sie mich nicht gleich umgebracht hat.

Sie wunderte sich selbst, wie kühl und sachlich sie bei diesen Gedanken blieb. Irgendwas in ihr glaubte fest daran, dass es nicht zum Äußersten kommen würde. Vielleicht auch bloß, weil sie es sich nicht vorstellen wollte.

Da! Wieder dieses gehauchte Stöhnen.

»Hallo …?«

Keine Antwort.

Es ist noch dunkel. Und ziemlich kühl. Die Zigarettenkippe, die ich eben weggeschnippt habe: ein orangefarbenes Glimmen im Schwarz. Ich folge dem Lichtteppich, den mir die Taschenlampe ausrollt. Eigentlich kenne ich den Weg in- und auswendig, mit verbundenen Augen würde ich ihn finden. Der Bau vor mir ist noch ein wenig schwärzer als der sternenlose Himmel. Im Keller muss jetzt totale Finsternis herrschen. Sie muss das Gefühl haben, in ihrem eigenen Grab zu sitzen. Und das tut sie ja auch.

Ich wünschte, ich hätte mehr Zeit. Mehr Zeit, alles richtig zu planen. Alles zu bedenken. War es ein Fehler, den Termin bei den Bullen platzen zu lassen? Nein, ich konnte nicht anders. Wenn sie mich festgehalten hätten. Das Risiko war zu groß. Aber warum habe ich nicht einfach angerufen und abgesagt? War das ein Fehler? Hab ich mich so erst verdächtig gemacht?

Ein Fehler war es, mich auf Sascha einzulassen. Okay, nachdem Natalie mir erzählt hat, dass er uns gesehen hat und dass ihr mein Name rausgerutscht ist, musste ich wissen, ob er ein Risiko ist. Aber das war er nicht. Zu keinem Zeitpunkt. Er hätte mich in tausend Jahren nicht gefunden. Wieso musste ich ihn trotzdem wiedersehen? Er hat mir ja von Anfang an gefallen. Und dass ich ihn zum ersten Mal vor Joachims Praxis gesehen hab, das hat mir was bedeutet. Aber richtig gewollt hab ich ihn erst, als Natalie mir erzählt hat, dass er so was wie ihr Beschützer war. Ich hätte auch gerne einen Beschützer gehabt. Hätte mir ja denken können, dass das wieder nicht klappt. Nach der Enttäuschung mit Joachim. Ja, das war definitiv ein Fehler. Mein größter. Mein einziger selbst verschuldeter.

Und ein Fehler zieht andere nach sich. Vor allem, wenn es schnell gehen muss.

Ich zünde mir vielleicht doch noch eine Zigarette an. So viel Zeit hab ich. Soll die Negerschlampe noch ein paar Minuten warten, das bringt mich nicht um. Und sie auch nicht. Ha, ha.

Ich würde Sascha gerne alles erzählen. Über mich und Gottvater und die Alte Schlampe und wie alles kam. Und auch über Tristan. Auch das würde ich ihm gerne erzählen. Vor allem hier, an diesem Ort, an dem eigentlich alles von Tristan spricht. Vielleicht tue ich es, wenn uns genug Zeit dafür bleibt. Von Joachim werde ich ihm nichts erzählen, das bleibt mein Geheimnis, aber von den Mädchen schon. Ich hab sie so gehasst und tue es irgendwie immer noch, zumindest bereue ich nichts, aber andererseits ... was mir jetzt erst bewusst wird ... sie waren in meinem ganzen beschissenen Leben die Einzigen, die mich geliebt haben. Und begehrt. Scheiße, wieso krieg ich denn jetzt eine Gänsehaut?

Ich wünschte, ich wäre wirklich Tristan gewesen, der Tristan, den sie in mir sahen, und hätte ihnen geben können, was sie sich ersehnten. Obwohl ... Das habe ich ja. Sie wollten ja sterben. Nicht von Anfang an, aber dann, nachdem ich es in ihnen geweckt habe. Ich glaube, ich habe sie glücklich gemacht.

Ha, ha!

Gehe ich gerade meiner eigenen Verführungskunst auf den Leim?

Überflüssige Gedanken. Viel wichtiger: Reicht mein Zyankali? Ich wünschte, ich hätte noch etwas davon herstellen können. Das Wenige, das ich noch habe, ist schon eine Weile an der Luft. Wird schon klappen.

Ich schüttle die Cola für die Negerschlampe.

Allmählich sollte sie ja Durst haben. Aber was mache ich, wenn es doch nicht funktioniert? Sie einfach totschlagen? So wie das mit Joachim gelaufen ist – bloß nicht noch mal!

Ruhig! Ich muss ruhig bleiben! Wird schon gut gehen.

Ich werfe die Zigarette weg.

Auf in den Kampf ...

SIE IST WACH. Als ihr der Lichtstrahl ins Gesicht springt, wendet sie es reflexartig ab, kneift geblendet die Augen zusammen. Der Schlafsack ist runtergerutscht. Ansonsten hockt sie noch ziemlich so in der Ecke, wie ich sie gestern platziert habe.

»Guten Morgen«, sage ich und ziehe den Schlafsack ganz weg, um zu sehen, ob die Kette um ihren Bauch noch richtig sitzt. Eigentlich ja überflüssig, aber ich fühle mich trotzdem besser. Sie zittert am ganzen Körper.

»Die Fesseln tun weh«, klagt sie.

»Ja, diese Kabelbinder sind echt fies. Du darfst nicht daran rumzerren, sonst schneiden sie dir noch tiefer ins Fleisch.«

»Ich versteh nicht, was es dir bringt, mich hier festzuhalten.«

»Das brauchst du auch nicht zu verstehen.«

Sie glotzt mich aus ihren großen Augen an. Glaubt sie mir, dass ich ihr nichts antun will? Sie hatte eine Menge Zeit, über alles nachzudenken. Und sie ist um einiges klüger als der Hohlkopf Mirko.

Ich sehe ihr Gesicht, aber ich hab keine Ahnung, was hinter dieser Stirn vorgeht. Hinter diesen Augen.

Sie ist bloß ein Gegenstand.

Was denken, was fühlen Gegenstände?

»Du hast bestimmt Durst«, sage ich.

Sie nickt.

Ich lege die Taschenlampe hin und schraube die Cola auf. Ich nehme die Lampe wieder in die Hand und leuchte in ihr Gesicht, um ihr die Flasche an die Lippen zu setzen. In weniger als zwei Minuten bist du tot, Joy. Und dann gehört Sascha nur noch mir. Für immer und ewig.

39

ER RISS DIE Augen auf und war sofort da. Irgendetwas war passiert.

Nein. Es war nur ein Traum gewesen. Ein schlimmer Traum. Sein Vater, der um Hilfe schrie ... Er erinnerte sich ... Aber er konnte nicht helfen. Sein Vater? War es nicht eher Joy gewesen? Irgendwie beide, hatte er das Gefühl. Der Schrecken, die Angst, die Erschütterung – sie steckten ihm noch tief in den Knochen, als er das Licht anknipste und auf den Wecker schaute. Kurz vor halb fünf. Er setzte sich auf, nahm das Handy vom Nachttisch. Eigentlich musste er nur auf Wahlwiederholung drücken, denn Joy anzurufen, war das Letzte gewesen, was er gestern vor dem Einschlafen versucht hatte. Aber er tat es nicht. Nicht nur wegen der Uhrzeit. Er wusste auch so, dass er sie nicht erreichen würde.

Die Beklemmung in seiner Brust wollte nicht weichen. Er kannte dieses Gefühl, und auch mitten in der Nacht so aus dem Schlaf zu schrecken, war nichts Neues für ihn. Nach dem Tod seines Vaters war er monatelang jede Nacht so aufgewacht. Mehrmals sogar. Ging das jetzt wieder los?

Vielleicht half frische Luft. Er stand auf, warf sich eine Jacke über und ging auf den Balkon. Der Morgen war so kühl, dass er trotz der Jacke sofort fröstelte. Er lauschte. War da jemand nebenan?

»Hallo?«, kam es gedämpft von der anderen Seite.

Er zuckte erst zusammen, dann schlug ihm das Herz bis in die Schläfen. »Ja?«

»Bist du das, Sascha?«

Eine weibliche Stimme, aber nicht ganz so dunkel, nicht ganz so sandig wie die von Joy. Es war die ihrer Mutter.

»Ja, ich bin's.«

»Kannst du auch nicht schlafen?«

»Nicht so richtig.«

»Ich war die ganze Nacht draußen und hab sie gesucht.«

Er konnte nichts sagen. Seine Knie schlackerten. Vor Kälte. Und Angst.

»An allen Plätzen war ich, in allen Lokalen, bin kreuz und quer durch die Stadt gefahren. Ich bin eigentlich nicht ängstlich. Joy weiß sich zu helfen. Aber es gibt Situationen, da ist ...«

Ihm war plötzlich, als kippte der Balkon unter ihm weg. Mit beiden Händen umfasste er die Brüstung, hielt sich fest.

»Joy ist manchmal launisch. Sprunghaft. Das weiß ich. Und oft ist sie ziemlich frech. Da könnte ich sie an die Wand klatschen. Aber obwohl es so ist, gab es keinen Moment, in dem ich sie nicht geliebt hätte.«

Keinen. Keinen einzigen. In dem er sie nicht ...

»Eines würde Joy nie tun, Sascha. Niemals. Das weiß ich, und deshalb mache ich mir solche Sorgen. Sie würde mich nie so ... im Ungewissen lassen.« Sie seufzte laut. Fing sie gleich an zu weinen? Nein. Sie fragte: »Was denkst du, Sascha, was da los ist?«

»Äh ... Keine Ahnung ... ich weiß es nicht ...«

Nein, er wusste nicht, was los war. Aber eines wusste er mit Gewissheit: Sie war nicht bei Bruno. Nicht bei Bruno.

Wo bist du, Joy? Tu mir das nicht an!

»Irgendwas ist ihr zugestoßen. Nicht wahr, Sascha? Du spürst es auch. Wir spüren so was – wir, die wir sie lieben ...«

JA, ER SPÜRTE es. Und wie er es spürte.

Er hörte bereits wieder jemanden an der Tür läuten, sah Männer in dunklen Jacken hereintreten, ihn mit diesem gewissen Blick ansehen und sagen: *Es tut mir leid ...*

Sah seine Mutter ihn umarmen. Tröstend. *Du musst jetzt stark sein ...*

Dann fiel ihm ein, dass diesmal niemand zu ihnen kommen würde. Er war nur ein Nachbarsjunge. Ein Kumpel. Einer, der sie eben kurz gekannt hatte.

Doch nicht nur ein Leben – ihres – würde vorbei sein, sondern zwei:

seines auch. Nicht das, das er lebte. Das andere, das er erträumte. Das Leben mit ihr.

Das Leben, in dem er ihr sagte, dass er sie liebte.

Das Leben, das längst angefangen haben könnte, wenn er nur etwas mutiger gewesen wäre.

Wenn er doch bloß nicht gegen seine Gefühle angekämpft, sondern sie benutzt hätte. Um was daraus zu machen.

Die Trauer. Die Wut. Die Angst. Den Schmerz.

Die Liebe. Das Glück.

Das coole Herz. In das nichts eindrang. Aus dem nichts herausdrang. Es war ein Fehler gewesen. Jetzt wusste er das. Jetzt, da es vielleicht zu spät war.

40

AM MORGEN STIEFELTE Sascha allein hinab in den Hof, schloss allein sein Fahrrad auf und machte sich allein auf den Weg zur Schule. An der Kreuzung schaute er ein paar schmerzhafte Sekunden lang in die Richtung, in die Joy immer fuhr. Nach dem Aufstehen hatte er kurz überlegt, ob er sich nicht krankmelden und zu Hause bleiben sollte. Aber ihm war rasch klar geworden, dass er die ganze Zeit nur zwischen der Uhr und seinem Handy hin- und herschauen und dabei langsam verrückt werden würde. In der Schule war er wenigstens abgelenkt.

Wie ein Zombie rollte er auf seinem Fahrrad dahin, bis er bemerkte, dass jemand ungefähr zwanzig Meter vor ihm seinen Motorroller quer über den Radweg schob und dort stehen blieb. Wollte der da parken? Sascha klingelte wild. Da nahm der andere den Helm ab, und erst jetzt erkannte er, wen er vor sich hatte: Mareike! Wo kam die denn her? Und um diese Zeit? Ob die Polizei schon mit ihr gesprochen hatte? Mit einem dumpfen Unbehagen im Bauch bremste er ab und blieb vor ihr stehen.

»Was machst du denn hier?« Er versuchte, so locker wie möglich zu wirken.

»Ich musste dich sehen.«

Ihr Gesicht wirkte blass und noch eingefallener als sonst. Vielleicht lag es aber nur daran, dass sie heute kein Make-up trug.

»Jetzt ist es gerade schlecht. Ich muss in die Schule. Bin schon spät dran.«

»Ich brauch dich aber, Sascha, sonst ...«

»Was?«

Ein paar Radfahrer näherten sich bimmelnd. Mareike schob ihren Roller auf die Fußgängerseite, sodass sie passieren konnten. Dann sagte sie:

»Du hast wahrscheinlich von deiner Mutter gehört, dass die Polizei bei mir war.«

»Allerdings. Du kanntest Mirko schon länger, stimmt's?«

Sie nickte. »Aber leider nicht besonders gut. Die Sachen, die wir bei ihm in der Wohnung gefunden haben – ich wusste vorher schon, dass sie da sind. Ich hab sie entdeckt, als ich bei ihm war. Aber ich wollte, dass wir sie gemeinsam finden, weil dir das alles so viel bedeutet hat.«

»Und woher kanntest du Mirko?«

»Von der Straße. Er hat mich um einen Euro angebettelt. Weil er mir leidgetan hat, hab ich ihn zum Essen eingeladen. Und mich von da an immer wieder ein bisschen um ihn gekümmert. Er wollte zwar mehr, hat aber akzeptiert, dass das nicht lief. Dass er mir genauso nachgeschlichen ist wie den anderen Mädchen, hab ich selbst erst viel zu spät mitgekriegt. Vielleicht wollte er mich irgendwann auch vergiften, keine Ahnung.«

Schöne Geschichte, hätte seine Mutter jetzt bestimmt gesagt und sofort gefragt: Aber stimmt sie auch? »Du hast mir die ganze Zeit was vorgemacht, Mareike.«

»Tut mir leid, dass es jetzt so aussieht. War nicht meine Absicht. Echt nicht.«

»Warum hast du's dann getan? Warum hast du mir nicht von Anfang an die Wahrheit erzählt?« Er schüttelte den Kopf.

Ein Lächeln, voller Bitterkeit. »Ich wollte einfach nur ... dir was bieten ..., mit dir zusammen was erleben ..., damit du gern bei mir bist ...«

Sie tat ihm leid. Gleichzeitig fragte er sich, wie weit sie gehen würde, um einen anderen Menschen – ihn – für sich zu gewinnen. Oft wurden die schlimmsten Dinge aus Liebe getan.

»Meine Mutter sagt, Mirko war's nicht«, setzte er wieder an. »Jemand hat ihm die Sachen untergeschoben. Die Beweise, meine ich. Warst du das?« Er glaubte es nicht wirklich, er wollte sie nur provozieren. Vielleicht konnte er sie so dazu bringen, ihm endlich alles zu sagen.

»Spinnst du?!«, fuhr sie auf. »Glaubst du etwa, ich hab die alle umgebracht?«

»Wenn du schon so fragst: Hast du was damit zu tun?«

Sie sah ihn an, als hätte er sie gerade geohrfeigt. »Das ist echt das Letzte, Sascha. Wieso sollte ich so was machen? Natalie war eine Freundin, und mit den anderen hatte ich rein gar nichts zu tun. Wenn's Mirko wirklich nicht war, dann halt sein Vater. Stand doch so in der Zeitung. Und Mirko hat mir mal erzählt, dass alle diese Mädchen in ihn verknallt waren. In seinen Vater, meine ich.«

»Kann ja sein. Aber wieso erzählst du nicht der Polizei, was du weißt? Wenn du nichts verbrochen hast, hast du doch nichts zu befürchten.«

»Von denen nicht, aber von meinen Eltern.«

»Wieso? Ich dachte, die sind so supercool. Oder stimmt das auch nicht?«

Ihr Blick fiel zu Boden. »Das hab ich nur gesagt, weil … ich es mir so gewünscht hab. Aber die Wahrheit ist: Ich bin meinen Eltern total egal. Es kümmert sie nicht, was ich mache, solange sie wegen mir keine Schwierigkeiten kriegen. Am liebsten wäre es ihnen, wenn es mich gar nicht gäbe. Für die bin ich nur ein ärgerliches Versehen.« Ihre Oberlippe zitterte, eine Träne kullerte über ihre Wange. Und noch eine.

Es war schwer, jemanden auszuquetschen, der einem leidtat. »So wie ich das sehe«, sagte er, »hast du bisher nur gelogen. Was Mirko angeht. Und dich. Wie soll ich dir da noch irgendwas glauben?«

Mit einer hektischen Bewegung wischte sie sich die Tränen aus dem Gesicht. »Du hast ja recht, Sascha«, sagte sie. »Ich hab's mal wieder vergeigt. Geschieht mir recht, dass du mich nicht willst.« Sie starrte ein paar Sekunden vor sich hin ins Leere, sagte dann: ›Ich wünschte, Mirko oder wer auch immer hätte nicht diese Mädchen vergiftet, sondern mich. Wäre für alle besser.«

»Das ist doch Blödsinn!«

»Wieso denn? Es gibt keinen Menschen auf der Welt, der was mit mir zu tun haben will. Du doch auch nicht. Also, was redest du?«

Sie trat zu ihrem Motorroller, blieb dort aber stehen, als wartete sie auf etwas. Auf eine Reaktion von ihm? Sascha wollte nicht noch mal auf sie und ihre Lügen reinfallen. Aber was, wenn sie jetzt aufrichtig war? Wenn ihr Schmerz und ihre Tränen und ihre Verzweiflung echt waren? Und wenn sie wirklich daran dachte, sich das Leben zu nehmen?

»Tu mir einen Gefallen, Sascha«, sagte sie schließlich und sah ihn mit eisiger Kälte an. »Komm bloß nicht zu meiner Beerdigung.«

Sie nahm den Helm vom Sitz, wo sie ihn abgelegt hatte, und machte Anstalten, ihn aufzusetzen. Doch Sascha hielt ihren Arm fest. Er konnte sie nicht gehen lassen. So, wie er Natalie hatte gehen lassen.

»Hör endlich auf, so zu reden«, sagte er. »Und mach keinen Scheiß.«

Mareike hatte nur einen verächtlichen Blick für ihn. »Mach keinen Scheiß? Das ist alles, was du dazu zu sagen hast? Du bist echt eine Enttäuschung, Sascha. Aber gut, dass ich das jetzt weiß.« Sie machte sich von ihm los.

Er hätte am liebsten laut aufgeschrien. Als würde die Sorge um Joy nicht schon schwer genug auf ihm lasten, kam nun auch noch die um Mareike dazu. Vielleicht war es wieder nur eines ihrer Spielchen. Und wenn nicht? Was kostete es ihn schon, es mitzuspielen und ein wenig Zeit mit ihr zu verbringen? Wenn er sie jedoch gehen ließ und sie sich etwas antat, würde er sich das nie verzeihen.

»Warte, Mareike«, sagte er, »was hältst du davon: Ich vergess die Schule, heute krieg ich eh nichts mit, wir fahren zu mir und reden.«

»Lass stecken, ich brauch kein Mitleid.« Sie hob den Helm wieder an.

»Nein!«, rief er. »Es ist nicht aus Mitleid. Echt nicht! Mir liegt was an dir. Und es wäre noch mehr, wenn du endlich mal ehrlich wärst.«

Sie ließ den Helm wieder sinken, schien zu überlegen. »Okay«, sagte sie dann. »Aber nicht zu dir. Ich weiß einen besseren Ort.«

»Von mir aus. Und wo?«

»Lass dich überraschen.« Mareike klappte den Sitz ihres Rollers hoch und holte aus dem darunterliegenden kleinen Staufach einen zweiten Helm. Sascha kettete sein Fahrrad an eine Straßenlaterne, setzte den Helm auf und stieg zu ihr auf den Motorroller. Spätestens bis Mittag wollte er wieder zu Hause sein.

GESCHAFFT! MEINE SHOW hat voll gezogen. Ich wusste, dass ich ihn über sein schlechtes Gewissen kriege. Ein Glück, dass ich so was nicht hab. Ha, ha! Jetzt gehörst du mir, Sascha. Und deine Ahnungslosigkeit ist noch rührender als dein Mitgefühl.

Wie auf Schienen gleitet der Roller durch die Stadt. Fühlt sich an wie fliegen. Und da oben im grauen Himmel tut sich gerade eine Lücke auf. Vielleicht können wir da ja durchfliegen, nachher. Hab ich das gerade gedacht? Mein Gott, wie kindisch!

Ist die Liebe so? Kindisch? Albern? War ich bei Joachim genauso? Oder ist es der nahe Tod, der mich so fröhlich macht? Ein kurzer glücklicher Moment, das wird doch wohl drin sein. Sascha und ich, ein Meer von flackernden Kerzen, ich erzähle ihm alles, alle meine Geheimnisse – und dann ... trinken wir den Todestrunk und gehen hinüber ... *Todestrunk ... gehen hinüber ...* Mein Gott, wie sentimental, wie kitschig ..., wie albern ..., wie schön!

Und dann ... Was bin ich froh, dass Joy gestern nicht getrunken hat. Was für eine vertane Chance wäre es gewesen, sie zu töten. Und was für ein Glück ist es, dass mir das noch rechtzeitig klar geworden ist. Im allerletzten Moment. Nein, sie soll leben. Denn was heißt schon leben, wenn einem das fehlt, was man am meisten will? Sie wird wie ein verwundetes Tier sein. Weil ich mit Sascha vereint bin, auf ewig. Weil ich ihn gekriegt hab. Und nicht sie. Das wird ihr Schmerz sein, solange sie lebt. Und ich wünsche ihr ein sehr, sehr langes Leben.

41

JOYS KEHLE BRANNTE. Doch nicht der Durst ließ sie aus ihrem hauchdünnen Schlaf aufschrecken, sondern ein Geräusch. Ein feines Summen – vielleicht von einem Motor –, das im Moment des Erwachens erstarb. Gleich danach spürte sie sofort wieder dieses scheußlich schmeckende Ding in ihrem Mund. Ein Stück Stoff, zusammengedreht zu einem Knebel und festgehalten von einem rauen Lederriemen um ihren Kopf.

Immerhin, sie lebte. Was keine Selbstverständlichkeit war. Eine Zeit lang hatte sie fest geglaubt, sie werde diesen Morgen nicht sehen. Es wäre logisch gewesen. Mareike konnte noch so oft behaupten, sie werde ihr nichts tun – wieso sollte sie ihr das abnehmen? Oder irgendwas sonst? Sie hatte vor, erst Sascha und dann sich selbst umzubringen. Das war so sicher wie eins und eins zwei war. Auf zwei folgte drei, und die Drei, das war sie. Joy. Oder vielmehr: ihr Tod. Auch wenn die Drei eigentlich vor der Eins kommen musste und also die Null war. Höhere Mathematik war das. Höhere Psychopathen-Mathematik. Die Null aber, das war das Nichts. Der Tod. –

Solche Gedanken kamen einem, wenn man eine ganze Nacht lang gefesselt in einem finsteren Kellerloch lag, nicht wusste, was als Nächstes passierte, und den eigenen Körper nicht mehr spürte, es sei denn als etwas Schmerzendes. Obwohl die Frage gar nicht war, *was* passieren würde. Das war ja klar: Mareike würde sie töten. Die eigentliche Frage war: Wann? Und wenn Mareike sie gar nicht selbst tötete, sondern einfach hier liegen ließ? Nun, da der Durst unerträglich zu werden begann, mit diesem verdammten Knebel im Mund, der auch noch den letzten Tropfen Flüssigkeit wegsaugte, musste sie wieder an die Cola denken, mit der Mareike mitten in der Nacht aufgetaucht war. Vielleicht war sie ja doch nicht vergiftet gewesen.

Wenn Mareike jetzt damit erscheinen würde, wäre die Wahrscheinlichkeit, dass sie den Mund aufmachen würde, deutlich größer. Gestern aber hatte sie sich den Luxus erlaubt, die Flasche mit dem Kinn wegzustoßen, bloß wegen des neunundneunzigprozentigen Restrisikos, dass sie mit der Cola auch ihren Tod trank. Es gab sowieso noch zig andere Möglichkeiten, wie Mareike sie umbringen konnte. Sie wieder mit dem Elektroschocker betäuben und ihr das Gift einflößen, zum Beispiel. Oder sie erwürgen. Oder ihr den Schädel einschlagen. Oder sie einfach hier liegen lassen. Vielleicht kam so was ja noch. Aber gestern hatte sie es nicht getan. Obwohl sie irgendetwas vorgehabt hatte, je öfter sie darüber nachdachte, desto überzeugter war sie davon. Was also hatte sie gerettet, zumindest für diese eine Nacht? Sie wusste es nicht.

Eine Stimme drang zu ihr. Nicht so laut, dass sie hätte verstehen können, was gesprochen wurde, aber laut genug, um sie zu erkennen: Mareike. Sie erschrak. Sekunden später noch eine Stimme. Sie erschrak noch mehr. Eindeutig Sascha!

Da löste sich ihre innere Lähmung, sie war schlagartig vollkommen klar im Kopf.

Bestimmt hatte Mareike Sascha mit einer ähnlichen Masche hergelockt wie sie. Ahnungslos folgte er der Spinne nun in ihr Netz. Sie musste ihn warnen! Nur wie?

Wütend über ihre Hilflosigkeit, zerrte sie an ihren Fesseln, doch alles, was sie erreichte, war, dass ihre Handgelenke sie noch mehr schmerzten. Schließlich sackte sie erschöpft in sich zusammen. Was sollte sie tun? Fieberhaft scannte sie den Raum nach irgendetwas, das ihr helfen konnte, sich zu befreien. Wenn sie wenigstens von diesem dummen Heizkörper loskäme, dann würde sie bestimmt etwas finden, mit dem sie die Kabelbinder an ihren Händen und Füßen durchtrennen konnte.

Der Heizkörper. Vielleicht war er ja nicht so fest verankert, wie es aussah.

Sie ließ sich nach hinten sinken und trat mit den Füßen dagegen. Einmal. Zweimal. Dreimal. Nichts. Das Ding saß bombenfest. Ihre Tritte machten noch nicht einmal genug Lärm, um draußen gehört zu werden.

Da bemerkte sie, dass die Abdeckung an der Unterseite einige Kanten aufwies. Vielleicht waren die ja scharf genug, um ihre Plastikfesseln daran durchzuscheuern. Sie musste schnell machen. Jede Sekunde, die sie länger brauchte, konnte eine zu viel sein. Eine, die über Leben und Tod entschied.

Sei bloß vorsichtig, Sascha, dachte sie, und nimm ja keine Cola an von diesem Miststück!

42

»Wo sind wir hier?«

Obwohl die Bauruine ganz anders aussah, musste Sascha bei ihrem Anblick sofort an das Haus in dem alten Hitchcock-Klassiker *Psycho* denken. Sie wirkte auf ihre Weise genauso düster und gruselig.

Mareike hatte den Roller gleich hinter dem Einfahrtstor zu dem Gelände stehen lassen und Sascha hierhergeführt.

»Hier wollte mein Vater für uns bauen. Aber dann ist etwas passiert, und plötzlich wollte er nicht mehr. – Komm!«

Er hatte erwartet, dass sie ins Innere der Ruine gehen würden, doch Mareike schlug den Weg zu einem alten Bauwagen ein, der ein Stück entfernt davon stand. »Was ist denn passiert?«, fragte er, während er einen halben Schritt hinter ihr folgte.

»Erzähl ich dir gleich. Da drinnen«, sie deutete auf den Bauwagen, »hab ich mein kleines Reich. Wenn ich meine Ruhe haben will, verzieh ich mich hierher. Ich hab das bis jetzt noch niemandem gezeigt.«

Der Bauwagen sah aus, als hätte er schon hundert Jahre auf dem Buckel. Sonne, Wind und Regen hatten die Farbe abblättern, das Holz morsch werden lassen. Es war nur eine Frage der Zeit, bis das ganze Ding in sich zusammenkrachte. Hoffentlich hält er wenigstens noch die nächsten ein, zwei Stunden durch, dachte Sascha. Eine kleine Treppe aus rostigem Metall führte zum Eingang hinauf. An der Tür hing ein schweres Zahlenschloss. Mareike nahm die Stufen mit einem Satz, entriegelte das Schloss und schob die Tür auf. Dann machte sie den Weg frei und ließ ihm den Vortritt.

Er zögerte.

»Was ist? Hast du Angst?«

Sie lächelte auf eine Art, die sein Unbehagen eher größer als kleiner werden ließ. Dennoch stieg er die Stufen hoch und trat ins Innere des Wagens. Mareike folgte auf dem Fuß und zog die Tür sofort hinter sich zu. Sie brachte auch das Schloss an und ließ es einrasten.

»Wieso schließt du uns ein?«

»Damit uns niemand stört.«

»Wer sollte uns in dieser Einöde schon stören?«

»Weiß man nie. Setz dich!«

Es gab nur ein kleines Fenster, durch das etwas Licht hereinfiel. Der Boden war ausgelegt mit Isomatten und Kissen. An den Wänden standen und lehnten mehrere Kartons und prall gefüllte Taschen; Bücher und Zeitschriften lagen herum, außerdem Pizzaschachteln, leere Flaschen, Klamotten und allerlei anderes. Sascha ließ sich auf ein Kissen sinken. Mareike hatte begonnen, Kerzen und Teelichte zu entzünden, die im ganzen Raum verteilt waren.

»Ist das nicht gefährlich«, fragte er, »zwischen all dem brennbaren Zeug?«

»Was bist du so ängstlich? Ich mach es uns nur gemütlich.«

Gemütlich?, dachte er. Eben war sie noch total schlecht drauf, und jetzt will sie es gemütlich?

Als endlich auch die letzte Kerze brannte, ließ Mareike sich neben ihm nieder und sah ihn an wie etwas, das nun ganz ihr gehörte.

»Ich möchte dir von mir erzählen, Sascha«, sagte sie nach einer Weile. »Du sollst alles wissen. Alles.«

Ich sehe ihn an. Sascha. Sehe in dieses Gesicht. In diese erwartungsvollen Augen. Und ich will reden. Endlich reden.

Aber ... ich schweige.

Das, was in mir ist – es formt sich nicht zu Worten. Zu Worten, die er versteht. Die das erzählen, was war.

Was war denn?

Gottvater, der einen Sohn wollte.

Tristan.

Was er bekam, war ich.

Also sollte ich Tristan sein.

Aber ich war es nicht.

Ich war und bin die tagtägliche Enttäuschung.

Mein Körper, kein Tristan-Körper.

Sie hassen mich dafür.

Aber Hass ist auch eine Art von Liebe. Oder?

Und dann hören sie auf, mich zu hassen. Was ist passiert?

Tristan wurde geboren. Der ersehnte Tristan.

Und ich bin wieder bloß Mareike. Mareike, die keiner wollte.

Gottvater liebt seinen Tristan. Er schaukelt ihn auf dem Knie. Er streichelt ihm über den Kopf. Er tätschelt seinen Hintern. Vor allem das macht er gerne. Und er will noch viel mehr mit ihm machen. Gottvater liebt kleine Jungs viel zu sehr. Ich weiß das. Und er weiß, dass ich es weiß.

Und dann ist Tristan tot, und sie sagen, ich hätte ihn getötet.

Vom Balkon gestoßen. Hier. Und das ist es, was passiert ist, Sascha, und warum die schöne neue Villa zur Ruine wurde; und mit ihr das erträumte Leben.

Habe ich Tristan getötet?

Ich weiß es nicht mehr. Ich weiß nur, dass er auf dem Balkon stand und dass ich die Hand ausstreckte nach ihm, aber ob ich ihn halten oder stoßen wollte, das weiß ich nicht mehr.

Es ist auch nicht wichtig. Denn ich habe eine Entdeckung gemacht, Sascha, die alles verändert. Der Schmerz, der Hass, die Trauer meiner Alten – sie geben mir Macht über sie. Ich habe ihr Leben zerstört, und egal, ob sie mich schlagen oder missachten, nichts wird etwas daran ändern. Sie sind völlig wehrlos. So, wie sie die Welt erschaffen haben, in der ich leben muss, so habe ich ihre Welt neu erschaffen. Unsere Welt. Eine eiskalte Hölle für alle, die darin leben.

Und jetzt sehe ich in deine bemitleidenswert ahnungslosen Augen, Sascha, und ich weiß nicht mehr, ob ich lachen oder weinen soll. Die Worte, nach denen ich suche, um dir von mir zu erzählen, und zwar so, dass du auch verstehst – es gibt sie nicht.

Nur das, was ich getan habe, kann meine Geschichte erzählen. Und das, was ich tun werde. Und du, Sascha, du bist nun ein Teil davon.

43

»Mareike?«

Ihr Schweigen dauerte schon eine gefühlte Ewigkeit an und stand zwischen ihnen, beinahe wie etwas Körperliches. Ihre Haltung war wie versteinert, ihr Blick starr. So als sei sie völlig weggetreten. Sascha begann, unruhig zu werden. »Was ist denn mit dir?«

Plötzlich regte sie sich wieder, in ihren toten Blick kam Leben. »Was?«

»Du warst auf einmal ...«

Sie lächelte, aber dieses Lächeln war kalt und ohne Heiterkeit. »Mir geht es gut.«

»Du wolltest mir was erzählen.«

»Ja, aber ... Es ist nicht so wichtig. Wichtig ist nur, dass du hier bist. Bei mir. Letzte Nacht dachte ich noch, ich überlebe den nächsten Tag nicht. Aber jetzt. Mit dir. Ist es sogar schön. Du hast mich gerettet, Sascha.«

Ihr plötzlicher Sinnes- und Stimmungswandel irritierte Sascha. Hatte sie ihm wieder nur was vorgemacht? Hatte sie nie ernsthaft daran gedacht, sich was anzutun? Alles nur, damit er hierher mitkam? Was plante sie diesmal? Sein Blick fiel unwillkürlich auf das Schloss an der Tür. Und je länger er hinsah, desto unwohler fühlte er sich. *Junge von Mädchen vergewaltigt*, dachte er plötzlich. Tolle Schlagzeile. Jan würde sich krumm lachen. War natürlich Quatsch. Was sollte sie ihm schon antun, so dünn und zerbrechlich, wie sie war?

Trotzdem. Besser, er spielte das Spiel noch so lange mit, bis er aus dem Bauwagen draußen war. Dann aber würde er ihr mal so richtig die Meinung sagen. Wie wollte sie jemals von ihm ernst genommen werden, wenn sie ihn ständig nur verarscht?

»Warum schaust du dauernd zur Tür?«

»Nur so. Ich finde es nur einfach nicht so toll hier. Ehrlich gesagt.«

»Hast du auch solchen Durst?«, fragte Mareike.

Er schaute auf. »Ein bisschen, ja.«

»Ich hab Cola da. Du magst doch Cola, oder?«

»Klar, Cola ist super.«

Er sah zu, wie sie sich umdrehte, hinter sich fasste und eine halb volle Flasche Cola hervorholte. Dabei stieß sie mit dem Ellbogen einen wackligen Stapel aus Schachteln um. Die oberste kippte einen großen Teil ihres Inhalts genau neben ihm aus. Doch das Einzige, was er davon sah, war eine Baseballmütze. Eine giftgrüne Baseballmütze, die er schon mal gesehen hatte. Und er wusste auch sofort, wo.

»Das gibt's ja nicht! Genau so eine hatte Tristan auf, als ich ihn mit Natalie gesehen hab.«

Mareike zog die Augenbrauen hoch. »Wirklich?«, sagte sie nur.

Erst jetzt bemerkte er die handschriftlich beschriebenen Blätter, die unverkennbar aus einer Kladde herausgerissen waren. Die Handschrift kam ihm bekannt vor.

»Das … Das … Sind das etwa die fehlenden Seiten aus Alinas Tagebuch?«

Mareike spitzte nur die Lippen. »Kann sein.«

»Wie kommst du denn daran? Und wieso …?« Erst jetzt begann er zu verstehen. Oder glaubte es zumindest. Wie hatte er die ganze Zeit nur so blind sein können? »Du und Mirko … Ihr wart das gemeinsam, oder?«

»Red keinen Quatsch!«, fuhr sie ihn an, um zwei Sekunden später ruhiger fortzufahren: »Du bist wirklich nett, Sascha, aber als Detektiv nicht so besonders. Deine Mutter hat schon recht: Mirko hatte mit Tristan nie was zu tun.«

»Aber du, oder?«

Sie lachte auf. »Ja, schnallst du es denn immer noch nicht?«

»Was?«

»*Ich bin Tristan!*«

Ehe er auch nur einen Gedanken fassen konnte, hatte sie erneut hinter sich gegriffen, ein Gerät, das ein wenig wie eine Pistole aussah, hervorgeholt und gegen seine Schulter gedrückt. Dann spürte er nur noch einen heftigen Schlag, seine Muskeln verkrampften, er kippte zur Seite und verlor das Bewusstsein.

44

OBWOHL IHRE HÄNDE fast vollkommen taub waren, spürte Joy, wie an einer von ihnen etwas Warmes herablief, über die Finger rann und schließlich zu Boden tropfte. Blut. Sie hatte sich an der scharfen Kante geschnitten. Egal. Weitermachen. Es konnte nicht mehr viel fehlen.

Trotzig drückte sie das Plastikband gegen die Kante, schabte auf und ab und ignorierte einfach, dass immer mehr Blut über ihre Hände rann. Und dann passierte es endlich: Die Fessel riss entzwei, ihre Hände waren frei. Sie betrachtete ihre Wunde. Ein Schnitt im linken Handballen. Sah schlimmer aus, als er war. Sie entfernte den Knebel aus ihrem Mund und atmete tief durch. Jetzt waren die Fußfesseln dran. Da sie noch immer kaum Gefühl in den Fingerspitzen hatte, brauchte sie mehrere Versuche, um den Kabelbinder zu lösen. Doch es gelang.

Aber wie sollte sie sich von der Kette befreien? Mareike hatte ganze Arbeit geleistet. Die Kette war an einem Ende fest um die Rohre des Heizkörpers geschlungen und mit einem Schloss fixiert, und am anderen in gleicher Weise um ihre Taille. Die Schlösser würde sie nicht abkriegen, keine Chance. Die einzige Möglichkeit war die Kette abzustreifen. Sie hielt die Luft an, machte die Hüften so schmal wie möglich, und es fehlte auch nicht viel, aber es ging nicht.

Okay, dachte sie kühl, besondere Situationen verlangen besondere Maßnahmen. Sie löste den Gürtel, knöpfte die Hose auf und schob sie bis zu den Knien hinab. Die Kettenglieder schrammten über ihre Hüften, schürften Haut ab und hinterließen blutende Spuren, doch es funktionierte. Am liebsten hätte sie laut aufgeschrien vor Erleichterung. Sie war frei! Aber sie verkniff sich die Freudenrufe. Nachdem sie die Kette ganz los war, zog sie hastig die Hose hoch. Sie durfte keine Zeit mehr verlieren.

Als sie sich erhob, trat sie versehentlich auf ein Stück Rohr, es rollte unter ihrem Fuß weg, sie verlor das Gleichgewicht und stieß gegen die Rohre, die an der Wand lehnten. Polternd und klingend fielen sie um und veranstalteten ein wildes Konzert. Nicht genug damit, beim Sturz schlug ihr Knie hart auf Eisen, ein heftiger Schmerz fuhr durch sie hindurch. Es fühlte sich an, als könnte sie nie mehr aufstehen.

Nein!

Wie sollte sie so Sascha helfen, wenn sie nicht mal laufen konnte?

45

ALS SASCHA WIEDER zu sich kam, brauchte er ein wenig, um die Situation zu erfassen. Er lag auf dem Bauch, die Arme auf dem Rücken. Gefesselt. Warum? Von wem? Es fiel ihm wieder ein: der Bauwagen. Mareike. Etwas wie ein Stromschlag. Da war noch etwas gewesen, etwas, das sie gesagt hatte, kurz bevor sein Blackout einsetzte, aber er kam nicht mehr darauf. Was sollte der Mist? Was hatte sie vor? Er drehte sich auf die Seite, fand sich unter Mareikes eiskaltem Blick.

»Schade«, sagte sie, »das hätte anders laufen sollen. Du hast es verdorben.«

»Was hab ich verdorben?«

Sie sah ihn nur schweigend an, kaute dabei an ihrer Unterlippe. Worüber dachte sie nach? Dann fasste sie in ihre Hosentasche und holte etwas heraus: sein Glitzerherz.

»Erkennst du das wieder?«

»Natürlich. Du hast es mir geklaut.«

»Es gehörte mal Alina.«

»Ich weiß.«

Er sah zu, wie sie es vor ihren Augen baumeln ließ, so als wollte sie sich selbst hypnotisieren. Da erschreckte ihn ein Gedanke, der wie aus dem Nichts kam. »Hast du was mit Joys Verschwinden zu tun?«

Mareike antwortete nicht, aber das musste sie gar nicht. Er wusste es auch so. Und das weckte spontan seinen Zorn. Er zerrte an seiner Fessel und schrie: »Wo ist sie? Was hast du mit ihr gemacht?«

Sie rollte nur verächtlich mit den Augen. »Beruhige dich. Ich hab ihr nichts getan.«

Konnte er ihr das glauben? Nach all den Lügen und Täuschungen? Ihm blieb nur die Hoffnung, dass sie ausnahmsweise einmal nicht log.

Mitten in seiner Aufregung fiel ihm wieder ein, was Mareike als Letztes gesagt hatte, kurz bevor er ausgeknockt worden war. Tristan! Sie war Tristan! Eine Mörderin! Und er lag hier, in ihrer Gewalt, gefesselt.

Die Angst ließ ihm fast das Blut in den Adern stocken. Lähmte ihn. Und da wurde ihm klar, dass er diese Angst kannte: Es war die Angst, die ihn mit dem Tod seines Vaters befallen und seitdem nicht mehr verlassen hatte. Nein, nicht nur die Trauer um den geliebten Vater hatte ihn so lange gelähmt, es war auch diese Angst gewesen. Todesangst. Er erinnerte sich an etwas, das Androsch gesagt hatte, und erst jetzt verstand er, was damit gemeint war: *Durch den Tod eines geliebten Menschen werden wir mit unserer eigenen Sterblichkeit konfrontiert.*

Doch er konnte jetzt keine Angst gebrauchen. Nicht, wenn er lebend hier herauskommen wollte. Sein Blick fiel auf das Glitzerherz in Mareikes Hand. *Das coole Herz.* Genau das, was er jetzt am dringendsten brauchte: ein kühles Herz. Er stellte sich wieder vor, das Herz in seiner Brust würde ebenso wie das Glitzerherz von etwas umschlossen und geschützt und die Angst wollte danach greifen, aber sie kam nicht heran und erlangte deshalb keine Macht darüber. *Das coole Herz ... Das coole Herz ... In seiner Brust ... ein cooles Herz ...*

Es funktionierte! Mit jedem Atemzug wurde er ruhiger. So ruhig, dass er Mareike schließlich mit fester Stimme fragen konnte: »Was sollte das eigentlich heißen, dass du Tristan bist?«

Erst jetzt blickte sie auf. Sie steckte das Glitzerherz wieder ein, stützte die Ellbogen auf die Knie, sah ihn an und sagte: »Ich erkläre dir das mal, du Superdetektiv: Natalie und ich waren überhaupt keine Freundinnen. Ich hab mich als Tristan an sie rangemacht. Genau wie an Sarah und Alina. Die beiden waren total in mich verknallt. Kannst du dir das vorstellen? Damit hatte ich nicht gerechnet. Dass ich den Jungen gespielt hab, das sollte doch bloß Tarnung sein.«

»Und wie ...?«

»Was?«

»Wie hast du sie dazu gebracht ...?«

»Oh, das war ganz einfach.« Sie nahm die Baseballmütze und setzte sie auf. »Du musst total unnahbar sein. Mysteriös. Düster. Damit kriegst du sie alle. Und dann …« Sie säuselte übertrieben: »Mein Engel, ich liebe dich so. Mehr als mein Leben. Lass uns zusammen sterben. Auf ewig vereint im Jenseits …« Ihre Stimme wurde wieder normal. »Dann hab ich so getan, als würden wir beide gehen. Aber gegangen sind nur sie. Weil nur in ihrer Cola das Zyankali war.«

Sie nahm die Baseballmütze wieder ab und warf sie hin.

Sascha konnte nicht fassen, was er da hörte. Ihre Taten waren schon erschreckend genug. Doch die Art, wie sie davon erzählte, machte sie noch schrecklicher. Keine Spur von Bedauern. Oder Reue. Nein, sie schien die Erinnerung daran zu genießen.

»Ich hab denen einen Gefallen getan«, fügte sie nach ein paar Sekunden Schweigen hinzu. »Die wollten doch sterben. Sie waren bloß zu feige, es ohne Hilfe zu tun.«

»Und Laila? Und Mirko?«, rief er. »Was ist mit den beiden?«

Sie zuckte nur mit den Schultern.

»Und warum überhaupt? Was haben diese Mädchen dir getan? Du kanntest sie doch gar nicht.«

»Und ob ich sie kannte!« Der Blick, mit dem Mareike ihn ansah, war zugleich heiß und eiskalt. »Aber wie soll jemand wie du das verstehen. So ein gut aussehender Typ, den man einfach mögen muss und in den alle Mädchen verknallt sind.«

Dass alle Mädchen in ihn verknallt waren, war ihm neu. Wie kam sie darauf?

»Ich hätte das wirklich gerne viel schöner gehabt«, sagte sie nun. »Die romantische Stimmung hier mit all den Kerzen, wir schauen uns in die Augen und prosten uns zu, und dann sehe ich mir an, wie du stirbst, und wenn du tot bist, folge ich dir. Und wir sind für immer vereint.«

Wenn du tot bist – Worte, die sich einschnitten wie Rasierklingen. Das also war ihr Plan gewesen, und es sah nicht so aus, als wollte sie davon ablassen.

»Wehr dich nicht, Sascha. Es geht wirklich schnell. Du musst nur einen großen Schluck nehmen.« Sie schraubte die Cola-Flasche auf.

»Ich werde das nicht trinken!« Er wollte schreien, doch er brachte nur ein heiseres Flüstern heraus.

»Und ob du das trinken wirst.« Sie hielt den Elektroschocker hoch. »Wenn ich dir mit diesem Gerät hier eins verpasse, bist du lange genug gelähmt, damit ich dir die Cola einflößen kann.«

Mist! Sie durfte ihn auf keinen Fall noch mal mit dem Elektroding erwischen. Als sie sich ihm näherte, begann er nach ihr zu treten, traf sie auch am Oberschenkel. Sie schrie kurz auf, wohl mehr vor Schreck als vor Schmerz, und wich zurück. Nur eine winzige Atempause, das war ihm klar.

Da erklang von draußen ein Rufen: »Sascha! Sascha! Wo bist du?«

Joy! Sein Herz machte einen gewaltigen Satz. Sie war am Leben! Sie war hier!

Die Angst wich, neuer Mut beflügelte ihn. »Ich bin im Bauwagen, Joy!«, schrie er aus Leibeskräften. »Hörst du mich? Mach schnell!«

»Ich komme!«

Mareike stand irritiert da, überlegte angestrengt. Ein Moment der Unaufmerksamkeit, den Sascha nutzte. Mit einem gezielten Tritt schlug er ihr die Cola-Flasche aus der Hand. Sie flog in hohem Bogen in einen Haufen Decken und Kissen. Mareike sprang hinterher, suchte und fand sie. Doch es war zu spät. Die Flasche war leer.

Zornig warf Mareike sie in Saschas Richtung. »Glaub bloß nicht, dass dich das vor irgendwas bewahrt.« Sie trat ihn ein paarmal, doch sie konnte so viel treten, wie sie wollte, seiner Hoffnung konnte sie nichts anhaben.

»Joy, schnell!«, rief er.

»Halt dein dummes Maul!« Mareikes Wutausbruch täuschte nicht darüber hinweg, dass sie ratlos war, was sie jetzt tun sollte. Schließlich steckte sie den Elektroschocker ein, hastete zur Tür, öffnete das Schloss und verließ den Bauwagen. Sascha hörte, wie sie das Schloss draußen wieder vorlegte.

»Joy!«, schrie er. »Sie kommt zu dir! Pass auf! Sie kommt!«

Joy antwortete nicht. Auch sonst kein Laut.

Da fiel ihm auf, dass zwischen einzelnen Brettern des Bauwagens dünne Lichtstreifen zu sehen waren. Hier hatte der Zahn der Zeit kräftig am Holz genagt. Er erinnerte sich wieder, wie verfallen der Wagen von außen gewirkt hatte. Vielleicht reichte ja rohe Gewalt.

Er schob sich zu der Stelle der Wand, die ihm am brüchigsten erschien, und trat mit beiden Beinen so fest er konnte dagegen. Morsches Knirschen. Zweiter Versuch. Noch immer hielten die Bretter. Schweiß brach ihm am ganzen Körper aus. Nächster Versuch. Krachen. Wieder nichts. Er hielt inne. Woher kam auf einmal der penetrante Gestank? Er schaute sich um. Rauch stieg aus einem Kissen auf. »Scheiße!«, zischte er. Feuer! Als er zur Wand gerobbt war, musste eine Kerze umgefallen sein. Die Flammen wuchsen schnell, der Qualm stach ihm heftig in die Nase. Wie lange würde er wohl noch Luft kriegen? Verdammte Bretter, dachte er und trat erneut gegen die Wand, brecht endlich!

46

DAS KNIE SCHMERZTE noch immer heftig, aber Joy konnte damit zumindest gehen. Oder eher humpeln. So, wie es sich im ersten Moment angefühlt hatte, hätte es schlimmer sein können. Sie schaute sich um, zwischen den Rohren, die herumlagen wie überdimensionale Mikadostäbe. Hier musste sich doch irgendwas finden, das sich als Waffe gebrauchen ließ. Ah, da! Dieses kurze Stück Rohr würde den Zweck erfüllen. Noch immer wacklig auf den Beinen, verließ sie den Keller.

Mit zusammengekniffenen Augen, denn das grelle Tageslicht blendete, schaute sie sich um. Wo war Sascha? Lebte er überhaupt noch? Allein der Gedanke, dass er tot sein könnte –

Verboten, dachte sie, solche Gedanken sind verboten. Er lebt. Es geht ihm gut. Wo immer er ist, ich hole ihn da raus. Angestrengt lauschte sie. Außer ein paar Krähen und dem leise gestellten Rumoren der Stadt war nichts zu hören.

»Sascha! Sascha!«, schrie sie. »Wo bist du?«

»Ich bin im Bauwagen, Joy!«, kam es zurück. »Hörst du mich? Mach schnell!«

Aufatmen. Er lebte! Der Schmerz in ihrem Knie zählte nicht mehr, als sie Richtung Bauwagen loshumpelte. »Ich komme!« Auf halber Strecke kam ihr Saschas Warnung entgegen: »Joy! Sie kommt zu dir! Pass auf! Sie kommt!«

Okay, dachte sie und umfasste das Eisenrohr, jetzt ist Schluss mit lustig. Die soll nur kommen!

Nur Sekunden später sah sie Mareike auch schon um die Ecke des Bauwagens schießen, genau auf sie zu und unverkennbar zum Äußersten entschlossen. Auf Skrupel oder gar Gnade durfte sie diesmal nicht hoffen.

»Du verdammtes Miststück!«, brüllte sie ihr entgegen. »Ich hätte dich doch totschlagen sollen.«

»Hättest du. Aber jetzt bin ich die mit dem Eisenrohr in der Hand.« Mareike grinste spöttisch. »Vielen Dank, dass du mir das Ding mitgebracht hast. Es ist genau richtig, um dir damit den Schädel einzuschlagen.«

Joy spürte das Adrenalin in ihre Adern schießen. Sie fühlte sich wie eine Wildkatze auf dem Sprung. Hellwach und bis in die Haarspitzen angespannt. Sie hatte sich schon auf vielen Spielplätzen und Schulhöfen geprügelt und war jedes Mal als Siegerin vom Platz gegangen. Einen Kampf wie diesen, in dem es auf Leben und Tod ging, hatte sie allerdings noch nie geführt. Ich mach dich fertig, feuerte sie sich selbst an, ich hau dich kaputt.

Mareike kam heran, als könnte es nur eine Siegerin geben: sie. Auch wenn sie nicht wie eine Kämpferin aussah, hatte Joy Respekt. Diese hageren Typen waren oft verdammt zäh. Und listig war sie auch, das hatte sie eindeutig bewiesen. Mareike zog den Elektroschocker aus der Gesäßtasche. »Wiedersehen macht Freude«, höhnte sie. Doch statt mit dem Gerät auf sie loszugehen, duckte sie sich plötzlich und stürmte ihr entgegen. Mit dem Kopf voraus knallte sie wie ein Rammbock in Joy hinein. Die war zu überrascht, um auszuweichen oder einen Schlag anzusetzen. Hart knallte sie auf die Erde, ein metallisches Klingen drang in ihr Ohr. Scheiße, dachte sie, das Rohr! Sie hatte ihre Waffe verloren. Und Mareike war schon auf dem Sprung, sie sich zu holen. Blitzschnell drehte Joy sich herum. Sie bekam Mareikes Fuß nicht richtig zu fassen, doch die Berührung genügte, um sie ins Straucheln zu bringen. Ha!, jubelte Joy innerlich, fuhr hoch und holte sich, was ihr gehörte. Keine Sekunde zu früh, denn Mareike rappelte sich gerade wieder auf. Schon nahte sie wieder mit ihrem Elektroschocker.

»Du bist tot!«, schrie sie. »Du bist tot!«

Joy schwang das Metallrohr. »Bleib mit dem Scheißding weg, sonst zieh ich dir eins über!«

Mareike ließ sich nicht davon beeindrucken und kam näher. Auf ihrem Gesicht ein böses Grinsen. »Glaubst du, du kannst das? Mir den Schädel einschlagen?«, fragte sie höhnisch.

Joy schwieg. Wich einen Schritt zurück. Und noch einen. »Ich will dir nichts tun. Aber wenn ich muss ...«

Noch ein Schritt zurück. Ihr Fuß sackte in eine Mulde, sie geriet ins Taumeln, fiel. Mist! Schon war Mareike über ihr. Der Elektroschocker stieß in Joys Seite – doch der Stromstoß blieb aus. Fehlfunktion, anscheinend. Glück gehabt! Doch kein Moment, sich darüber zu freuen, denn schon packte Mareike das Rohr, um es ihr zu entreißen. Joy aber ließ es nicht los. Da erhaschte sie im Augenwinkel einen Blick auf den Bauwagen. Und erschrak. Rauch stieg auf. Der erste Gedanke: Sascha ist da noch drin! Der zweite: Ich muss zu ihm! Die Angst um ihn verschaffte ihr neue Kräfte. Sie rammte Mareike die Faust in die Seite, warf sie ab und wand ihr das Rohr aus der Hand.

Vom Bauwagen her ertönte lautes Krachen. Was war passiert? War das alte Ding endgültig zusammengebrochen? Und hatte Sascha unter sich begraben? Joy wollte aufspringen, doch Mareike stürzte sich wieder auf sie und riss sie herunter, packte ihr Handgelenk und schlug es mit voller Kraft gegen den steinigen Boden. Ein heftiger, stechender Schmerz, der in den ganzen Arm ausstrahlte. Ein Schrei. War ihr Handgelenk zerschmettert? Es fühlte sich so an. Und plötzlich schwebte über ihr das Metallrohr, bereit, auf sie herabzusausen. Als es dann geschah, war ihr, als sinke das Ding unendlich langsam, sie hatte sogar noch die Ruhe, zu denken: Okay, jetzt passiert es, sie schlägt mir den Schädel ein, und ich sterbe ...

Aber es passierte nicht. Ehe das Rohr ihren Kopf erreichte, wurde Mareike zur Seite gestoßen. Joy brauchte ein wenig, um zu begreifen, dass Sascha der Grund dafür war. Er hatte sie gerettet. Doch sie fühlte nichts. Weder Erleichterung noch Freude. Sie registrierte, dass Sascha Mareike mit dem Gewicht seines Körpers am Boden hielt. Aber warum benutzte er seine Hände nicht? Ein, zwei Sekunden dauerte es, dann begriff sie, dass er gefesselt war.

Sie musste ihm helfen. Jetzt! Sie sammelte ihre letzten Kräfte, rappelte sich auf, kroch auf allen vieren zu den beiden. Mareike lag reglos da. Aus einer Platzwunde lief Blut. Ihr Kopf war offenbar gegen einen Stein geschlagen, das hatte sie ausgeknockt. Mühsam richtete Sascha sich auf. Mit zittrigen Fingern löste sie den Kabelbinder und sah dann zu, wie Sascha Mareike damit fesselte.

Kaum war das getan, verließ sie wieder die Kraft, sie sackte mit dem Po auf die Erde, zog die Beine an, ihr Oberkörper fiel wie tot über die angewinkelten Knie. Sie war völlig am Ende und brach in Tränen aus.

Als Sascha sich neben ihr niederließ und seinen Arm um sie legte, ließ sie ihren Kopf gegen seine Schulter sinken. Sie hatte keine Kraft mehr, etwas zu sagen, und auch er sagte nichts. Gemeinsam schauten sie auf den brennenden Bauwagen, aus dem inzwischen meterhohe Flammen schlugen und eine schwarzgraue Rauchsäule aufstieg.

SASCHA WUSSTE NICHT, wie lange sie so dagesessen hatten. Irgendwann nahm er seinen Arm von Joys Schulter und rief seine Mutter an. Als er ihr erzählte, was passiert war, wusste sie nicht, was sie sagen sollte. In ihr stummes Staunen hinein fügte er noch hinzu: »Schick auch einen Krankenwagen. Es gibt ein paar Schürfwunden und Schnitte zu verarzten.«

Es dauerte erneut eine ganze Weile, bis auch Joy sich aufrappelte. Sie behielt dabei seine Hand in der ihren. Er erinnerte sich nicht mehr, wann sie sie genommen hatte. Nur dass er sie nicht mehr loslassen wollte, wusste er.

»Komm«, sagte sie nun, »ich muss etwas nachsehen. Während ich da unten lag, hatte ich das Gefühl, dass ich nicht allein bin.«

Bevor sie weggingen, kontrollierte er noch einmal Mareikes Fesseln. Sie regte sich nicht. Anscheinend hatte sie sich in ihr Scheitern ergeben.

Sich gegenseitig stützend, stiegen er und Joy in den Keller hinab. Am Fuß der Treppe wies sie mit dem Kinn auf eine Türöffnung am Ende des Ganges. »Ich war in dem Raum dort hinten. Die ganze Nacht lang.« Ihre Stimme geriet ins Zittern.

Tröstend legte er seine Hand an ihren Nacken. Er wollte sich nicht vorstellen, was sie durchgemacht hatte. Irgendwie fühlte er sich schuldig. Das alles war ihr nur passiert, weil er sie in diese Sache reingezogen hatte. Sie würden darüber reden. Bald. Aber nicht jetzt.

»Wie kommst du darauf, dass du nicht allein warst?«, fragte er stattdessen.

Wieder gefasst, antwortete sie: »Weil ich manchmal jemanden seufzen gehört hab. Nur ganz schwach.«

Sie schauten in den ersten Raum. Er war leer. Genau wie der daneben.

»Vielleicht habe ich mich geirrt«, sagte Joy.

Im nächsten Raum fanden sie etwas, das mit einer Plastikplane zugedeckt war. Ringsherum befanden sich dunkle, eingetrocknete Flecken. Sascha sah Joy an, sie erwiderte den Blick. Sie ahnte auch, was das war: getrocknetes Blut. Was für ein Anblick erwartete sie wohl unter der Plane?

»Willst du rausgehen?«, fragte er.

Joy schüttelte den Kopf.

Gemeinsam hoben sie die Plane an. Saschas Magen zog sich zusammen, als sie darunter einen Mann fanden. Regungslos auf dem Bauch liegend. Überall an seiner Kleidung waren getrocknete Blutflecken. Lebte er noch? Oder war er inzwischen tot? Joy hielt die Plane, Sascha kniete neben dem Mann nieder. Da fiel sein Blick auf dessen Hand. An einem Finger steckte ein großer Ring. Ein Siegelring, der viel zu schwer wirkte für die feine, schmale Hand.

Sascha erschrak. Eine Gänsehaut lief über seinen Rücken.

»Androsch«, sagte er mit beinahe tonloser Stimme.

»Darf ich rauchen?«

Der eine Bulle – Falterer – sieht mich an, so als wolle er mir sagen, dass Rauchen meine Gesundheit gefährdet – ha, ha! –, dann nickt er, zieht eine Schublade auf, holt einen Aschenbecher heraus und stellt ihn vor mich hin. Ich krame meine Zigaretten und mein Feuerzeug aus der Jackentasche und zünde mir eine an. Der Rauch in den Lungen tut richtig gut.

»Reden wir.«

Die beiden wissen noch nicht, dass die letzten Worte, die sie von mir gehört haben, diese waren: Darf ich rauchen?

»Wahrscheinlich ist es dir – ich darf doch Du sagen? – völlig egal, ob du fünf, sechs oder weiß der Kuckuck wie viele Leute auf dem Gewissen hast, aber zu deiner Information: Es sind fünf. Vier Mädchen, ein Junge. Und dreimal versuchter Mord. Dr. Androsch lebt übrigens. Die Chance, so viele Tage zu überleben, liegt ungefähr bei eins zu hundert, sagt der Arzt. Wobei, überleben ... Der Mann liegt im Koma. Und wird nie mehr der, der er war. – Interessiert dich nicht, oder?«

Ehrlich gesagt, nicht.

»Warum hast du das gemacht? Er und die Mädchen und der Junge. Was um alles in der Welt haben sie dir getan?«

Das versteht so jemand wie du nicht. In deiner Welt ist das verrückt. Wahnsinn. Pervers. In meiner war es Notwehr. Reine Notwehr. Ich musste sie auslöschen, weil sie mich ausgelöscht haben. Erst Joachim mit seinem Nein. *Nein, ich liebe dich nicht. Ich will dich nicht.* Wie konnte er so was sagen? Die anderen hat er doch auch geliebt. Die mit ihren Titten und Ärschen und allem. Und die haben mich auch ausgelöscht. Unsichtbar gemacht. Da musste ich doch was tun. Da musste ich mich doch wehren. Ich habe die Welt wieder in Ordnung gebracht.

»Du willst also nichts sagen? Dein gutes Recht. Aber ich verstehe nicht, warum du nichts abstreitest, uns aber trotzdem nicht verraten willst, warum du das alles getan hast.«

Er hat gesagt, dass er mir gegenüber eine Verantwortung hätte. Joachim. Dass er zu mir als seiner Patientin keine Beziehung eingehen könnte. Keine Liebesbeziehung. Er hat mich gefragt, ob ich überhaupt wüsste, was das ist: eine Liebesbeziehung. Vielleicht weiß ich es wirklich nicht. Ich weiß aber, dass etwas fehlt. Dass etwas wehtut. Immer schon wehgetan hat. Er hat den alten Schmerz wieder geweckt, und er hat nichts getan, um ihn zu heilen. Er hat mich damit alleingelassen. Und bestimmt nicht aus Verantwortungsgefühl. Die anderen hat er ja auch nicht abgewiesen. Die Schlampen. Aber ich war ja keine Schlampe. Ich war für ihn nicht mal ein Mädchen. Kein richtiges Mädchen, zumindest. So, wie ich für Gottvater kein richtiger Junge war. Kein Tristan, an dem er sich hätte aufgeilen und vergreifen können. Nicht Fisch und nicht Fleisch.

Meine Alten wissen genau, warum ich getan habe, was ich getan habe. Joachim weiß es auch. Das genügt völlig. Der Rest der Welt geht mir am Arsch vorbei.

Und jetzt?

Wir sitzen da, die beiden Bullen sehen mir zu, wie ich meine Zigarette zu Ende rauche, sie im Aschenbecher ausdrücke und mir gleich die nächste anzünde. Der zweite Bulle, der noch nichts gesagt hat, geht zum Fenster und stellt es auf Kippe.

»Du solltest reden, Mareike.« Falterer. »Nicht mit uns, das ist okay. Aber mit einem Psychologen. Jemandem, der keinen Fall aufklären muss, sondern dir helfen will.«

Scheiß auf die Psychologen. Lieber würde ich noch mit dir reden, Falterer. Aber auch das werde ich nicht tun. Soll die Welt von mir halten, was sie will. Ist mir scheißegal.

Hinter mir geht die Tür auf. Jemand kommt herein. Ich drehe mich nicht um. Aber die Bullen sehen nicht so aus, als würde der Besuch sie erfreuen.

»Ilona. Ich weiß nicht, ob das ...«

»Nur fünf Minuten.«

»Hältst du das wirklich für eine gute Idee?«

»Ich tu ihr schon nichts.«

Ach, sie ist es. Saschas Alte.

Falterer und der Typ, der nicht spricht – ich mag ihn irgendwie –, tauschen einen Blick, dann steht Falterer auf und geht Richtung Tür. Der andere folgt ihm. »Fünf Minuten, nicht mehr«, sagt Falterer. Drei Sekunden später sind sie beide draußen.

Erst jetzt kommt Saschas Alte in mein Gesichtsfeld. Sie nimmt mir die Zigarette aus dem Mundwinkel und drückt sie aus. »Dafür bist du noch viel zu jung.«

Ich weiß schon, Alte, am liebsten würdest du nicht diese Zigarette zerdrücken, sondern mich. Oder mir den Hals umdrehen.

»Tut's noch weh?« Sie deutet auf das große Pflaster an meiner Stirn.

Es tut noch weh, aber ich schüttle den Kopf. Ich bin Schmerz gewöhnt.

Sie setzt sich auf die Tischkante. Ist mir ganz nah. Ich kann ihr Parfüm riechen. Nichts Teures. Wie alt wird sie sein? Ein bisschen jünger als meine Alte, aber nicht viel. Kaum zu glauben. Die hier ist das blühende Leben, meine der reinste Zombie.

»Keine Sorge, ich werde dich nicht vernehmen. Mir ist völlig egal, warum du all das getan hast. Völlig egal, wirklich. Ist auch gar nicht mehr mein Fall, seit du Sascha da reingezogen hast. Ich will dir nur eines sagen: Du wolltest meinen Sohn töten, und da hört für mich jedes Mitgefühl und jedes Verständnis und jeder Ruf nach mildernden Umständen auf. Du hast eine schwere Kindheit gehabt? Okay, das haben viele. Zieht bei mir überhaupt nicht.«

Ich greife nach den Zigaretten auf dem Tisch, aber sie wischt die Schachtel und das Feuerzeug mit einer schnellen Bewegung weg, sodass beides über die Tischkante fliegt und auf dem Boden landet.

»Du kannst von Glück sagen, dass ich dich nicht auf frischer Tat ertappt habe. Weißt du, was ich getan hätte? Hier, sieh dir das an.« Sie greift unter ihre Jacke, zieht ihre Dienstwaffe aus dem Holster. »Ich hätte dich damit abgeknallt. Ohne mit der Wimper zu zucken. Eiskalt. Ohne Reue. Auch wenn du noch ein halbes Kind bist. Und ich weiß nicht, was mich hindert, das jetzt nachzuholen.«

Sie ist cool. Ich mag sie. Wir verstehen uns. Ein wenig tut sie mir auch leid. Es macht sie fertig, dass ich womöglich keinen Tag ins Gefängnis muss, sondern in einer geschlossenen Anstalt von mitfühlenden Typen in weißen Kitteln gepampert werde. Aber wenn es dich tröstet: Mir wäre richtiger Knast auch lieber. Diese ganze Psychoscheiße hab ich jetzt schon so was von gefressen.

Es klopft an die Tür. »Deine fünf Minuten sind gleich um, Ilona.«

Sie sieht mich mit einem vernichtenden Blick an – er soll mich vernichten, aber er tut es nicht –, dann geht sie zur Tür. Dort bleibt sie stehen und sagt: »Doch, ich weiß, warum ich dich nicht abknalle. Weil ich dir damit bloß einen Gefallen tun würde. Lebenslang so sein zu müssen wie du, das ist doch überhaupt die schlimmste Strafe.«

Damit hat sie zwar recht. Aber heulen werde ich trotzdem nicht.

47

Schon zum dritten Mal versuchte Sascha, Joy zu erreichen, aber es meldete sich immer nur die Mailbox. Rief er auf dem Festnetz an, landete er ebenfalls nur beim Anrufbeantworter. Das allein beunruhigte ihn noch nicht. Bei ihm waren Festnetztelefon und Handy gerade auch die meiste Zeit aus, weil ständig jemand von einer Zeitung oder einem Fernsehsender anrief und ein Interview wollte. Auf diese Art Berühmtheit hatte er so wenig Lust wie sie. Aber wieso rief sie nicht wenigstens zurück? Oder kam einfach rüber?

Er fühlte sich schuldig, weil sie durch ihn die schrecklichste Nacht ihres Lebens durchgemacht hatte und sogar in Todesgefahr gekommen war. Ein Scheißgefühl. Immerhin half ihm an sie zu denken dabei, die eigenen Ängste und die Geister, die seine Gefangenschaft in Mareikes Bauwagen geweckt hatte, wegzuschieben. Er war in der letzten Nacht jede Stunde aus dem Schlaf geschreckt, weil er glaubte, die Wohnung stehe in Flammen. Sogar den Rauch hatte er gerochen. Und es hatte Minuten gebraucht, bis er begriffen hatte, dass alles in Ordnung war.

Sascha hielt es nicht länger aus. Er musste das jetzt klären. Er musste mit Joy reden und sich entschuldigen. Sofort. Und noch etwas anderes musste er endlich tun: Ihr sagen, was er für sie empfand. Das Schweigen darüber, das Verstellen und Versteckspielen dauerten schon viel zu lange.

Als er nebenan klingelte, hörte er hinter der Tür Stimmen. Es dauerte aber noch eine ganze Weile, bis geöffnet wurde. Zu Saschas Enttäuschung nicht von Joy, sondern von ihrer Mutter. Sie sah nicht so aus, als würde sie sich über seinen Besuch freuen. Und wie sich zeigte, tat sie das auch nicht.

»Wir müssen mal reden, Sascha.« Sie kam auf den Flur heraus, lehnte die Tür hinter sich an. »Ich möchte dich bitten, Joy für eine Weile in Ruhe zu lassen. Sie ist total fertig. Traumatisiert. Sie war gefangen, eine ganze

Nacht lang. Jemand wollte sie umbringen. Dich auch, ich weiß, ich geb dir auch keine Schuld. Aber Joy braucht Zeit, das alles zu verarbeiten. Von ihren körperlichen Blessuren mal ganz abgesehen. Na ja, und du solltest auch erst mal für dich mit allem ins Reine kommen.«

»Will Joy das auch? Oder nur Sie?« Er konnte nicht verhindern, dass er gereizt klang.

»Ich bin Joys Mutter, ich weiß, was gut für sie ist. Besser als du, glaub mir.« Auch bei ihr klang unter der Höflichkeit ein spitzer Unterton mit. »Aber ich tue das nicht gegen ihren Willen, da kannst du sicher sein. Alles Gute für dich, Sascha.«

Damit ließ sie ihn stehen. Er schaute noch eine halbe Minute lang auf die Tür, weil er es einfach nicht fassen konnte. Hatte er das eben richtig verstanden? Wollte Joy ihn wirklich nicht sehen? Niedergeschlagen kehrte er in die Wohnung zurück. Da läutete sein Handy. Joy? Hastig kramte er es aus der Hosentasche. *Mama*, stand im Display.

»Hallo Sascha, Mama hier. Ich stehe gerade vor deinem Fahrrad. Was für eine Kombination hat das Zahlenschloss?«

»Mama! Ich kann mein Rad doch selbst abholen.«

»Jetzt bin ich schon mal hier. Ich schmeiß es einfach in den Kofferraum, bevor es einer klaut. Also?«

»Drei-drei-eins-neun-sechs-fünf.«

»Oh, so ein Zufall, das ist ja mein Geburtstag.«

»Das ist kein Zufall, Mama.«

Ein Moment Stille, dann sagte sie mit seltsam bewegter Stimme: »Ich bin gleich da, Sascha.«

Sofort kehrten seine Gedanken zu Joy zurück. Okay, dachte er, sie will mich nicht sehen. Die Botschaft ist klar. Aber er musste sie trotzdem wissen lassen, was mit ihm los war. Zur Not auch per SMS.

Es tut mir schrecklich leid, schrieb er, dass Du durch mich so viel durchmachen musstest. Hasst Du mich jetzt und willst mich deshalb nicht sehen? Ich versteh das und bin Dir nicht böse. Aber eines muss ich Dir einfach sagen: Ich will mit Dir zusammen sein. Das wollte ich immer. Ich war nur zu feige, es Dir zu sagen. Alles Gute für Dich! In Liebe Sascha

Er wartete den ganzen Tag und die halbe Nacht auf ihre Antwort. Doch es kam keine.

EIGENTLICH HATTE SASCHA sich vorgenommen, keine Artikel und Berichte über das, was passiert war, zu lesen oder anzusehen. Doch dann stolperte er auf der Homepage derselben Boulevardzeitung, die Androsch vorschnell zu einem Mörder erklärt hatte, über die Schlagzeile: SIE IST NICHT UNSERE TOCHTER! Und darunter stand: Eltern distanzieren sich von Zyankali-Monster Mareike A. So begann er doch zu lesen:

Nun wollen nicht einmal mehr die eigenen Eltern etwas mit der Zyankali-Mörderin Mareike A. zu tun haben. Mareike A. hat, als Junge verkleidet, im Laufe des Sommers mehrere Mädchen zum Selbstmord verleitet und ihren früheren Psychotherapeuten Joachim A. (nicht verwandt mit Mareike A.) beinahe erschlagen. Ihr Motiv: Hass und Eifersucht. (Wir berichteten.) Nun kommen immer mehr Details ans Licht. Offenbar handelt es sich bei Mareike A. um eine tief gestörte Persönlichkeit. Ihre Therapie bei Joachim A. liegt schon zwei Jahre zurück und musste abgebrochen werden. Sie hatte sich in ihren Therapeuten verliebt und wollte seine Zurückweisung nicht akzeptieren. Aus Aufzeichnungen, die auf ihrem Computer gefunden wurden, geht hervor, dass sie fest überzeugt war, Joachim A. unterhalte mit anderen Patientinnen – ihren späteren Opfern – sexuelle Beziehungen. Nun sind die Eltern Spekulationen entgegengetreten, Mareike A.s psychische Störung könnte das Ergebnis von seelischem Missbrauch und emotionaler Verwahrlosung sein. In einer schriftlichen Stellungnahme, die unsere Zeitung erreichte, erklären sie: »Wir haben für Mareike alles getan. Sie hat unsere Liebe zurückgewiesen. Nun ist es genug. Wir wollen mit ihr nichts mehr zu tun haben und distanzieren uns von ihr. Sie ist nicht mehr unsere Tochter. Wir sind tief betroffen, fühlen mit den Familien der ermordeten Jugendlichen und sagen: Auch wir sind nur Opfer von Mareikes Untaten. Wir verlangen die härtestmögliche Strafe für sie!«

»Du sollst das doch nicht lesen.«

Sascha zuckte zusammen. Er hatte gar nicht gehört, dass seine Mutter nach Hause gekommen war. Jetzt stand sie in der offenen Tür zu seinem Zimmer.

»Sie ist kein Monster«, sagte er und klickte die Seite weg.

»Aber ihre Eltern. Ich hab sie heute erlebt. Da kriegt man eine Gänsehaut. Die sind nur an sich selbst interessiert. An ihrem Ruf. Der Vater – nach außen die Freundlichkeit in Person. Und gleichzeitig kalt wie sonst was.«

Sie hielt kurz inne, dann fuhr sie fort: »Mareike hatte einen Bruder. Tristan. Er ist auf der Baustelle umgekommen. Vom Balkon gestürzt. Vor fünf Jahren.«

Daher also der Name, dachte Sascha.

»Der Vater behauptet jetzt, dass sie auch ihren Bruder umgebracht haben könnte.«

»Und was denkst du?«

»Ich weiß es nicht. Sie lebt in einer eigenen Welt. Aber sie ist auch verdammt schlau. Sie hat zum Beispiel für den Handy-Kontakt mit ihren Opfern stets ein neues Prepaid-Konto eröffnet, unter falschem Namen natürlich. Wir haben die SIM-Karten bei ihren Sachen gefunden. So konnte sie verschleiern, dass alle vermeintlichen Selbstmörderinnen zu ein und derselben Person Kontakt hatten. Denn das wäre uns natürlich sofort aufgefallen.«

»Aber am Ende hat sie es nicht mehr so klug angestellt.«

»Das sehen wir oft. Es gibt Täter, die ihre Taten bis ins Letzte durchplanen, für alle Eventualitäten vorsorgen, auf alles vorbereitet sind und wie ein Uhrwerk funktionieren. Aus gutem Grund. Sie können nämlich nur schlecht improvisieren, schon gar nicht unter Zeitdruck. Da machen sie dann oft die banalsten Fehler, und es geht alles schief.«

»Und Androsch? Gibt es von ihm was Neues?«

»Noch nicht. Er liegt immer noch im Koma. Aber zumindest ist er stabil.«

»Glaubst du, er hat sich wirklich an den Mädchen vergangen?«

Sie zuckte mit den Schultern. »Dem Vorwurf wird nachgegangen, aber was ich so höre, hat sich bislang nichts in die Richtung ergeben. Fest steht aber, dass er mit Laila zumindest zeitweise eine Liebesbeziehung hatte. Das hat er schon in der ersten Vernehmung selbst zugegeben.«

»Dann hat Mareike sich alles andere also größtenteils nur ausgedacht.«

»Menschen wie sie brauchen keine Beweise für ihre Annahmen. Im Gegenteil. Sie deuten alles, was dagegenspricht, in ihrem Sinne um oder blenden es aus.«

Sie kam näher und legte die Hand auf seine Schulter. »Wie geht es dir denn heute?«

»Schon okay, ich komm klar.«

»Wirklich?«

Er nickte.

»Und was ist mit Joy?«

»Ihre Mutter lässt mich nicht zu ihr.«

Sie zögerte einen Moment, dann sagte sie: »Du liebst sie, oder?«

Aus einem Reflex heraus wollte er es erst leugnen, aber dann gab er zu: »Ja. Sehr.«

»Das alles braucht jetzt ein bisschen Zeit. Du musst einfach Geduld haben.«

Er wusste, dass sie recht hatte. Statt ihn wieder alleine zu lassen, blieb sie, so als wolle sie noch etwas sagen, das ihr aber nur schwer über die Lippen kam. »Ist noch was?«, fragte er nach einer Weile.

Sie räusperte sich. »Ja, da wäre noch etwas. Aber ich weiß nicht, ob der Zeitpunkt so günstig ist, gerade jetzt darüber zu reden.«

»Versuch's einfach.«

Sie räusperte sich noch einmal. Was war nur mit ihr los? So unsicher kannte er sie gar nicht.

»Es gibt da jemanden«, sagte sie schließlich. »Also, einen Mann. Einen Kollegen.«

Äußerlich blieb er ruhig, innerlich aber war er zusammengezuckt. Also doch. Er sagte nichts außer: »Und?«

»Es ist noch nichts passiert zwischen uns«, sagte seine Mutter eilig. »Wir sind uns nur irgendwie ... Na ja, wir waren in letzter Zeit öfter nach dem Dienst noch kurz wo was essen. Bernd – er heißt Bernd – möchte gerne den nächsten Schritt tun. Ich irgendwie auch, aber nicht, wenn du was dagegen hast.«

Sascha schwieg. Was sollte er auch sagen? Immerhin fand er es korrekt von ihr, dass sie ihn überhaupt fragte. Vor ein paar Monaten wäre er bei so einem Gespräch vermutlich ausgerastet, aber inzwischen sah er manche Dinge anders. Vielleicht war er erwachsener geworden. Vielleicht lag es aber nur daran, dass er wusste, wie es war, wenn man jemanden liebte.

»Danke, dass du fragst, Mama«, sagte er ruhig. »Ich will, dass du glücklich bist, und wenn dieser Mann ... Bernd ... Wenn er dich glücklich macht, ist es für mich auch okay.«

Sie lächelte. »Danke, Sascha. Du musst nicht denken, dass Bernd Papa irgendwann verdrängen kann. Papa ist und bleibt was Besonderes, für dich und für mich.«

»Schon klar, Mama. Weiß ich doch.«

»Komm zu mir, mein Großer!«

Sie breitete die Arme aus, er stand auf und ließ sich hineinfallen.

48

ZWEI TAGE SPÄTER erfuhr Sascha, dass Androsch aus dem Koma erwacht war. Schon am nächsten Tag ging er hin, um ihn zu besuchen. Er erschrak, als er ihn mit dem Kopfverband in dem übergroßen Kissen liegen sah. In der Ecke stand ein Rollstuhl. Androsch wirkte erstaunt, aber auch erfreut, ihn zu sehen.

»Ich habe nicht mehr viele Freunde«, sagte er. »Nach dem, was über mich in den Zeitungen stand, halten mich wohl alle für einen Mädchenschänder.«

»Ich hab das nie geglaubt.«

Androsch lächelte, aber es war ein trauriges Lächeln. Was nicht verwundern konnte, schließlich war das Leben, das er bisher gelebt hatte, für immer zerstört.

»Wie geht es Ihnen denn?«

»Wenn man bedenkt, dass ich eigentlich tot sein müsste, darf ich nicht klagen. Normal laufen werde ich wohl nicht mehr können, aber sonst … Ich bin zufrieden.«

Natürlich hatte die Polizei bereits mit ihm gesprochen. Sascha wusste durch seine Mutter, dass Mareike Androsch genau wie ihn mit dem Vorwand, sie werde sich das Leben nehmen, zur Bauruine gelockt hatte. Das war für ihn ziemlich überraschend gekommen, denn er hatte seit zwei Jahren keinen Kontakt mehr zu ihr gehabt. Dass sie ihn zeitweise regelrecht observierte, hatte er nicht mitbekommen.

»Hassen Sie Mareike jetzt?«

»Hasst du sie denn?«

Sascha überlegte kurz. Schließlich schüttelte er den Kopf »Eigentlich tut sie mir vor allem leid.«

»Mir auch.« Androsch wandte den Kopf, schaute durch das Fenster hinaus in den grauen Himmel. »Sie hat mir damals schon leidgetan, als sie zu mir in Therapie kam. Ihre Eltern haben sie zu mir geschickt. Ich sollte sie wieder hinbiegen. Ich musste nur eine Stunde mit ihr reden, um zu sehen, dass nicht nur Mareike krank war, sondern die ganze Familie.« Er wandte Sascha das Gesicht wieder zu. »Die Eltern wollten um jeden Preis einen Sohn, deshalb haben sie sie in den ersten Jahren behandelt wie einen Jungen und sogar mit dem Namen Tristan gerufen. Als dann wider Erwarten noch ein Junge kam, haben sie Mareike einfach links liegen lassen. Materiell bekam sie alles. Ansonsten nichts. Mareike hat behauptet, ihr Vater habe nur deshalb so dringend einen Sohn haben wollen, weil er pädophil sei und ihn missbrauchen wolle.«

»Glauben Sie das?«

»Ich weiß es nicht. Tristans Tod hat jedenfalls auch die allerletzten Beziehungen innerhalb der Familie zerstört. Die Eltern wollten sie in ein Internat abschieben, aber sie wurde schon nach ein paar Monaten wieder zurückgeschickt, weil sie sich allem verweigerte. Seltsam, oder? Sie hätte die Chance gehabt, ihr Gefängnis zu verlassen, aber sie wollte unbedingt wieder dorthin zurück. Zu mir sind die Eltern dann bloß gekommen, weil ein Arzt bemerkt hat, dass Mareike sich mit Zigaretten verbrennt, und er damit drohte, er werde das Jugendamt einschalten, wenn nicht etwas geschehe. Ich wollte die Eltern in die Therapie einbeziehen, aber sie haben sich verweigert und wurden mit der Zeit richtig feindselig. Der Vater nannte Mareike eine Lügnerin und erinnerte mich ständig an meine Schweigepflicht. Es ging ihm nur um seinen makellosen Ruf. Unter diesen Umständen konnte ich Mareike nur schwer helfen. Trotzdem habe ich sie nicht weggeschickt. Ich hatte zu große Angst um sie. Meine Zuwendung hat sie missverstanden. Sie hat sich heftig verliebt und wollte nicht einsehen, dass wir keine Beziehung haben können. Sie dachte, es sei, weil sie mir nicht gefällt. Es war unmöglich, ihr das auszureden.« Er senkte den Blick auf die Bettdecke, schwieg eine Weile und schaute dann wieder auf. »Ich habe mich an keiner meiner Patientinnen vergriffen. Das musst du mir glauben, Sascha. Mit Laila, das war etwas anderes. Wir haben uns geliebt. Trotzdem war es falsch von mir. Deshalb habe ich es ja auch beendet.«

Androsch ließ den Kopf ins Kissen sinken und schloss die Augen. Anscheinend war er müde.

Sascha überlegte, ob er auch Mirko ansprechen sollte, doch er ließ es bleiben. Beim nächsten Mal vielleicht.

»Ich geh dann jetzt.« Er stand auf und trat ans Bett. Androsch öffnete die Augen und sah ihn an.

»Danke für den Besuch«, sagte er. »Das hat mir viel bedeutet. Vielleicht kommst du ja wieder.«

»Bestimmt.«

Androsch griff nach seiner Hand, hielt und drückte sie eine ganze Weile. In seinen Augen glitzerten Tränen.

49

DIE TAGE VERGINGEN, und Sascha hatte noch immer keinen Kontakt zu Joy. Seine SMS war unbeantwortet geblieben. Anders als er, ging Joy noch nicht zur Schule und verließ auch sonst die Wohnung nicht. Vielleicht, so dachte er, gibt es ja einen anderen Weg, endlich zu ihr durchzudringen. Obwohl es ziemlich kühl geworden war und auch schon geschneit hatte, setzte er sich mit seiner Gitarre auf den Balkon und begann zu spielen. Er hatte ein neues Stück komponiert, für Joy und für sich selbst und für dieses Gefühl, das ihn mit ihr verband.

Er musste nicht allzu lange warten, bis nebenan die Balkontür aufging. Am liebsten wäre er aufgesprungen und zu ihr hinübergeklettert, um sie endlich, endlich in die Arme zu nehmen. Doch er tat es nicht. Vielleicht kam sie nur, um ihm zu sagen, dass sie seine Gefühle nicht erwiderte und nichts mehr mit ihm zu tun haben wollte. Er blieb also sitzen und spielte weiter, und es war wie immer Joy, die die Klettertour machte. Sie trug einen Norwegerpullover und eine Jogginghose, war weder frisiert noch geschminkt und sah einfach super aus. Selbst die Schrammen in ihrem Gesicht konnten ihrer Schönheit nichts anhaben. Das kam daher, dass diese Schönheit nichts rein Äußerliches war. Sie strahlte aus ihrem Innern.

Als sie bei ihm war, hörte er auf zu spielen, doch sie sagte: »Mach weiter. Das ist schön.«

Also spielte er weiter.

Und während er spielte, trat sie irgendwann neben ihn und begann, ihm mit den Fingern durchs Haar zu fahren, immer wieder. Sein Herz trommelte wie wild. Das würde sie doch nicht tun, wenn sie ihn gleich zurückweisen wollte? Nach einer Weile hörte er auf zu spielen, stellte die Gitarre weg und stand auf. Sie standen sich so dicht gegenüber, dass zwischen ihre Nasenspitzen kaum mehr als eine Kinderhand gepasst hätte.

»Morgen gehe ich wieder zur Schule«, sagte sie. »Morgen fängt das Leben wieder an.«

Er nickte zufrieden. Glücklich.

»Sei mir nicht böse, dass ich mich in den letzten Tagen nicht gemeldet habe. Es war nicht, weil ich dich quälen wollte. Ich konnte nur einfach nicht.«

»Schon okay.«

»Ich war so erschöpft. So ... ich weiß auch nicht ... unfähig, irgendwas zu tun. Aber ich habe mich trotzdem über deine SMS gefreut.«

»Ich liebe dich, Joy.«

Das waren die Worte. Er hatte sie gesagt. Zu ihr. Und sie hatte sie gehört.

Er sah in ihr Gesicht, sah ihr Lächeln, ihre großen, dunklen Augen.

»Hab ich mich eigentlich schon bei dir dafür bedankt, dass du mir das Leben gerettet hast?«, fragte er da.

»Eigentlich nicht. Du solltest sofort damit beginnen.«

Er wusste, was sie meinte. Was sie wollte. Nicht nur ihre Augen sagten es ihm. Alles an ihr. Und auch alles an ihm wollte nichts mehr, als sie zu spüren. Jetzt. Sofort. Dennoch zögerte er. Nicht aus Scheu oder Angst. Dieser Moment war nur einfach viel zu kostbar, er wollte ihn auskosten und so lange wie möglich genießen. Er legte seine Hand an ihren Hals, zog sie ein wenig zu sich heran, sein Daumen streichelte dabei zart über ihre Wange. Langsam näherte er sich ihr, hielt kurz inne, sie kam ihm entgegen. Dann endlich berührte er diese wunderbar weichen Lippen, vorsichtig, suchend, zog sich kurz zurück, um sogleich wiederzukehren und sich nun ganz hineinfallen zu lassen in diesen Kuss, ihren ersten, den er nie in seinem Leben vergessen wollte. Und sie sollte das auch nicht.

Epilog

DER WINTER WAR kalt gewesen, nun kam endlich der Frühling. Für Sascha und Joy blieb jedoch wenig Zeit, die wiedergekehrte Wärme zu genießen, denn die Abiturprüfungen rückten gnadenlos näher. Sie lernten gemeinsam, oft erklärte er Joy bis tief in die Nacht hinein Infinitesimalrechnungen, für die sie mindestens zwei Leben brauchen würde, um sie wenigstens einmal zu verstehen.

»Es ist immer das gleiche Verfahren«, sagte er, wenn sie mal wieder in einem Wutausbruch das Mathebuch in die Ecke gefetzt hatte.

»Und du bist ein Idiot!«, gab sie zurück, und ihre Augen blitzten dabei so frech und rebellisch, dass er nicht anders konnte, als sie sofort mit einem Kuss zu besänftigen.

Wenn dann die letzte Umkehrfunktion berechnet, der letzte Extremwert bestimmt war, fielen sie sich müde in die Arme.

»Wie kommt es nur, dass du so klug bist?«, fragte Sascha sie dann immer wieder zwischen zwei Küssen, und sie fragte ihn: »Wie kommt es, dass du so schön bist?«

Eines Samstagmorgens holte ein Klopfen an der Tür die beiden aus dem Schlaf. Wenig später steckte Saschas Mutter den Kopf zur Tür herein. Mit diesem Blick, den sie immer draufhatte, wenn sie Joy in Saschas Bett vermutete. Sie sah dann immer aus, als würde sie sich gewisse Bemerkungen verkneifen.

»Da ist ein Brief für dich, Sascha«, sagte sie. »Er muss gestern schon in der Post gewesen sein. Ist es wirklich so schwer, einmal am Tag den Briefkasten zu leeren?«

Sascha schaute aus dem Dickicht seiner Haare, das sein halbes Gesicht bedeckte, zu ihr auf. »Sorry, Mama. Was denn für ein Brief? Von wem überhaupt?«

»Ich weiß es nicht. Es steht kein Absender drauf.« Sie legte ihn neben der Tür auf den Boden und ließ sie wieder allein.

Joy, sofort hellwach, sprang aus dem Bett, holte den wattierten DIN-A5-Umschlag und ließ sich auf der Bettkante nieder. Sascha setzte sich auf, nahm den Brief und riss ihn auf. Etwas fiel heraus: das Glitzerherz.

Joy war schneller als er und hob es auf.

»Oh, wie kitschig!«, rief sie. »Wer schickt dir denn so was? Gibt es da etwa eine Verehrerin? Führst du ein Doppelleben?«

Er reagierte nicht. Das kleine Ding hatte er ganz vergessen. Schlagartig brachte es den Moment zurück, in dem er es zuletzt gesehen hatte: in Mareikes Bauwagen, als er gefesselt auf dem Boden lag.

»Das ist von Mareike«, sagte er und zog den Brief aus dem Umschlag.

Die Heiterkeit in Joys Gesicht verflog. »Was will sie denn von dir?«

Er begann zu lesen.

Lieber Sascha,

wenn Du das liest, bin ich nicht mehr am Leben. Ich weiß nicht, ob ich Dir verzeihen kann, dass Du mich diesen Weg alleine gehen lässt. Ich wäre ihn lieber mit Dir gegangen. Aber ich kann verstehen, warum Du Dich für die andere entschieden hast. Sie ist wirklich sehr schön und bestimmt nett. Wenn ich ein Junge wäre, würde ich mich wahrscheinlich auch in sie verlieben. Ich wollte Dir einfach nur sagen, was passieren wird, vielleicht denkst Du an mich, und vielleicht kommst Du zu meiner Beerdigung. Du bist der Einzige, der kommen darf. Aber wenn Du nicht willst, ist es auch okay. Es ist dumm, dass alles so gelaufen ist. Ich würde gerne sagen, dass es mir leidtut – alle wollen immer nur das von mir hören: ob es mir leidtut und ob ich es bereue –, aber mir tut nichts leid. Die Mädchen wollten doch eh sterben, ich hab Ihnen nur geholfen. Und das mit Dir war doch nur, weil ich Dich mag. Und jemanden zu mögen ist doch nicht schlecht, oder? Warum versteht das keiner?

*Aber eigentlich wollte ich nichts erklären. Niemandem. Dir auch nicht. Ich wollte nur, dass Du noch einmal an mich denkst. Das war's.
Mareike*

PS: Ich habe Dir Dein Herz gestohlen. Leider nicht das richtige. Hier kriegst Du es zurück.

»Was schreibt sie denn jetzt?«

Wortlos reichte er ihr das Blatt. Joy überflog den Inhalt, dann sah sie ihn an und sagte: »Soll das heißen, sie hat sich …?«

»Ich weiß es nicht.«

Joy hob ihr Shirt vom Boden auf und schlüpfte hinein, danach griff sie sich ihre Jeans und kramte das Handy aus der Hosentasche.

»Was hast du vor?«

»Wir rufen dort an. Vielleicht hat sie es ja doch noch nicht getan, und wir können es noch verhindern.«

Sascha googelte die Psychiatrische Klinik und fand die Telefonnummer. Er rief an und erzählte von dem Brief. »Mareike kündigt darin ihren Selbstmord an«, sagte er aufgeregt.

Die Frau am anderen Ende der Leitung war auffällig ruhig. »Sind Sie ein Verwandter?«

»Nein. Ein … Freund.«

»Dann darf ich Ihnen leider keine Auskunft geben.«

»Okay. Verstehe.«

Er legte auf.

»Und?«, fragte Joy.

»Sie hat's schon getan.«

Sie schwiegen betroffen. Ein seltsames Gefühl kam in diesem Schweigen über Sascha. Er wusste erst nicht, was es war, aber dann erkannte er es. Trauer. Er trauerte um Mareike. Sein Hals wurde immer enger. Joy nahm ihn in den Arm.

»Verrückt«, sagte er selbst, »ich hab sie kaum gekannt, sie war eine Mörderin und wollte auch mich umbringen, und dich hätte sie fast umgebracht und …«

Doch dann verstand er, warum er trauerte. Nicht so sehr, weil sie tot war, sondern weil sie nie richtig gelebt hatte. Weil sie immer alleine war, während er Joy gefunden hatte und jetzt mit ihr glücklich sein durfte.

Zumindest auf ihrem letzten Weg sollte Mareike nicht alleine sein, beschloss er. Er würde da sein und sie begleiten.

Danksagung

Gar nicht genug danken kann ich Lisa-Marie Dickreiter für ihre vielfältige Unterstützung, mit der sie mir durch so manche Durststrecke half, und zwar nicht nur bei diesem Roman, sondern überhaupt in meinem Schreiben. Dabei waren mir unsere gemeinsamen Schreibzeiten in der Schweiz und im Schwarzwald immer wieder ein erfrischender Quell der Inspiration, Freude und Zuversicht. Am meisten danke ich ihr aber für ihre Freundschaft, mit der sie mein Leben ungemein bereichert.

Außerdem danke ich meinen akribischen Testlesern Angelika Jodl, Ruth Löbner, Susann Rosemann, Barbara Slawig und Andrea Steer für ihr Lob und noch mehr für ihre Kritik, sowie Janet Clark für ihr Engagement für mich und mein Projekt. Es ist ein Glück, solche Freunde haben zu dürfen!

Selbstverständlich gilt mein Dank auch meiner Agentin Birgit Arteaga, nicht zuletzt für ein Stoppschild zur rechten Zeit.

Last, not least: Ein dickes Dankeschön möchte ich meiner Lektorin Carina Mathern für ihre Begeisterung und ihren Einsatz sagen sowie dem gesamten Oetinger-Team, das mich so herzlich aufgenommen hat. Hier fühle ich mich als Autor rundum wohl.

OETINGER TASCHENBUCH

ENTFLOHEN.
RASTLOS. BESESSEN.

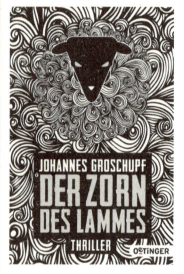

Johannes Groschupf
Der Zorn des Lammes
192 Seiten | Junge Erwachsene
ISBN 978-3-8415-0282-7

Jazz und Milan. Zwei junge Menschen in Berlin. Zwei Geschichten. Zwei Perspektiven. Die eigentlich nichts miteinander zu tun haben. Jazz kennt Milan, den etwas seltsamen Tellerwäscher aus der Kantine des *Tagesspiegel*, nur ganz flüchtig. Doch für Milan ist Jazz alles: »In jeder Nacht sitze ich hier und schreibe an sie. An sie, deren Namen ich nicht einmal kenne. Du bist schön wie der Mond.« Milan ist besessen von Jazz und schleicht sich langsam in ihr Leben …

www.oetinger-taschenbuch.de